DER TEUFEL VOM BROCKEN

Eva-Maria Silber, geboren 1959 an der ehemaligen Zonengrenze, studierte Jura in Gießen und arbeitete als Hauptgeschäftsführerin eines Bundesverbandes, Rechtsanwältin und Strafverteidigerin in und um Frankfurt am Main. Seitdem sie 2010 ihren Beruf wegen hochgradiger Schwerhörigkeit aufgeben musste, schreibt sie Krimis und Thriller an ihren Wohnorten an der Nordsee und im Harz. Sie hat Kriminalgeschichten in verschiedenen Anthologien und mehrere Kriminalromane und Thriller veröffentlicht.

Der Thriller basiert auf den Ereignissen 1959 am Djatlow-Pass. Einige darin vorkommende Personen existieren wirklich, ihre Handlungen und Gespräche sind jedoch rein fiktiv.

EVA-MARIA SILBER

DER TEUFEL VOM BROCKEN

Kriminalroman

emons:

Cäcilienstraße 48, 50667 Köln
info@emons-verlag.de

Umschlagmotiv: shutterstock.com/Puzurin Mihail
Umschlaggestaltung: Nina Schäfer, nach einem Konzept
von Leonardo Magrelli und Nina Schäfer
Umsetzung: Tobias Doetsch
Gestaltung Innenteil: César Satz & Grafik GmbH, Köln
Lektorat: Dr. Marion Heister
Druck und Bindung: Books on Demand GmbH, Norderstedt
Printed in Germany
Erstausgabe 2020
ISBN 978-3-7408-0923-2
Originalausgabe
3. Auflage

Dieser Roman wurde vermittelt durch die
Literaturagentur Lesen & Hören, Berlin.

Wenn das Erfundene nicht seinen Ursprung
in der Realität hat, ist es unglaubhaft.
Ohne die Wahrheit oder wenigstens die Möglichkeit
erzeugt man keine Spannung.

Aus »I wie Ikarus«, ein Film von Henri Verneuil

Prolog

Annabella schreckt mit Herzrasen und Engegefühl in der Brust aus dem Schlaf hoch. Sie schnappt nach Luft, hat das Gefühl, sie nicht bis in ihre Lunge ziehen zu können, zu ersticken. Nur langsam beruhigt sie sich.

Richtiger Schlaf ist das ohnehin nicht gewesen. Mehr ein Dämmern, Dösen, Duseln. Trotz der Angst. Trotz der Kälte, die sie mit ihrer eisernen Umklammerung in diesem Halbschlaf gehalten hat. Was sie aus diesem Dämmerzustand gerissen hat, weiß sie nicht. Vielleicht das Geräusch der knarzenden Äste über ihr oder das tiefe Brummen, fast nur als Vibration wahrnehmbar, dessen Herkunft sie nicht ausmachen kann. Es kommt von über ihr, neben ihr, hinter ihr. Es ist fast so, als komme es aus ihr selbst. Es lässt sie erbeben, bis ihr nicht mehr kalt ist. Fast.

Sie stellt sich vor, in ihrem kuschelig warmen Bett zu liegen. Versucht sich hineinzuträumen, wegzuträumen von diesem grauenhaften Ort. Doch es gelingt ihr nicht. Ihr Herz schlägt heftig. Heftiger als zuvor. Sie hat keine Ahnung, warum. Sie starrt in die Dunkelheit, lauscht, hört nur den Wind in der Tannenkrone und das Atmen ihrer Kameraden.

»Annabella?«

»Was ist?«, murmelt sie.

»Ich hab was gehört.« Alexanders Stimme ist kaum hörbar.

Annabella katapultiert sich in die Senkrechte. »Was ist los? Meinst du dieses komische Brummen? Das muss der Wind sein. Ich hör ihn schon die ganze Zeit. Das hat nichts zu bedeuten.« Darf nichts bedeuten, schickt sie stumm hinterher.

»Doch, da war noch was anderes.«

»Quatsch. Schlaf weiter, bevor du die anderen auch noch weckst. Wir brauchen die Ruhe. Wer weiß, was uns morgen bevorsteht.«

Just als sie sich zurücklehnt, hört sie es auch. Ruckartig setzt sie sich wieder auf. »Hast du das gehört?«, raunt sie in Alexanders Richtung.

»Ich hab's dir doch gesagt.« Ebenso leise. »Was sollen wir machen?«

»Ganz still sein. Hier findet uns keiner.«

»Und wenn doch?«

»Okay, schauen wir nach. Aber sei um Gottes willen leise.«

Vorsichtig erhebt sich Annabella in die Hocke und schiebt sich näher an die äußeren Tannenzweige. Neben sich erahnt sie Alexanders Silhouette. Mit einem Finger bohrt sie durch den schützenden Tannennadelvorhang ein kleines Loch. Kaum ist der Blick freigegeben, sieht sie einen Lichtschein durchschimmern. Auch das Brummen wird lauter. Hastig zieht sie sich zurück.

»Was ist?«

»Pssst. Da ist was.«

»Sag ich doch.« Die Worte nur gehaucht.

»Was machen wir jetzt? Die anderen wecken?«

Das Brummen wechselt in einen Summton. Fast klingt es wie Rauschen im Ohr. Der Lichtschein ist so hell geworden, dass er durch den dichten Nadelvorhang dringt. Von oben, nicht von der Seite, wie Annabella erwartet hätte.

»Was ist das für ein Licht? Und das Brummen?«

»Keine Ahnung. So was hab ich noch nie gehört. Oder gesehen. Eine Maschine?«, wispert Alexander in ihr Ohr.

»Was soll das denn sein? Quatsch.«

»Hast du eine bessere Idee?«

Annabella schüttelt den Kopf.

Leise robbt sie zurück an den Vorhang aus Zweigen und schiebt sie erneut millimeterweise zur Seite.

Etwas packt ihren Finger und zerrt sie nach draußen. Sie windet sich wie eine Katze. Doch was immer sie festhält, lässt nicht los. Für eine Hand scheint es zu groß. Und zu weich. Kaum aus dem Schutz der Tanne gezerrt, schließt sie hastig die Augen vor dem blendenden Licht, das von überall kommt. Nach einem kurzen

Moment, der ihr wie eine Ewigkeit erscheint, öffnet sie sie wieder zwinkernd zu schmalen Schlitzen. Über sich erkennt sie zwei gleißende Scheiben am Firmament. Heller als alle Sterne, die sie je gesehen hat. Sie versucht, sich aufzurappeln. Die Bandage aus dem Pulloverärmel um ihren rechten Fuß hat sich aufgewickelt, hängt nur noch als Fetzen am Bein. Sie schafft es, sich umzudrehen und die Füße auf den Boden zu stemmen. Der gefrorene Schnee schneidet in ihre nackte Sohle. Den Schmerz spürt sie nicht. Ihr heißer Atem geht stoßweise. Sie weiß nicht, wie sie sich losmachen soll aus diesem Klammergriff um ihren Finger.

Nur eines weiß sie genau: Sie darf nicht zulassen, dass das Wesen sie weiter wegzieht von ihren Freunden. Mit dem freien Arm schlägt sie auf den Rücken dieses Etwas, das zu groß für einen Menschen scheint und Grunztöne von sich gibt. Es dreht sich um. Sie erkennt nur die Augen, alles andere ist verdeckt. Von Haaren? Ist das ein Bart? So sieht es eigentlich nicht aus. Aber was ist es dann?

Ein Schatten eilt von der Seite heran. Alexander. Er hebt einen dicken Knüppel über den Kopf und versucht, auf das Wesen einzuschlagen. »Lauf weg, lauf!«, brüllt er ihr zu.

Nur undeutlich versteht sie die Worte. Das Brummen ist zu laut geworden.

Die Gestalt lässt sie los. Aber nur einen kurzen Moment. So lange, bis sie Alexander mit einem Schlag außer Gefecht gesetzt hat. Annabella versucht, auf die Beine zu kommen, wegzurobben. Irgendwas. Sie ist zu langsam. Das Ding verpasst ihr einen Schlag in den Rücken. Sie verliert den Boden unter den Füßen, landet auf dem Bauch und schlägt mit dem Gesicht auf einen Eisbrocken. Ihre Nase schmerzt höllisch. Sie spürt, wie die Kälte durch ihren Pullover dringt. Stöhnend versucht sie aufzustehen. Versucht nach Hilfe zu schreien. Nach wem oder was auch immer.

Da fällt ihr das seltsam orangefarbene Leuchten der Baumkronen auf. Verwundert dreht sie den Kopf – und erstarrt bei dem Anblick, der sich ihr plötzlich bietet.

EINS

Freitag, 15. Dezember 1989

»Verstehen Sie kein Deutsch? War die Mauer dichter, als ich dachte?« Professor Axel Kübler, Präsident der Technischen Universität Clausthal und gleichzeitig Dekan des Fachbereichs Rohstoff-Geowissenschaften, schüttelte fassungslos den Kopf. Nicht nur, dass dieser Polizist am anderen Ende der Leitung unverständlich sächselte, er schien auch inhaltlich nicht folgen zu können.

»Nochmals: Wir vermissen neun Studenten unserer Wander-AG und einen Lehrbeauftragten aus unserer Hochschule hier in Clausthal-Zellerfeld. Sie waren auf dem Weg zum Brocken, um sich mit anderen Studenten von der Martin-Luther-Universität Halle-Wittenberg zu treffen. Sie wollten an der Brockenbefreiung teilnehmen und anschließend zusammen mit den Oststudenten nach Halle wandern. Am zweiten Advent wollten sie zurück sein, sind aber nicht angekommen. Alle haben ihre Abschlussprüfungen versäumt, und das ohne Entschuldigung. Die Eltern regen sich maßlos auf und lassen hier die Telefone nicht still stehen. Und Sie erklären mir, dass das doch nicht schlimm sei. Was muss denn Ihrer Meinung nach passieren, damit Sie tätig werden und die Studenten suchen? Sie sind bereits eine Woche überfällig, falls Sie nicht rechnen können. Haben Sie das jetzt endlich verstanden?«

Er hörte das Klicken vom Auflegen des Hörers. Küblers Kopf schwoll rot an. Fast blind vor Aufregung und Bluthochdruck schnappte er nach Luft und hangelte nach einer Moxonidin. Die Packung steckte für solche Notfälle stets in seiner Brusttasche. Nach drei Minuten hatte er seinen Herzschlag so weit unter Kontrolle, dass er erneut nach dem Telefonhörer greifen und seine Sekretärin anklingeln konnte.

»Frau Petermann, suchen Sie mir sofort die Telefonnummer von … Ach, ich weiß auch nicht mehr. Verbinden Sie mich erst mal mit Kaup.«

Kübler wischte sich mit seinem schweißnassen Taschentuch über die Stirn. Er war ratlos. Tatsächlich und wahrhaftig ratlos. Das war ihm seit dreißig Jahren nicht mehr passiert.

Das Telefon klingelte.

»Was gibt's?«, vernahm er die Stimme seines Stellvertreters.

»Stellen Sie sich das vor: Ich rufe die nach Auskunft des Auswärtigen Amtes zuständige Deutsche Volkspolizei in Wernigerode an, und dieser Mensch, ausgerechnet ein Sachse, legt den Hörer einfach auf. Unglaublich. Meint, dass westdeutsche Studenten doch erwachsen genug seien. Die hätten sich in eine Kommune abgeseilt oder so was. Was haben die denn überhaupt für eine Vorstellung von uns Westlern? Und unsere westdeutsche Polizei kann nichts machen, weil die DDR Ausland ist. Unglaublich.« Er schnaubte. »Was machen wir denn jetzt? Die Eltern von Frank Kempler haben heute Morgen schon dreimal angerufen, und es ist noch nicht mal zehn. Ich weiß nicht weiter. Wo sind wir denn nur mit dieser Grenzöffnung hineingeraten? Rechtsfreier Raum, sage ich nur. Haben Sie eine Idee, was wir machen können? Wir können doch nicht ewig warten. Wer weiß, was im Ossiland mit unseren Studenten geschehen ist. Vielleicht hat sie der KGB geschnappt. Die sollen doch auf dem Brocken stationiert sein. Haben Sie eine Idee?«

»Ich wollte mich auch gerade melden. Mich hat der Unisport angerufen und vorgeschlagen, dass wir eine Suchtruppe aufstellen. Die AG Abenteuersport und die Trekking-Gruppe könnten das übernehmen, immerhin zwanzig Studenten. Die wollen ihre Kommilitonen suchen. Sie haben sich mit der Gruppe aus Halle-Wittenberg in Verbindung gesetzt, mit der sich unsere Studenten auf dem Brocken treffen wollten. Die gehen gleichzeitig von Osten aus los. Alle sollen in Richtung Brocken marschieren und schauen, ob sie was finden. Mehr fällt mir auch nicht ein. Vielleicht könnte der Vater von Alexander Böhme, der ist doch im SPD-Präsidium in Bonn, was erreichen. Rufen Sie den doch mal an. Ein bisschen Druck aus der Politik könnte nützen.«

»Hab ich doch alles schon versucht. Aber der war ganz komisch. In dieser Situation, meinte er, könne man den DDR-Behörden keinen Druck machen. Die Entspannung zwischen den beiden deutschen Staaten sei zu frisch. Außerdem sei es noch viel zu früh, als dass man da irgendwelche Ansprechpartner nennen könnte. Die ganze alte Führungsriege ist abgetaucht, und die Neuen sitzen noch nicht fest im Sattel. Ich fürchte, damit kommen wir auch nicht weiter.«

Kübler angelte nach einer weiteren Moxonidin. Sein Blutdruck wollte partout nicht auf normal absinken.

»Haben wir wenigstens einen Kollegen, der mitgeht? Wie stehen wir denn da, wenn nur Studenten die Initiative ergreifen und die Hochschulleitung hilflos danebensteht – auch wenn wir es de facto sind.«

»Ich spreche gleich mit dem Kollegen Berger aus der Elektrotechnik. Soweit ich weiß, hat der alpine Erfahrung. Schaun wir mal. Auf jeden Fall sollten wir der freiwilligen Suchtruppe unseren Transporter zur Verfügung stellen. Dann müssen sie nicht die ganze Strecke laufen oder mit dem Bus fahren. Damit zeigen wir, dass wir alles tun, um zu helfen und sie zu unterstützen. Reinlassen in die DDR müssen sie die Gruppe ja.«

ZWEI

Sonntag, 17. Dezember 1989

»Wir sind in Walkenried«, verkündete Professor Berger.

»Wo ist das denn?«, fragte Professor Kübler.

»An der ehemaligen oder besser noch Zonengrenze. Einen näheren offenen Grenzübergang gab es nicht. Vermutlich ist die verschwundene Gruppe auch hier rüber. So hat man uns jedenfalls berichtet. Übrigens ist der Transit der Hochschule nur für vierzehn Personen zugelassen, und wir hocken mit zweiundzwanzig eng zusammengequetscht da drin. Die Hochschulleitung hätte ruhig ein bisschen großzügiger sein können, wenn wir schon versuchen, ihre Ehre zu retten. Gibt's inzwischen was Neues?«

»Ja, die Studentengruppe aus Halle ist ebenfalls losgezogen. Rektor Bernstein hat mich heute Morgen informiert. Die kommen Ihnen von Harzgerode aus entgegen.«

»Dann müssen wir wenigstens nicht die ganze Strecke bis Halle-Wittenberg laufen«, sagte Berger.

»Das werden Sie ja wohl für unsere Studenten auf sich nehmen, Herr Kollege«, erwiderte Kübler.

Und warum bist du dann nicht losmarschiert?, dachte Berger. Idiot.

»Ich muss jetzt Schluss machen, mein Kleingeld ist alle. Wir melden uns bei Ihnen, wenn wir was gefunden haben. Schönen Tag noch, Kollege Kübler.«

Die kleinen Seitenhiebe konnte sich Berger nicht verkneifen. Sie hatten seine schlechte Laune ein wenig verbessert. Aber nur ganz wenig. Kübler hasste es, wenn man ihm seinen Präsidententitel vorenthielt. Und Berger liebte es, genau das zu tun. Und tatsächlich hätten sie ruhig einen zweiten Transit zur Verfügung stellen können.

Norbert Berger, Professor für Automatisierungstechnik, hängte den Hörer ein. Die letzten zwanzig Pfennig fielen in den Ausgabeschlitz. Ein schiefes Grinsen erschien um seinen Mund. Kübler saß in seinem warmen Amtszimmer und gab schlaue Sprüche von sich, und er musste bei Schneeregen und mit schwerem Rucksack auf den Brocken marschieren. Und da freute er sich darüber, den Präsidenten seiner Hochschule mit einem Trick abgewürgt zu haben. Er hätte kotzen können.

Die kleine gelbe Telefonzelle in diesem gottverlassenen Nest, das einzig und allein aufgrund der Tatsache, dass hier ein Grenzübergang offen war, bekannt war, lud nicht zum Verweilen ein. Der Hörer war so dreckig, dass Berger ihn während des Gespräches zehn Zentimeter vom Ohr entfernt gehalten hatte. Manchmal passte einfach alles. Vor allem im Schlechten. So war das eben. Angewidert stapfte er durch den Schneematsch zurück zum Ford Transit. Sofort umringten ihn die Studenten schniefend. Alle waren bedrückt und in Sorge um ihre Kommilitonen.

»Gibt's was Neues?«, wiederholte einer von ihnen seine eigene Frage an Kübler.

Er schüttelte den Kopf. Eine langhaarige Brünette mit von der Kälte rot verfärbten Wangen und spitzer Nase fing an zu weinen. Ein zu klein geratener Student mit drahtiger Figur und streichholzkurzen Haaren zog auffallend laut die Nase hoch. Mit einem Schlag war ihr scheinbares Erwachsensein wie weggewischt. Zurückgeblieben waren Kinder, die sich verängstigt und hilflos fühlten. Umso höher rechnete er es ihnen an, dass sie sich auf die Suche gemacht hatten. Und das kurz vor Weihnachten. Daran sollte sich die Hochschulleitung mal ein Beispiel nehmen.

Der Parkplatz direkt vor dem Grenzzaun, dessen Eisentor gerade so weit geöffnet war, dass einzelne Fahrzeuge hindurchpassten, war vollgestellt mit Trabbis. Die lange Schlange der Fahrzeuge, die in den ersten Tagen nach dem Mauerfall bis weit zurück nach Ellrich gereicht hatte, war angeblich etwas kürzer geworden, wie im Fernsehen berichtet worden war. Davon merkte Berger nichts.

Tatsächlich fuhren jetzt ebenso viele Fahrzeuge von West nach Ost. Neugierige und alte Leute, die endlich ihre Verwandten auf der anderen Seite der Grenze ohne Reisepass und »Mehrfach-Berechtigungsschein« im Rahmen des Kleinen Grenzverkehrs besuchen konnten. Der Durchlass bot lediglich Platz für ein Fahrzeug, sodass die Grenze nur im Wechsel von jeweils fünf Fahrzeugen passiert werden konnte. Entsprechend lang war die Schlange auch auf der westdeutschen Seite. Sie hatten mit ihrem Bus Stunden gebraucht, um den Parkplatz zu erreichen.

Hier sollten auch die verschwundenen Studenten mit Kollege Zöllner, erst seit diesem Semester Lehrbeauftragter für Technomathematik, durchgekommen sein. Hatte ein Freund von Ingo Dannemann, dem Leiter der Wandergruppe, berichtet. Einen Bus der Hochschule hatte die vermisste Gruppe nach seiner Recherche nicht zur Verfügung gestellt bekommen. Die Unibusse wurden nur an Professoren verliehen, wie jetzt an ihn. Auch wenn ihr Ansinnen, die Brockenbefreiung zu unterstützen, von der Hochschule durchaus gelobt worden war. Umso mehr, als sie die Verbrüderung mit der Martin-Luther-Universität in Halle-Wittenberg planten. So was liebte die Hochschulleitung. Den Transit hatte sie trotzdem nicht rausgerückt.

Also hatte die Gruppe wohl den normalen Bus nehmen müssen und war bis hierher gefahren. Das bedeutete, auch die Suchtruppe musste ab der Grenze laufen, sonst würden sie vielleicht etwas übersehen. Über Zorge. Das war von hier aus die kürzeste Strecke zum Brocken. Immerhin um die dreißig Kilometer, und das mit großem Gepäck. Berger stöhnte. Keine Ahnung, warum das Hochschulpräsidium ihn als Begleitung für die Studenten auserkoren hatte. Wahrscheinlich, weil sich dort eisern das Gerücht hielt, dass er alpine Erfahrung habe. So ein Quatsch. Nur weil er einmal bis auf das Breithorn mit seinen über viertausend Metern Höhe gestiegen war. Natürlich zusammen mit einem erfahrenen Bergführer, ohne den er nicht mal die halbe Strecke geschafft hätte. Das war das dumme Geburtstagsgeschenk seiner Ex gewesen. Wahrscheinlich ahnte sie damals schon, dass ihre Nachfolgerin bereits feststand. Eine einzige Strafe war die Tour gewesen, und Berger hatte sich geschworen, nie mehr so einen Blödsinn zu machen. Auf Berge steigen. Nee, was Dämlicheres gab es nicht.

Brauchte man überhaupt für den Brocken Bergsteigererfahrung? Berger wusste es nicht, konnte es sich aber nicht vorstellen. Wahrscheinlich suchten die anderen Professoren nur eine Ausrede, um nicht selbst gehen zu müssen. Typisch. Aber was half es? Er hatte zugesagt. Was anderes war ihm auch nicht übrig geblieben.

»Also los, Leute. Genug geraucht und genug gefahren. Von jetzt an geht's zu Fuß weiter.«

Alle holten ihre prall gefüllten Ruck- und Schlafsäcke aus dem Transit und liefen los über die alte Grenze.

Am Abend erreichten sie Schierke. Das Wetter war garstig und kalt, wenigstens lag noch kein Schnee. Der Blick in Richtung Brocken bestätigte seine Befürchtung, dass sie auf dem Berg ganz andere Temperaturen erwarteten. Die Tannenwipfel oberhalb von ihnen waren weiß gefärbt vom Frost und Schnee. Den Gipfel des Brocken konnte er vom Ort aus nicht sehen.

Berger wusste, dass Schierke bis vor Kurzem der Lieblingsskiort der DDR-Bonzen gewesen war. Deswegen wunderte ihn die Häufung prächtiger Hotels nicht, an denen sie vorbeizogen. Für seine Gruppe waren sie zu teuer. Sie gingen weiter, bis sie eine gemütliche holzverschalte Herberge mit weihnachtlichen Lichterdreiecken in den Fenstern gefunden hatten.

Der Wirt vom Stadel erlaubte ihnen, im Garten ihre Zelte aufzuschlagen. Nach dem Aufbau kehrten sie ein, um sich für die eisige Nacht aufzuwärmen und eine warme Suppe zu essen.

Berger verzichtete aus Solidarität auf das Bett im Gasthof und schlug sein Zelt ebenfalls im Garten des Stadels auf. Am nächsten Morgen bereute er die Entscheidung bitter. Sein Rücken tobte, und er war bis auf die Knochen durchgefroren. Natürlich hatte auch noch leichter Schneefall eingesetzt. Es war bitterkalt. Viel kälter als am Vortag. Das Außenthermometer am Gasthaus zeigte minus fünf Grad an. Es schüttelte ihn.

Nach einem kurzen Frühstück im Hotel, das er den Studenten spendiert hatte, zogen sie los. Vorbei an einem Wasserhäuschen auf eine steinige Piste, übersät mit aus dem Boden wachsenden Felsbrocken, die nach ihren Knöcheln zu packen schienen. Dort lang seien auch die Brockenbefreier marschiert, hatte der Stadelwirt erklärt. Kurz vor Mittag erreichten sie das Brockenplateau. Die über drei Meter hohe Betonmauer wurde noch immer von Soldaten der Deutschen Volksarmee bewacht. Hatten die nicht mitbekommen, dass es nichts mehr zu bewachen gab, wunderte sich Berger. Sollten sie eben weiterwachen. Auf seine Frage, ob der Grenzer am Tor etwas über die verschwundene Gruppe wisse, erntete er nur verständnislose Blicke. Als würde er eine andere Sprache sprechen.

Sie zogen es vor, außerhalb des Militärgeländes ihre belegten Brote, spendiert vom Stadelwirt, zu essen. Natürlich hätten Berger die Abhöranlagen interessiert. Man hatte ja viel von ihnen gehört. Aber selbst wenn er nicht dieses innere Vibrieren des ganzen Körpers und das Rumoren im Magen gespürt hätte, das ihn zur weiteren Suche antrieb, hätte ein Blick auf seine Suchmannschaft völlig ausgereicht, seine Meinung zu ändern. Alle aßen im Stehen und drängten die anderen, schneller zu essen. Nein, das war nicht der Tag für eine Besichtigung.

Gerade wollten sie mit dem Abstieg hinter der alten Grenzmauer, die inzwischen einige Löcher aufwies, beginnen, als ihnen ein aufgeregt winkender junger Mann, ein Student aus Halle-Wittenberg namens Dieter, wie sich herausstellte, entgegeneilte.

»Seid ihr der Suchtrupp aus Clausthal-Zellerfeld?«

Berger bestätigte es.

»Wir haben das Zelt gefunden, keine zwei Kilometer von hier entfernt.«

Ein Aufschrei ging durch die Weststudentengruppe. Angst

oder Freude, Hoffnung oder Verzweiflung? Berger ahnte, dass von allem etwas dabei war.

»Was ist mit unseren Leuten?«, hakte Berger ein, nachdem er seine Studenten zum Verstummen gebracht hatte. Was nicht so einfach gewesen war. Ihm war klar, dass der junge Mann, wüsste er etwas, das sicherlich als Erstes gesagt hätte. Doch auch er konnte sich nicht bremsen.

»Da waren nur Fußspuren, die bergab führen. Wie es aussieht, sind die barfuß gelaufen«, ergänzte er so leise, dass nur Berger es hören konnte.

»Was?«, entfuhr es Berger. Der Brocken war mit dreißig Zentimeter hohem Schnee bedeckt.

»Wir verstehen das auch nicht. Das Zelt wurde an der Seite aufgeschnitten, und die Klamotten samt Schuhen liegen noch drin. Das Ganze sieht ziemlich unheimlich aus. Aber kommt erst mal mit. Meine Kommilitonen wollten schon anfangen, eure Leute zu suchen. Vielleicht sind sie in der Zwischenzeit fündig geworden.«

Für die Strecke brauchten sie nur zwanzig Minuten. Alle waren im Laufschritt losgerannt. Der Student aus Halle-Wittenberg hatte kaum mithalten können. Sprachlos verharrten sie vor den Resten eines knapp vier Meter langen Zeltes, das teilweise unter Schnee versteckt war. In der Mitte zusammengesackt, stand es auf einer einsamen, baumlosen Anhöhe mit Blick gen Osten. Die nächsten Nadelbäume wuchsen einen guten Kilometer unterhalb. Einige wiesen wie abgebrochene Zähne in den Himmel. Wohl vom letzten Sturm, schoss es Berger durch den Kopf.

Er ging in die Hocke, um das Zelt genauer betrachten zu können. Es war völlig zerfetzt. Bodentiefe senkrechte Schnitte öffneten den Blick hinein. Schon von außen konnte man in dem nicht zusammengesackten Bereich die Ausrüstung der Studenten erkennen. Schuhe, Jacken, Töpfe, sogar ein kleiner Ofen, der umgestürzt war, lagen auf dem Zeltboden verstreut. Berger schüttelte ratlos den Kopf.

»Dort drüben gehen die Fußspuren los«, berichtete Dieter.

Sie stapften durch den tiefen Schnee, der sich stellenweise durch den orkanartigen Wind der letzten Tage aufgetürmt hatte, wie Berger vermutete. In einer Senke, gute hundert Meter unterhalb des Zeltes, entdeckte er kleine, regelmäßige Erhöhungen.

»Das sind die Fußabdrücke«, erklärte Dieter.

»Aber die stehen ja hoch?«, wunderte sich Berger.

Dieter zuckte mit den Schultern.

»Das sind ja richtige Abdrücke von Füßen«, staunte eine dunkelhaarige Studentin, die sich zusammen mit zwei Kommilitonen um den ersten Abdruck geschart hatte. Zwei weitere junge Männer knieten sich daneben nieder.

»Man sieht da nackte Zehen ...«, verkündete einer von ihnen mit weit aufgerissenen Augen. Wieder ein Aufschrei in der Gruppe, und drei weitere Studenten eilten zu den Spuren.

Dieter nickte. »Ja, offenbar sind sie zumindest teilweise barfuß runtergegangen. Das bei dem Wetter ist ganz schlecht.«

Ein Schluchzen war zu hören, ein leiser Aufschrei und ein Jammerlaut.

Noch bevor Berger etwas zur Beruhigung sagen konnte, hörten sie aufgeregte Rufe von weiter unten.

»Das sind meine Freunde«, sagte Dieter. »Wir sollten hingehen.«

Alle liefen parallel zu den Spuren weiter den Berg hinunter. Tannen und Fichten rückten näher. An manchen Stellen konnten sie die Fußabdrücke noch erkennen, aber sie führten in keine eindeutige Richtung mehr. Endlich, gut anderthalb Kilometer vom Zelt entfernt, näherten sie sich einer Zeder, die alle anderen Bäume überragte. Unter ihr beugte sich ein Trupp aus sechs jungen Leuten, nicht älter als seine Studenten, über etwas, das sie in helle Aufregung versetzte.

Berger erreichte als Erster den Baum und registrierte die Reste eines Lagerfeuers, teilweise vom Schnee bedeckt. Die jungen Oststudenten stocherten mit Stöcken darin herum, als könnten sie aus den Resten wie aus Kaffeesatz lesen.

Das Feuer war schon vor langer Zeit erloschen. Es war nicht sehr groß gewesen. Und ausgegangen, bevor es komplett abgebrannt war. Schwarz angekokelte dünne wie dicke Äste ragten aus dem Schnee.

Doch wo waren die Menschen, die es entzündet hatten? Er drehte sich im Kreis, suchte mit seinen Blicken den Boden ab. Nach weiteren Fußspuren oder was auch immer. Und tatsächlich, keine vier Meter entfernt auf der anderen Seite der Zeder entdeckte er eine kleine Erhebung. Das war nichts Besonderes, davon gab es hier mehr als genug. Aber das Blau, das durch den Schnee schimmerte, gehörte eindeutig nicht hierher.

DREI

Montag, 18. Dezember 1989

Die beiden Studenten lagen dicht beieinander, der eine auf dem Rücken, der andere auf dem Bauch. Sie waren nur leicht bekleidet, viel zu leicht für die eisigen Temperaturen. Beiden fehlten die Schuhe.

Der auf dem Rücken liegenden Leiche fehlte die Nasenspitze. Augen und Mund waren leicht geöffnet, ihr rechter Arm war über den Kopf erhoben, ihr linker ruhte auf ihrer Brust in Herzhöhe. Ihr rechtes Ohr, ihre Lippen und Nase waren mit Blut bedeckt, und an ihrer linken Hand war der Mittelfinger blutig.

Das linke Bein war über den linken Oberschenkel der auf dem Bauch liegenden Leiche abgewinkelt. Der Gesichtsausdruck und die Haltung des jungen Mannes waren friedlich – sah man von dem verzerrten Mund ab.

Von der anderen Leiche war nur der von Schnee befreite Rücken samt einem karierten blauen kurzärmeligen Hemd zu erkennen.

Tomas Düvel wandte sich von den beiden Toten ab und holte tief Luft. So jung und schon tot. Studenten, die sich vielleicht auf die Semesterferien über Weihnachten gefreut hatten. Vermisst von ihren Eltern und Freunden.

Er war heute Morgen als Unterstützung für die einheimische Morduntersuchungskommission, kurz MUK, aus Magdeburg mit seinem Wartburg aus Halberstadt angereist. Der Fall der verschwundenen westdeutschen Studenten und der Fund der beiden Leichen auf DDR-Staatsgebiet hatte die neue Führung in Aufruhr versetzt. Also hatte man ihn abkommandiert. Auch unter normalen Umständen hätte man ihn wohl zu diesem Fall abgeordnet. Schließlich gehörte er zu den zwanzig qualifiziertesten Kriminalisten mit Offiziersstatus in der Republik, die zur

Verstärkung von normalen MUKs für solche Fälle bereitgehalten wurden.

Die Anreise hatte sich alles andere als einfach gestaltet. Es gab einen Fahrweg auf den Brocken. Der führte aber nur bis zur Grenzmauer aus Beton und endete gute zwei Kilometer vor der Fundstelle. Hubschrauber hatte man nicht einsetzen wollen, um keine Spuren wegzublasen. Außerdem gab es am Fundort keine ebene Fläche, auf die er hätte aufsetzen können. Für den Abtransport der Leichen sollte später einer auf dem Brockenplateau im ehemals gesperrten Bereich landen, wie man ihm angekündigt hatte.

Düvel war körperlich topfit, aber das kalte Wetter setzte ihm mächtig zu. Für diese Temperaturen war er einfach nicht richtig angezogen. Man hatte ihm keine Zeit gelassen, nach Hause zu fahren, um sich umzuziehen. Der Einsatzbefehl war eindeutig gewesen. Sein dünner Anorak war ein schlechter Witz bei dem eisigen Wind, und seine Füße steckten in ungefütterten Halbschuhen. Nach einem halben Kilometer im Schnee waren sie bereits durchnässt gewesen. Lange würde er hier oben nicht durchhalten.

Er drehte sich zu den Mitgliedern der Morduntersuchungskommission um. Ihr Leiter Walter Goßmann, ein fähiger Mann in den Fünfzigern, hatte seine Leute fest im Griff. Doch diese beiden Leichen schienen Untersucher Rainer Bernhard und den Kriminaltechniker Peter Weißer zu überfordern. Nicht der Anblick der Leichen war es, was sie quälte, sondern die Umstände und die Tatsache, dass weitere sieben junge Leute noch vermisst wurden und wahrscheinlich ebenfalls hier irgendwo lagen.

Entgegen der allgemeinen Stimmung in der Volkspolizei waren die suchenden Polizisten, eine aus Halberstadt entsandte Hundertschaft, offensichtlich höchst motiviert. Was wohl auch daran lag, dass sie sich nicht in den Monaten zuvor an den Massenverhaftungen bei den immer größer werdenden Demonstrationen hatten beteiligen müssen. Noch vor zwei Monaten, als die gewalttätigen Auseinandersetzungen in Leipzig, Halle und Ostberlin ihren Höhepunkt erreicht hatten, hatten die Vopos hart zugeschlagen. Unverhältnismäßig hart, wie Düvel fand. Und nicht nur er. Gerade die Einsätze gegen die friedlichen Demonstranten in Leipzig und Berlin hatten alle empört und das Feuer weiter geschürt, das zum Zusammenbruch des Gewaltmonopols des Staates geführt hatte. Mit dem politischen Legitimitätsverlust der Sozialistischen Einheitspartei Deutschland war ein dramatischer Autoritätsverlust der Volkspolizei einhergegangen.

Das hatte die Polizisten zutiefst verunsichert. Ihre Aufgaben nahmen die einstigen »Büttel der SED«, wie sie noch immer von den Bürgern genannt wurden, nur noch oberflächlich wahr. Eine Art rechtsfreier Raum war dadurch entstanden – der wilde Osten. Nichts sehen, nichts hören, nichts sagen – das schien das Motto der Vopo in letzter Zeit zu sein.

Das machte auch die Arbeit der MUKs schwer. Neben der Angst, was mit ihren Jobs werden würde, mussten sie sich mit demotivierten Polizisten rumschlagen.

Düvel sah sich um. Hier war es gottlob anders. Die Vopos stocherten konzentriert im Schnee.

»Weiß man schon, um wen es sich bei den Toten handelt?«, fragte er Goßmann.

»Der auf dem Rücken Liegende ist Lars Andersen. Einige der Studenten, die die Leichen gefunden haben, waren mit ihm in verschiedenen Kursen an der Uni und haben ihn erkannt. Den zweiten Toten haben wir noch nicht umgedreht. Wir wollten erst auf unsere Ausrüstung und Sie warten. War gar nicht so einfach, alles hierherzuschaffen. Wir mussten alles herschleppen.« Erschöpft schüttelte er den Kopf. »Aber das wissen Sie ja.«

Düvel nickte.

»Der Student da drüben«, er wies auf einen schlaksigen blonden jungen Mann, der wenige Meter entfernt an einem Baum lehnte, ähnlich grün im Gesicht wie die Tannennadeln hinter ihm, »meint, in ihm Oliver Seelmann erkennen zu können.«

Düvel inspizierte den auf dem Rücken liegenden Toten genauer. Auffallend waren die fast nackten Beine. Um sein rechtes war eine weiße aufgerissene dünne lange Unterhose geschlungen, während das andere Bein nackt auf der neben ihm liegenden Leiche ruhte. Sein linker Fuß steckte in einer braunen Socke, der andere war nackt. Die fehlende Socke glaubte Düvel halb verbrannt neben dem Lagerfeuer nur wenige Meter entfernt gesehen zu haben. Die Haut des linken Schienbeines war blutig aufgerissen. Das karierte Hemd war bis zur Brust hochgeschoben, über der die linke Hand schwebte, die rechte war über seinen Kopf erhoben. Auf dem Handrücken erkannte Düvel weitere tiefe Hauteinrisse. Auch die Haut des Zeigefingers wies Risswunden auf.

»Danke, das ist hilfreich. Aber jetzt könnt ihr ihn wegbringen und den anderen umdrehen. Fotos habt ihr gemacht?«

Weißer nickte.

»Vorher sollten wir die Leute, die nicht zu uns gehören, aber wegschicken.«

Unter Murren zogen sich die Studenten zurück. Allerdings nur so weit, dass sie die Opfer noch sehen konnten. Eigentlich hätte Düvel das bei einer Tatortuntersuchung niemals zugelassen. Aber unter diesen unwirklichen Umständen und in Anbetracht der Tatsache, dass die Gruppe mehrere Stunden allein mit den Toten gewesen war, tolerierte er ihre Anwesenheit. Mehr Schaden als schon geschehen konnten sie nicht anrichten.

Ein älterer Mann aus der Studentengruppe trat auf ihn zu.

»Leiten Sie die Untersuchung?«

Düvel nickte.

»Berger, Professor aus Clausthal-Zellerfeld. Ich bin mit dem Suchtrupp aus dem Westen gekommen. Sagen Sie, unsere Studenten hier«, er wies auf die beiden Toten, »sind doch wohl erfroren, richtig?«

»Das weiß ich noch nicht. Wir stehen ganz am Anfang. Zur Todesursache kann ich wirklich noch nichts sagen.«

»Das verstehe ich ja, sicher. Klar. Aber sehen Sie, meine Studenten sind am Durchdrehen. Vor allem nachdem einer von Ihren Polizisten, also von der Volkspolizei, so heißt die doch?«

Wieder nickte Düvel.

»Also einer von denen hat gesagt, dass die Leichen so aussähen, als wären sie dem Yeti in die Hände gefallen. Natürlich glaube ich das nicht«, schob er nach. »Aber die Studenten sind völlig durch den Wind. Können Sie mir irgendwas sagen, damit ich sie beruhigen kann?«

Düvel schüttelte den Kopf. »Tut mir leid. Ich verstehe Sie ja. Aber wenn ich jetzt was Falsches sage, ist Ihnen auch nicht geholfen. Aber eins weiß ich ganz sicher: Hier oben gibt es keine Yetis. Das können Sie ihnen ausrichten.« Fast hätte er bei seinen Worten grinsen müssen. Doch ein Blick auf die verheulten und roten Gesichter der jungen Leute verscheuchte das Grinsen sofort.

»Na gut. Aber können Sie mir wenigstens sagen, wann ich meine Studenten wegbringen kann? Das ist nichts für sie.«

Düvel lagen harte Worte auf der Zunge. Der Anblick der Leichen war auch nichts für die jungen Volkspolizisten, nicht älter als die Studenten. Niemand machte sich Gedanken darüber, wie sie das verarbeiten würden. Aber es half ja nichts.

Er wandte sich an Weißer. »Sind alle Namen und Anschriften aufgenommen worden?«

Weißer nickte.

»Gut, dann können Sie die Studenten gleich wegbringen. Aber vielleicht kann vorher noch dieser Tote von Ihnen identifiziert werden. So lange müssen Sie noch bleiben.«

Der Tote ließ sich nicht bewegen. Hilflos sahen Bernhard und Goßmann zu ihrem Chef, der ratlos die Schultern hochzog. »Festgefroren. Könnten Sie …«

Düvel trat hinzu und fasste mit an. Mit einem leichten Schnappen löste sich der Tote und rutschte von der anderen Leiche. Die Studenten stöhnten auf, zwei rannten an einen Baum, um sich zu übergeben, und ein Mädchen drehte sich aufheulend weg.

Im Gegensatz zu Lars Andersen, dessen Unterhose nur noch in Fetzen um dessen Beine geschlungen war, war die lange Unterhose der auf dem Bauch liegenden Leiche intakt. Zumindest bis zum Knie. Das untere Ende des linken Hosenbeins wies Verbrennungen auf, und die Socke am Fuß war zerrissen. Auch am anderen Fuß befand sich eine Wollsocke, darüber eine dünnere Socke.

Gemeinsam drehten sie den Toten um. Der Nase fehlte die Spitze. Nur noch ein ausgefranster blutiger Stummel war zu sehen. Beide Arme des jungen Mannes waren über seinem Kopf ausgestreckt und seine Augen geschlossen. Auf seiner rechten Gesichtshälfte konnte Düvel eine zu festem Schaum gefrorene graue Flüssigkeit erkennen. Die Unterarme zeigten das grünlich verfärbte Venennetz der oberflächlichen Hautgefäße. Bei ihm hatte trotz der niedrigen Temperaturen die Fäulnis eingesetzt.

Düvel winkte den schlaksigen jungen Mann zu sich, auf den Goßmann hingewiesen hatte.

»Kennen Sie den Toten?«

Der brachte nur ein Nicken zustande. Nachdem er tief Luft geholt hatte, fügte er leise hinzu: »Ja, das ist Oliver.« Dann drehte er sich hastig weg, stellte sich mit der Stirn an eine Tanne und würgte. Düvel konnte es ihm nicht verdenken.

»Haben wir was zum Abdecken der Leichen hier?« Düvel mochte die toten jungen Männer nicht länger den Blicken der Umstehenden aussetzen.

Er richtete sich auf und schritt zu den Resten des Lagerfeuers. Viel konnte er nicht daraus erkennen. Er konnte sich nicht erinnern, wann er jemals ein Lagerfeuer entzündet hätte. Und wenn, hätte ihm das hier auch nicht weitergeholfen. Hilflos blickte er sich um.

Als hätte er seine Gedanken gelesen, holte Goßmann einen alten Mann, der die ganze Zeit am Rande der Gruppe gestanden hatte, heran. »Das ist Wladimir Koletov. Er kommt ursprünglich aus Russland und war dort Wildhüter. Er kennt sich mit solchen Feuern und in der Wildnis aus. Deshalb habe ich ihn mitgebracht. Erzähl mal, Wladimir, was du mir vorhin schon gesagt hast.«

Koletov, dessen Gebiss aus schwarzen Stummeln bestand, räusperte sich und spuckte grüne Galle aus.

»In der Nähe vom Feuer liegen zehn kleine Tannenzweige, die mit einem finnischen Messer abgeschnitten wurden. Die wurden aber nicht für das Feuer verwendet. Dafür wurden wohl die unteren trockenen Äste von der Zeder abgeschnitten. Die nicht zu dicken. Einige davon liegen neben dem Feuer, andere sieht man noch als Reste darin. Angekokelt.«

Düvel schaute sich um. Einige Tannenzweige entdeckte er in der Nähe des Feuers. Sie waren ihm bisher nicht aufgefallen. »Was meinen Sie, wofür die waren?«

»Vermutlich, um nicht auf dem Schnee stehen zu müssen. So ohne Schuhe«, meinte Koletov.

Klang logisch, fand Düvel. »Habt ihr bei den beiden ein Messer gefunden?«, fragte er in Richtung Goßmann.

»Außer den Fetzen am Leib hatten die nichts bei sich.«

Koletov kniete sich hin und stocherte mit einem Stöckchen in den Resten des Feuers.

»Die haben ein ziemlich gutes Feuer gemacht. Es wird bestimmt mindestens anderthalb Stunden gebrannt haben. Sehen Sie diese Zweige?« Er deutete auf Äste, die zur Hälfte verbrannt waren.

»Von der Zeder?«, riet Düvel. Sie waren gute acht Zentimeter dick und fast durchgebrannt.

Koletov nickte und richtete sich auf.

»Außerdem sind im Umkreis von zwanzig Metern um das Feuer junge Tannen mit einem Messer gekappt worden. Ich hab mindestens zehn solcher Schnittstümpfe gesehen. Aber ich habe keine der abgeschnittenen Spitzen entdeckt außer einer.« Er wies auf eine Tannenspitze dicht neben den beiden Toten.

»Die wurden bestimmt nicht dafür benutzt, das Feuer zu erhalten«, fuhr Koletov fort. »Kein gutes Brennholz. Außerdem liegen hier ziemlich viele trockene Zweige und Materialien rum. Wäre dumm, dann die Tannenspitzen zu nehmen.« Er schüttelte den Kopf. »Um die Bäume da hinten herum«, er wedelte mit der Hand in Richtung einiger kahler Laubbäume, »habe ich die Spuren von mehreren Menschen entdeckt. Jedenfalls ganz sicher von mehr als zweien. Die haben dort Feuerholz gesucht, möchte ich meinen.«

»Mehrere angekokelte Wollsocken liegen um das Feuer verstreut. Dann haben wir noch ein Frauentaschentuch gefunden, das an mehreren Stellen durchgebrannt ist, und einige Fragmente von Wollkleidung. Aber nicht gefunden haben wir die eigentlichen Kleider der beiden Toten. Ach ja, und dann haben wir bei dem Feuer noch die Manschette eines dunklen Pullovers entdeckt. Die lag aber nicht bei den Leichen, sondern ein Stück entfernt. Die Stelle haben wir markiert. Und außerdem fanden wir etwas Geld, rund acht Mark«, ergänzte Goßmann.

»Schauen Sie sich mal die Zeder an«, forderte ihn Koletov auf.

Düvel betrachtete den Nadelbaum, unter dem das Lagerfeuer gebrannt hatte, genauer. Alle niedrigen Äste, die sich in Reichweite seines Armes befanden, waren vollständig abgebrochen oder abgeschnitten.

»Solche Äste sind extrem schwer abzubrechen, selbst wenn man sich mit dem ganzen Körpergewicht an sie hängt. Außerdem muss jemand auf den Baum geklettert sein und den Zweig da oben«, Koletov wies auf einen am Ende glatten Stumpf in drei Metern Höhe, »abgeschnitten haben. Darüber die Äste sind wieder abgebrochen. Aber nur auf der Seite des Baumes, die Hang und Zelt zugewandt ist. Da ist kein einziger Zweig mehr. Schauen Sie nur.«

Düvel nickte.

»Ich denke, dass die zwei da«, Koletov wies auf die beiden Toten, »hochgeklettert sind, um nachzusehen, was beim Zelt los ist. Dafür haben sie den dicken Zweig abgeschnitten. Als das nicht reichte, weil es nicht hoch genug war, sind sie höher geklettert und zusammen abgestürzt. Das würde erklären, wieso so dicke Zweige abgebrochen sind.«

***

Es war ein beschissener Tag gewesen, randvoll mit Frustration, verbrannt schmeckendem Malzkaffee aus Thermoskannen und zu Eis erstarrten Füßen. Die Einheiten der Bereitschafts- und Schutzpolizei stocherten mit langen Stöcken in Schneewehen auf der Suche nach den restlichen Mitgliedern der verschwundenen Wandergruppe. Die lautstarke Verständigung unter ihnen trug nicht dazu bei, dass sich die MUK bei ihrer Arbeit konzentrieren konnte. Düvel hoffte, dass sie nicht fündig würden. Dabei war die Hoffnung, wenigstens ein paar dieser jungen Menschen lebend zu finden, bereits vor einer Woche gen null geschrumpft.

Auch der Zustand des Zeltes und seines Inhaltes verhieß nichts Gutes. Wieso war es aufgeschlitzt, während der Reißverschluss des Zelteingangs ordentlich verschlossen war, worauf ihn Koletov aufmerksam gemacht hatte. Der Mann war unbezahlbar.

Und was hatte es mit den nackten Füßen und der spärlichen Kleidung der beiden Toten auf sich?

Ein Blick in das Zelt hatte gezeigt, dass jede Menge Schuhe drin lagen. Und dann die vielen Abdrücke von nackten oder mit Socken bedeckten Füßen bis hier zu dem Fundort der Leichen. Leider hatten die Studenten bei ihrer Suche einige in ihrem Eifer zerstört. Zuoberst konnte man ein paar beschuhte Abdrücke erkennen. Als sei der ersten Gruppe eine Person gefolgt. Das hatte Koletov ihm berichtet. Ohne ihn wären sie blind gewesen.

Düvel seufzte. Es würde ihn wundern, wenn das einer der noch vermissten sieben überlebt hätte.

Doch er war eine alte Unke, das war ihm bewusst. Immer nur alles schwarzsehen. Was wohl einer der Gründe gewesen war, warum seine Frau bereits zwei Tage nach der Grenzöffnung ohne ein Wort des Abschieds heimlich gen Westen abgehauen war. Als er am nächsten Morgen nichts ahnend von einem nächtlichen Einsatz nach Hause gekommen war, waren nur seine Töchter Ina und Elke verstört allein zu Hause gewesen. Noch immer wusste er nicht, wo seine Frau war und wie er den Alltag mit seinen zwei kleinen Mädchen bewältigen sollte. Zu jeder Tages- und Nachtzeit konnte er gerufen werden, und wer sollte dann auf die Kleinen aufpassen? Nicht immer konnte Frau Schulze, seine Nachbarin, aushelfen wie heute.

Er schob diesen Gedanken beiseite. Der Fall würde seine ganze Erfahrung und Intuition fordern. Da konnte er die Gedanken gerade in einer so frühen Phase der Tatortbesichtigung nicht abschweifen lassen, ohne Gefahr zu laufen, etwas Wichtiges zu übersehen.

Plötzlich erscholl ein Ruf. Tomas Düvel wandte sich dem Abhang in Richtung Zelt zu. Knapp dreihundert Meter oberhalb winkte ein junger Vopo aufgeregt mit beiden Armen. Langsam stapfte er mehr rutschend als gehend und leise fluchend zu dem blätterlosen Baum, dessen karge Zweige wie ein Zeltdach ohne Hülle bis auf den Boden herabhingen. Im Näherkommen entdeckte er auf dem Boden kleine Äste des Baumes, die aus dem Schnee lugten. Doch halt, das waren keine Äste. Er verscheuchte die Polizeibeamten, die sich um den Baum gruppiert hatten und diskutierten, was sie da wohl sahen. Vorsichtig näherte er sich, bis er erkennen konnte, dass der vermeintliche Ast von dünnem braunem Wollstoff überzogen war. Er streifte Plastikhandschuhe über und schob vorsichtig den Schnee beiseite, bis Finger zum Vorschein kamen.

Über dem Schnee waren nun Hände zu sehen, eine zur Faust geballt, die andere zum Himmel ausgestreckt.

»Alle beiseitetreten. Keiner geht da näher ran«, raunzte Düvel zwei Vopos an, die sich von der Seite genähert hatten.

»Weißer«, brüllte er den Berg hinab. »Komm her, ich brauch dich hier.«

Er bückte sich vorsichtig über den Fund und strich mit seinen in Plastik verpackten Händen über die Stelle, an der er den Kopf vermutete. Als Erstes legte er die Nase frei. Es folgten die Augenbrauen mit den geöffneten Augen und der ebenfalls leicht geöffnete Mund. Ganz friedlich sah der junge Mann aus. Nur ein paar Kratzer auf Stirn und Wange sowie die dunkelrot verfärbte Nasenspitze ließen darauf schließen, dass er nicht schlief. Düvel strich weiteren Schnee weg.

Weißer hatte angefangen, den Schnee von den angewinkelten Beinen und überkreuzten Füßen, die schuhlos waren und nur in dicken Socken steckten, zu kratzen. Die Leiche war besser bekleidet als die ersten beiden Toten, wenn auch bei Weitem nicht ausreichend für die eisige Kälte.

Düvel richtete sich auf.

Vorsichtig legte Weißer den ganzen Körper frei. Düvel erkannte eine aufgeknöpfte ärmellose Pelzjacke, außen blauer Stoff, innen graues Fell.

»Fotografier die offene Jacke, das kommt mir komisch vor bei jemandem, der erfriert«, wies er Goßmann an.

Der Tote trug eine Baumwollsocke an seinem linken und eine Wollsocke an seinem rechten Fuß. Die Uhr an seinem Handgelenk hatte um fünf Uhr einunddreißig aufgehört zu schlagen.

Selbst Düvel war über den Fund schockiert. Auch wenn ihm klar gewesen war, dass für die anderen Verschwundenen kaum eine Chance bestanden hatte, so war die Gewissheit durch den Fund eines weiteren toten Gruppenmitgliedes schwer zu ertragen.

»Dokumentier alles ausgiebig, Goßmann. Man wird uns hinterher Löcher in den Bauch fragen, wie das hier war.«

Er richtete sich auf und sah sich um. Neben dem Zelt hatten sie eine rote Fahne aufgestellt, um sich zu orientieren. Die konnte er von seinem Standort aus bequem sehen, ohne sich zu recken. Er wandte sich in Richtung der anderen zwei Leichen bergabwärts. Wenn er sich eine Linie dachte, so lag diese Leiche auf fast gerader Linie dazwischen. Vielleicht sollten sie in dieser Richtung weitersuchen. Düvel rief den Leiter der Hundertschaft zu sich.

»Wir sollten in dieser Richtung«, er wies zur roten Fahne, »weitersuchen. Ich hab da so ein Gefühl.«

Der Beamte nickte und rief seine Leute zu sich. Sie stellten sich in einer Linie auf und gingen los, mit Stöcken vorsichtig vor sich im aufgehäuften Schnee stochernd.

Bis zum späten Nachmittag, Düvels Füße hatten inzwischen jedes Gefühl verloren und fühlten sich an wie Eisklumpen, fanden sie eine weitere Leiche hundertfünfzig Meter oberhalb der letzten Leiche. Düvel trat näher an den Toten und ging neben dem Kopf, der in Richtung Zelt wies, in die Hocke. Der Mund wie zum Schrei geöffnet, die Augen zugeschwollen, die Nase platt gedrückt. Die unter dem Schnee zuvor verborgene rechte Hand zur Faust geballt. So sah kein friedlicher Tod aus.

Das reichte für heute, befand Düvel. Ihm reichte es. Mehr würde keiner hier ertragen. Er war inzwischen so steif gefroren, dass er Mühe hatte, sich wieder aufzurichten. Außerdem senkte sich die Dämmerung über den Brocken. Er hatte in der letzten Stunde die Illusion aufgegeben, noch irgendein Mitglied der Gruppe lebend zu finden. Wie alle anderen um ihn herum auch. Das sah er an den Gesichtern, ihrer Haltung und hörte es aus der Stille. Kein Plappern mehr, keine lauten Zurufe. Die Hoffnung war verschwunden.

»Fotografier alles und lass die Leichen auf das Brockenplateau bringen. Ich telefoniere wegen dem Hubschrauber, der sie abholt«, wies er Bernhard an.

Er musste schnellstens nach Hause, sich um Ina und Elke kümmern. Seine Nachbarin Frau Schulze würde toben, weil er erst so spät nach Hause kam.

Und dann musste er dringend eine heiße Dusche nehmen, sich warm anziehen und Frau Schulze davon überzeugen, sich auch noch die ganze Nacht und morgen um die Mädchen zu kümmern. Er kam hier nicht dauerhaft weg.

VIER

Dienstag, 19. Dezember 1989

Frau Schulze hatte nicht getobt. Nachdem er erklärt hatte, weshalb er so spät kam, hatte sie ihm sogar angeboten, seine Töchter ein paar Tage ganz bei ihr zu lassen, damit er in Ruhe seiner Arbeit nachgehen könnte. Das hatte Düvel dankbar angenommen. Bei solchen Fällen musste man vor Ort sein, sonst riskierte man, dass alles aus dem Ruder lief.

Schnell hatte er für sich und die Kinder einige Sachen in Reisetaschen geworfen, eine Tasche bei Frau Schulze abgegeben und war mit der zweiten zurück in den Harz gerast. Duschen würde er dort. Die Heizung seines Wartburg, die sonst immer Zicken machte, hatte sich seiner erbarmt und auf dem Weg nach Halberstadt seine Füße aufgetaut.

Der Suchtrupp und die Mitglieder der MUK waren im Hotel Villa Fichtenhof in Schierke, einem Freizeitheim der SED Magdeburg, untergebracht. Für ihn wurde auch ein Zimmer bereitgehalten. Mit Dusche. Aber er kam zu spät. Das heiße Wasser war von den Kollegen, die sich darunter aufgewärmt hatten, aufgebraucht und tröpfelte nur noch lauwarm. Er fröstelte. Hoffentlich hatte er sich keine Grippe eingefangen.

Gleich am frühen Morgen zogen die Suchmannschaft, die MUK und Düvel wieder los zu dem Zelt, das sie über Nacht mit einer Plastikplane geschützt hatten. Düvel wollte es sich als Erstes vornehmen.

Der Suchtrupp der Volkspolizei hatte beschlossen, die komplette Strecke zwischen Zeder und Zelt abzusuchen. Vielleicht hatten sie auf dem Stück, das sie gestern abgesucht hatten, etwas übersehen. Kein Wunder bei dem Schnee. Nun standen sie in einer Reihe direkt oberhalb des Fundortes der vierten Leiche und begannen auf Befehl parallel mit Stöcken vor sich im Schnee stochernd, bergauf zu gehen.

Düvel beobachtete sie eine Weile, dann wandte er sich dem Zelt zu. Die Spurensicherung hatte es so weit aufgerichtet, dass er hineinkriechen und alles fotografieren konnte. Wer mochte es wohl so zerfetzt haben, um hineinzukommen? Statt den Vordereingang zu benutzen. Für ihn sprach das für einen massiven, brutalen Überfall. Und Einschüchterungsversuch der darin befindlichen Leute. Er zückte sein Diktiergerät.

»Der Zeltplatz befindet sich am nordöstlichen Hang des Brocken. Das Gelände ist mit zwanzig bis dreißig Zentimeter dickem Schnee bedeckt. Das Zelt ist auf Stangen gespannt und mit Seilen befestigt. In der Mitte befindet sich eine Schlaufe, durch die ein Seil gezogen war, um das Durchhängen der Leinwand zu vermeiden. Das Seil ist gerissen und das Zelt in der Mitte durchgesackt. Das vordere und hintere Ende ist an Stöcken aufgespannt. Das Gruppenzelt wurde offenbar aus zwei Einzelzelten mit einer Doppelnaht zusammengenäht. Im Zelt befindet sich ein Ofen, der wohl aufgehängt war, nun aber auf dem Boden liegt. Auf dem Boden des Zeltes liegen ausgebreitet«, er zählte, »neun aufgerollte Schlafsäcke, von denen sieben offenbar benutzt worden sind. Auf ihnen liegen zerwühlte Wolldecken. Auf den anderen beiden liegen die Decken noch ordentlich gefaltet am Fußende. Des Weiteren befinden sich neun Rucksäcke neben den Schlafsäcken und Jacken und Regenmäntel.«

Er wühlte in einem Kleiderberg, der sich zentral in der Mitte des Zeltes befand. »Hier liegen diverse Männerhosen, warme Parkas, Socken, Hüte, Notizbücher, ein Reiseplan und Dokumente sowie drei Kameras und Zubehör dafür.«

Düvel machte eine Pause, um zu zählen.

»Links vom Eingang ist fast alles Schuhwerk der Wanderer aufgetürmt: acht Paar Wanderschuhe und viereinhalb Paar Filzstiefel. Rechts vom Eingang liegt Haushaltsinventar: zwei Eimer, eine Flasche mit Alkohol«, diktierte er, nachdem er an der aufgeschraubten Flasche geschnuppert hatte, »zwei große Äxte, eine kleine Axt und Kochtöpfe. In der Mitte des Zeltes rechts vom Eingang aus gesehen liegen zwei Paar Filzstiefel.«

Düvel drehte sich um. »Im hinteren Teil des Zeltes wurde offenbar das Essen gelagert: zwei Beutel Kekse, ein Stück Fleischlende von gut anderthalb Kilo Gewicht, zwei Brote, Kondensmilch, Getreide, Dosen, Zucker und Holz für den Ofen.«

Düvel ließ das Innere des Zeltes auf sich wirken.

»Der Inhalt zeigt den Gemütszustand der Gruppe in den letzten Minuten vor dem Verlassen des Zeltes. Offenbar war die Stimmung ruhig und entspannt. Alles scheint ordentlich aufgeräumt und normal zu sein, mit Ausnahme des Schuhhaufens. Dieser ist für die Szene absolut untypisch.«

Düvel nahm sich ein handschriftliches Dokument vor, das auf einem der Rucksäcke gelegen hatte.

»Die Gruppe hat offenbar noch kurz vor dem Vorfall, der sie aus dem Zelt trieb, ein von ihr mit dem Titel ›Satirisches Propagandaflugblatt‹ bezeichnetes Schreiben erstellt, in dem es um die Brockenbefreiung geht. Ich nehme es zu den Akten.«

Er steckte es ein, nachdem er es überflogen hatte. Die jungen Leute hatten sich über die russischen Soldaten, die behaart wären wie Bären, lustig gemacht und sie mit dem Yeti verglichen, den sie in der Umgebung rumoren gehört hatten. Eine Strichzeichnung unter dem Text sollte ihn wohl darstellen.

Nichts ließ darauf schließen, dass sie Angst gehabt hatten. Düvel schüttelte ratlos den Kopf. Was nur mochte die Studenten in solch einer eisigen Nacht in so dürftiger Kleidung aus dem Zelt getrieben haben? Er hatte keine Ahnung, ja noch nicht einmal den Hauch einer Idee. Geschweige denn einen echten Lösungsansatz.

Er kroch aus dem Zelt und richtete sich auf. »Der Eingang des Zeltes ist nach Süden ausgerichtet und aufgerichtet. Der Reißverschluss ist geschlossen«, er zog ihn auf, »und intakt. Die hangabwärts gerichtete Seite ist durch lange Schnitte oder Risse, die teilweise vom First bis zum Boden reichen, zerfetzt.«

Er ging auf die andere Seite. »Das nördliche Ende ist teilweise abgesackt und stellenweise mit gut zwanzig Zentimeter hohem Schnee bedeckt. Aus dem allgemeinen Aussehen würde ich vermuten, dass das Zusammensacken des hinteren Endes nicht von einer Lawine, sondern durch Wind verursacht wurde.«

Düvel ging zurück zum Zeiteingang. »Am Zelteingang steckt im Schnee ein Eispickel. Etwa einen halben Meter entfernt liegt ein roter Anorak.« Düvel durchsuchte ihn. »Dieser gehörte wohl Ingo Dannemann. Die Zuordnung erfolgt durch seinen Pass in der linken Jackentasche. In der rechten Tasche befinden sich ein Taschenmesser und eine Brieftasche mit seinem Ausweis und Zara Kaufmanns Foto darin. Ihr Name steht auf der Rückseite.«

Düvel ging einmal komplett um das Zelt herum. »Auf der hangaufwärts gerichteten Seite des Zeltes liegt auf etwa«, Düvel zückte seinen kleinen Zollstock und stieß ihn durch den Schnee bis auf harten Untergrund, »auf zehn Zentimeter dickem Schnee eine Taschenlampe mit einem Aufkleber, auf dem ›Ingo Dannemann‹ steht.«

Er knipste sie an. »Die Taschenlampe funktioniert noch. Auffallend ist, dass auf ihr kein Schnee lag.«

Düvel trat ein paar Meter zurück und ließ das Gesamtbild auf sich wirken.

»Persönliche Schlussfolgerungen: Die Studenten haben ohne warme Kleidung wie Anoraks, Hüte, Handschuhe und Schuhe das Zelt verlassen, offenbar durch die langen Schlitze an der hangabwärts gelegenen Seite. Sonst ergibt der verschlossene Zelteingang keinen Sinn. Das ist nicht nachzuvollziehen, denn der Reißverschluss ist voll funktionstüchtig«, fuhr er fort, nachdem er mehrfach den Reißverschluss des Eingangs auf- und zugezogen hatte.

»Nur eine äußerst ernsthafte Bedrohung kann dazu geführt haben, dass eine Gruppe von zehn jungen und körperlich gesunden Menschen, die offenbar kurz zuvor noch bestens gelaunt war, in einer Winternacht mit deutlichen Minusgraden in einer einsamen Gegend geradezu hektisch, um nicht panisch zu sagen, ihr Zelt viel zu dünn bekleidet verlassen hat. Es muss eine Frage um Leben und Tod gewesen sein, die sie dazu brachte.«

Wieder ließ er die Szene auf sich wirken.

»Offenbar standen sie vor der Alternative, den Rückzug den Berg hinunter anzutreten oder im Lager zu sterben. Auf mich wirkt es so, als ob jemand oder etwas versucht hat, ins Zelt zu gelangen, und dafür die Seite aufschnitt oder -riss.«

Hatten die jungen Leute den Reißverschluss von innen zugehalten? Musste das, wovor sie geflohen waren, das Zelt aufschneiden, um zu ihnen zu gelangen? Das machte alles keinen Sinn. Er schüttelte den Kopf und wandte sich wieder dem Inhalt des Zeltes zu.

»Auffallend ist zudem, dass die Gruppe nicht völlig unbewaffnet war. Die Wanderer ließen im Zelt mehrere Äxte und Messer zurück. Sie müssen aber noch mindestens ein Messer dabeigehabt haben, mit dem sie die Tannenspitzen und Äste in der Nähe des Fundortes der ersten beiden Leichen abschnitten. Ganz offensichtlich war die Gefahr, der sie im Lager ausgesetzt waren, nicht dergestalt, dass ihr mit Äxten und Messern begegnet werden konnte.«

Düvel setzte das Diktiergerät ab. Was mochte diesen jungen Leuten widerfahren sein, dass sie so überstürzt in die eiskalte Nacht flüchteten?

Er verließ das Zelt und ging zu den Fußspuren. Er wusste zwar, dass Weißer alles fotografiert hatte, doch für seine eignen Notizen und Unterlagen holte er seine Kamera hervor, um die seltsamen Fußabdrücke zu fotografieren. Die Spuren liefen in einem leichten Bogen den Berg hinab fast geradewegs auf die Zeder zu, die auch von seinem Standort aus leicht zu erkennen war. Kein Baum in der Nähe erreichte ihre stattliche Höhe.

Die Erhöhungen vor ihm wiesen teilweise nackte Zehen und Fersen auf. Nicht eingedrückt in den Schnee, sondern turmartig in die Höhe. So etwas hatte Düvel noch nie gesehen.

»Das ist normal bei lockerem Schnee. Wenn man darauftritt, verfestigt er sich. Wenn dann Wind aufkommt, bläst er den lockeren Schnee drum rum weg, und zurück bleiben solche erhöhten Säulen aus Fußspuren.«

Lautlos war Koletov an ihn herangetreten. Er wies mit dem Kopf hinter sie.

»Es gab keine Fußspuren rund um das Zelt, denn als die Dannemann-Gruppe die ebene Fläche für das Zelt grub, haben sie den Schnee überall aufgeschichtet. Später wurde dieser Schnee vom Wind verteilt und bedeckte alles. Ich vermute, dass deswegen erst dreißig bis vierzig Meter weiter unten die Spuren beginnen.« Koletov wies Düvel auf einige dicht beieinanderliegende Säulen hin. »Die Mitglieder der Gruppe gingen in einer Reihe mit einem großen Mann, der hinter ihnen ging. Seine Fußabdrücke bedecken teilweise die Fußabdrücke der vor ihm barfuß Gehenden.«

Düvel folgte zusammen mit Koletov der Spur. Es gab Fußabdrücke von bloßen Füßen, andere waren von Filzstiefeln, wie Koletov erklärte. Bei einem Abdruck blieb er stehen. »Das ist die Lauffläche eines Wanderschuhs.«

»Ist das der einzige Abdruck von einem Wanderschuh?«

Koletov nickte.

»Ist das ein Männerschuh?«

Wieder nickte Koletov.

»Fällt Ihnen daran irgendwas auf? Irgendetwas, was mir weiterhelfen könnte?«

Koletov ging in die Hocke. Begutachtete den Abdruck, erhob sich, rückte neunzig Grad um den Abdruck herum, ging wieder runter. Nach einer Weile erhob er sich. »Ich kann nur sagen, dass der Fuß zu einem schlanken Mann gehört. Er ist mit der Ferse zuerst aufgetreten. Das ist normal bei Schnee, wenn man nicht abrutschen will. Die Schuhgröße würde ich auf dreiundvierzig, vierundvierzig schätzen. Aber mehr? Nee, mehr kann ich daraus nicht lesen.«

Sie folgten den Abdrücken weiter in Richtung Zeder, die hangabwärts deutlich hervortrat. Plötzlich verschwanden die Spuren.

»Das war's«, verkündete Koletov. »Aber seitlich sind noch

ein paar Abdrücke.« Er führte Düvel ein Stück hangaufwärts in das Unterholz von Birken, nur wenige Meter rechts der alten Spur. »Hier sind noch andere Spuren der Gruppe. Die Abdrücke sind von Filzstiefeln und machen einen Bogen um die Spur, der wir eben gefolgt sind. Kehren dann aber zur Gruppe zurück.«

Es war kurz nach Mittag, als der Suchtrupp nach dem inzwischen trotz der warmen Kleidung völlig durchfrorenen Düvel rief. Weitere hundertfünfzig Meter oberhalb der letzten Leiche, nun nur noch gute sechshundert Meter unterhalb des Zeltes, hatten sie eine Frauenleiche entdeckt.

Sie lag unter einem viertel Meter Schnee mit dem Kopf wie die beiden anderen in Richtung Zelt. Düvel schaute zur Zeder. Die Studentin hatte über die Hälfte des Weges zurückgeschafft.

Sie war besser angezogen als die Toten unter der Zeder. Unter ihrem Hut sah er eine Mütze hervorlugen, und der Oberkörper steckte in mindestens zwei Pullovern. Bei dem oberen, blauen war am rechten Ärmel die Manschette abgerissen. Düvel konnte nicht erkennen, ob sie abgeschnitten oder abgerissen war. Auch nicht, ob die Studentin das selbst getan hatte oder jemand anders. Der obere Pullover war von innen nach außen gewendet. Fragend sah er zu Koletov, der ihm gefolgt war.

»Für Schneewanderer ist es nicht ungewöhnlich, dass sie ihre Kleidung trocknen, indem sie die Innenseite nach außen tragen«, erklärte er.

Von der Taille abwärts trug die Tote intakte Hosen und mehrere Paar Socken übereinander.

»Das kann nur Zara oder Annabella sein. Wir müssen jemanden zum Identifizieren aus Clausthal-Zellerfeld holen«, stellte Düvel fest.

Er betrachtete die junge Frau zu seinen Füßen. Sie lag halb auf der Seite mit angezogenen, seitlich abgewinkelten Beinen, das Gesicht fest in den Schnee gedrückt.

Düvel wies Goßmann und seine Leute an, alles zu fotografieren. Mehr konnten sie hier nicht mehr tun.

Vorsichtig hoben zwei Vopos sie aus ihrem Grab und legten sie auf eine ausgebreitete Plane. Ihre Gesichtszüge waren unter dem Eis kaum zu erkennen, und ihre steif gefrorenen Glieder verhinderten, dass sie auf den Rücken gelegt werden konnte.

»Was ist das für ein Brummen, Goßmann. Hören Sie das auch?« Das Geräusch, knapp oberhalb der Wahrnehmungsgrenze, hatte sich in den letzten Minuten verstärkt und in Düvels Bewusstsein gedrängt.

»Keine Ahnung, muss irgendein Flugzeug sein.«

Beide blickten in den wolkenverhangenen Himmel, der sein Geheimnis nicht preisgab.

Düvel zuckte die Schultern und wandte sich der Suchgruppe zu, die am Nachmittag von einer Einheit der Volksarmee unterstützt werden sollte. Still stocherten sie oberhalb seiner Position im Schnee.

Auch sie schienen keine Hoffnung mehr zu haben, sondern fürchteten sich vor dem nächsten weichen Widerstand unter ihren Stöcken.

FÜNF

Mittwoch, 20. Dezember 1989, bis Sonntag, 31. Dezember 1989

Nachdem in den folgenden Tagen keine Spur von den restlichen vermissten vier Studenten und ihrem Lehrbeauftragten entdeckt worden war, beschloss Düvel, sich um die Obduktionsergebnisse zu kümmern.

Mit dem Hubschrauber, der vorübergehend auf dem Brockenplateau stationiert war, flog er nach Magdeburg. In der Medizinischen Akademie der Otto-von-Guericke-Universität waren die Obduktionen bereits in Gegenwart von zwei Pathologen und dem zuständigen Staatsanwalt Dr. Herrmann Richter durchgeführt worden.

Schnell fand Düvel Professor Karl Marx, der die Leichen als Erster Obduzent seziert hatte. Mit einem Wurstbrot in der einen und einer Vita Cola in der anderen Hand, betrachtete er eine von hinten beleuchtete Röntgenaufnahme vor sich.

»Kommen Sie rein, kommen Sie nur rein«, forderte der Professor Düvel auf, nachdem er ihn vor der Tür entdeckt hatte.

»Hm, wegen der jungen Leute vom Brocken kommen Sie also«, sagte er, nachdem sich Düvel vorgestellt hatte. »Traurige Geschichte das, ganz traurig. Ich hab ja schon unzählige Obduktionen durchgeführt, aber so viele kerngesunde junge Menschen auf einen Schlag hatte ich noch nie. Tja, so ist das Leben. Wie kann ich Ihnen helfen?«

»Woran sind die Studenten gestorben?«

»Erfroren, guter Mann, alle erfroren. Das habe ich auch Dr. Richter gesagt, der hat an den Obduktionen teilgenommen. Daran besteht kein Zweifel. Hellrote Totenflecken, Blutungen in den Lendenmuskel, hellrotes Gewebe an den Kniegelenken und Wischnewski-Flecken, also Einblutungen in die Magenschleimhaut. Überlauf der Blase und Erfrierungen der Finger dritten und vierten Grades. Wie im Lehrbuch. Besser als im Lehrbuch. Geradezu perfektes Abbild eines Erfrierungstodes, möchte ich meinen.« Andächtig nickte er.

»Allerdings gab es auch ein paar Auffälligkeiten. Zum Beispiel bei der jungen Frau. Übrigens wurde sie vorgestern von ihren Eltern als Zara Kaufmann identifiziert. Bei ihr fanden wir im Lendenbereich des rechten Abdomens, also hier an der Seite«, er zeigte auf seine Taille, »eine Prellung in Form eines Streifens von dreißig mal sechs Zentimetern. Erinnerte mich an einen Schlag mit einem Stock in die Seite. Auch der junge Mann, Frank Kempler, hatte diverse Verletzungen dieser Art im Gesicht, am Schienbein und an den Händen.«

»Was wollen Sie damit sagen? Wurden die jungen Leute angegriffen, haben sie sich vielleicht gegenseitig verletzt?«

»Langsam, langsam. Ich hab das auch Herrmann Richter erläutert, der nach meinen Erklärungen deutlich beruhigt war. In meinem Autopsiebericht wird stehen, dass das alles Verletzungen sind, die sich die jungen Leute wahrscheinlich im Todeskampf zugezogen haben.«

»Ist das sicher?«

»Was ist denn schon sicher im Leben, mein Freund? Nichts, absolut nichts. Aber wir reden hier von Wahrscheinlichkeiten. Es ist absolut typisch für Erfrierende in der Agonie, dass sie sich unruhig rumwälzen. Wenn das in der freien Natur geschieht, dann stoßen sie gegen alles Mögliche, was sie verletzen kann. So weit die Wahrscheinlichkeit.«

»Können Sie ausschließen, dass es sich um gezielte Schläge gehandelt hat?«

»Ausschließen? Ausschließen, mein Freund, kann ich gar nichts. Und Sicherheit gibt es nur beim Tod. Der kommt immer. Aber wie er kommt. Tja, da kann ich nur mit Wahrscheinlichkeiten arbeiten. Nehmen wir zum Beispiel den jungen Kempler. Der hatte eine Fraktur des linken Stirnbeins. Die kann auftreten, wenn ein Erfrierender mit dem Kopf beim Fallen auf einen harten Gegenstand wie einen Stein, Eis oder so was aufschlägt. Das führte zweifellos zu einer kurzzeitigen Betäubung von Kempler, und die beschleunigte das Erfrieren. Das Fehlen einer ausgeprägten Hirnblutung gibt Anlass zu der Annahme, dass sein Tod gerade durch das Erfrieren erfolgt ist. Es blieb dem Körper nicht genügend Zeit, ins Hirn einzubluten. Seine weiteren Verletzungen am Körper in Form von Abschürfungen, Kratzern und Prellungen können wieder als Folge eines Sturzes und Sichwälzens entstanden sein. Verursacht wurden sie jedenfalls im agonalen Zustand und posthum.«

»Und bei den anderen? Ich erinnere mich, dass der Anführer der Gruppe, Ingo Dannemann, seine Jacke geöffnet hatte. Dabei ist er doch erfroren, wie Sie sagen.«

»Bei ihm ist der Befund absolut eindeutig. Dass der junge Mann eher untypisch seine Jacke geöffnet hatte, wird an der sogenannten Kälteidiotie gelegen haben.«

»Und was ist das bitte?«

»Das ist der rechtsmedizinische Ausdruck für ein paradoxes Verhalten, das Erfrierende manchmal an den Tag legen. Der Betroffene beginnt sich auszuziehen, obwohl sein Körper bereits stark unterkühlt ist. Das liegt daran, dass sich bei großer Kälte die Gefäße in den Extremitäten stark zusammenziehen, um den Organismus zu schützen und das Blut zu den lebenswichtigen Organen zu transportieren. Deswegen treten Erfrierungen auch zunächst an den Händen, Füßen oder der Nase auf. Kurz vor dem Tod weiten sich die Gefäße wieder, das Blut schießt zurück in die unterkühlten Extremitäten. Dem Betroffenen wird warm, und er beginnt zu schwitzen. Die Kälteidiotie tritt auf, wenn die Körperkerntemperatur unter zweiunddreißig Grad Celsius sinkt. Ein Erfrierender ist in diesem Stadium nicht mehr in der Lage, sich selbst zu helfen.«

»Was es nicht alles gibt«, konnte sich Düvel kopfschüttelnd nicht verkneifen zu sagen.

Der Professor nickte nur.

»Und was ist mit den beiden Toten, die wir zuerst gefunden haben, Oliver Seelmann und Lars Andersen?«

»Tja, auch die beiden sind eindeutig erfroren. Allerdings wiesen sie Verletzungen auf, die aus meiner Sicht von einem Sturz stammen könnten. Abschürfungen an Armen, Händen und Schultern, dazu alle Zehen und Finger erfroren. Wenn die beiden überlebt hätten, hätten die amputiert werden müssen. Nun ja, das ist sicherlich immer noch besser als so jung zu sterben.« Er schüttelte bedauernd den Kopf.

»Außerdem wiesen beide Verbrennungen auf, Andersen am linken Bein und Fuß, und Seelmann hatte verbrannte Haare. Auffallend war allerdings, dass Andersen Teile der Haut seiner rechten Hand im Mund hatte.«

»Wie bitte?«

»Ja. Er hat sich die Haut seiner Hand abgebissen. Vielleicht, um wieder Gefühl hineinzubekommen. Vielleicht war er aber auch schon so verwirrt, dass er nicht gemerkt hat, dass er zu fest zubiss. Wer weiß das schon?«

»Vielleicht haben Sie bemerkt, dass Seelmann auf seiner rechten Wange grauen Schaum hatte. Der ist als Flüssigkeit aus seinem offenen Mund ausgetreten. Die wahrscheinlichste Ursache dafür ist ein Lungenödem. Das ist eine krankhafte Ansammlung von Flüssigkeit in der Lunge. Umgangssprachlich ist oft auch von ›Wasser in der Lunge‹ die Rede. Tatsächlich handelt es sich allerdings bei der Flüssigkeit um Blutflüssigkeit, die aus den Blutgefäßen der Lunge ins Lungengewebe fließt.«

»Wodurch verursacht?« Düvel hatte fleißig mitgeschrieben.

»Das Mitschreiben können Sie sich sparen, ich habe die Obduktionsberichte wohlweislich kopieren lassen. Da können Sie alles nachlesen.«

»Herzlichen Dank, Herr Professor. Aber wodurch ist das Lungenödem denn nun entstanden?«

»Da muss ich raten.«

»Dann raten Sie bitte für mich.«

»Im Hinblick auf die übrigen Verletzungen an den beiden Leichen würde ich auf einen Sturz aus großer Höhe tippen. Würde das zur Auffindesituation passen?«

Düvel nickte.

»Nun, dann ist als Ursache für das Ödem ein Sturz sehr wahrscheinlich. Aber Sie wissen ja, die Sache mit der Wahrscheinlichkeit und Sicherheit …«

»Ist Ihnen sonst noch etwas Besonderes aufgefallen?«, hakte Düvel nach.

»Ja, ist mir, auch wenn es Ihren sehr geehrten Herrn Staatsanwalt nicht sonderlich interessierte. Bei Zara Kaufmann und Frank Kempler, aber auch bei Lars Andersen und Oliver Seelmann stimmen die Totenflecken nicht mit den Tatortfotos von den Leichenfunden überein.«

»Sie wurden also postmortal bewegt?«

»Ja, mein Freund, und das ist ausnahmsweise einmal sicher. Und zwar mindestens zwanzig Stunden nach Todeseintritt. Ich würde allerdings noch ein paar Stunden drauflegen bei der Kälte auf dem Brocken.«

Düvel nickte. »Haben Sie eine Idee, was mit den jungen Leuten passiert sein könnte?«

»Sehr geehrter Herr Kommissar, das ist Ihr Job. Ich habe meinen gemacht. Und für Märchenstunden fehlt mir leider die Zeit.«

»Sind Sie sicher, dass es bei allen ein Unfall war, also kein Mord?«

»Das weiß ich nicht. Das kann ich nicht wissen. Ich war nicht dabei. Muss ich das mit den Wahrscheinlichkeiten wiederholen? Ich halte mich an das, was ich für höchstwahrscheinlich halte oder sicher weiß, was wenig genug ist. Und genau das steht in meinem Abschlussbericht: Die jungen Leute sind alle erfroren, die äußerlichen Verletzungen lassen sich allesamt auf Verletzungen im Todeskampf zurückführen. Ihr Herr Staatsanwalt bestand darauf, dass ich das so klar formuliere, also habe ich das auch getan. Mehr gibt es aus meiner Sicht nicht dazu zu sagen. Und jetzt muss ich zur nächsten Obduktion. Auch nach der Grenzöffnung sterben die Menschen noch.«

Auch die restliche Woche hatten sie mit Unterstützung der Nationalen Volksarmee die fünf Verschwundenen gesucht. Eltern und Freunde der Studenten hatten ihnen die Hölle heißgemacht. Nur nach Bernhard Zöllner, der, wie sie inzwischen erfahren hatten, neununddreißig Jahre alt und erst seit dem Wintersemester an der Universität Clausthal-Zellerfeld gelehrt hatte, fragte niemand.

Die toten Studenten waren von ihren Familien abgeholt und noch vor den Weihnachtsfeiertagen unter großer Anteilnahme der Bevölkerung beerdigt worden, wie Düvel in der Zeitung gelesen hatte. Sogar Hans-Heinz Emons, seit knapp einem Monat Minister für Bildung und Jugend in der neu installierten Regierung Hans Modrows, nahm teil, um den guten Willen des Ministerrates der DDR zu demonstrieren.

Staatsanwalt Dr. Richter wollte eiligst das Ermittlungsverfahren wegen der fünf toten jungen Leute einstellen. Vollmundig hatte er Düvel erklärt, alle seien erfroren. Ganz wie Professor Marx ihm schriftlich bestätigt hatte. Doch letztlich traute er sich nicht. Das öffentliche Interesse war zu groß. Und schließlich waren noch nicht alle Opfer gefunden worden. Auf seine Intervention wurden die Ermittlungen wegen der ersten gefundenen Opfer allerdings nicht gerade als Priorität weitergeführt.

Düvel konnte nicht an das Erfrieren der fünf glauben. Oder doch. Daran schon. Aber wieso war das Zelt aufgeschnitten? Warum hatten sie keine Schuhe angezogen? Was hatte sie so sehr in Panik versetzt, dass sie so leicht bekleidet den Berg hinuntergerannt waren? Das musste seinen Grund haben. Es musste mehr dahinterstecken. Davon war er überzeugt.

Staatsanwalt Dr. Richter zuckte nur die Schultern. »Das werden wir wohl nie herausfinden«, war sein einziger Kommentar. »Rauschgift, Übermut? Keine Ahnung. Keine Ahnung, was diese Westler überhaupt da oben auf dem Brocken in so einer eisigen Nacht veranstaltet haben. Für weitere Ermittlungen haben wir jedenfalls keinen Ansatzpunkt. Finden Sie erst mal die noch Verschwundenen, dann reden wir weiter.« Damit erstickte er jede Diskussion im Keim.

Frustriert war Düvel am Heiligabend nach Hause gefahren, um bei seinen Töchtern zu bleiben. An Feiern war nicht zu denken. Er musste den beiden noch beibringen, dass ihre Mutter nicht kommen würde. Am Vortag hatte sie im Präsidium angerufen und ihm ausrichten lassen, dass demnächst ein Paket für die beiden mit wunderbaren Barbiepuppen und Jeans kommen würde. Echte Wrangler, hatte sie gesagt. Lauter schöne Westsachen, nigelnagelneu. Als nachträgliches Weihnachtsgeschenk. Woher sie das Westgeld dafür hatte, wollte Düvel lieber nicht wissen. Kein Wort, ob und wann sie zurückkommen würde.

Wie sollte er das seinen Mädchen beibringen? Und wie sollte er damit klarkommen? Verschämt musste er sich eingestehen, dass er keine Zeit gehabt hatte, Geschenke für seine Mädchen zu kaufen. Frau Schulze hatte ihm welche besorgt.

Zudem stand ihm nach den vielen Tagen im Wald der Sinn absolut nicht nach Tannen – auch wenn sie noch so hübsch als Weihnachtsbaum geschmückt waren. Doch das konnte er den Kindern nicht antun. Wenn er nur wüsste, wo die Weihnachtskugeln versteckt waren. Das hatte früher alles Franziska, seine Frau, erledigt.

Vielleicht hätte er sich mehr in die Ehe einbringen sollen. Müssen. Doch sein Job, der ihnen immerhin eine großzügige Vierzimmerwohnung gesichert hatte, hatte seine ganze Zeit und sämtliche Gedanken in Anspruch genommen. Alles rächte sich im Leben. Auch die Kälte in seiner Ehe, die er zwar gespürt, gegen die er aber nichts unternommen hatte. Nichts unternehmen konnte. Oder wollte. So sicher war sich Düvel da nicht. Wenn die Kinder nicht gewesen wären. Wer weiß? Vielleicht wäre er selbst gegangen.

Schlimm fand er nur, dass sie die Kleinen ohne Abschiedsgruß zurückgelassen hatte. Was für eine Mutter war sie denn?

Sachte öffnete er die Tür zum Kinderzimmer und schlich

hinein. Fahles, gedämpftes Licht fiel durch die Fenster. Er hielt inne, damit sich seine Augen daran gewöhnen konnten.

Das Zimmer roch nach Kindern. Ein säuerlicher Geruch mit einer Basisnote von Schweiß und alten Socken. Links hing ein Poster von den Puhdys. Überall haufenweise Spielzeug. Noch keine Barbiepuppe, von der Düvel wusste, dass sich seine Töchter sehnlichst eine wünschten, seitdem sie sie im heimlich geschauten Westfernsehen gesehen hatten. Nicht zu haben in der DDR. Dazu musste ihre Mutter erst in den Westen abhauen, wie Düvel verbittert dachte.

Ina lag zusammengerollt auf der Seite, mit wirrem Haar und offenem Mund, aus dem eine dünne Speichelspur aufs Kissen rann. Elke lag mit friedvoller Miene auf dem Rücken. Er setzte sich auf die Bettkante und strich ihr eine blonde Locke aus der Stirn, fühlte ihre Wärme und die unglaublich zarte Haut. Bald werden sie zu groß sein, um mit ihrem Vater rumzutoben. Der Gedanke war wie ein Stich in seiner Brust. Vor allem wenn er bedachte, wie viel Zeit er mit der Arbeit und wie wenig mit seinen Töchtern verbrachte.

Schwerfällig stand er auf und ging in den Keller, um dort nach den Weihnachtskugeln zu suchen.

***

Professor Axel Kübler war dieser Heiligabend verdorben. Er mochte nicht an die armen Eltern der toten Studenten denken. Kurzfristig hatte er am letzten Freitag, zwei Tage vor Weihnachten und dem Beginn der vorlesungsfreien Zeit in der Technischen Universität Clausthal-Zellerfeld einen Gedenkgottesdienst für die verstorbenen und noch verschollenen Studenten und seinen Lehrbeauftragten organisiert. Das fand er einfach angebracht. Unzählige Studenten, die normalerweise sofort nach der letzten Vorlesung in den Weihnachtsurlaub gestürmt wären, hatten teilgenommen. Natürlich waren auch die Eltern der Toten und noch Verschollenen gekommen.

Nur für Zöllner war niemand erschienen. Der ganze Lehrkörper war erstaunt darüber gewesen, dass sich absolut niemand für den Verbleib ihres Kollegen zu interessieren schien. Gut, an der Hochschule hatte ihn niemand näher gekannt. Er war einfach zu kurz da gewesen. Aber wenn Kübler jetzt so darüber nachdachte, verblüffte es ihn schon, dass überhaupt niemand Zöllner näher kannte. Immerhin war er im Oktober eingestiegen. Kurzfristig, weil sein Vorgänger, Kollege Schmittbauer, plötzlich erkrankt war. Sie hatten riesiges Glück gehabt, solch einen kompetenten Kollegen für Kommunikationstechnik so schnell gefunden zu haben. Er hatte gar nicht gewusst, dass der Kollege mit der Wander-AG in den Osten wollte. Hätte er das, hätte er es mit Sicherheit gutgeheißen. Und nun dieses Unglück.

Er starrte auf die brennenden Weihnachtskerzen, auf seine drum herum tollenden Enkelkinder Jana und Erich, beobachtete seine Frau beim Plaudern mit den Kindern und Schwiegerkindern und wurde immer deprimierter.

So hatte er sich dieses Weihnachtsfest nicht vorgestellt. Vorsichtshalber tastete er nach den Moxonidin. Das Ganze regte ihn maßlos auf. Und wenn er sich nicht aufregte, dann war er deprimiert.

Der Gedanke an die Eltern der Toten hatte seine Seele belastet. Er ertrug die Vorstellung nicht, wie es ihnen nach solch einem Verlust gehen mochte.

Wieder betrachtete er seine eigene Tochter und die Enkel und wurde sich bewusst, dass die Hinterbliebenen diesen Anblick niemals mehr erleben würden. Er schluchzte leise auf. Jana starrte ihn verblüfft an. Sofort riss er sich zusammen und lächelte sie an.

Wo wohl die Verschwundenen jetzt sein mochten? Er hoffte von ganzem Herzen, dass sie noch lebten und irgendwo in Sicherheit wären. Wenigstens lebten.

Nur daran glauben konnte er nicht.

Professor Kübler glaubte an ein nachträgliches Weihnachtswunder und sandte seinem Gott, an den er schon viel zu lange nicht mehr gedacht hatte, ein stilles Dankgebet.

Nach den Feiertagen hatte er wie üblich die Hochschulpost gesichtet, seine Sekretärin war im Urlaub. Auf einem einfachen weißen Kuvert prangte als Absender Sven Freytags Name und eine Adresse in der Schweiz. Einer der Verschollenen. Hastig riss er den Umschlag auf. Der Brief erhielt eine Krankmeldung für die zwei Wochen vor Weihnachten. Ohne lange zu überlegen, gab er der Telefonauskunft Name und Adresse in Davos an und erhielt tatsächlich eine Nummer, zu der nur der Vorname nicht passte. Wie sich herausstellte, gehörte der zu Svens Vater.

»Professor Kübler, Sie? Es tut mir ja unheimlich leid, dass ich meine Krankmeldung erst so spät abgesandt habe, wegen der Prüfungen und so, aber mich hatte es wirklich übel erwischt bei unserer Wanderung. Vielleicht darf ich ja trotzdem an den Nachprüfungen teilnehmen –«, krächzte Freytag durch die Leitung, mitten in seinen gestammelten Erklärungen brüsk unterbrochen.

»Warum haben Sie sich nicht bei uns gemeldet? Wir haben Sie gesucht, fünf Ihrer Kommilitonen von der Wanderung auf den Brocken sind tot und fünf Menschen, jetzt nur noch vier, verschwunden.«

»Was ist los?«

»Ja lesen Sie denn keine Zeitung?«

»Mein Vater hat hier nur die Financial Times abonniert.«

»Jetzt sagen Sie mir erst mal, wo die anderen sind.«

»Welche anderen?«

Wie sich herausstellte, hatte Sven Freytag keine Ahnung. Am Tag der Brockenbefreiung musste er wegen einer schweren Grippe umkehren und sich in Schierke in einer kleinen Pension einquartieren. Von dort hatte ihn ein paar Tage später sein Bruder mit dem Auto abgeholt, und gemeinsam waren sie in das Ferienhaus ihrer Eltern in die Schweiz gefahren, um dort Weihnachten zu verbringen.

»Was ist mit Zara? Zara Kaufmann.«

»Tot, ebenso wie Ingo Dannemann, Frank Kempler, Oliver Seelmann und Lars Andersen. Die anderen sind verschwunden.«

Danach war kein vernünftiges Wort mehr aus Sven herauszuholen. Kein Wunder. Kübler ärgerte sich über seine Grobheit. Nun war es zu spät, seinem Studenten die Katastrophe schonend beizubringen.

Svens Vater versprach, dass sie umgehend nach Clausthal-Zellerfeld kommen würden.

SECHS

Montag, 29. Januar 1990

Drei Tage nachdem Sturm Daria mit Spitzenböen von zweihundertdreißig Stundenkilometern über den Brocken gerast war, versuchten Alfred Tettens und Willy Schäfer einige quer liegende Tannen zu fällen, als sie es entdeckten. Im Auftrag der noch im Amt befindlichen Forstbehörde – keiner wusste, wie es mit den Mitarbeitern weitergehen würde – hatten sie sich entlang der Kellbeek, einem kleinen nordöstlich vom Brocken entspringenden Bach, vorgearbeitet. Zunächst waren es nur ein paar abgeschnittene Tannenzweige gewesen, die eine Art Pfad bildeten, dem sie gefolgt waren. Sie befanden sich ganz in der Nähe der Zeder, unter der die Studenten im Dezember gefunden worden waren. Alle kannten die Geschichte der toten und verschwundenen Studenten. Und auch sie hatten die Augen offen gehalten bei ihrer Arbeit. Aber nie geglaubt, dass sie tatsächlich etwas entdecken würden. Und nun das.

Vielleicht siebzig Meter von der Zeder entfernt stießen sie auf eine schwarze Baumwolltrainingshose, das rechte Bein mit einem Messer abgeschnitten, die linke Hälfte eines hellbraunen Frauenwollpullovers und die rechte Hälfte und ein abgeschnittener Ärmel eines blauen Sweatshirts. Auf dem Boden daneben lagen blätterlose Birkenzweige, und einigen jungen Tannen in der Nähe fehlten die Spitzen. Die waren eindeutig nicht abgebrochen, sondern abgeschnitten. Wer machte denn so was?

Tettens und Schäfer folgten den auf dem Boden verteilten Zweigen, bis sie zu einer ausladenden Tanne gelangten, die den Sturm unbeschadet überstanden hatte. Vorsichtig bogen sie die untersten Zweige beiseite und krochen darunter. Vor dem Schnee geschützt war ein Lager aus abgeschnittenen Tannen- und Birkenzweigen, bedeckt mit weiteren Kleidungsstücken, bereitet worden. Diese waren an den vier Seiten des Rechteckes aus Zweigen wie Sitze geschichtet.

Beiden war klar, was sie da entdeckt hatten, und so machten sie sich sofort auf den Rückweg nach Schierke. Und riefen die 110 an.

***

Düvel war gleichzeitig mit dem Suchtrupp am Brocken eingetroffen. Diesmal waren sie mit Hubschraubern eingeflogen worden. Ein ganzer Trupp ehemaliger Grenzsoldaten, für die es ohnehin keine Verwendung mehr gab, stapfte ausgestattet mit langen Stöcken aus Richtung Zeder in Richtung Tanne. Die Mitglieder der Morduntersuchungskommission, Walter Goßmann, Rainer Bernhard und Peter Weißer, waren zusammen mit ihm als Erste eingeflogen worden und untersuchten bereits den Lagerplatz.

»In der Höhle haben wir exakt vierzehn Tannenzweige und -spitzen und eine kleine Birke, das Bein einer schwarzen Skihose, einen dicken braunen und einen weißen Wollpullover, beide hergestellt in China, eine braune Hose und diverse Fetzen nicht zuordenbarer Kleidungsstücke gefunden. Fünfzehn Meter entfernt lagen noch ein Löffel und eine Messerscheide. Die haben wir auf dem Weg hierher entdeckt«, berichtete Goßmann Düvel, der mit dem Leiter der Suchmannschaft die Richtung der weiteren Suche diskutiert hatte.

»Wisst ihr schon, ob der Lagerplatz tatsächlich von den verschwundenen Studenten stammt?«

»Nee, wie sollten wir das denn so schnell herausgefunden haben? Wir müssen erst jemanden finden, der die Kleidung wiedererkennt – oder die Toten, wenn sie endlich auftauchen.«

Düvel nickte. Er würde versuchen, den einzigen Überlebenden aus der Gruppe, Sven Freytag, über die Hochschule zu erreichen, um ihn zu bitten, herzukommen. Der könnte beim Identifizieren der gefundenen Sachen förderlich sein. Sein Blick folgte den Grenzern, die missmutig unter den Tannen durchkriechend im Schnee rumstocherten. Er konnte ihre Lustlosigkeit nachvollziehen. Niemand suchte gern nach Leichen. Doch es musste gemacht werden.

Kaum hatte er sich abgewandt, hörte er einen Ruf hinter sich. Alle Augen wandten sich in die Richtung. Ein Soldat winkte aufgeregt, keine zwanzig Meter von der Tanne entfernt. Beim Stochern im Schnee war er auf etwas Weiches gestoßen, wie er ihnen zurief. Sofort eilten drei weitere Grenzer hinzu und fingen mit kleinen Schaufeln an zu graben. Auch Düvel und Goßmann hasteten zu der Stelle.

Sie mussten nicht lange warten. Nachdem sie einen halben Meter Schnee weggeschaufelt hatten, legten die jungen Soldaten den Kopf einer Leiche frei, der auf der oberen Kante eines kleinen Wasserfalls lag. Der Körper war an den senkrechten Felsen im Wasser gelehnt, die Beine wie kniend im weiteren Bachlauf. Das Gesicht war in Düvels Richtung gedreht. Er sah einen wie zum Schrei geöffneten Mund und Augenhöhlen wie zerklüftete Löcher. Der junge Soldat, der sie entdeckt hatte, schaffte es gerade noch rechtzeitig, sich so weit wegzudrehen, dass er sich ins Gebüsch neben der Leiche übergab und nicht auf sie. Auch Düvel spürte Magensäure aufsteigen, zwang sie aber zurück.

»Was machen wir? Im Wasser können wir den Toten nicht lassen. Wir sollten ihn so schnell wie möglich rausholen«, stellte Goßmann, der aschfahl geworden war, in den Raum.

Düvel nickte. »Wenn es hier irgendwelche Spuren gegeben haben sollte, sind die längstens weggeschwemmt worden. Lasst uns genügend Fotos von dem Fundort und der Leiche in dieser Position machen, und dann raus mit ihr aus dem Wasser.«

Goßmann rief Weißer herbei, der sofort mit dem Fotografieren der absurden Stellung der Leiche begann. Parallel rief Düvel die Grenzer, die die Leiche freigeschaufelt hatten, und weitere aus der Nähe zu sich. »Hier weitersuchen«, befahl er, in Richtung Bachlauf weisend.

Eiligst wurde eine Plastikplane ausgelegt und die Leiche mit einiger Mühe daraufgehievt, nachdem Weißer sein Okay gegeben hatte. Düvel konnte erkennen, dass der Kopf der Leiche mit einer kleinen Mütze bedeckt war und sie ein gelbes Hemd trug, dessen Rand unter einem Flanellhemd und zwei Pullovern hervorlugte. Sie trug eine braune Skihose, unter deren hochgerutschtem Bein eine Leggings undefinierbarer Farbe sichtbar war. Am linken Fuß waren zwei Wollsocken, um den rechten Teile eines beigefarbenen Pullovers gewickelt.

»Das ist ja eine Frau«, entfuhr es Düvel, als sie die Leiche auf den Rücken drehten.

»Was ist mit ihren Augen?«, stöhnte Weißer auf. Er starrte wie gebannt auf die leeren Augenhöhlen. Das war auch für den Schlimmes gewohnten Kriminaltechniker zu viel. Er eilte zum nächsten Baum, und Düvel hörte Würgelaute.

»Das muss Annabella Donnert sein. Sie ist die einzige Frau, die noch vermisst wird. Gottverdammich, wieso sieht ihr Mund so leer aus?«, fragte Goßmann niemanden Bestimmtes.

Düvel beugte sich vor und starrte in den offenen Mund. Tatsächlich sah er nur eine leere Höhle. »Fehlt die Zunge?«, brachte er würgend heraus. Weißer nickte nur.

Düvel war entsetzt. Entsetzt und wütend. Leere Augenhöhlen und keine Zunge mehr. Was hatte das bloß zu bedeuten? Für ihn, und er war wahrlich kein Sachverständiger, aber für ihn sah es so aus, als wären sie nicht durch Verwesung verschwunden. Nein, das sah nach gekonntem Entfernen aus. Wer tat einer jungen Frau so etwas an? Er war fassungslos. Und ihm wurde schlecht.

Noch bevor er sich fangen konnte, hörte er weitere Rufe der Grenzer, die bachaufwärts gesucht hatten. Keinen halben Meter von der Fundstelle der Frauenleiche entfernt hatten sie weitere Weichteile erstochert.

»Hierher«, ertönten laute Rufe.

Düvel und Goßmann eilten die wenigen Meter zu den Männern, die bereits mit ihren Schippen vorsichtig den Schnee von einer khakifarbenen Windjacke entfernten. Zum Vorschein kam ein Arm mit zwei Uhren am Handgelenk. Düvel konnte den

Blick nicht von ihnen abwenden. Die Swatch war um acht Uhr achtunddreißig stehen geblieben, und die Seiko zeigte acht Uhr fünfzehn. Mehr war von der Leiche nicht zu erkennen.

Ein Grenzer, der Schnee neben dem Arm entfernt hatte, stöhnte auf. »Schauen Sie da.« Er wies auf einen zweiten Arm, der knapp oberhalb des ersten sichtbar wurde.

»Der gehört nicht zu dem anderen. Sehen Sie nur«, stöhnte er. Düvel erkannte, dass ein Arm in einen dicken Wollstoff, der andere in einen dünnen Leinenstoff gehüllt war.

Inzwischen waren so viele Grenzer herbeigeeilt, dass Goßmann sie mit einem scharfen »Zurück« fernhalten musste. Auch Untersucher Rainer Bernhard war herbeigeeilt und wischte vorsichtig mit den Händen den Schnee weg. Zum Vorschein kamen zwei weitere Körper, die in einer Art Umarmung lagen. Als wolle die größere der Leichen die kleinere schützen. Tragen. Wärmen.

Beide trugen nichts auf ihren Köpfen und hatten blutige Kopfhautstellen, an denen Haare ausgerissen waren. Eiligst zückte Weißer seine Kamera und schoss unzählige Fotos.

Goßmann hatte inzwischen eine weitere, die vierte Leiche, freigelegt. Ein skelettierter Kopf mit Mütze war zum Vorschein gekommen. Der Schädel war auf der rechten Seite merkwürdig schief, wie eingedrückt, erkannte Düvel.

Zwei ältere Grenzer unterstützten Bernhard beim Herausheben der Leichen, deren Körper sich deutlich im Stadium der Verwesung befanden. Der Gestank war unerträglich. Die umschlungenen Leichen konnten sie nur gemeinsam herausheben. Einige der jungen Grenzer ächzten, andere rannten zu den nächststehenden Bäumen und übergaben sich. Der Rest schien zu erstarren.

Als sie versuchten, die kleinere Leiche von der größeren zu trennen, entdeckten sie ein Notizbuch in ihrer bis dahin verdeckten linken Hand und einen Stift in der rechten. Um ihren Hals hingen zwei Kameras.

Weißer schnappte sich das Buch und schaute hinein. »Nichts. Er hat nichts reingeschrieben.« Enttäuscht legte er es zur Seite.

Als die Leiche auf dem Rücken zum Liegen kam, konnte selbst Düvel nur noch nach Luft schnappen. Der umarmten Leiche fehlten ebenfalls die Augen. Leere Höhlen starrten Düvel an. Er würgte. Schluckte. Schnappte nach Luft. Und zwang sich, die Leiche anzuschauen. Der Mund zum Schrei erstarrt, die Brust eingedrückt. Das konnte er sogar durch die dünne Jacke erkennen.

Er hatte einmal ein Unfallopfer nach dem Aufprall seiner Brust auf die Motorhaube eines Lastwagens gesehen. Genauso sah der Oberkörper dieser Leiche aus.

Professor Marx begrüßte Düvel erstaunlich förmlich mit »Genosse« statt »lieber Freund« wie bei seinem letzten Besuch.

»Was haben Sie zu den letzten Leichen herausgefunden, Herr Professor?«

»Wir haben sie mit Hilfe ihrer Angehörigen identifizieren können. Ansonsten wenig. Und das wenige zeigt, dass alle erfroren sind. Also letztendlich. Allerdings wiesen diese Leichen einige Besonderheiten auf, die ich Herrn Dr. Richter ausführlich erklärt habe. Wenden Sie sich bitte direkt an ihn.«

Düvel starrte ihn verblüfft an.

»Sie würden mir wirklich sehr helfen, wenn Sie mir die Todesumstände genauer erklären würden. Ich versuche unter Hochdruck herauszufinden, was auf unserem Brocken mit neun jungen Menschen passiert ist. Ich brauche Ihre Hilfe.«

»Genosse Dr. Richter hat ausdrücklich Anweisung gegeben, nur ihm zu berichten.«

»Aber die Obduktionsberichte bekomme ich doch.«

»Genosse Dr. Richter wird sie Ihnen weiterleiten. Hat er gesagt.«

»Aber ich brauche sie jetzt, nicht irgendwann.«

Professor Marx schwieg.

»Was ist, kann ich sie von Ihnen direkt haben?«, hakte Düvel nach.

Noch immer schwieg der Obduzent.

»Hören Sie, ich behandele das absolut vertraulich. Aber ich brauche Informationen. Jetzt, nicht irgendwann. Wie soll ich sonst weiterkommen? Das waren junge, kerngesunde Menschen, die da oben den Tod fanden. Und ich muss dringend wissen, woran genau sie gestorben sind. Denken Sie an die Eltern. Und daran, dass da womöglich irgendjemand oder irgendwas sein Unwesen treibt, das wir stoppen müssen, bevor noch mehr passiert. Was, wenn das noch anderen geschieht?«

Marx nickte langsam. »Aber es bleibt unter uns, das müssen Sie mir garantieren. Einverstanden?«

»Das verspreche ich Ihnen.«

»Nun gut. Also sowohl Zöllner, das war die umarmte Leiche, als auch Annabella Donnert haben ein interessantes Verletzungsmuster. Diese sind in Position und Schwere sehr ähnlich trotz der unterschiedlichen Form, Größe und körperlichen Konstitution der Toten. Das würde nahelegen, dass das, was diese Verletzungen verursachte, kein einziges einheitliches Ereignis war.«

»Was waren das für Verletzungen? Und was war die Ursache dafür? Wie kann man die Verletzungen bei Annabella und Zöllner erklären?«

»Langsam, langsam. Nicht alles auf einmal. Also, beide hatten mehrfach zersplitterte Frakturen der Rippen – bei Annabella waren sie bilateral und symmetrisch, bei Zöllner einseitig. Beide hatten Blutungen in den Herzmuskel mit Blutungen in die Pleurahöhle, was ein Beweis dafür ist, dass sie, als sie verletzt wurden, noch am Leben waren. Solche Verletzungen sind das Ergebnis der Einwirkung einer großen Kraft, die übrigens auch auf Nikolaus Thibeaux einwirkte.«

»Was für Verletzungen hatte denn Thibeaux?«, fragte Düvel nach.

»Mehrere Frakturen des Schläfenbeins mit Verlängerungen und Erweiterungen bis zu den Frontal- und Keilbeinknochen. Kurzum, sein Schädel war auf der rechten Seite eingeschlagen, und das mit großer Gewalt.«

»Durch welche Art von Gewalt könnten die drei solche Verletzungen erlitten haben?«

»Der Schaden an Thibeaux' Kopf könnte durch das Werfen, Fallen oder Abwerfen des Körpers entstanden sein. Ich glaube allerdings nicht, dass diese Wunden die Folge eines einfachen Sturzes aus der Höhe seiner eigenen Körpergröße sind. Soll heißen, dass er hinfiel und dabei mit seinem Kopf aufschlug. Die ausgedehnte, zusammengedrückte, mehrfach zersplitterte und gebrochene Fornix und Basis des Schädels könnte das Ergebnis eines Aufpralls eines sich mit hoher Geschwindigkeit nähernden Automobils sein. Da war aber sicherlich keines, oder?«

Düvel verneinte. Ähnliches war ihm bei der Leiche mit dem eingedrückten Brustkorb durch den Kopf gegangen, wie er sich erinnerte. »Ist es möglich, dass Thibeaux von einem Stein getroffen wurde, der von jemandem geworfen wurde? Oder auf seinen Kopf geschlagen wurde?«

»In diesem Fall wäre das Weichgewebe beschädigt worden. Aber das war nicht der Fall.«

»Er hatte keine äußeren Verletzungen an der Stelle?«

Marx schüttelte den Kopf.

»Wie lange könnte Thibeaux nach dem Trauma noch gelebt haben? Hätte er sich selbst bewegen können? Noch reden können?«

Wieder schüttelte Marx den Kopf. »Nach dieser Verletzung hätte er eine schwere Gehirnerschütterung gehabt. Das bedeutet, er wäre zwar vielleicht noch bei Bewusstsein gewesen, aber nicht in der Lage, sich zu bewegen, selbst wenn ihm geholfen worden wäre. Reden hätte er auf keinen Fall mehr können. Tja, ich schätze, dass er noch zwei, drei Stunden lang Lebenszeichen hätte zeigen können.«

»Und Annabella und Zöllner?«

»Annabella starb schätzungsweise zehn bis zwanzig Minuten nach dem Trauma. Annabella hatte einen komplizierten traumatischen Schock, der aus der bilateralen Rippenfraktur mit anschließender interner Blutung in die Pleurahöhle resultierte.

Sie hätte bei Bewusstsein sein können. Manchmal passiert es, dass eine Person mit einer Wunde am Herzen, zum Beispiel einer schweren Messerwunde, noch sprechen, rennen oder um Hilfe bitten kann. Aber Annabella? Das wage ich zu bezweifeln bei der Schwere der Verletzungen. Zöllner hätte länger leben können. Dabei muss berücksichtigt werden, dass alle Opfer gut trainierte, körperlich fitte und starke Menschen waren.«

»Und worin bestand nun die Ähnlichkeit bei diesen drei Toten?«

»Die Verletzungen, bei denen das Weichgewebe der Brust oder des Schädels unbeschädigt blieb trotz so schlimmer Verwüstungen im Inneren. Die sind der Art von Traumata sehr ähnlich, die aus der Schockwelle einer Bombe resultieren.«

Düvel hatte Marx nochmals garantieren müssen, dass er niemandem von diesem Gespräch erzählen und sich über Staatsanwalt Dr. Richter die Obduktionsberichte besorgen würde.

Das hatte er auch versucht. Und war gegen Wände gerannt. Wie er es gewohnt war. Und so rannte er weiter, bis er einen Gesprächstermin mit dem Staatsanwalt bekam. Aber erst, als dieser bereits auf gepackten Kisten saß. Wie man munkelte, hatte Dr. Richter bereits Büroräume in Ostberlin angemietet, um dort eine Rechtsanwaltskanzlei zu eröffnen. Er wollte wohl einer der Ersten sein, wenn es zur allseits erhofften Wiedervereinigung käme, die sicherlich jede Menge Rechtsprobleme mit sich bringen würde. In der ganzen DDR gab es überhaupt nur fünfhundertdreißig Rechtsanwälte. Das versprach den großen Profit.

»Die Obduktionsberichte können Sie natürlich gerne haben. Warum haben Sie sich nicht früher gemeldet, Genosse Düvel?«

Düvel ersparte sich die Antwort, die ihn nur weiter weg von den Antworten, die er sich erhoffte, katapultieren würde.

»Ich habe bereits den Abschlussbericht verfasst«, verkündete der Staatsanwalt selbstzufrieden. »Schließlich ist heute mein letzter Arbeitstag. Den bekommen Sie natürlich auch. Wenn das alles ist … Ich habe noch viel zu tun. Sie entschuldigen, Genosse.«

Ratlos stand Düvel vor der hinter ihm nachdrücklich geschlossenen Tür und schaute auf die letzte Seite des Abschlussberichtes. In schwarzen Lettern prangte das »Eingestellt« unter dem nur einseitigen Text zu diesem umfangreichen Todesermittlungsverfahren. Er musste sich auf eine Bank setzen. Fassungslos begann er zu lesen:

> *Zusammenfassung: Der Tod der Wandergruppe ist auf eine Reihe von Fehlern von ihrem Leiter Ingo Dannemann zurückzuführen. Am 3. Dezember 1989 baute die Wandergruppe um Dannemann ihr Zelt zwei Kilometer entfernt vom Brockenplateau auf, obwohl er von der Schwierigkeit des Geländes wusste. Außerdem – und das war Dannemanns nächster Fehler – wählte er eine Stelle, die nicht windgeschützt war. So befand sich die Studentengruppe mit ihrem Lehrbeauftragten am Osthang des Brocken bei starkem Wind und Nebel, der typisch für diese Gegend ist, und niedrigen Temperaturen von mindestens minus zwanzig Grad.*

Bla, bla, bla. Woher wollte der Staatsanwalt das alles wissen? Schwierigkeit des Geländes? Was sollte das denn heißen? Er war nicht einmal an der Fundstelle gewesen. Hatte weder die Lage des Zeltes besichtigt noch seine, Düvels, Informationen zu den Temperaturen in der Nacht eingeholt.

Er las weiter, ersparte sich aber die unsinnigen Ausführungen zur Position des Zeltes und dem Zustand der Gruppe, von der der Staatsanwalt keine Ahnung haben konnte. Jedenfalls waren sie sicherlich nicht, wie er als Möglichkeit ausführte, volltrunken und von Sinnen aufeinander losgegangen. So ein Unsinn. Dazu hätte er nur das Pamphlet zu den Grenzern lesen müssen.

In Anbetracht des Fehlens von äußeren Verletzungen an den Körpern oder Anzeichen für einen Kampf sowie das Zurücklassen aller wertvollen Ressourcen wie Schuhe, Kleidung und Werkzeug und aufgrund der Schlussfolgerungen der medizinischen Untersuchungen über die Todesfälle ist der Schluss zu ziehen, dass die Ursache der Todesfälle in der Nacht vom 3. auf den 4. Dezember 1989 eine Elementargewalt oder überwältigende Krafteinwirkung natürlichen Ursprungs war. Eine schuldige Person konnte nicht ermittelt werden. Dementsprechend war das Verfahren nach Paragraf 147 Nr. 1, 148 Abs. 1 StPO DDR einzustellen.

SIEBEN

Dienstag, 20. Februar 1990

Die Familien waren Amok gelaufen. Nicht nur die Familien, auch die Hochschulleitung der Technischen Universität Clausthal, der Asta der Hochschule und die Kommilitonen hatten lautstark protestiert. Die Bevölkerung auf beiden Seiten der nur noch pro forma existierenden Grenze hatte sich angeschlossen. Die Presse hatte das Thema aufgegriffen und Fotos der Toten veröffentlicht. Niemand wusste, woher sie die hatte. Die Verlage beriefen sich auf ihren Quellenschutz. So wurde für alle sichtbar, was zuvor nur die Familien schockiert hatte: Einige der toten Studenten hatten rotbräunlich verfärbte Gesichter. Die Gerüchte kochten wie in einem überhitzten Topf hoch. Als die Tatsache der fehlenden Augen und der entfernten Zunge bekannt wurde, explodierte er.

Letztlich hatte sich auch die Sozialdemokratische Partei Deutschlands in Bonn, deren Generalsekretär der Vater von Alexander Böhme war, an die Spitze der Protestbewegung »Brockenmord« gesetzt.

Ihr Misstrauen gegenüber den Ergebnissen der Morduntersuchungskommission, die schließlich eine Diensteinheit der ungeliebten Volkspolizei war, ließ sich nicht wegdiskutieren. Und dem Staatsanwalt misstrauten sie noch viel mehr bezüglich seiner Einstellungsverfügung. Vor allem als ihnen die vertraulichen Bestimmungen der Stasi zu Verfahrenseinstellungen zugespielt worden waren. Danach waren »bei Entscheidungen über die Einleitung und den Abschluss eines Ermittlungsverfahrens in jedem Einzelfall die konsequente Durchsetzung und strikte Einhaltung der sozialistischen Gesetzlichkeit sowie unter Berücksichtigung der aktuellen Bedingungen der Klassenauseinandersetzung und der politisch-operativen Lage optimaler politischer Nutzen und politisch-operativ positive Wirkungen anzustreben«.

Und politisch war auch die Einstellung des Verfahrens gewesen. Wenn sie auch keine positive Wirkung hatte.

Skepsis herrschte nicht nur im Westen. Auch die Ostdeutschen zweifelten an, dass es bei dem Tod der neun mit rechten Dingen zugegangen war. Vor allem glaubte keiner in Ost und West, dass die Todesfälle aus einem einfachen Unglück oder Unfall resultierten. Zu erschreckend waren die Bilder der Toten, deren grässlich verzerrte Gesichter eine deutlich andere Sprache sprachen, soweit man das noch erkennen konnte. Gerüchte schossen ins Kraut. Yeti, Aliens, Ritualmorde. Nichts war zu beweisen. Und nichts zu widerlegen.

Selbst die Wiedervereinigung wurde unter diesen bestialischen Umständen in Frage gestellt. Wer wollte sich schon mit einem Staat verbünden, in dem solche Schandtaten ungestraft möglich waren?

Eiligst wurde ein Krisenstab zusammengerufen, dem Vertreter aller Parteien, des BKA, LKA und des BND angehörten. Da die Bundesregierung gerade mit den Russen die Wiedervereinigung der beiden deutschen Staaten sowie den Abzug der sowjetischen Streitkräfte vom Territorium der DDR verhandelte und politisch nichts falsch machen wollte, konnte sie für weitere Untersuchungen keine Mordkommission in die DDR entsenden.

Nach dreistündiger Sitzung hatte man nach telefonischer Rücksprache mit dem Vorsitzenden des Ministerrates der DDR entschieden, dass man einen diplomatischen Trick anwenden wollte. Da die DDR offiziell noch immer Ausland war, wollte man Mitglieder der in den 1980er Jahren gegründeten Gruppe der Verbindungsbeamten des Bundeskriminalamtes im Ausland einsetzen.

Allerdings konnte das BKA nicht eigenmächtig in der DDR als noch souveränem Staat ermitteln. Dafür bedurfte es der Beauftragung durch den Generalbundesanwalt. Die Beamten würden keine hoheitlichen Befugnisse haben und waren auf die Zusammenarbeit mit den örtlichen Kräften angewiesen.

Zudem bestand die Opposition auf den Austausch des zuständigen Staatsanwaltes, der ohnehin längstens gekündigt hatte. Das war kein echter Preis für den Frieden im noch getrennten Deutschland.

Das Auswärtige Amt in Bonn, zu dem die BKA-Beamten abgeordnet waren, nahm mit dem noch amtierenden Ministerium für Auswärtige Angelegenheiten der DDR in Ostberlin Kontakt auf, und man einigte sich auf die Modalitäten.

***

Cassandra von Lucadou war vier Tage zuvor von ihrem Einsatz in Sri Lanka bei einer Geiselnahme von hinduistischen Tamilen zurückgekehrt, als sie den Anruf ihres Vorgesetzten Peter von Arnim erhielt. Eine Reisegruppe aus Deutschland war zwischen die Fronten geraten. Sie war die Einsatzleiterin bei der Befreiungsaktion gewesen.

Noch immer konnte sie nicht fassen, was von Arnim von ihr verlangte. Verbindungsbeamte des BKA mussten in der Regel über gute Sprach-, aber auch sonstige Kenntnisse des Landes verfügen, in das sie abkommandiert wurden. Gut, Deutsch war ihre Muttersprache. Daneben sprach sie fließend Englisch, Französisch, Italienisch, Dari, Paschto, Thai und Tamil, was sie ihrer Großmutter mütterlicherseits zu verdanken hatte. Der sie auch ihr Aussehen verdankte. Die feinen Züge und die mandelförmigen dunkelbraunen Augen ließen sie sanfter aussehen, als sie war, viel sanfter. Nur die hellbraunen Haare, die helle Haut und die Größe von eins fünfundachtzig stammten von ihrem Vater, einem Franzosen hugenottischer Abstammung.

Aber von der DDR wusste sie nichts. Absolut nichts. Hatte sich weder für die Teilung Deutschlands nach dem Zweiten Weltkrieg noch für die jetzige Grenzöffnung interessiert. Die meisten Jahre ihrer Kindheit und ihres Erwachsenenlebens hatte sie im

Ausland verbracht. Im warmen Ausland. Sie hasste Kälte. Und wollte so schnell wie möglich wieder weg aus ihrem zu dieser Jahreszeit noch eiskalten Heimatland.

Der Einsatz in der Nordprovinz Sri Lankas war hart gewesen, und eine Deutsche Ende fünfzig hatte die Befreiungsaktion nicht überlebt, aber drei weitere Geiseln hatte Cassandra lebend nach Hause gebracht. Eigentlich stand ihr Urlaub zu. Den sie auf Hawaii zu verbringen gedachte. Gebucht hatte sie schon. Zuvor hatten noch einige regelmäßig wiederkehrende Arztbesuche auf ihrer Agenda gestanden. Und dann nichts wie weg in die Wärme. Sie wollte für den Anfang Oktober stattfindenden Ironman-Wettkampf trainieren wie jedes Jahr. Eigentlich war sie dafür schon zu alt. Aber die Fitness hatte sie. Und sie würde sich den Spaß nicht von einer blöden Zahl rauben lassen.

Und dann der Anruf. Von Armin hatte ihr in der letzten Zeit immer deutlicher zu verstehen gegeben, dass es für sie an der Zeit sei, sich auf eine Ausbilderstelle an der Polizeihochschule zu bewerben. Obwohl sie erst fünfundvierzig war. Topfit durch tägliches Lauf-, Kraft- und Kampftraining. Kein Gramm Fett hatte sie angesetzt, was in Anbetracht ihres Jobs lebensgefährlich gewesen wäre. Nur ihr Busen fing an, dem Gesetz der Schwerkraft zu folgen.

Sie wuschelte sich unwirsch durch ihre kurzen Haare. Vor Jahren, während eines mehrere Monate dauernden Einsatzes in Afghanistan, hatte sie, um ihrer Haarmähne Herr zu werden, einen Straßenfriseur an ihr Haar gelassen. Da der nur Männerhaarschnitte beherrschte, Frauen trugen ihr Haar ungeschnitten brav unter Kopfbedeckungen, die sie nur zu Hause lüfteten, hatte er ihr kurzerhand einen Männerkurzhaarschnitt mit langem Pony verpasst. Über einen Spiegel hatte er nicht verfügt.

Nach dem ersten Schock hatte Cassandra gefunden, dass die Frisur zwar gewöhnungsbedürftig, für ihre Zwecke jedoch außerordentlich geeignet war.

Ihre Kollegen hatten sie seltsam angestarrt, sich aber nicht getraut, ihre neue Frisur zu kommentieren. Seitdem war sie mit noch mehr Respekt behandelt worden. Und so war es bei dem Haarschnitt geblieben. Je nach Land und Qualität des Friseurs fiel er zwischen na ja und absurd aus. Ihr war das egal. Alles, was für sie zählte, war ihr Job. Nichts anderes war wichtig.

Noch konnte sie sich kein Leben ohne die Arbeit und die Auslandseinsätze vorstellen. Aber bitte auch richtiges Ausland, warmes Ausland und nicht dieses abgeschnittene Eckchen Deutschlands, zu dem sie überhaupt keinen Bezug hatte. Mit Kommunisten hatte sie es ohnehin nicht. Dieser Honecker war immer eine Lachnummer für sie gewesen.

Und nun sollte ausgerechnet sie da hin wegen irgendwelcher toten Studenten. Auch wenn die besonders grässlich zugerichtet waren und dieser unfähige Staatsanwalt den Fall viel zu früh und ohne ordentliche Begründung abgeschlossen hatte.

Von Armin wusste genau, womit er sie locken konnte. Sie liebte Geheimnisse. Galt bei ihren Vorgesetzten als intuitiv und analytisch hochbegabt. Zu Recht, wie Cassandra meinte. Wenn sie genau darüber nachdachte, könnte zumindest das Geheimnisvolle an diesem Fall, so er denn einer war und nicht nur das Ergebnis eines Saufgelages von überdrehten Studenten am falschen Ort beim falschen Wetter, der Reiz an der Untersuchung sein.

Aber in der DDR? Ihr grauste. Nun denn, sie hatte ohnehin keine Wahl. Von Armin hatte angedeutet, dass er sie noch weitere vier Jahre im richtigen Ausland einzusetzen bereit wäre, wenn sie den Job übernähme. Das hatte den Ausschlag gegeben dafür, dass sie jetzt zusammen mit Desiderius Maus in einem Dienst-BMW in Richtung Helmstedt unterwegs war. Ihre Kawasaki hatte sie bei der Kälte zu Hause in der Garage gelassen. Normalerweise bewegte sie sich keinen Kilometer in Deutschland anders als auf diesen zwei Rädern. Das einzige Vergnügen in der alten, meist kalten Heimat.

Maus war seinem Nachnamen zum Trotz ein echter Brocken von Mann. Mit Bizepsen im Umfang ihrer Oberschenkel hatte er jahrelang in Kabul für die Sicherheit des deutschen Botschafters gesorgt. Er war ebenfalls Mitte vierzig und ein langjähriger Weggefährte. Sie hatten die Ausbildung gemeinsam durchlaufen und abgeschlossen. Beide hatten die letzten zwölf Jahre als Verbindungsbeamte gearbeitet. Obwohl Maus in Afghanistan gelandet war und sie sich nur noch auf den regelmäßigen Fortbildungen getroffen hatten, war er so was wie ein Freund, kam ihrer Vorstellung davon jedenfalls am nächsten. Cassandra wusste nur Gutes von ihm. Es störte sie lediglich die Tatsache, dass er schwul war. Normalerweise störte sie das nicht. Überhaupt nicht. Aber Desiderius hätte sie nicht von ihrer Bettkante gestoßen. Er war genau nach ihrem Geschmack. Schade, aber nicht zu ändern.

Ungewöhnlich war, dass sie zu zweit in der DDR auftreten sollten. Üblicherweise gab es nur einen Verbindungsbeamten pro Land. Von Armin hatte zudem ein drittes Mitglied der Untersuchungsgruppe angekündigt. Keinen Kriminalbeamten, sondern einen politischen Beamten, der es noch weit bringen würde, wie er meinte. Der sich mit der *political correctness* auskannte. Und die Wellen, die bei der Untersuchung sicherlich haushoch schlagen würden, wie ein Damm brechen sollte.

»Er wird vorübergehend ebenfalls zum Verbindungsbeamten ernannt. Das sollten Sie sich merken, aber nicht erwähnen. Auch nicht, dass in diesem Fall mehr Beamte als gewöhnlich eingesetzt werden. Ist das klar?«

Natürlich war das Cassandra und Desiderius klar gewesen. Auch wenn sie sich sonst eher durch Stärke als durch Sensibilität auszeichneten.

Hinter der Noch-Grenze in Helmstedt-Marienborn, an der zwei Grenzer in DDR-Uniform unmotiviert Löcher in die Luft gestarrt hatten, bogen sie nach Halberstadt ab, wo sie sich mit dem dritten Gruppenmitglied und der Morduntersuchungskommission aus Magdeburg treffen sollten. Auch der für den Fall zuständige neue Staatsanwalt sollte anwesend sein. Man hatte ihnen den Umweg über deren Dienstort, die Ständige Vertretung der Bundesrepublik Deutschland bei der DDR im Weißen Haus in Ostberlin, erspart. Cassandra hatte an einen Schreibfehler geglaubt, als sie den schriftlichen Einsatzbefehl erhalten hatte. Eine ständige Vertretung war *in* einem Land und nicht *bei*. Doch von Armin hatte sie eines Besseren belehrt.

»Die Verwendung des Wörtchens ›bei‹ statt ›in‹ hat ihren Grund in den diplomatisch verwickelten Bedingungen, unter denen die Eröffnung dieser Einrichtung im Frühjahr 1974 beschlossen wurde. Denn Ostberlin gehörte damals streng genommen als Stadt unter Alliierter Kontrolle ebenso wenig zur DDR wie Westberlin zur Bundesrepublik. Dazu kam, dass die Bundesrepublik die DDR zwar als souveränen Staat anerkannte, aber immer von einer deutschen Staatsangehörigkeit ausging. Mit der Formel ›Ständige Vertretung‹ wurde eine Bezeichnung für eine Institution mit der Funktion einer Botschaft gefunden, ohne dadurch die Zweistaatlichkeit zu akzeptieren. Als Staatsbedienstete sollten Sie solche geschichtlichen Hintergründe aber kennen, wenn Sie Ausbilderin werden wollen.«

Cassandra hatte es geschüttelt. Sie wollte weder Ausbilderin werden noch die geschichtlichen Details der deutschen Teilung erfahren. Sie wollte ihren Job machen. Mehr nicht.

Jetzt jedenfalls konnten sie die Abkürzung nehmen.

***

Tomas Düvel war diese Rambofrau auf den ersten Blick unsympathisch. Das blieb sie auch nach dem zweiten. Zwar hatte sie hübsche Augen und eine tolle Figur, aber viel zu viele Muskeln für seinen Geschmack, und der Herrenhaarschnitt ließ ihre ansonsten weichen Züge verhärten. Nein, eine Frau hatte nach seinem Empfinden auch wie eine Frau auszusehen. Auch wenn sie sich für ihr Alter, das er auf Mitte dreißig schätzte, gut gehalten hatte. Aber sie war zu dominant. Gleich bei der Begrüßung durch den neuen Staatsanwalt Anton Küster hatte sie klargestellt, dass sie die Führung übernehmen würde – auch der MUK. Doch das hatte Düvel nicht zugelassen.

»Mag ja sein, dass Sie in der Welt herumgekommen sind und

wir hier festgesessen haben, trotzdem haben wir gute Arbeit geleistet. Dass der erste Staatsanwalt die Sache eingestellt hat, war gegen unsere ausdrücklich erklärte Meinung zu dem Fall. Um genau zu sein, konnten wir unsere Ergebnisse überhaupt nicht vortragen«, konnte er sich nicht zurückhalten, zu sagen.

Das brachte ihm einen erstaunten Blick dieser von Lucadou ein, die ihn erst jetzt wahrzunehmen schien. Und einen bösen Blick von Staatsanwalt Küster, der ihnen vor der Besprechung eingebläut hatte, sich nicht systemkritisch zu den bisherigen Ermittlungen zu äußern. Der Befehl dafür sei von ganz oben gekommen. Ihnen drohe die Ablösung vom Fall, wenn sie sich nicht daran halten sollten. Doch das interessierte Düvel nicht. Nicht mehr. Die Bedingungen hatten sich geändert. Die Staatsgewalt hatte ihre Macht verloren. Nur ihre Büttel mussten das noch lernen.

»Wollen wir nicht erst einmal auf die bisherigen Ermittlungsergebnisse eingehen«, unterbrach Küster den Disput.

Düvel warf Cassandra einen wütenden Blick zu, die mit einem eiskalten antwortete.

»Gut, nachdem das nun geklärt ist, können wir uns wohl zunächst vorstellen. Damit wir wissen, mit wem wir es zu tun haben, bevor wir zu den wichtigen Punkten kommen«, fuhr Küster fort.

Als Letzter stellte sich Max Rabenfels vor. Der Mann war schlank und wirkte seriös. Ein besserer Ausdruck fiel Düvel zu der Erscheinung des Mannes im dunklen Anzug mit Krawatte und Aktentasche nicht ein. Weder beulten sich die Ärmel auf Höhe des Bizepses, noch zeichneten sich Baumstämme unter der Hose ab wie bei diesem Maus. Was für ein unpassender Name für solch einen Mann, schoss Düvel wiederholt durch den Kopf. Rabenfels schien so überhaupt nicht zu den beiden anderen zu passen. Verblüfft stellte Düvel fest, dass auch von Lucadou und Maus seiner Vorstellung aufmerksam lauschten.

»Vielen Dank, meine Herren – und Dame natürlich«, setzte wieder Küster ein. »Kommissar Düvel hat für Sie die wichtigsten

Ergebnisse schriftlich zusammengefasst.« Er wies auf die dicken Mappen auf dem Tisch vor den Verbindungsleuten.

»Da ist alles drin, angefangen von Fotos der Fundorte, der Leichen bis zu den Obduktionsberichten. Und natürlich der Abschlussbericht mit der Einstellungsverfügung meines Vorgängers. Genosse Düvel, äh, ich meine, Kommissar Düvel wird die Ergebnisse zusammenfassen.«

Düvel fasste zusammen, was sie bisher wussten. Was ihm peinlich wenig vorkam. Was aber kein Wunder war, so schnell, wie die Akten geschlossen worden waren. Sie hatten nicht einmal Zeit gehabt, sich über den möglichen Ablauf auf dem Brocken Gedanken zu machen. Es war fast so, als hätte niemand das heiße Eisen anfassen wollen. Was Düvel in gewissem Maße nachvollziehen konnte.

Aber er war durch und durch Kripobeamter und wollte diesen Fall lösen. Zumindest wollte er wissen, ob überhaupt ein Kriminalfall vorlag. Selbst für diese Feststellung hatte man ihm keine Zeit gelassen, sondern ihm geradezu hastig einen anderen Mordfall in Ostberlin zugewiesen.

Das sagte er aber nicht. Zu lange hatte man so etwas in der DDR nicht aussprechen dürfen. Selbst wenn die Grenze nun offen war, bedeutete das noch lange nicht, dass die alten Kader nicht mehr genug Macht besaßen, ihm das Leben zur Hölle zu machen. Auch wenn er sich vorhin nicht hatte bremsen können. Blöd war er nicht. Auch nicht selbstzerstörerisch. Also fuhr er mit dem fort, was er sagen durfte.

»Wir haben im Nebenraum das Zelt aufgebaut. Ich schlage vor, dass wir zum Zelt rübergehen, damit Sie es sich ansehen können.«

Allgemeinem Nicken folgte Stühlerücken.

In der Sporthalle des Polizeireviers angekommen, forderte Düvel Goßmann, den eigentlichen Leiter der MUK, auf, fortzufahren.

»Wir haben jetzt endlich das Zelt in Ruhe untersuchen können, nachdem wir die Weisung von oben erhalten haben, den Fall wieder aufzurollen.« Das war ungewöhnlich despektierlich für Goßmann, der sonst sehr zurückhaltend war mit Systemkritik. Düvel staunte. Vielleicht sollte er sich daran ein Beispiel nehmen. Was gab es denn schon noch zu verlieren?

»Das Zelt war eine überlange Eigenkonstruktion. Es war auf Stangen aufgespannt und mit Seilen befestigt.«

Während Goßmann beschrieb, was sie im Zelt wo vorgefunden hatten, wies er durch die bodentiefen Schnitte auf die entsprechenden Stellen.

Maus trat näher heran. »Sind das die Schnitte, durch die die Studenten das Zelt verlassen haben?«

»Ja. Wir vermuten, dass irgendetwas oder jemand mit einem scharfen Gegenstand die Seite aufgeschnitten hat, um in das Zelt zu gelangen.«

»Warum das denn?«, stellte von Lucadou die offenkundige, von Düvel erwartete Frage.

»Wenn wir das wüssten, Frau Kollegin«, das musste Düvel anbringen, damit die Hierarchie klar war, »hätten wir höchstwahrscheinlich die Lösung für diesen mysteriösen Fall.«

»Das kann nicht stimmen«, verkündete Maus, halb im Zelt kniend. »Ich bin zwar kein Experte, aber wenn Sie mich fragen, wurde das Zelt von innen aufgeschnitten.«

»Was?«, entfuhr es Düvel.

»Schauen Sie hier.« Maus wies auf die Kante des längsten Schnittes. »Wenn Sie genau hinschauen, dann sehen Sie direkt neben dem richtigen Schnitt erste zaghafte Schnittversuche. Kleine Risse, die nicht durch den Zeltstoff gingen. Ich kenne das. Der Stoff ist unglaublich widerstandsfähig. Man muss mit aller Kraft ran und ein wenig sägen, bis man das erste Loch hat. Danach geht es einfacher.«

Düvel und von Lucadou waren neben ihm in die Hocke gegangen und begutachteten andere Schnitte.

»Er hat recht«, ließ sich von Lucadou vernehmen. »Hier sieht man ganz deutlich Kerben neben dem Schnitt. Und es wurde wohl mehrfach angesetzt. Hier sind jede Menge kleiner Kratzer im Stoff.«

Düvel nickte bestätigend. Das warf ein neues Licht auf den Ablauf. »Das bedeutet also, dass die jungen Leute innen versucht haben, das Zelt aufzuschneiden, um an der Seite rauszukommen, oder?«

»Würde ich vermuten«, sagte Rabenfels. »Aber wieso sollten sie das tun und nicht einfach durch den Ausgang flüchten? War der Reißverschluss kaputt?«

Maus ging an das vordere Ende des Zeltes und zog den Reißverschluss mehrfach auf und zu. »Nö«, verkündete er.

»Also warum haben die Studenten dann diesen schwierigeren Weg gewählt?«

»Noch so eine Frage, die wir lösen müssen«, stellte Düvel fest. »Aber zunächst müssen wir das Zelt zum Gutachter bringen, ob das überhaupt stimmt, Ihr Fachwissen in Ehren, Herr Kollege.« Warum tat dieses »Kollege« nur so gut?, fragte sich Düvel.

Bevor er dazu kam, dieser Frage nachzugehen, fuhr Goßmann fort. »Auffallend war, dass sieben Schlafsäcke, die auf Isomatten lagen, zerknäult waren, zwei weitere aber lagen ordentlich ausgebreitet auf dem Boden. Da zwei der Opfer besser bekleidet waren als die übrigen Studenten, nämlich der ältere Mann Bernhard Zöllner und Nikolaus Thibeaux, gehen wir davon aus, dass sich die beiden, als das Zelt aufgeschnitten wurde, außerhalb befanden. Wir vermuten, dass sie das Zelt verlassen haben, um vorm Schlafen zu urinieren oder zu rauchen.« Goßmann machte eine Kunstpause. »Fragen hierzu?«

»Urinieren. Hübscher Ausdruck. Wo haben Sie den denn her?«, mokierte sich Maus.

Goßmann lief rot an und räusperte sich.

»Also weiter. Bleiben wir erst mal bei den Sachen, die wir gefunden haben. Außerhalb des Zeltes direkt vor dem Eingang haben wir einen Eispickel und in dessen Nähe die Jacke von Dannemann gefunden. In der Jackentasche befanden sich ein Taschenmesser und seine Brieftasche, in ihr ein Foto von Zara Kaufmann, ebenfalls eines der Opfer. Offenbar waren die beiden ein Paar. Auffallend fanden wir, dass die Sachen, die wir im

Zelt gefunden haben, alle ordentlich aufgeräumt waren – bis auf die Schuhe. Die waren links vom Eingang einfach auf einen Haufen wild durcheinandergeworfen. In der Mitte des Zeltes rechts vom Eingang wurden noch zwei Paar Schuhe gefunden, dicke Schnürstiefel.«

»Ist es richtig, dass keiner der toten Studenten Schuhe anhatte?«, warf Rabenfels ein.

»Nicht ganz. Bernhard Zöllner, der Lehrbeauftragte, und Nikolaus Thibeaux trugen Filzstiefel, die perfekt für die sibirische Kälte am Brocken waren. Nicht fürs Wandern, aber um im Zelt und bei kurzen Strecken außerhalb warme Füße zu behalten. Wir sind der Meinung, dass sich die beiden, bevor im Zelt die Hölle losbrach, außerhalb des Zeltes aufgehalten haben. Alle anderen waren nur notdürftig bekleidet. Gerade so, als wären sie aus dem Schlaf gerissen worden und hätten keine Zeit gehabt, ihre Schuhe und Jacken anzuziehen. Die auch noch wild durcheinandergeworfen waren, sodass sie nicht leicht ihre eigenen Schuhe hätten finden können. Und das, obwohl alle anderen Sachen im Zelt sehr ordentlich aufgeräumt waren. Gibt es hierzu Fragen?«

Wieder schüttelten alle den Kopf, während sie in den Seiten ihrer Handakte blätterten.

»Gut, dann übergebe ich jetzt an meinen Kollegen Peter Weißer. Er als Kriminaltechniker hat sich mit den Schnitten im Zelt befasst.«

»Wo fang ich an? Also, wir alle hatten uns über die vielen Schnitte in der Zeltwand gewundert, als wir das Zelt gefunden hatten. Neben ganzen Bahnen, die auf der talwärts gelegenen Seite vertikal geschnitten waren und teilweise von der Zeltspitze bis zum Boden reichten, befanden sich auch diverse kurze Querschnitte horizontal in der Zeltwand oben. Ich zeige Ihnen das mal.«

Er wies auf sieben kurze glatte Öffnungen direkt unter dem Zeltfirst, alle zwischen fünfzehn und fünfunddreißig Zentimeter lang.

»Haben Sie eine Erklärung dafür? Irgendeine Idee?«, hakte von Lucadou ein.

Düvel verneinte an Weißers Stelle. »Darüber werden wir neu nachdenken müssen, nachdem nun im Raume steht, dass die Schnitte von innen stammen. Ich dachte bisher, dass der oder das, was auch immer die jungen Leute in die Flucht trieb, sie mit den kleinen Schnitten erschrecken wollte, bevor er oder es dann die großen Schnitte anbrachte. Aber das hat nach der neuen Theorie keinen Bestand.«

Von Lucadou nickte. »Das heißt also, dass sich sieben der toten Studenten im Zelt befanden, als irgendetwas passierte, und dass sie ihr Zelt aufschnitten und den Berg runtergingen. Die zwei anderen Toten waren irgendwo in der Nähe, bekleidet, gingen aber zusammen mit der Gruppe den Berg runter?«

»Wo sich Zöllner und Thibeaux aufhielten, wissen wir nicht. Vielleicht helfen dabei die Fußspuren weiter«, fuhr Düvel fort.

»Sie haben Fußspuren gefunden?«

»Ja, jede Menge. Dazu wollte ich gerade kommen.«

»Von wem? Den Studenten? Waren Spuren von Verfolgern zu sehen? Tierspuren? Sind die Leute den Berg runtergerannt?«, hakte diese Rambofrau wieder ein, bevor er loslegen konnte.

»Langsam, langsam. Kennen Sie sich aus mit Schnee im Mittelgebirge? Wohl eher nicht. Denn dann wüssten Sie, dass man darauf nicht rennen kann. Schon gar nicht ohne Schuhe in der Dunkelheit.«

»Danke für die Belehrung, Herr Kollege«, das letzte Wort besonders betont, »Düvel. Und nein, ich kenne mich gottlob nicht mit Schnee aus. Da werden Sie mir schon mehr erzählen müssen, damit ich das verstehe«, konterte von Lucadou.

Touché, dachte Düvel.

Staatsanwalt Küster schaltete sich ein. »Man ging davon aus, dass die jungen Leute vielleicht zu viel getrunken hatten und aus Spaß und Übermut diesen Unsinn veranstalteten. Und dass dann aus dem Unsinn tödlicher Ernst wurde.«

»Aber?«, hakte von Lucadou nach.

»Aber dann wurden die letzten vier Opfer gefunden. Und die sahen wahrhaftig nicht so aus, als ob sie ein friedliches Ende im Kältetod gefunden hätten. Aber lassen Sie uns der Reihe nach vorgehen«, sagte Düvel.

Von Lucadou nickte unwillig. Dieser Frau ging offenbar nichts schnell genug. Nun, diesmal würden sie sich die Zeit nehmen, die sie brauchten, um alle Fakten vernünftig rüberzubringen.

»Die Fußspuren sind ein wichtiger Anhaltspunkt für die Ermittlungen«, fuhr Walter Goßmann fort.

»Wir haben lange darüber diskutiert, vor allem auch mit Wladimir Koletov, unserem Spurenleser, wie viele Menschen an diesem schicksalhaften Tag den Brocken runter unterwegs waren. Nach den Worten der Leute, die die ersten Leichen gefunden haben, gab es acht bis neun Fußspuren. Aber das sind Laien. Schauen Sie bitte auf Blatt zehn der Akte das Bild rechts unten. Das ist ein Foto der Fußabdrücke, wie wir sie vorgefunden haben.«

»Wie viele Fußabdrücke haben Sie denn genau gefunden?« Von Lucadou ließ nicht locker. Sie ging ihm langsam wirklich richtig auf die Nerven, stellte Düvel fest.

»Das wissen wir nicht genau. Nicht alle Abdrücke waren gut erhalten, und dann waren noch die Spuren der Studentengruppen da, die die Leichen gefunden haben.«

»Was denn, Sie haben Studenten da oben rumtrampeln und die Spuren zerstören lassen?«, fragte von Lucadou.

»Sehr geehrte Frau Kollegin«, sagte Düvel mit beißender Stimme. Es reichte ihm, als unfähig hingestellt zu werden. »Das war, bevor wir am Fundort der Leichen eintrafen. Als wir endlich da waren, waren jede Menge Fußabdrücke zu sehen, die sich dadurch auszeichneten, dass sie erhöht und nicht eingedrückt in den Schnee waren. Und solche, die wie ganz normale Eindrücke aussahen. Kollege Goßmann hat sofort nach dem Fund der Leichen einen Spurenleser hinzugezogen. Wir alle sind schließlich keine Trapper, sondern ganz normale Kriminalbeamte. Da war es aber schon zu spät. Die Studentengruppen aus Clausthal-Zellerfeld und Halle-Wittenberg waren so hektisch, als sie das Zelt gefunden hatten, dass sie den Spuren einfach folgten. Zum Teil auf ihnen gingen. Wir haben die fotografiert, die noch klar zu erkennen waren. Lassen Sie uns in den Besprechungsraum gehen, da können wir Ihnen die Fußabdrücke auf der Leinwand vorführen.«

Alle hatten den Gang in den kleinen überalterten und hart bestuhlten Besprechungsraum für eine kurze Pause genutzt.

»Rainer, wirf doch mal den Diaprojektor an«, wies Düvel den Untersucher der MUK an.

»Diaprojektor? Gibt es denn hier keinen Beamer?«, warf Maus ein. Bisher war er Düvel sympathisch erschienen. Das änderte sich gerade.

»Nein, so etwas gab es in unserem sozialistischen Deutschland nicht für normale Morduntersuchungskommissionen, sehr geehrter Herr Kollege.« Düvel registrierte das Zucken des Westdeutschen. Na also, man konnte sie doch provozieren. Von Lucadou hatte den rechten Mundwinkel zu ihrem schiefen Grinsen hochgezogen.

»Weiter, Walter«, wies er Goßmann an.

Der nickte anerkennend. Mit einem langen Stock, der früher einem Lehrer für das Zeigen auf der Tafel gedient haben mochte, deutete Goßmann auf das Foto auf der Leinwand.

»Die Mitglieder der Gruppe gingen in einer Reihe mit einem großen Mann, der hinter ihnen ging. Seine Fußabdrücke bedeckten teilweise die Fußabdrücke der vor ihm Gehenden. Auf diesem Foto erkennen Sie verschiedenfarbig markierte Abdrücke. Bei den blau umkreisten handelt es sich um männliche Fußabdrücke mit nicht sehr weiten Schritten. Die gelb umrandeten sind kleine weibliche Fußabdrücke. Rot sind zwei überlappende männliche Fußabdrücke und grün größere männliche Fußabdrücke, die auf dem Fußweg des Mädchens verlaufen, als ob diese Person hinter der Gruppe hergehen würde.« Goßmann räusperte sich.

»Einige aus der Studentengruppe behaupteten, dass die Fußabdrücke direkt am Zelt begannen, andere sagten aus, dass sie ein wenig seitlich des Zeltes angefangen hätten. Um das Zelt herum gab es keine Fußspuren. Als die Dannemann-Gruppe den Schnee für das Zelt wegschaufelte, wurde er locker rundherum gestapelt. Später wurde dieser Schnee vom Wind verweht und bedeckte alle Spuren. Hat Koletov gesagt. Aber dreißig oder vierzig Meter weiter unten waren sie sehr gut erhalten.« Bernhard klickte zum nächsten Dia.

»Wir folgten diesen Abdrücken vom Zelt in Richtung einer Zeder, die sich wegen ihrer Größe deutlich von den anderen Bäumen in der Umgebung abhob. Unter ihr haben wir die ersten beiden Leichen entdeckt.«

Ein weiterer Klick brachte eine Landkarte mit in rot eingezeichneten menschlichen Figuren auf die Leinwand.

»Zur Veranschaulichung: Sie sehen oben links das Zelt, die Zeder ist etwa fünfzehnhundert Meter entfernt. Dazwischen verteilt haben wir Zara Kaufmann, neunhundert Meter vom Zelt entfernt, hundertfünfzig Meter unterhalb von ihr Frank Kempler, weitere hundertfünfzig Meter unter ihm Ingo Dannemann gefunden. Alle lagen mit dem Kopf in Richtung Zelt.« Bernhard hatte auf die jeweils eingezeichneten Figuren gewiesen.

»Dannemann lag gute dreihundert Meter oberhalb der Leichen von Lars Andersen und Oliver Seelmann unter der Zeder«, fuhr er fort.

»Diese Leichen waren nur spärlich bekleidet. Andersen und Seelmann hatten am wenigsten an. Wir gehen davon aus, sozusagen als Arbeitshypothese, dass die zwei unter der Zeder zuerst starben. Offenbar haben die anderen Überlebenden versucht, deren Kleidung zur eigenen Rettung zu verwenden. Aber ich greife vor. Das ist der Part von Genosse, äh, ich meine Kollege Düvel. Gibt es noch Fragen zu den Fußabdrücken oder Fotos?«

Alle winkten ab.

Küster erhob sich. »Es ist spät geworden, und die weiteren

Berichte dauern länger. Wir haben uns überlegt, dass Sie sicherlich gerne den Fundort mit eigenen Augen besichtigen würden, auch wenn sich dort inzwischen dank des Sturms viel verändert hat. Wenn Sie also einverstanden sind, schlagen wir vor, dass Sie in Schierke, dem nächstgelegenen Ort zum Tatort, übernachten. Dort gibt es einige sehr schöne Hotels. Wir haben für Sie im ›Heine‹ gebucht, einem der besten Hotels in unserem sozialistischen Staat. Dort haben wir auch einen Sitzungsraum reserviert, in dem wir morgen die weiteren Details besprechen können. Vielleicht können Sie heute Abend nach einem gemeinsamen Abendessen in Ruhe die Obduktionsberichte lesen, damit wir morgen ohne Zeitverlust wieder einsteigen können, einverstanden?«

***

Cassandra war nicht einverstanden gewesen, doch was blieb ihr übrig? Sie hatte geglaubt, dass sie in ein oder zwei Tagen die Akten durchgehen und den Fall lösen könnten. Waren doch einfach nur Stümper, diese Ost-Vopos.

Aber nach den Berichten zeichnete sich ab, dass der Fall, so er denn einer war, woran sie allerdings schon längst nicht mehr zweifelte, komplexer war als vermutet. Wenigstens hatten diese Ossis die Fakten verständlich aufbereitet. Die technischen Methoden waren allerdings vorsintflutlich. Dias. Empört schnaufte Cassandra. So was bereitete man doch in PowerPoint vor. Wenigstens hatten sie das Zelt aufgebaut. Das hatte ihr den Schrecken der Nacht nahegebracht.

Anderthalb Stunden hatten sie für die Fahrt gebraucht. Der Wartburg dieses Kommissar Düvel mit der MUK führte sie im Schneckentempo an. Dahinter Rabenfels, der so gar nicht in die Rolle des Verbindungsbeamten passte, in dem noch unpassenderen Porsche Targa. Als Schlusslicht sie mit Maus.

»Was hältst du von diesen Ossis?«, fragte sie Des, wie sie Maus unter vier Augen nannte.

»Dieses Düvelchen hat es in sich.«

»Sind doch alles Amateure, diese Ostdeutschen«, schnaubte Cassandra verächtlich.

»Der Staatsanwalt auf jeden Fall. Wie sein Vorgänger. Aber die MUK scheint doch ganz ordentlich ermittelt zu haben. Ich versteh nur nicht, wieso die so schnell klein beigegeben haben, als der Staatsanwalt die Akte dichtgemacht hat.«

Cassandra zuckte die Schultern. »Haben eben kein Rückgrat, diese Typen. Woher sollen sie das auch haben in so einem Land? Alles Buckler und Schleimer.«

Sie staunten nicht schlecht über die angemuffte Pracht des Grandhotels Heinrich Heine in Schierke. Küster hatte ja angekündigt, dass man den westdeutschen Beamten ein besonderes Hotel reserviert habe, aber mit so was hatte sie nun gar nicht gerechnet. Ein imposanter Prachtbau aus der Zeit der Jahrhundertwende erhob sich vor einem dichten Wald auf einer Anhöhe. Der Sockel bestand aus gemauerten Natursteinen, darauf in Weiß gehalten das erste Stockwerk, gekrönt von zwei weiteren Etagen in Dunkelbraun. Der pseudomoderne Eingangsbereich mit vier Säulen wurde durch den Schriftzug »HOTEL HEINRICH HEINE« gekrönt. Diverse Anbauten links und rechts vergrößerten den ohnehin stattlichen Bau.

»Schierke liegt an der innerdeutschen Grenze, im Sperrgebiet also. Zugang bekam bis vor Kurzem nur, wer eine Genehmigung unserer zuständigen Organe hatte. Hier durfte nur unsere Elite, also Parteifunktionäre, Intelligenzler und Kulturschaffende, Urlaub machen. Für uns Normalsterbliche war das ein unerreichbarer Ort.« Küster starrte Cassandra mit großen, erwartungsvollen Augen an.

»Die Leute, die kamen, mussten viel Geld bezahlen. Achtzig bis hundertzwanzig DDR-Mark kostet eine Nacht im ›Heine‹ – eine immense Summe für uns. Trotzdem war das Hotel immer ausgebucht. Monatlich haben sie bis zu fünfhundert Absagen schreiben müssen, hat mir der Portier erzählt«, berichtete er ihr, obwohl auch alle anderen zuhörten.

Cassandra fragte sich, was er von ihr erwartete. Ihr fiel keine passende Reaktion ein. Also schaute sie nur einfach zurück.

Enttäuscht fuhr Küster fort: »Aber seit der Wende kommen nur noch neugierige Westler. Unsere Bürger, die noch Geld haben, sind jetzt im Ausland unterwegs.« Bedauernd schüttelte er den Kopf. »Na ja, so komme ich wenigstens auch mal hier rein.« Er zückte eine uralte Spiegelreflexkamera und begann Fotos der Eingangshalle zu schießen. »Für meine Kinder …«

Das Zimmer war denkwürdig. Cassandra war dank ihrer Auslandseinsätze wahrlich keinen Luxus gewohnt. Allerdings war sie sich nicht sicher, ob das hier Luxus war. Es war plüschig. Das war klar. Aber das Bad stammte garantiert noch aus der Zeit vor dem Zweiten Weltkrieg, und das Bett hing bis auf den Boden durch. Die Bettdecke war so dick wie ihre in einen Bettbezug eingezogene Wolldecke in Colombo. Dafür waren die roten Samtvorhänge umso dicker. Keinen Lichtstrahl ließen sie ins Zimmer.

Nun denn, sie musste sich beeilen. In einer Viertelstunde trafen sich alle im Restaurant. Cassandra war gespannt. Vor allem auf Rabenfels, der ihr so fremd war wie Düvel, dessen Name nichts Gutes verhieß.

Das Restaurant war ein Tanzrestaurant namens Dachsbau mit bunten kubistischen Wandgemälden.

»Die stellen Motive aus Heines ›Harzreise‹ dar«, erläuterte Küster verzückt und wieder fotografierend. »Das normale Restaurant ist im Moment geschlossen. Der Chefkoch ist letzte Woche in den Westen abgehauen. Hatte ein Angebot von einem Drei-Sterne-Restaurant in Bayern, hat mir sein Stellvertreter erzählt. Aber ich denke, das hier ist gut genug für uns, was?«

Die Verbindungsbeamten sahen sich an. Nur Cassandra und Maus nickten. Rabenfels war wohl Besseres gewohnt.

»Interessant«, zwang sich Cassandra ab. Sie wollte Küster nicht erneut frustrieren. Wegen der zukünftigen Zusammenarbeit. Ihr war es herzlich egal, wo und wie sie untergebracht war und was es zu essen gab. Küster war das offenbar zu wenig. Verschnupft sah er zu Düvel, wohl in der Hoffnung, dass der als DDR-Bürger dieses Ambiente zu schätzen wusste. Doch auch Düvel nickte nur.

Die Essensauswahl war eingeschränkt. Deftiger Harzer Käse mit selbst gemachtem Schmalz und Schwarzbrot oder Rostbrätl mit Zwiebeln, Butterbohnen und Röstkartoffeln standen auf der Karte. Cassandra entschied sich für den Rostbrätl in Unkenntnis, was das eigentlich sein sollte.

»Ist gerade ausgegangen«, verkündete der Kellner, der auf die siebzig zuging und dem Cassandra im Bus ihren Sitzplatz angeboten hätte.

Sie sah sich verblüfft um. Es war noch früh und keine weiteren Gäste anwesend.

»Gut, dann eben den Harzer Käse. Und ein Bit.«

»Ein bitte was?«

»Na, ein Bit. Noch nie gehört? Bitte ein Bit?«

»Nee. Und was soll das sein?«

»Na, ein Bier.«

»Haben wir nicht.«

»Was? Bier oder Bit?«

»Wir haben Wernesgrüner.«

»Und was soll das sein?«

»Unser ostdeutsches Bier.«

»Aha. Ein gutes westdeutsches haben Sie nicht?«

»Nee.«

»Na, dann bitte ein Wernesgrüner.«

Ihre einzige Leidenschaft außer ihrem Job, einem interessanten Liebhaber und ihrem Motorrad war Bier. Ein Bitburger. Eiskalt, schäumend gezapft. Wenn sie schon mal in Deutschland war, wollte sie so eins. Das Essen war ihr egal. Nicht aber das Bier. Von *Wernesgrüner* hatte sie noch nie gehört. Und so hätte es nach dem Geschmack auch bleiben können.

Alle hatten den Harzer Käse bestellt. Kein Wunder, war doch die Auswahl auf null reduziert. Rabenfels riskierte dazu die »Romanze in Rouge«, die Küster als Besonderheit empfohlen hatte, ein in der DDR gekelterter Rotwein. Alle anderen hatten sich Cassandras Bierbestellung angeschlossen.

Das Restaurant ähnelte mehr einer Diskothek mit seiner blauen Decke und den Säulen, die die Tanzfläche einrahmten. Die Möbel bestanden aus bequemen Sesseln und Tischen, die ihre Nierenform nur schwerlich unter schneeweißen Tischdecken verbargen. Spotlights und eine große Discokugel über der Tanzfläche vervollkommneten das Ambiente. Cassandra schauerte, während Küster verzückt seine Kamera nicht liegen lassen konnte.

Es war spät geworden. Für ihre Verhältnisse. Und feuchtfröhlich. Rabenfels hatte sich trotz seines biederen Outfits als lustig und unkonventionell erwiesen. Seine Zoten aus Westberlin waren amüsant gewesen, auch wenn die Ostdeutschen sich darüber zu wundern schienen, dass einer aus der Gruppe der Verbindungsbeamten nicht aus Deutschland herausgekommen war. Cassandra und Maus hatten sich mit Erzählungen zurückgehalten, um Rabenfels nicht zu outen. Für den nächsten Abend, so sie denn so lange bleiben müssten, würden sie ihn briefen müssen.

Cassandra konnte nicht schlafen. Das Bett war viel zu weich, sie bildete sich sogar ein, dass ihre Schulter den Fußboden berührte. Draußen vor dem Fenster war es stockdunkel. Obwohl sie das Fenster so weit wie möglich aufgerissen hatte, kam keine Luft rein. Unter der zu dünnen Decke war ihr bitterkalt. Sie seufzte, nachdem sie sich zum gefühlten tausendsten Mal herumgewälzt hatte. Dann gab sie auf. Fragte sich, ob sie wohl noch eins dieser denkwürdigen Wernesgrüner bekommen würde, schließlich war noch nicht einmal Mitternacht. Zog sich an und ging hinunter.

Der Dachsbau, der auch als Bar fungieren musste, war leer bis auf den Barkeeper und Düvel. Cassandra wollte auf dem Absatz kehrtmachen, besann sich jedoch in Anbetracht der drohenden schlaflosen Nacht und ging zum Hocker neben Düvel.

»Noch frei?«

Düvel sah sich verblüfft zu ihr um. »Sieht so aus …«

»Was dagegen?«

»Aber bitte doch, Frau Kollegin.«

Cassandra schwang sich auf den runden Sitz des im Boden festgeschraubten Barhockers.

»Gemütlich hier.«

»Finden Sie?« Düvel warf ihr einen kritischen Blick zu.

»Na ja, immer noch besser als mein Zimmer. Was treibt Sie hier runter?«

»Der Falkner.«

»Wer ist das?«

»Was, Frau Kollegin, was. Das ist unser feinster DDR-Whisky. Halten Sie mit?«

»Aber klar doch.« Sie gab dem Barkeeper ein Zeichen.

ACHT

Mittwoch, 21. Februar 1990

Sie wusste nicht, wie sie in ihr Bett gekommen war. Doch jetzt hing es noch mehr durch als am gestrigen Abend. Vielleicht lag das an ihrem schweren Kopf. Um Gottes willen, wie viele Falkner hatte sie sich reingezogen? Sie vertrug einiges. Aber das Zeug war zu hart gewesen. Selbst für sie.

Einen Kater konnte und wollte sie sich eigentlich nicht leisten, mitten in einer Ermittlung. Sie seufzte. Und versuchte, sich auf den Bauch zu drehen. Stieß aber gegen etwas Warmes, Weiches. Ruckartig versuchte sie, ihren Oberkörper aufzurichten, um von dem Etwas neben sich wegzukommen. Doch der Versuch scheiterte kläglich. Dafür kniff ihr BH. Was war das denn? Immer zog sie nachts ihr BKA-Shirt an. Immer. Und den BH aus. Es gab nur eine Ausnahme von der Regel. Sie stöhnte auf. Was hatte sie sich nur wieder dabei gedacht?

Vorsichtig schob sie ihre Beine über den Bettrand. Irgendwas stimmte nicht mit dem Zimmer. Mühsam erkannte sie, was. Die Vorhänge waren blau. Umso besser.

Ihr Shirt vom gestrigen Abend entdeckte sie ebenso wie ihre Jeans halb unter dem Bett. Ihre Schuhe standen neben dem Eingang, ordentlich nebeneinander. Nie stellte sie ihre Schuhe so hin. Sie warf einen genervten Blick auf den Mann, neben dem sie aufgewacht war. Gott, was ein Spießer. Wie hatte ihr das nur passieren können?

Hastig schlüpfte sie in ihre Sachen und schlich auf Zehenspitzen zur Tür, während sie nach ihrem Zimmerschlüssel in der Hosentasche angelte. Und ihn nicht fand. Herrgott noch mal, fluchte sie innerlich. Auf allen vieren kroch sie so leise wie möglich auf dem Fußboden herum, aber der verdammte Schlüssel war nirgendwo zu finden.

»Auf dem Tisch neben dem Fenster«, kam ein gekrächzter Hinweis vom Bett.

Cassandra erstarrte. Aber gerade so lang, bis sie den Schlüssel tatsächlich auf dem Nierentischchen entdeckte. Nun gut, dann brauchte sie wenigstens nicht mehr leise zu sein. Sie schnappte sich Schlüssel und Schuhe und hastete zur Zimmertür. Kurz überlegte sie, noch etwas zu sagen. Aber ihr fiel nichts ein, was die Situation entschärft hätte. Oder doch.

»Diese Nacht hat es nie gegeben.«

Sie hörte ein zustimmendes Grunzen.

***

Zum Frühstück konnte sie nichts essen. Die Auswahl war auch nicht wirklich überzeugend. Küster rannte schon zum dritten Mal zum Büfett und schaufelte sich Berge von Rührei auf den Teller. Cassandra wurde übel. Langsam schlürfte sie ihre vierte Tasse Kaffee. Mit dem stimmte was nicht. Der machte sie überhaupt nicht munter.

»Gibt es hier nur entkoffeinierten Kaffee?«, fragte sie unbestimmt in die Runde der Ermittler.

»Mögen Sie keinen Malzkaffee? Ich finde ihn total lecker«, bekannte Küster.

Cassandra starrte die Tasse in ihrer Hand angewidert an. »Nicht wirklich«, würgte sie hervor. Doch als sich die Tür zum Frühstücksraum öffnete und Düvel eintrat, hob sie sie hastig zurück vor ihren Mund und süffelte daran. Wie peinlich.

Düvel warf nur ein gut gelauntes »Guten Morgen« in die Runde und schritt zum Büfett.

Wie konnte der Typ nach so einer Nacht nur so schreiten? Gott, was ein Spießer. Seine Kluft erst. Graue Stoffhose und klein kariertes Hemd. Passend zur Denke. Das Sakko in undefinierbarem Blau lässig über dem Arm. Und diese Schuhe erst. Schnürhalbschuhe. Da passte einfach alles zusammen. Wie konnte sie nur? Mit solch einem Biedermann. Den sie auf der

Straße noch nicht einmal angeschaut hätte. Und wenn, dann nur verächtlich.

Wenigstens warf er ihr einen völlig neutralen Blick zu. Gut. Damit war das Thema erledigt.

»Wollen wir uns erst den Fundort der Leichen ansehen oder die Obduktionsberichte durchgehen?«, fragte Küster in die Runde.

Mist, hätte sie doch bloß die Akte studiert, statt sich mit diesem Ossi nicht zu vergnügen.

»Fundort«, brummte sie deshalb bestimmt. Die frische Luft würde ihrem Schädel guttun. Ihre Kollegen vom BKA nickten zustimmend.

Eine halbe Stunde später stand sie warm eingepackt in einem Parka und gefütterten Wanderstiefeln, die sie kurz vor der Abfahrt in den Harz gekauft hatte, abfahrbereit vor dem Hotel. Der eisige Wind pfiff ihr um die Ohren. Gott, wie sehr sie die Wärme der Sonne auf ihrer Haut vermisste. Hoffentlich schafften sie die Aufklärung des Falls rechtzeitig vor ihrem Flug in einer Woche.

Zwei Gestalten traten aus dem Eingangsportal. Eine in einem eleganten Zweireihermantel mit Borsalino, viel zu dünn für ihre Expedition auf den Brocken. Die andere mit einer Fellmütze auf dem Kopf, beide Seitenteile über die Ohren geklappt, und einer militärfarbenen, wattierten Altmännerjacke. Der Kontrast hätte nicht größer sein können. Es schüttelte sie bei der Vorstellung, mit dem Mann im Bett gewesen zu sein.

Der Mann unter dem Borsalino entpuppte sich als Rabenfels.

»In der Kluft wollen Sie auf den Brocken?«, wunderte sich Cassandra.

»Nein, Planänderung. Ich muss heute Vormittag zurück nach Bonn. Ich hoffe, dass ich spätestens heute Abend oder morgen früh wieder da bin.« Sagte es und stieg in seinen funkelnagelneuen Porsche Targa.

Goßmann und Düvel fuhren im Dienst-BMW mit. Bernhard war nach Magdeburg zurückgekehrt, wie Düvel verkündete.

Die Fahrt dauerte eine Dreiviertelstunde über eine schlagloch-gespickte Versorgungsstraße aus Beton bis zum kargen, baumlosen Brockenplateau mit seinen meterhohen Betonwänden. Sie parkten außerhalb. Dann mussten sie laufen. Eine weitere Dreiviertelstunde, bis sie eine Anhöhe erreichten, auf der noch stellenweise Schnee lag. Nur dünn. Wenig Weiß vor vielem Braun, gemischt mit Grau. Aber mehr, als Cassandra in den letzten zwanzig Jahren zu sehen bekommen hatte. Zu ihrer eigenen Verblüffung entschlüpfte ihr ein leiser Jauchzer. Wie in ihrer Kindheit, wenn der erste Schnee gefallen war.

Ihre Kollegen sahen sie mit erstauntem Blick an, Düvels Miene war zu Eis erstarrt. Wie peinlich. Dieser Morgen brachte sie von einer Verlegenheit in die andere, dachte sie düster. Es war an der Zeit, sich zusammenzureißen.

»Hier stand das Zelt. Schauen Sie doch bitte auf Seite elf Ihrer Handakte«, legte Goßmann los.

Natürlich hatte sie die im Zimmer vergessen. Cassandra verfluchte sich. Etwas wurde in ihre Hand geschoben. Verblüfft sah sie Düvels Hand samt Akte, die er ihr zuschob. Sie dankte es ihm mit einem bitterbösen Blick, der ihn nicht zu beeindrucken schien.

Seite elf zeigte eine Fotografie von oberhalb des zerfetzten und zusammengesackten Zeltes, das mit Stöcken markiert war. Von dem Standort führte eine rot gestrichelte Linie links unterhalb am Zelt vorbei bergab zu den Bäumen.

»Die rot eingezeichneten Striche stellen die Fußabdrücke dar. Folgen wir den Spuren, die jetzt natürlich nicht mehr zu erkennen sind, nachdem der Orkan hier alles verwüstet hat.«

Sie folgten der gedachten Linie anderthalb Kilometer. Düvel wies unterwegs auf die Fundstellen der Leichen hin. Endlich erreichten sie einen Nadelbaum, den höchsten und mächtigsten Baum weit und breit.

»Unter dieser Zeder haben wir die ersten beiden Leichen gefunden. Sie lagen dicht beieinander, der eine auf dem Rücken, der andere auf dem Bauch. Wenn Sie mal dorthin schauen«,

Goßmann wies auf eine dunkle Stelle unter der Zeder, keine zwei Meter entfernt, »können Sie noch die Reste des Lagerfeuers erkennen, das die jungen Leute entzündet hatten, wohl um sich vor der Kälte zu schützen. Sie dürfen nicht vergessen, dass es in der Nacht, als es geschehen sein muss, minus zwanzig Grad waren.« Er räusperte sich.

»Alle niedrigen Äste der Zeder sind auf dieser Seite vollständig abgebrochen«, er deutete auf die Aststümpfe über ihren Köpfen, »obwohl sie nur extrem schwer durchgebrochen werden können, selbst wenn man sich mit dem ganzen Körpergewicht an sie hängt. Aber auch die Äste darüber waren abgebrochen.« Wieder schwieg Goßmann einen Moment, um den Verbindungsbeamten Zeit zu lassen, die abgebrochenen Stümpfe zu begutachten.

»Ihnen ist sicherlich aufgefallen, dass es sich um die Seite der Zeder handelt, die dem Hang und dem Zelt zugewandt war. Die Zweige waren nicht trocken und dementsprechend nicht für das Lagerfeuer geeignet. Einige von ihnen lagen ungenutzt auf dem Boden rum, andere hingen an den unteren Ästen der Zeder. Es sah fast so aus, als hätte jemand versucht, ein Zelt, oder besser gesagt Wigwam, zu schaffen mit Blick bergauf. Die Zweige wurden offenbar vom Sturmwind verweht, aber wir haben das fotografiert, Seite dreiundzwanzig der Akte.«

Cassandra blätterte unwillig in der geborgten Akte. Sie erkannte weder ein Zelt noch einen Wigwam in den an der Zeder lehnenden Zweigen.

»Jemand muss auf den Baum geklettert sein und dabei die Zweige abgebrochen haben. Wir vermuten, beim Sturz runter. Das passt ziemlich gut zu den Verletzungen von Seelmann und Andersen, den Leichen unter der Zeder. Das hat der Gerichtsmediziner bestätigt. Wir vermuten, dass die beiden jungen Männer hochgeklettert sind, um nach dem Ausschau zu halten, was sich beim Zelt befand. Dann sind sie so stark ausgekühlt, dass sie sich nicht mehr auf dem Baum halten konnten. Einer hat sich dabei sogar die Haut von der Hand gebissen. Beim Runterfallen müssen sie die Zweige abgebrochen haben.«

»Haben Sie das überprüft?«, fragte Cassandra nach.

»Was denn?«

»Ob man das Zelt von dort oben aus tatsächlich sieht?«

Irritiert blätterte Goßmann in der Akte. »Keine Ahnung. Als wir hier vor Ort waren jedenfalls nicht.«

Das war nicht akzeptabel für Cassandra. Wenn man sich ein Bild von den Dingen machen wollte, dann gefälligst richtig. Kurz entschlossen zog sie sich die unteren Zweige der Zeder auf der Talseite hoch und kletterte weiter, bis sie zu einem dicken Aststumpf kam, der abgeschnitten aussah.

»Hier ist einer abgeschnitten«, rief sie runter.

»Was machen Sie denn da?«, brüllte Küster zurück.

»Ja«, erwiderte Düvel, »der ist uns auch aufgefallen. Kann man von da aus das Zelt sehen?«

Vorsichtig lehnte sich Cassandra etwas nach außen und sah an dem Stamm vorbei in Richtung Zelt, die Rufe von Küster ignorierend.

»Nein.« Sie kletterte weiter hoch. Bis auf der anderen Seite keine abgebrochenen Zweige mehr waren. »Aber von hier aus.«

Tatsächlich konnte sie zwischen den Zedernzweigen hindurch die Stöcke erkennen, die den Standort des Zeltes markierten. Da der Platz frei von Bäumen war, konnte sie auch die Flächen links und rechts davon sowie ein Stück des Weges, den sie bergab gelaufen waren, sehen. Zufrieden kletterte sie wieder runter.

»Was sollte das denn?«, pflaumte Küster sie an.

»Wissen Sie, ich nehme nichts hin, was ich nicht selbst überprüft habe. Die beiden Studenten scheinen jedenfalls so hoch geklettert zu sein, bis sie das Zelt sehen konnten. Das muss einen Grund gehabt haben, meinen Sie nicht?«

Küster schnaubte, doch zu Cassandras Verblüffung erntete sie einen anerkennenden Blick von Düvel, den sie vor lauter Schreck erwiderte.

Wütend auf sich selbst, fuhr sie fort. »Die jungen Männer, die ohne Schuhe einen Baum hochgeklettert sind, und das bei der eisigen Kälte, müssen sogar einen sehr triftigen Grund dafür gehabt haben. Sie wollten sehen, was beim Zelt los ist. Ist ja auch verständlich. Dort waren ihre Kleidung und Schutz vor der Kälte. Und sie müssen einen noch besseren Grund gehabt haben, nicht zurück zum Zelt zu gehen, nachdem sie von der Zeder aus die Vorgänge dort oben beobachtet hatten. Und zwar so lange, bis sie sich nicht mehr halten konnten. So fest, dass einer hinterher die Haut seiner Hand im Mund hatte. Und dass sie, statt zurück zum Zelt zu gehen, ein Feuer entzündeten. Das vom Zelt aus sichtbar gewesen sein muss. Das heißt also, dass sie zwar nicht zum Zelt zurückkonnten, aber trotzdem ein Lagerfeuer entzündeten, das – was auch immer – vom Zelt anlocken konnte. Haben Sie irgendeinen Hinweis darauf gefunden, was das gewesen sein könnte, Herr Staatsanwalt?«

»Natürlich nicht. Wie auch?«

»Aber Sie alle hier hielten es nicht für nötig, das herauszufinden?«

»Doch, Frau Kollegin. Nur leider nicht alle«, mischte sich Düvel ein. Sein Blick war vernichtend. Was Cassandra nicht verstand. Sie hatten schließlich Mist gebaut. Oder übersah sie da was?

»Ich schlage erst mal vor, dass wir hier weitermachen, solange es hell ist«, mischte sich Küster unwirsch ein und nickte Goßmann auffordernd zu.

»Der Schnee um das Lagerfeuer war von mehreren Personen zertreten. Für uns sah es aus, als ob sich unter der Zeder mehr als zwei Menschen mit viel Mühe darum bemüht hätten, Holz zu sammeln. Obwohl Bäume in der Nähe des Feuers mit Messern beschnitten worden waren, fanden wir keine Messer bei den Leichen«, fasste Goßmann aus den Berichten zusammen.

»Das Feuer muss ziemlich gut gebrannt haben. Nach diversen Versuchen sind wir zu dem Ergebnis gekommen, dass es mindestens anderthalb Stunden gelodert hat. Dazu haben wir acht Zentimeter dicke Zweige der Zeder genommen und abgebrannt, bis sie im selben Zustand waren wie die, die wir im Feuer gefunden haben.« Wieder blätterte Goßmann.

»Im Umkreis von zwanzig Metern wurden junge Tannen mit einem Messer gekappt. Wir haben rund zwanzig solcher Schnittstümpfe gesehen.« Während er berichtete, war er auf mehrere Tannenbäumchen ohne Spitzen zugegangen und zeigte den Verbindungsbeamten, was er meinte.

»Aber wir haben keine der abgeschnittenen Spitzen entdeckt. Als Feuerholz waren sie gänzlich ungeeignet. Hier lagen genug trockene Zweige, die wesentlich besser geeignet gewesen wären. Wofür also wurden sie genutzt?«

Er ging zurück zur Feuerstelle.

»Mehrere Woll- und Baumwollsocken lagen um das Feuer verstreut. Außerdem fanden wir ein Damentaschentuch, das an mehreren Stellen durchgebrannt war, und einige Fragmente von Wollkleidung. Fragen hierzu?«

Alle schüttelten den Kopf.

»Gehen wir ein Stück bergauf. Ich denke, es ist am einfachsten, wenn wir Ihnen die Fundstellen der Leichen in der Reihenfolge zeigen, in der wir sie gefunden haben«, fuhr Goßmann fort und wandte sich dem Berg zu. Alle folgten ihm.

Dreihundert Meter oberhalb der Zeder blieb er bei einem kleinen Holzpflock unter den görrigen blattlosen Zweigen eines Laubbaums stehen. »Hier fanden wir Dannemann, den Anführer der Gruppe. Er lag auf dem Rücken unter den Zweigen dieser Birke verborgen. Seine ärmellose Felljacke war aufgeknöpft, was für einen Erfrierenden eigentlich ungewöhnlich ist. Diese Jacke hatte Sven Freytag offenbar bei der Gruppe zurückgelassen. Sein Name ist am Kragen eingestickt. In der Jackentasche befand sich allerdings der Pass von Oliver Seelmann, einem der beiden Toten unter der Zeder. Es sieht so aus, als hätte Dannemann die Weste Seelmann weggenommen, nachdem der gestorben war.«

»Und woher wissen Sie, dass Seelmann zu dem Zeitpunkt bereits tot war?«, hakte Cassandra ein. »Kann es nicht sein, dass er dem Sterbenden die Jacke wegnahm?«

»Möglich ist alles. Aber wir halten das für eher unwahrscheinlich«, mischte sich Düvel ein. »Die ersten beiden Toten hatten kaum noch Kleidung an. Nur das Notdürftigste, um ihre Blößen zu bedecken. Aber Dannemann hatte nicht die komplette Kleidung der Toten an. Dafür war er zu dünn bekleidet. Also wird die Gruppe die Sachen aufgeteilt haben. Ich kann mir nicht vorstellen, dass alle so eiskalt, Entschuldigung, unpassender Ausdruck, so gefühllos waren, den Sterbenden ihre Kleidung wegzunehmen. Sie müssen bedenken, dass die Gruppe erst kurz zuvor aus dem Zelt vertrieben worden war. Ich glaube nicht, dass sie schon so verzweifelt waren, dass sie den Tod ihrer Freunde absichtlich beschleunigt hätten. Und denken Sie daran, wie Lars Andersen und Oliver Seelmann hingelegt worden waren. Ehrfürchtig, nicht rücksichtslos. Aber gut, möglich ist alles. Ändert das im Moment was für Sie?«

Provokant starrte er Cassandra direkt in die Augen. Die musste sich eingestehen, dass es zunächst keinen Unterschied machte, ob die beiden bereits tot gewesen waren oder in den letzten Zügen lagen.

»Mach weiter, Goßmann, ich will hier nicht festfrieren«, forderte Düvel seinen Kollegen auf.

»Auf Seite achtzehn können Sie die Bilder des Auffindens und nachdem er in der Gerichtsmedizin angekommen war, anschauen«, ergänzte Goßmann.

Cassandra blätterte bis zu den Fotos eines jungen Mannes, der auf dem Rücken lag und die Fäuste vor seiner Brust bis zum Kinn hochgezogen hatte. Sein Gesicht sah trotz des offenen Mundes friedlich aus.

»Gehen wir weiter.«

Wieder wandte sich Goßmann bergauf, und alle folgten ihm knappe zweihundert Meter.

»Hier haben wir Frank Kempler gefunden. Er lag mit dem Gesicht nach unten, Kopf in Richtung Zelt. Er war besser angezogen als die zuvor gefundenen Toten.« Goßmann blickte von seiner Liste auf.

»Besonders auffällig war die Verletzung an seinem Kopf, besser gesagt der Schläfe. Der Stirnknochen war gebrochen.

Der Gerichtsmediziner meint, dass das von einem stumpfen Gegenstand erzeugt wurde. Der Tod von Frank Kempler wird allerdings als Folge von Hypothermie, also Unterkühlung, beurteilt. Alle Quetschungen, Kratzer und Brüche, auch der an seinem Schädel, seinem Todeskampf zugerechnet.« Er deutete um sich. »Wir haben hier nichts gefunden, was ihn so verletzt haben könnte.«

Cassandra sah sich um. Kein Stein, kein Ast, nur Schnee.

»Franks Körper war übrigens der einzige, der auf einem sogenannten eisigen Bett gefunden wurde. Das bedeutet, dass der Körper noch warm genug war, um den Schnee unter sich zum Schmelzen zu bringen. Als er abkühlte, erstarrte der getaute Schnee zu Eis. Fragen hierzu?«

»Jede Menge«, warf Cassandra schlecht gelaunt ein. »Aber die heb ich mir für später auf.«

»Gut, dann gehen wir zum Fundort der letzten Leiche für heute.«

Wieder drehte sich Goßmann in Richtung des Zeltes und schritt voran. Hier wuchsen nur wenige Bäume, der Untergrund wurde felsiger und schwer zu begehen. Ein kleiner Bach plätscherte unsichtbar über ein Felsplateau. Die Gräser und das Moos zwischen den wenigen Schneeflecken waren ockergelb verfärbt. Nach gut hundertfünfzig Metern mitten auf freiem Feld stoppte er. Ein Holzpflock mit rot angesprühter Spitze markierte die Fundstelle.

»Hier also lag Zara Kaufmann. Zara wurde etwa sechshundertdreißig Meter von der Zeder entfernt gefunden, auch sie mit dem Gesicht nach unten in Richtung Zelt. Auffallend war, dass bei einem ihrer Pullover die Manschette am rechten Ärmel abgerissen war.«

»Ich lese hier, dass sich die Leichenflecke auf dem Rücken von Zara befanden. Auf den Fotos aber, schaun Sie mal auf Seite siebenunddreißig, lag die Leiche doch mehr auf der Seite als auf dem Rücken. Sie wurde also nach Eintritt des Todes umgedreht, oder?«, fragte Cassandra.

»Tja, sieht so aus. Die Frage ist nur, von wem«, antwortete Düvel.

»Gute Frage. Wer käme denn außer den anderen Studenten noch in Frage?«, hakte Maus provokant nach.

Goßmann ließ sich nicht provozieren. »Das können Sie ja Herrn Staatsanwalt a.D. Dr. Richter fragen. Wir wurden bei den Ermittlungen abgewürgt. Solche Fragen waren nicht erwünscht.«

Staatsanwalt Küster, dem die Diskussion über die Arbeit seines Vorgängers offenkundig höchst unangenehm war, schaltete sich ein. »Wenn jetzt keine Fragen mehr sind, würde ich vorschlagen, dass wir zurück ins Hotel fahren. Hier wird es verdammt schnell kalt.«

Cassandra drehte sich um die eigene Achse. »Was ist das für ein Geräusch?« Ein leises, fast zartes Brummen hatte sich über die Landschaft gelegt, das im Ohr kitzelte, aber weder zu orten noch zuordenbar war.

Maus spitzte die Ohren. »Keine Ahnung. Klingt irgendwie nach, hm, ich weiß nicht, was.«

Ein leiser Heulton, der in ein Brummen überging, hing über der Landschaft.

»Den hab ich hier schon gehört«, schaltete sich Düvel ein. »Ich dachte, das wäre ein Flugzeug.« Er schaute in den klaren Himmel. »Aber da ist keins …«

Alle schauten hoch. Doch nur einzelne, noch kaum sichtbare Sterne und eine schmale Mondsichel, ebenfalls nur erahnbar, zeigten sich. Kein Kondensstreifen.

»Komisch«, stellte Cassandra fest.

Als sie in den späten Nachmittagsstunden das Hotel erreichten, waren alle erschöpft. Deshalb beschlossen sie, erst am nächsten Morgen weiterzumachen.

Cassandra wollte nur noch auf ihr Zimmer und sich ausruhen. Dank ihrer Übelkeit vom Kater hatte sie keinen Hunger. Im Gegensatz zu Maus, der gleich in den Dachsbau stürmte. Gefolgt von Düvel und Küster. Noch ein Grund, nicht mitzugehen.

Verblüfft nahm sie an der Rezeption neben ihrem Zimmerschlüssel einen Zettel entgegen. Er war von ihrer Dienststelle. »Rufen Sie schnellstmöglich Dr. Schöneck an«, war alles, was darauf stand.

Sie brauchte einen Moment, bis ihr einfiel, dass es sich um ihren Frauenarzt handelte. Was wollte der denn? Am Tag vor ihrer Abreise hatte sie endlich den Arzttermin wahrgenommen, der seit drei Jahren anstand. Aber auch wegen ihrer Blutung, die bereits zum dritten Mal überfällig war. Dafür hatte sie nach dem letzten Sex eine starke Blutung gehabt.

Ach du Scheiße! Sollte sie etwa? Es war doch nur einmal ungeschützt gewesen, ein einziges Mal. Und das auch nur, weil das Kondom mitten in der Aktion gerissen war. Doch da war es zu spät gewesen, um aufzuhören. Sie waren zu sehr bei der Sache gewesen.

Kein Wunder nach der langen Abstinenz. Seit Jahren war sie viel zu beschäftigt und vorsichtig gewesen, um etwas mit einem Mann anzufangen. Und jetzt gleich zweimal innerhalb von drei Monaten, fiel ihr ein. Letzte Nacht hatte sie noch nicht einmal etwas davon gehabt, wie sie sich genervt eingestand. Na, wenigstens hatte sie hinterher nicht wieder wie eine abgestochene Sau geblutet.

Dr. Schöneck hatte darauf bestanden, dass sie ihm eine Telefonnummer gab, unter der er sie erreichen konnte. Tja, und da sie nie erreichbar war, hatte sie ihm notgedrungen ihre Dienststellennummer hinterlassen. Peinlich, dass er dort angerufen hatte. Sie musste ihn unbedingt gleich morgen früh zurückrufen.

Irgendwie musste das Problem beseitigt werden. Und zwar ganz schnell.

Das Abendessen ließ sie ausfallen und forderte über den Zimmerservice ein Sandwich und zwei Flaschen Wernesgrüner an. Heute Abend würde sie sich ausruhen, die Akte gründlich lesen und auf keinen Fall in den Dachsbau gehen. Den Fehler beging sie nur einmal. Außerdem war sie nicht in Stimmung, die anderen zu treffen, schon gar nicht Düvel.

Oh Gott, was sollte sie nur machen, wenn sie tatsächlich …? Nicht mal gedanklich wagte sie es, das Wort auszusprechen. Das wäre eine Katastrophe. Nicht auszudenken. Unmöglich.

Aber man konnte ja abtreiben, beruhigte sie sich. Wenn es dafür mal nicht zu spät ist, raunte eine mephistophelische Stimme in ihrem Ohr.

NEUN

Donnerstag, 22. Februar 1990

Zum Frühstück trafen sich alle wieder. Wieder füllte Küster seinen Teller mehrfach am Büfett auf, während die anderen naserümpfend ihren Malzkaffee schlürften.

»Nun, wie wollen wir weitermachen?«, fragte Küster schließlich gesättigt in die Runde.

»Welche Alternativen haben wir denn?«, antwortete Maus mit vollem Mund. Auch ihm schien es zu munden.

»Wir könnten erst mal die Obduktionsberichte der bisherigen Leichen durchgehen, oder wir gehen wieder zur Fundstelle der Leichen und zeigen Ihnen, wo und wie die restlichen Toten gefunden wurden.«

Cassandra sah Maus an. Rabenfels war noch nicht wieder aufgetaucht. Nonverbal verständigten sie sich mit einem einfachen Nicken. Seltsam, dass dem Staatsanwalt nicht klar war, was nun sinnvoll war.

»Obduktionsberichte«, stellte sie knapp in den Raum. Wieder erntete sie einen anerkennenden Blick von Düvel. Konnte der Typ nicht mal andere anschauen?

»Gut, dann in einer halben Stunde im kleinen Konferenzsaal, erster Stock links«, verkündete Küster und ging zum fünften Mal ans Büfett.

Cassandra eilte ins Foyer. »Wo kann ich hier ungestört telefonieren?«, fragte sie die Rezeptionistin, die ihr irgendwie bekannt vorkam. Geschätzte Mitte vierzig, sie war Cassandras Jahrgang. Oder doch nicht? Man schätzte sich ja immer jünger ein, als man war. Sie betrachtete die Frau näher. Rötlicher Igelhaarschnitt, leichtes Pferdegesicht. Nein, es fiel ihr nicht ein. Aber das Gefühl des Wiedererkennens verschwand nicht.

»Kennen wir uns?«, fragte sie der Einfachheit halber, bevor sie sich den ganzen Morgen den Kopf darüber zerbrechen würde, wer die Frau war.

»Nein, nicht, dass ich wüsste.«

Nun gut, dann hatte sie sich eben doch geirrt.

»Telefonieren können Sie von hier aus«, die Frau wies auf zwei Telefonkabinen, »oder Ihrem Zimmer. Sie müssen nur die Vorwahl 0037 vor der Städtevorwahl eingeben.«

Cassandra bedankte sich nickend. Ihr graute vor dem Anruf. Doch sie musste das schnellstens hinter sich bringen. Also eilte sie in ihr Zimmer und an das altmodische giftgrüne Wählscheibentelefon. Die Visitenkarte des Arztes legte sie daneben.

Nach dem dritten Klingeln meldete sich eine Frauenstimme. »Praxis Dr. Schöneck. Wie kann ich Ihnen helfen?«

»Der Doktor hat gestern versucht, mich zu erreichen. Ist er zu sprechen?«

»Gerade hat er Sprechstunde. Da darf ich ihn nicht stören.«

»Wann kann ich ihn denn erreichen?«

»Heute wahrscheinlich gar nicht mehr. Das Wartezimmer ist voll. Und anschließend muss er in die Klinik.«

»Gibt es keine Möglichkeit, ihn heute doch noch zu erwischen? Es ist ziemlich dringend.«

»Leider nein, aber wenn Sie Ihre Rückrufnummer hinterlassen, sorge ich dafür, dass er Sie gleich morgen früh anruft.«

»Hören Sie, es ist wirklich, wirklich dringend. Kann man denn gar nichts machen?«

»Normalerweise kommt der Doktor heute nicht mehr ins Haus. Aber ich lege ihm einen Zettel auf den Schreibtisch, dann weiß er Bescheid und ruft vielleicht noch an, einverstanden? Aber versprechen kann ich nichts.«

Natürlich war Cassandra nicht einverstanden, doch was sollte sie machen?

***

»Fangen wir mit den beiden Leichen unter der Zeder an«, begann diesmal Düvel mit den Ausführungen. »Ich fasse hier nur das aus meiner Sicht Wichtigste zusammen. Die kompletten Obduktionsberichte befinden sich in der Akte ab Seite siebenundfünfzig. Außerdem habe ich den Diaprojektor wieder aufgestellt, um Ihnen die Bilder der Toten, wie wir sie gefunden haben, passend zu den Berichten zu zeigen. Ich hoffe, der Diaprojektor ist diesmal okay für Sie?«

Provokant sah er in die Runde. Mal sehen, ob sie sich auch bei ihm lustig darüber machen würden. Zu seiner Enttäuschung gab es keine Reaktion. Schade. Er hätte den Herrschaften gerne mal gezeigt, wo es langging.

Er klickte, und das erste Foto erschien. Es zeigte die zuerst gefundenen Leichen. Düvel wies auf die, die auf dem Bauch lag. »Oliver Seelmann war wenige Tage vor seinem Tod einundzwanzig geworden. Unverheiratet wie alle anderen Opfer auch. Mit einem Meter achtzig war er das größte Mitglied der Gruppe. Die Leichenflecke befanden sich im Nacken, Rumpf und auf der Rückseite der Extremitäten, was nicht mit der Position des Körpers übereinstimmt, in der er gefunden wurde. Das bedeutet, dass der Körper nach dem Todeseintritt bewegt wurde.«

Wieder klickte er, und das Foto eines toten jungen Mannes in Großaufnahme erschien auf der Leinwand. Er befand sich im Obduktionssaal. Seine Arme waren über dem Kopf gefaltet. Seine linke Wange zeigte tiefe Schnittwunden und war verkrustet von etwas, was nicht genau definierbar war. Die Nasenspitze fehlte, und dunkle Venennetze auf seinen Unterarmen zeigten die beginnende Fäulnis.

»Die Urinmenge betrug hundertfünfzig Kubikzentimeter. Dieses Volumen ist kleiner als das, was man im Falle des Todes durch Hypothermie erwarten würde. Sagt der Obduzent. Zudem hatte er ein Lungenödem. Er vermutet, dass es vom Sturz von der Zeder verursacht wurde. Dafür sprechen die vielen Prellungen und Schnitte in den Achselhöhlen, Schultern, Unterarmen und Schienbeinen. Und natürlich die abgebrochenen Zweige der

Zeder. Andererseits gab es auch die Hypothese, dass vor dem Tod jemand oder etwas auf seine Brusthöhle drückte.«

Der Staatsanwalt unterbrach ihn brüsk. »Reine Spekulation. Das sollten wir lassen. Der junge Mann ist von der Zeder gefallen und hat sich dabei den Brustkorb eingedrückt. Basta.«

Von Lucadou holte tief Luft, offenbar für eine scharfe Erwiderung. Doch Düvel kam ihr zuvor.

»Sehr geehrter Herr Staatsanwalt. Bereits Ihr werter Herr Genosse Vorgänger kam uns mit dieser Argumentation und hat damit jede weitere Überlegung abgewürgt. Jetzt sind extra Westkollegen hergekommen, und die Regierung hat grünes Licht gegeben, dass der Fall endlich richtig aufgeklärt wird. Nochmals lasse ich es mir nicht gefallen, dass solche Ansätze oder auch nur Fragen unter den Tisch gekehrt werden.«

Ein anerkennendes Grinsen huschte über das Gesicht der Verbindungsbeamtin. Was ihm egal war. Er fand sie immer noch unerträglich, egal, was zwischen ihnen passiert war. Oder etwa nicht?

»Natürlich kann die Ursache für das Lungenödem ein hässlicher Sturz von einem Baum sein«, fuhr Düvel ungerührt fort. »Der Obduzent beschrieb die übrigen Verletzungen, also Prellungen und Abschürfungen, als nicht lebensbedrohlich. Er meinte, dass sie zu einem Sturz passen könnten. Aber er war nicht bereit, sich festzulegen.« Er schüttelte den Kopf und wandte sich direkt an von Lucadou und Maus.

»Ich fürchte, das hat mit unserem Staatssystem zu tun. Keiner wollte auffallen oder etwas laut sagen, was unerwünscht war. Schon ein öffentlich ausgesprochener bloßer Verdacht konnte uns eine langjährige Haftstrafe einbringen. Da hielt man lieber die Klappe. Das mag feige sein. Aber das lässt sich leicht sagen, wenn man ein Land, dessen Staatssystem einem nicht gefällt, verlassen kann. Wir konnten das nicht. Wir waren ausgeliefert bis zum letzten Oktober.« Er warf einen finsteren Blick in Richtung Küster.

»Aber weiter. Weder der Gerichtsmediziner noch ich können

irgendwas anderes beweisen. Der Tod trat bei allen Opfern, die wir zwischen Zeder und Zelt gefunden haben, sechs bis acht Stunden nach der letzten Mahlzeit ein. Als Todesursache stellte der Obduzent Hypothermie fest.«

»Zu schnell, stopp. Sie haben mich neugierig gemacht. Ich will wissen, was Sie glauben«, hakte von Lucadou ein.

Düvel betrachtete sie sehr intensiv. Egal, wie nervend sie war, wenigstens ließ sie nicht locker. Eine der besten Eigenschaften guter Ermittler, wie Düvel fand.

»Das ist eine interessante Frage. Bis wir die letzten vier Toten gefunden haben, war ich ebenfalls der Überzeugung, dass es sich um einen Unfall gehandelt haben muss. Die jungen Männer sind zusammen auf die Zeder geklettert und runtergefallen. Das passt zum Verletzungsmuster. Ich zeige Ihnen heute Nachmittag nochmals die Zweige, die meiner Meinung nach von den Herabstürzenden abgebrochen wurden. Das waren richtig dicke Äste. Die beiden waren schwer verletzt. Ihre Freunde werden sie ans Feuer gelegt haben, um sie wenigstens zu wärmen. Und da sie schon weggetreten waren, haben sie sich die Brandwunden zugezogen. Lagen einfach unbemerkt von den anderen zu dicht am Feuer. Nachdem sie gestorben waren, haben die anderen ihre Kleidung an sich genommen, um sich selbst vor dem Erfrieren zu retten. Für mich erklärt das die Position der beiden, wie aufgebahrt, also halbwegs.«

Er legte eine Kunstpause ein, um seine Worte sacken zu lassen.

»Aber auch da schon habe ich mich natürlich gefragt, wieso die jungen Leute so überstürzt und ohne sich vorher ordentlich anzuziehen, das Zelt durch die aufgeschnittene Zeltseite verlassen haben. Mir schwebte vor, dass sie vielleicht das Falsche konsumiert haben, also Alkohol oder LSD, was bei ihnen eine üble Halluzination auslöste. Oder vielleicht ein Streich, ein Spiel, das aus dem Ruder lief. Irgend so was hatte ich im Kopf.« Wieder eine kurze Kunstpause.

»Aber dann haben wir die letzten vier gefunden, und seitdem denke ich, dass alles ganz anders war.«

»Wie anders?«, fragte Maus nach.

Düvel atmete schwer ein. »Das weiß ich nicht. Aber ich glaube, dass da etwas oder jemand war, das die jungen Leute in die Flucht trieb und nicht zurück ins Zelt ließ. Und dass nicht alle ihre Verletzungen vom Todeskampf oder Sturz stammen.«

Ruhe senkte sich über den wackeligen Besprechungstisch mit seinen knochenharten ungepolsterten Holzstühlen in dem kleinen Besprechungsraum.

Nach einem Moment der Stille fuhr er fort. »Ich denke, es ist sinnvoll, wenn wir zunächst alle Obduktionsberichte der ersten fünf Leichen durchgehen und dann schauen, was Sie meinen. Bevor Sie die Geschichte der letzten vier hören und den Fundort sehen. Einverstanden?«

Von Lucadou, Maus und Goßmann nickten, Küster murrte unverständlich.

»Also gut, kommen wir zu Andersen. Das ist der Tote links, der auf dem Rücken liegt.«

Wieder klickte er, und es erschien das Foto eines jungen Mannes auf einem Sektionstisch, der auf dem Rücken lag, eine Hand über dem Kopf, die andere auf der Brust. Die Augen zu Schlitzen geöffnet, die Nasenspitze zerfetzt.

»Bei ihm haben wir ein ganz ähnliches Verletzungsmuster wie bei Oliver. Sie können das in Ihrer Handakte nachlesen. Die fehlende Nasenspitze erklärte der Obduzent übrigens mit postmortalem Tierfraß. Fragen?«

Alle schüttelten den Kopf.

Ein weiterer Klick, und es erschien das Foto einer vom Schnee befreiten, auf dem Rücken liegenden männlichen Leiche, die Hände vor der Brust verschränkt, die Füße aufeinander. Als hätte der Tote versucht, sie durch Reiben aneinander warm zu halten. Er lag halb verdeckt unter blattlosen Zweigen.

»Als Nächstes fanden wir Ingo Dannemann, der die Gruppe anführte. Er hatte Verletzungen im Gesicht und an den Knien und Füßen. Die Hände wiesen schlimme Erfrierungen auf. Hätte er überlebt, wären sie ihm amputiert worden. Ansonsten waren die Verletzungen, verglichen mit den beiden ersten Toten, harmlos. Er ist auch aus meiner Sicht einfach erfroren.«

Er klickte, und Dannemanns Gesicht erschien in Großaufnahme.

»Noch Fragen hierzu?«

»Wo waren seine Totenflecken?«, fragte Maus.

»Auf der hinteren Oberfläche des Nackens, des Rumpfes und der Extremitäten. Also da, wo sie nach der Auffindesituation auch hingehörten.«

»Was glauben Sie, warum er nicht beim Feuer geblieben ist?«, hakte von Lucadou ein.

»Ideen hab ich viele. Aber ich kann keine belegen.«

»Erzählen Sie uns doch mal von Ihren Ideen«, bohrte sie nach.

Düvel wurde von dem unmissverständlichen Räuspern des Staatsanwaltes an der sofortigen Antwort gehindert. Aber nur kurz.

»Ich greife etwas vor und erzähle Ihnen eine Geschichte. Also nehmen Sie die nicht als Tatsachenbericht. Bekanntlich wurden noch zwei weitere Leichen zwischen dem Zelt und der Zeder gefunden. Alle lagen mit dem Kopf in Richtung Zelt. Als ob sie auf dem Weg dorthin gewesen wären. Vielleicht haben sie gemerkt, dass sie keine Chance hatten, zu überleben, wenn sie nicht an ihre Kleidung im Zelt kämen. Vielleicht haben die drei versucht, dorthin zu gelangen. Sind aber auf dem Weg zusammengebrochen und erfroren.«

»Sie meinen also, dass die beiden ersten Toten die Lage ausgespäht haben und die anderen drei dann losgezogen sind, als die ersten beiden nichts Verdächtiges beim Zelt sahen.«

»So ungefähr.«

»Aber warum ist dann eine Frau mitgegangen – und am weitesten gekommen. Es waren schließlich lauter starke junge Männer in der Gruppe, denen man den Weg doch eher zugetraut hätte.«

»Wieder so eine kluge Frage, die ich nicht beantworten kann.«

Von Lucadou errötete. Nanu?

»Haben Sie eine Idee, wie die Leichen dahin kamen, Frau Kollegin?«, fuhr Düvel leicht irritiert fort.

»Noch nicht.«

Düvel staunte über die Rambofrau. Klug war sie ja. Aber ihre Reaktion gestern Morgen war nur peinlich gewesen. Dabei hatte er sie lediglich mit in sein Zimmer genommen, weil sie viel zu betrunken gewesen war, um sie gefahrlos allein zu lassen. Fand er.

Düvel hatte einmal erlebt, dass ein Freund an seinem Erbrochenen nach einem Alkoholexzess erstickt war. Das Risiko wollte er bei ihr nicht eingehen. Dass sie die Situation so falsch verstehen könnte, hatte er vorher nicht bedacht. Erst am Morgen, nachdem sein Genick vom Sitzen auf dem Sessel vollkommen steif geworden war, hatte er sich ins Bett dazugelegt und war tief eingeschlafen. Zu blöde. Dabei hatte sich von Lucadou, eigentlich duzten sie sich seit dem fünften Falkner, als witzige und interessante Gesprächspartnerin erwiesen. Gerne hätte er einen weiteren solchen Abend mit ihr verbracht. Andererseits war sie eine Nervensäge, von der man sich besser fernhielt.

Seit der Trennung von seiner Frau hatte er ein eher gespaltenes Verhältnis zum weiblichen Geschlecht. Zum ersten Mal hatte er jetzt wieder Interesse an einer Frau. Hatte er?, fragte er sich verblüfft. Dabei war sie absolut nicht sein Typ.

»Gut, machen wir weiter. Vielleicht haben Sie ja noch eine Eingebung.« Er erntete einen genervten Blick.

Er klickte, und das Foto einer im Schnee auf dem Bauch liegenden Leiche erschien auf der Leinwand. Das Gesicht war tief in den Schnee gedrückt und die Beine seitlich abgewinkelt. Der eine Arm war ausgestreckt, der andere lag unter dem Körper.

»Frank Kempler ist dreiundzwanzig Jahre alt geworden. Kemplers Leiche bedeckten knapp fünfzehn Zentimeter Schnee. Er lag, wie Sie sehen können, mit dem Gesicht nach unten.«

Wieder klickte er. Ein zu Eis erstarrter Körper in Rückenlage auf dem Seziertisch erschien. Seine Beine waren angewinkelt und der Mund leicht geöffnet.

»Seine Verletzungen waren auffälliger: Blutungen in den Schläfenmuskeln, leichte bräunlich rote Abschürfungen an der Stirn, zwei Kratzer dazwischen. Bräunlich rote Prellung am Oberlid des rechten Auges mit Einblutung in das darunterliegende Gewebe, Spuren von Blutaustritt aus der Nase und Schwellungen und viele kleine Abschürfungen auf beiden Seiten des Gesichts. Prellungen in den Fingergrundgelenken beider Hände, also gequetschte Fingerknöchel. Ähnliche Blutergüsse sind im Kampf Mann gegen Mann typisch, wenn ich das erwähnen darf.« Er warf einen Blick in Richtung Küster. Doch der rührte sich nicht.

»Der Tod von Frank Kempler wird als Folge von Hypothermie vom Obduzenten beurteilt. Alle Quetschungen und Kratzer seien der Agonie, also seinem Todeskampf, zuzurechnen.«

»Welche Verletzungen finden Sie besonders auffallend?«, unterbrach ihn Maus.

»Die Kopfverletzung und die Verletzungen an Armen und Beinen an der Außenseite.«

»Und warum?«, fragte Maus nach.

»Weil mir völlig schleierhaft ist, wie er es geschafft haben soll, seine äußeren Hände und Beine im Todeskampf zu verletzen. Wenn ein Mensch in diesen irrationalen Zustand der Agonie fällt, leiden meist die Handflächen sowie die medialen Bereiche der Beine, also die Schenkelinnenseiten. Kopfverletzungen sind seltener, besonders bilaterale. Hab ich mir sagen lassen.«

»Von wem?«, hakte von Lucadou ein.

Die Frage war ihm gar nicht recht. Genau die hatte er vermeiden wollen.

»Das tut nichts zur Sache.«

»Für uns schon, Herr Kollege«, giftete von Lucadou. Na also, sie war wieder in Höchstform. Er wand sich. »Von einem Obduzenten.«

»Also von dem Obduzenten der Studenten?«

Warum ließ die Frau bloß nicht locker. Ätzend war das. Er hatte Dr. Winterstein versprechen müssen, seinen Namen nicht zu erwähnen, als er ihn wegen der Ergebnisse befragt hatte. Die Auskünfte von Professor Marx hatten ihm nicht gereicht. Dr. Winterstein in Chemnitz bekam mit seiner Nähe zum Erzgebirge eher Erfrorene auf den Tisch. Er entschied sich für eine Notlüge.

»Ja, Professor Marx hat mir das auf Nachfrage erklärt.«

»Aber davon steht nichts im Obduktionsbericht, Genosse Düvel«, fiel auch gleich der Staatsanwalt über ihn her.

»Mag sein, dann hätten Sie eben auch persönlich mit ihm reden sollen«, konterte Düvel, der genau wusste, dass Staatsanwalt Küster nichts so sehr hasste wie Gerichtsmedizin und Obduktionen. Mit ein wenig Glück würde das auch so bleiben und sein kleiner Betrug nicht auffliegen.

»Wenn ich jetzt fortfahren dürfte?« Gereizt schaute er zu von Lucadou, die süffisant grinsend nickte. Sie hatte ihn durchschaut, da war er sicher.

»Außerdem ist es ungewöhnlich, dass das Gesicht und beide Seiten des Schädels verletzt wurden, während der Hinterkopf keinen Schaden genommen hat. Im Fall von Kemplers Körper sehen wir das Gegenteil dessen, was normalerweise an Verletzungen zu erwarten ist, die ein frierender Mann in den letzten Minuten seines Lebens erleidet. Es sieht so aus, als ob Kempler wiederholt auf sein Gesicht fiel, als er den Berg hinaufging. Und jedes Mal, wenn er fiel, schaffte er es, an die Seiten seines Kopfes zu schlagen.«

»Wo genau befand sich denn der Schädelbruch?«, warf Maus ein.

»Ungefähr hier.« Düvel zeigte mit dem Zeigefinger auf seine linke Kopfhälfte knapp unterhalb des Scheitelpunktes des Kopfes und fuhr links am Schädel runter bis zur Schläfe.

»Nach der Hutkrempenregel würde ich behaupten wollen, dass die Verletzung durch einen oder mehrere Schläge verursacht wurde. Das sieht doch eindeutig so aus, als läge der Bruch oberhalb der gedachten Hutkrempe. Die Prellungen an den Schläfen liegen eindeutig drunter. Außerdem sind sie nach meinem Geschmack zu symmetrisch. Als hätte jemand den Kopf mit beiden Händen gequetscht«, warf Maus ein.

»Unsinn«, ließ sich Küster vernehmen. Bisher hatte er geschwiegen. »Also für mich sieht das eindeutig nach einem Bruch nach einem Sturz aus. Der ist doch deutlich unterhalb der Hutkrempe.«

Er erntete Lacher.

»Was für Hüte tragen Sie denn?«, konterte von Lucadou.

»Soweit ich weiß, gilt die Regel nicht bei Stürzen auf einer nicht ebenen Fläche. Wir haben also nochmals die Umgebung abgesucht, aber keinen großen Stein oder Ähnliches in der Nähe des Fundortes entdecken können, an dem sich Kempler mit dem Kopf hätte stoßen können«, meldete sich Goßmann zu Wort.

Düvel nickte bestätigend.

»Dazu kommt, dass die Leichenflecke auf der Rückseite des Halses, des Rumpfes und der Extremitäten lokalisiert waren. Das entspricht nicht der Fundsituation der Leiche, die, wie Sie selbst auf dem Foto sehen konnten, auf dem Bauch lag.«

Wieder machte es klick, und das Bild des Toten im Schnee erschien.

»Verstehen Sie mich nicht falsch, ich zeige nur die Aspekte auf, die uns stutzig machen. Und deswegen gehen wir gleich zu dem letzten Opfer weiter, dass wir zwischen Zelt und Zeder entdeckt haben. Oder wollen Sie jetzt Fragen stellen? Ich denke aber, wir sollten das Gesamtbild sehen, bevor wir in die Diskussion einsteigen.«

Alle bis auf Küster nickten.

Klick, und das Bild einer ebenfalls bäuchlings im Schnee liegenden Leiche erschien.

»Zara Kaufmann war zweiundzwanzig Jahre alt und offenbar die Freundin von Dannemann, dem Führer der Gruppe. Das vermuten wir wegen des Fotofundes in Dannemanns Brieftasche. Überprüfen konnten wir das von hier aus über die Grenze leider nicht, und Sven Freytag, der einzige Überlebende, hält sich erstaunlich zurück bei der Frage. Wir haben inzwischen einmal mit ihm telefoniert. Er weigert sich, zu uns zu kommen, und zwingen können wir ihn nicht. Ist ja schließlich die andere Seite der Grenze.«

»Nun, wir können. Das werden wir als Erstes nachholen, wenn wir mit den Berichten durch sind«, verkündete Maus.

Düvel nickte ihm dankend zu. Das nächste Foto erschien. Die tote Frau lag nun auf dem Rücken, die Beine seitlich nach links abgewinkelt, die Hände vor dem Rumpf zu halb geschlossenen Fäusten geballt. Das eine Auge war geschlossen, das andere halb offen. Der leicht geöffnete Mund ließ zwei abgebrochene Zähne erkennen.

»Fangen wir mit dem dunkelroten Abrieb im Gesicht an. Sie hatte im ganzen Gesicht Schürfwunden. Und an beiden Händen.«

Düvel klickte weiter. Zu sehen war die entkleidete Leiche auf der Seite liegend.

»Sehen Sie das hier? Die hellrote Prellung in Höhe der linken Taille?«

»Sieht aus wie von einem Schlagstock«, kam prompt von der Rambofrau, ganz wie erwartet. Sie war tatsächlich ein helles Köpfchen, obwohl er ihr das niemals sagen würde. Schon gar nicht in dieser Form. Dazu war ihm sein verhunztes Leben zu lieb.

»Finde ich auch. Aber Professor Marx hält auch das für eine Selbstverletzung im Todeskampf.« Das ließ er wirken.

Maus starrte kampfbereit den Staatsanwalt an, von Lucadou verblüfft auf das Dia.

»Diese Verletzung war auf keinen Fall todesursächlich, auch wenn ich sie denkwürdig finde. Laut Obduzenten betrug die Harnmenge in der Blase dreihundert Kubikzentimeter. Todesursache: Unterkühlung aufgrund eines heftigen Unfalls. Sie war noch Jungfrau. Sollten die Todesfälle tatsächlich von anderen Menschen verursacht worden sein, ging es offenbar nicht um Vergewaltigung. Auch nicht als Nebenaspekt, sonst hätten sie das Mädchen sicherlich nicht in Ruhe gelassen.«

Er klickte weiter, zu sehen war die nackte Leiche auf dem Bauch liegend.

»Wie Sie sehen können, befanden sich die Leichenflecken auf der Rückseite ihres Rumpfes, was nicht zur Auffindesituation passt. Der Obduzent kam also zu dem Ergebnis, ich zitiere: ›Bei Zara Kaufmann wurde flüssiges dunkles Blut in den Herzbeuteln, Wischnewski-Flecken auf der Magenschleimhaut und Erfrierungen dritten und vierten Grades an den Endgliedern der Finger festgestellt. Die Verletzungen am Körper in Form von Prellungen und Hautwunden wurden während der Agonie verursacht durch Kontakt mit Steinen, Eis oder gefrorenem Schnee. Die vorgenannten Verletzungen traten zum Teil ein, als sie noch lebte, zum Teil posthum. Ihre letzte Mahlzeit hat sie sechs bis acht Stunden vor ihrem Tod zu sich genommen. Alkohol hatte sie vor ihrem Tod nicht konsumiert. Unter Berücksichtigung der Umstände des Falles ist der Tod von Zara Kaufmann als Folge der niedrigen Temperatur/Erfrieren eingetreten.‹«

Stille senkte sich über den Raum.

»Können wir bitte nochmals das Foto des vorletzten Opfers im Seziersaal sehen?«, fragte von Lucadou nach.

Düvel ließ es klicken.

»Dieser junge Mann war also der Kräftigste in der Gruppe?«

Düvel nickte.

»In welchem körperlichen Zustand waren diese Zara und der Anführer der Gruppe, Dannemann? Sie waren ja wohl alle jung und nicht ganz untrainiert, wenn sie zu einer solchen Tour aufgebrochen sind. Ist das richtig?«

»Soweit wir wissen, ja. Aber darüber haben wir keine Informationen einholen können, weil das Verfahren zu schnell eingestellt wurde. Tatsache ist, dass sie nach den Befunden bei der Obduktion alle gesund und fit waren. Aber Frank war der Muskulöseste.«

»Und was ist mit diesem Dannemann? Können wir bitte nochmals das Foto sehen, wie er im Obduktionssaal liegt?«, bat Maus.

Wieder klickte Düvel zurück.

Nach längerem Schweigen fragte von Lucadou nach: »Und Sie glauben, dass sich die drei, nachdem die ersten beiden jungen Männer gestorben waren, zum Zelt aufmachten, um Kleidung zu holen oder dazubleiben?«

»Das ist zumindest eine Interpretationsmöglichkeit. Sie lagen für uns so da, als wären sie auf dem Weg bergauf zusammengebrochen und liegen geblieben.«

»Dazu passt aber nicht, dass sie nach dem Tod bewegt wurden. Wir müssen also davon ausgehen, dass sie nicht so hingefallen sind, wie sie gefunden wurden. Zudem frage ich mich, warum sich nicht alle zusammen auf den Weg machten, sondern nur die drei. Und dazu eine Frau. Ich gebe es ja ungern zu, und die Regel gilt ganz sicher nicht für mich, aber wir zeichnen uns in der Regel eher durch Köpfchen als durch Muskelstärke aus. Gibt es also eine Erklärung dafür, dass die Frau mitging und am weitesten kam?«

»Nein. Zunächst dachten wir, dass die anderen nicht mehr mitgehen konnten. Aber – ohne vorgreifen zu wollen – wir haben später herausgefunden, dass die übrigen vier Studenten zu dem Zeitpunkt noch gelebt haben müssen.«

»Das macht die Sache nicht einfacher, oder?«, fragte ihn die Ermittlerin direkt.

»Nein, wahrhaftig nicht.«

»Nur mal angenommen, die drei sind nicht auf dem Weg bergauf, sondern bereits auf ihrer Flucht bergab hingestürzt. Und weiter, sie sind nicht gestürzt, sondern wurden niedergeschlagen von jemandem, der sie verfolgte. Wird so nicht eher ein Schuh draus? Dann wäre die Reihenfolge der Funde und die jeweilige Nähe zum Zelt deutlich logischer, oder?«, spann von Lucadou ihre Idee weiter.

Nachdenkliches Schweigen senkte sich über den Raum, Düvel nickte anerkennend.

»Unsinn«, ließ sich Küster vernehmen. »Wie kommen Sie denn darauf?«

»Ich würde darauf tippen, dass Zara ohne Schuhe und ordentliche Kleidung das schwächste Glied der Kette war. Ich kann nicht glauben, dass sie es am weitesten zurückgeschafft haben soll. Niemals. Und wenn Sie sagen, dass dieser Kempler der Stärkste der Gruppe war, erscheint es mir noch seltsamer, dass er es nicht mal so weit wie Zara geschafft haben soll. Und dann dieser Dannemann. Der soll es nur bis – wie weit oberhalb der Zeder geschafft haben?«

»Dreihundert Meter«, antwortete Düvel.

»Hatte der nicht auch Kleidung von einem der beiden Toten unter der Zeder an?«

»Ja, die Pelzweste von Oliver Seelmann«, antwortete Düvel.

»Und die beiden anderen Toten?«

»Nicht, soweit wir wissen.«

»Hm. Und die Verletzungen der beiden. Sie sagten, dass Zara eine Verletzung wie von einem Stockschlag in der Taille hatte und Kempler einen Schlag auf den Kopf bekommen hat.«

Sie wurde von Küster unterbrochen. »Das ist nicht bewiesen. Im Gegenteil hat der Obduzent festgestellt, dass diese Verletzungen vom Todeskampf stammen.«

Maus grollte. »Können Sie das mal lassen? Wir sind hier beim Brainstorming. Da muss man auch schon mal andere Gedanken zulassen, sonst kommt man nicht weiter. Ihre Gegenargumente können Sie einbringen, wenn es so weit ist.«

Küster zuckte zusammen, Düvel unterdrückte ein Grinsen. Bisher hatte dieser Koloss von Mann nicht viel zur Sache beigetragen. Aber wenn er sprach, dann hatte es immer Gehalt. Düvel begann, Respekt für die Westkollegen zu empfinden. Ganz wenig nur, aber immerhin.

»Gut. Dann brainstorme ich mal weiter«, verkündete von Lucadou. »Was, wenn die beiden dem Zelt am nächsten liegenden Toten bereits auf dem Weg bergab geschnappt wurden? Von wem oder was auch immer.«

Küster ließ ein Schnappen nach Luft hören, verstummte aber sofort wieder, nachdem er einen scharfen Blick von Maus geerntet hatte. Was ein bescheuerter Name für einen Mann wie ein Bär, dachte Düvel.

»Selbst wenn ich den Schläger weglasse, scheint mir doch am logischsten, dass es, also ein Mensch, Tier, Außerirdischer oder die Kälte, die beiden sofort umgebracht hat. Was haltet ihr von der Theorie, dass Zara als Erste, vielleicht nach einem Schlag mit einem Stock in die Taille, der ihr die Luft nahm, gestürzt ist und liegen blieb. Kempler will ihr helfen oder bleibt einfach ein Stück weiter unten stehen, um sich umzuschauen, oder ist aus irgendeinem anderen Grund zu langsam und fällt als Nächster. Warum auch immer. Man könnte sogar so weit gehen zu vermuten, dass er sich mit diesem Etwas oder Jemand wegen Zara angelegt hat. Dafür könnten die Verletzungen an den Händen und der eingeschlagene Schädel sprechen. Danach lässt ihn wer oder was auch immer zum Sterben liegen, ebenso wie diese Zara. Alle anderen schaffen es bis zur Zeder. Merken vielleicht noch nicht mal, dass die beiden nicht hinterherkommen. Die Zeder liegt, wenn ich mich recht erinnere, fünfzehnhundert Meter unterhalb des Zeltes. Richtig?«

Diesmal nickte Goßmann.

»Und von der Zeder aus konnte man nicht bis zum Zelt sehen, außer man klettert auf sie, richtig?«

»Stimmt«, erwiderte Düvel. »Die Kollegin von Lucadou hat sich ja selbst davon überzeugen können.«

»Gut, also weiter. Dannemann macht sich auf den Weg, seine Freundin zu retten, nachdem die ersten beiden Studenten auf die Zeder geklettert waren, um Ausschau zu halten, nach was auch immer. Sicherlich aber nach den zwei zurückgebliebenen jungen Leuten, die es nicht bis zur Zeder geschafft haben. Und nachdem er sich weitere Kleidung übergezogen hat, ist Dannemann wieder los bergauf.«

»Klingt logisch, zumindest logischer, als dass sich alle drei erneut auf den Weg nach oben gemacht hätten wie zunächst vermutet, das muss ich zugeben. Aber was ist mit der Pullovermanschette?«

»Welche Manschette?«, fragte Maus nach. »Ach ja, da lag ja eine am Feuer. Von wem soll die sein?«

»Von Zaras Pullover. Schaun Sie doch mal auf die zweite Seite Ihres Obduktionsberichtes. Da steht unter Kleidung an der Leiche: blauer Wollpullover, die linke Manschette ist abgerissen. Haben Sie gesehen?« Goßmann schaute in die Runde.

Alle nickten.

»Dann wechseln Sie jetzt bitte auf Seite sieben der Akte. Da ist der Bericht über den Fundort. Dort steht: ›Insbesondere fanden wir die Manschette eines dunklen Pullovers neben den Leichen.‹«

Von Lucadou nickte. »Da steht aber nur dunkler Pullover, nicht blauer. Fand sich denn noch ein anderer Pullover, an dem die Manschette fehlte?«

»Soweit ich weiß, nicht«, sagte Düvel. »Aber das müssen wir natürlich in der Asservatenkammer überprüfen. Da müsste die Manschette zu finden sein. Dann können wir überprüfen, ob die unter der Zeder blau ist.«

»Aber selbst wenn es dieselbe Manschette ist«, warf nun Maus in ruhigem Ton ein, »bedeutet das nicht, dass die Theorie falsch ist. Es kann ja sein, dass Zara von Anfang an am langsamsten war und Dannemann oder ein anderer versuchte, sie hinter sich herzuziehen und dabei die Manschette abriss.«

»Stimmt«, erwiderte von Lucadou. »Gute Idee.«

»Quatsch«, ließ sich Küster vernehmen.

Düvel nickte. »Könnte tatsächlich so gewesen sein. Vielleicht ist das auch beim Verändern der Lage der Leichen passiert. Vielleicht haben die Überlebenden versucht, auch von diesen beiden Toten die Kleidung runterzubekommen, es aber nicht geschafft. Vielleicht hatte schon die Leichenstarre eingesetzt oder so was. Und im Tran die Manschette einfach in der Hand behalten, bis sie wieder in der Nähe der ersten Toten waren. War die Manschette angekokelt?«

»Keine Ahnung, die sollten wir uns genauer ansehen«, erwiderte Goßmann.

»Da ist was dran an Ihrer Theorie, das muss ich zugeben. Donnerwetter«, stellte Düvel fest.

***

Das ging runter wie Öl. Auch wenn natürlich die Meinung eines DDR-Kripobeamten in Cassandras Welt nicht von Bedeutung war. Das Bedürfnis nach dieser Art von Anerkennung hatte sie seit fünfundzwanzig Jahren schon nicht mehr verspürt. Aber irgendwas an Tomas Düvels anerkennendem Blick war seltsam irritierend.

»Was meinen Sie mit Quatsch, Herr Staatsanwalt?«, wandte sie sich direkt an Küster, um das seltsame Gefühl der Verunsicherung abzuschütteln, das sie gepackt hatte.

»Ich bitte Sie, das ist doch alles reine Phantasie. Nichts davon können Sie beweisen. Stellen hier wüste Behauptungen auf und tun so, als sei es die reine Wahrheit. Das ist mir zu abgehoben. Ich brauche Beweise.«

»Ist schon in Ordnung, Herr Küster. Aber wenn Sie so sicher sind, dass es anders gelaufen ist, was ist denn Ihrer Meinung nach passiert?«

Küster hatte keine Idee. Wie auch? Also hatte die Gruppe ihre Sitzung für ein frühes Mittagessen vor dem erneuten Aufbruch zum Brocken unterbrochen.

Cassandra hatte ihre Unruhe, die nach der Besprechung deutlich gewachsen war, nicht ausgehalten und war zum Telefon im Foyer geeilt.

»Nein, Dr. Schöneck ist noch nicht wieder da. Aber der Zettel mit Ihrer Rückrufnummer liegt auf seinem Schreibtisch. Ich kann Ihnen wirklich nicht sagen, ob er noch mal reinschaut. Er hat heute seinen OP-Tag, wie ich Ihnen bereits sagte. Aber wenn, sorge ich dafür, dass er Sie anruft.«

In der Nachbartelefonkabine entdeckte sie Düvel mit dem Rücken zur einen Spaltbreit geöffneten Tür.

»Nein, Schatz, alles okay. Ich komme so schnell wie möglich.

Hab dich lieb«, hörte sie gerade noch, bevor sie sich in Richtung Restaurant außer Sichtweite bringen konnte.

Die Fahrt zum Brocken schien diesmal kürzer, wie alle Strecken, die man bereits kannte. Auch der Fußmarsch kam Cassandra nicht mehr so weit vor. Düvels Verkleidung war allerdings noch bizarrer geworden. Wo hatte er nur diesen Fetzen von Anorak und diese Pseudojeans her? Ein dünner Lappen, nur entfernt an die Farbe einer echten Wrangler erinnernd. Die seltsame Fellmütze verstand sie ja noch, nicht aber die lila Krawatte unter dem warmen Pullover. War das hier Mode?

»Sehen Sie die dicken Äste dort oben? Alle auf dieser Seite sind abgebrochen. Da muss schon ein ganz schönes Gewicht drauf lasten, um die zum Brechen zu bringen«, begann Goßmann, als sie unter der Zeder angekommen waren.

Seinem Zeigefinger folgend, starrten alle zu der großen Lücke im Geflecht des Baumes über ihnen.

»Wenn die Studenten beim Runterfallen darauf geknallt sind, wundern mich die Verletzungen nicht mehr. Das passt schon«, stellte Maus fest.

Goßmann nickte. »Gehen wir zur Fundstelle der letzten vier Leichen.«

Er wandte sich bergab. Fünfzig Meter unterhalb der Zeder blieb er stehen.

»Sechs Wochen nach dem Fund der ersten Leichen bemerkten zwei Waldarbeiter einige abgeschnittene Äste, die eine Art Pfad bildeten, dem sie folgten. Und hier«, er wies vor sich, »fanden sie zerschnittene Kleidungsstücke. Die Waldarbeiter folgten dem Tannenzweigpfad weiter, der zu dieser Tanne führte.« Er wies auf eine mächtige Tanne mit ausladenden, bis zum Boden reichenden Zweigen.

»Daraufhin haben sie uns gerufen.«

Er ging zu der Tanne und zog ihre tiefsten Zweige beiseite. »Hier drunter fanden wir abgeschnittene Zweige, die mit Kleidung bedeckt waren. Wenn Sie mal schauen wollen?«

Cassandra und Maus beugten sich neben ihn. Um einige aufgeschichtete Zweige war der mit Schneeresten bedeckte Boden tannennadelbedeckt. Besser und deutlich geschützter als draußen, befand Cassandra.

»Das Bett aus Zweigen bestand aus vierzehn Tannenzweigen und der Spitze einer Birke. Obendrauf lagen Kleidungsstücke, die vier Sitze bildeten.« Goßmann blätterte durch seine Akte und hielt ihnen ein Bild hin. An jeder Ecke des fast quadratischen Zweiggeflechtes lag ein Kleidungsbündel, auf dem man sitzen konnte.

Goßmann stapfte an der Tanne vorbei zwanzig Meter weiter. Alle folgten ihm unaufgefordert.

Ein quirliger Bach strömte zwischen den Bäumen hervor, brauste dann sprudelnd und schäumend unter einem umgefallenen Baumstamm hindurch, bevor er über eine Felskante stürzte. Er fiel wie ein schwerer Vorhang mit lautem wildem Gebrüll in einen kleinen Tümpel. Neben dem Bachlauf war Schnee aufgetürmt.

»Am 30. Januar haben wir unter einem guten Meter Schnee, der inzwischen weitgehend geschmolzen ist, genau bei der Felskante im Bachlauf die letzten vier Toten gefunden.« Düvel ließ die Worte wirken.

»Zunächst stieß die Suchsonde auf den Rücken der Frau. Da nur noch eine vermisst wurde, war sofort klar, dass es sich um Annabella Donnert handeln musste. Ihr Gesicht lag auf diesem Felsvorsprung, über den das Wasser rauscht. Als wir sie herausgehoben hatten, konnten wir sehen, dass ihr Mund offen war. Und dass die Zunge fehlte. Und die Augen.« Wieder ließ er seine Worte wirken.

»Die Obduktion hat ergeben, dass die Zunge bis zum Zungenbein entfernt war«, las er aus der Akte vor. »Die Augen waren nicht ausgestochen, sondern komplett entfernt worden. Der Obduzent wollte sich aber nicht festlegen, wie die Augäpfel entfernt wurden. Er stellt in seinem Bericht lediglich fest, dass sie fehlten. Auch im persönlichen Gespräch konnte ich ihn nicht dazu bringen, sich festzulegen. Ihre Rippen waren beidseitig eingeschlagen, als wäre eine Bombe direkt neben ihr hochgegangen, ohne dass die Haut äußerlich verletzt war. Ihr Magen enthielt hundert Gramm geronnenes Blut. Das hielt der Obduzent für einen Hinweis darauf, dass ihr Herz noch schlug, als die Zunge aus ihrem Mund entfernt wurde. Die Todesursache wird als Blutung in den rechten Vorhof des Herzens, multiple Rippenfrakturen und innere Blutungen angegeben.«

»Das war kein friedlicher Erfrierungstod, möchte ich wetten«, ließ sich Maus vernehmen.

»Nein, und das ist auch der Grund, warum ich meine Meinung zu dem Fall änderte«, antwortete Düvel.

Er blätterte in seiner Akte bis zu den Obduktionsberichten der männlichen Leichen.

»Die Männer lagen oberhalb des Absatzes, auf dem Annabellas Kopf lag, dicht beieinander, ihre Gesichter nach unten gerichtet. Alexander Böhme hatte die Leiche von Bernhard Zöllner, dem Lehrbeauftragten aus Clausthal, umarmt. Anders kann ich das nicht beschreiben. Auch Zöllner waren die Augen entfernt worden. Nikolaus Thibeaux lag zwischen ihnen und Annabella, keine dreißig Zentimeter unterhalb der beiden, und stieß an den Kopf von der jungen Frau.« Düvel zeigte ein Foto vom Fundort. »Diese vier waren besser gekleidet als die anderen, vor allem Zöllner und Thibeaux, die sogar Filzstiefel trugen. Zöllner hatte zudem die Pelzjacke und einen Hut von Annabella an und auf. Sie hatte ihren Namen reingestickt. Besonders erstaunlich fanden wir, dass Zöllner einen Schreibblock und Stift in den Händen hielt. Als wollte er gerade schreiben. Aber es stand nichts auf dem Block.«

Düvel ließ den Westkollegen Zeit, in Ruhe die Bilder in der Akte und den Fundort zu begutachten. Zehn Minuten brauchten sie dafür.

»Die Untersuchung dieser vier Leichen änderte die Grundlage für die gesamte Untersuchung. Drei von ihnen hatten tödliche Verletzungen: Der Körper von Thibeaux hatte schwere Schädelverletzungen, und sowohl Donnert als auch Zöllner hatten schlimme Brustfrakturen. Nach Ansicht von Professor Marx, dem Obduzenten, müsste die erforderliche Kraft, um einen solchen Schaden anzurichten, enorm gewesen sein. Er verglich sie mit dem Aufprall eines Menschen auf ein fahrendes Auto. Ein schnell fahrendes Auto. Bemerkenswerterweise hatten die Körper aber keine äußeren Wunden. Es war, als wären sie durch einen hohen Luftdruck oder so was verletzt worden.«

Düvel ließ die Worte sacken, bevor er fortfuhr.

»Die Gruppe muss die Bedrohung deutlich erkannt haben und tat alles, um sich selbst zu schützen. Sie haben sich einen Unterschlupf gebaut, in dem sie die eisige Nacht sicherlich überlebt hätten, zumal sie besser angezogen waren als die ersten fünf Leichen. Aber dann wird es geradezu bizarr. Alle Körper wurden nur wenige Meter von ihrem improvisierten Schutz im tiefen Teil der Schlucht auf einer Fläche von nur vier mal zwei Metern gefunden. Die Köpfe lagen keine dreißig Zentimeter voneinander entfernt. Erstaunlich fanden wir auch, dass einige Kleidungsstücke als Sitz verwendet wurden und nicht, um sie anzuziehen und sich warm zu halten. Für mich ein klares Zeichen dafür, dass sie warm genug angezogen waren, um die Nacht zu überstehen.«

Am späten Nachmittag zurück im »Heine«, versuchte Cassandra erneut, Dr. Schöneck anzurufen. Doch sie hatte nur den Dauerklingelton im Hörer, niemand nahm ab.

Frustriert zog sie sich die warme Thermounterwäsche aus und ihren Spitzenbüstenhalter an. Gerade als sie ihn schließen wollte, wurde ihr klar, was sie damit verband, und sie riss ihn vom Körper. Stattdessen nahm sie ihren Sport-BH aus der Reisetasche und zog den an. Als ob sie jemals wieder mit Düvel irgendwo anders als auf dem Brocken landen würde, lächerlich. Zumal er einen Schatz hatte. Alberner Ausdruck für eine Freundin oder Frau, fand Cassandra. Aber das konnte ihr schnurz sein. Wenn sie doch nur ihr Problem los wäre. Dieser verdammte Arzt, musste der ausgerechnet jetzt unerreichbar sein?

In Jeans und Sweatshirt ging sie in den Dachsbau. Offenbar war noch kein Ersatzkoch für das normale Restaurant gefunden worden.

»Heute Abend sind wir ohne Kollegen Düvel, der hat Besseres vor. Morgen früh ist er pünktlich zurück, hat er gesagt«, verkündete Küster mit anzüglichem Grinsen.

Cassandra atmete auf. Dann konnte sie auf ihren Frust heute wenigstens ein paar Falkner kippen ohne Angst, dass Düvel in der Bar auftauchte. Bestens. Jetzt musste sie nur noch ein Gericht finden, das den Namen auch verdiente. Als sie an das Essen der letzten beiden Abende dachte, schüttelte es sie noch immer. Der Harzer Käse hatte sich als Handkäse entpuppt, nur ohne Musik. Nicht, dass die Sandwiches gestern besser gewesen wären.

Sie ersparte sich den Blick in die Karte.

»Was gibt es denn heute Abend?«, fragte sie gleich den Kellner.

»Heute haben wir was ganz Besonderes für Sie: unser berühmtes deftiges Bauernomelette mit Senfgurke.«

ZEHN

Freitag, 23. Februar 1990

Auf eine regenreiche Nacht war ein fahlgrauer kühler Morgen gefolgt. Eine Flickendecke aus Wolken lag schwer über der Landschaft und hüllte sie in trübes Licht.

Cassandra hatte gleich nach dem Aufstehen mit dickem Kopf vom Falkner, den sie mit Des und seinen köstlichen Erinnerungen an die letzten Einsätze in Kabul in der Bar getrunken hatte, wieder in der Praxis von Dr. Schöneck angerufen.

»Das tut mir jetzt wirklich ganz furchtbar leid, aber Herr Doktor ist selbst krank geworden. Wir mussten für heute alle Termine absagen. Und nein, ich kann Ihnen seine Privatnummer nicht geben. Das würde auch herzlich wenig nützen, da er keine Stimme hat, mehr darf ich über seine Erkrankung nicht sagen. Aber sollte er wider Erwarten heute doch noch reinkommen, sag ich ihm, wie dringend Sie auf seinen Rückruf warten. Vielleicht meldet er sich ja dann noch bei Ihnen. Sind Sie den ganzen Tag erreichbar?«

Natürlich war sie das nicht. »Er soll dann bitte an der Rezeption eine Nachricht hinterlassen, was los ist. Unbedingt. Also nur, falls er mich nicht erreicht. Und bitte irgendwie verschlüsselt. Muss ja nicht jeder gleich wissen, was mit mir los ist.«

»Ist gut, richte ich ihm aus.«

Sie hätte schreien können. Noch eine Nacht mit diesem Alpdruck würde sie nicht durchstehen. Die Tage waren erträglich. Da war sie abgelenkt von der Ermittlungsarbeit. Tatsächlich hatte sie gestern im Laufe des Tages nicht ein einziges Mal an ihr Problem gedacht.

Aber die Nächte. Immer wieder rotierten die gleichen Gedanken in ihrem Kopf. Immer wieder hatte sie ihren Bauch abgefühlt auf der Suche nach einer Verdickung. Gefunden hatte sie nur ihren Musculus pyramidalis, knüppelhart wie gewohnt. Darunter sollte sich ein Lebewesen verstecken? Unmöglich. Wenn es tatsächlich da wäre, müsste es raus. Ganz schnell.

In den frühen Morgenstunden an die dunkle Zimmerdecke starrend, hatte sie beschlossen, nicht länger auf den Rückruf des Arztes zu warten. Wofür gab es Apotheken? Wofür Schwangerschaftstests? So einen würde sie sich noch heute besorgen, um Klarheit zu schaffen.

Bevor sie den Frühstücksraum betrat, ging sie an die Rezeption. Ein älterer Mann hatte diesmal Dienst. So ein Mist. Ihr wäre eine Frau lieber gewesen bei der Nachricht, die sie erwartete.

»Wo ist denn die Rezeptionistin von gestern?«, fragte sie in der Illusion, die würde gleich ihren Dienst antreten.

»Meinen Sie Frau Winter? Die hat sich heute leider krankgemeldet.«

Nun denn, dann musste es eben auch so gehen. Wahrscheinlich rief Dr. Schöneck sowieso nicht an.

Gerade als alle mit dem Frühstück fertig waren, erschien Düvel im Frühstückssaal. Bestens gelaunt in einem pseudoschicken neuen Hemd, rosa und grau gestreift, zu einer noch graueren Stoffhose aus Tweed oder so was. Als er an Cassandra vorbeikam, stieg ihr ein seltsamer Plastikgeruch in die Nase. Komisch. Ob das der Geruch seiner Freundin oder Frau war? Wundern würde sie sich nicht.

»Wie machen wir heute weiter?«, fragte Maus nach seinem dritten Gang zum Frühstücksbüfett.

»Ich würde vorschlagen, dass wir als Nächstes Sven Freytag, den Überlebenden, befragen. Ich wundere mich ohnehin, dass das noch nicht geschehen ist«, wetterte Cassandra, weniger als Vorwurf als vielmehr ihrer schlechten Laune geschuldet.

***

Düvel wunderte sich über die seltsame Betonung, die von Lucadou in diesen kurzen Satz legte.

»Wir haben es versucht, aber Herr Freytag hat sich geweigert, zu uns zu kommen. Alles, was wir wissen, haben wir telefonisch abklären müssen. Leider hatten wir bisher keine Möglichkeit, ins Ausland zur Vernehmung zu reisen. Sie haben es da besser«, konterte er.

»Dann sollten wir das dringend nachholen. Ich schlage vor, dass ich gleich mal versuche, heute Nachmittag einen Termin mit ihm zu vereinbaren. Wer kommt mit?«

Schnell war entschieden, dass nur von Lucadou, Maus und Düvel fahren würden. Küster schob einen Dienstermin vor. Düvel vermutete, dass er schlicht keine Lust hatte, immer den bösen Mann zu spielen, was ihm offenbar aufgetragen worden war. Ganz wie früher funktioniert er, dachte Düvel enttäuscht. Der hatte es noch nicht verstanden. Rabenfels war noch nicht wieder aufgetaucht. Goßmann und Bernhard hatte man zu einem anderen Fall abkommandiert. Mehr hatten sie auch nicht zu der neuen Ermittlungsarbeit beitragen können.

Maus bot sich an, mit der Hochschule zu klären, ob und wann Sven Freytag zur Verfügung stehen würde. Auf diese Art würden sie Sven am schnellsten erwischen. Von Lucadou war in die andere Telefonzelle im Foyer geeilt. Andauernd telefonierte sie. Offenbar hatte sie einen leidenschaftlichen oder eifersüchtigen Liebhaber, vermutete Düvel, bei dem sie ständig Präsenz zeigen musste.

Ihm konnte das egal sein. Er war froh, dass es seinen Mädels gut ging. Inzwischen hatte er ein Dauerarrangement mit der Nachbarin getroffen, das sich als praktisch und perfekt für seine Töchter erwiesen hatte. Wenn aber, wie gestern, eine von ihnen krank war, eilte er von jedem Einsatzort nach Hause, damit sie nicht das Vertrauen in ihn verloren. Es war schlimm genug, dass ihre Mutter sich seit Weihnachten nicht mehr gemeldet hatte.

Nun war er gespannt auf seine erste Fahrt in den Westen.

***

In Clausthal-Zellerfeld entdeckte Cassandra eine Apotheke. Mit einem gebrummelten: »Ich brauche Kopfschmerztabletten«, stürmte sie hinein.

Blöderweise folgte ihr Maus, der ebenfalls was von Kopfweh brummte. Cassandra winkte ihn vor. Erst als er außer Hörweite war, fragte sie nach einem Schwangerschaftstest. Vorsichtshalber nahm sie zwei, die sie in ihrer Riesenhandtasche sicher vor den Blicken der anderen verstaute. Sie hatte nicht mehr die Nerven, bis zum nächsten Morgen damit zu warten, wie ihr die Apothekerin empfohlen hatte. Zur Sicherheit konnte sie ihn morgen früh wiederholen – falls das nötig war und sie nicht zuvor endlich den Arzt erreichen würde. Oder er sie.

Erleichtert fuhr sie mit den anderen weiter zur Hochschule. Man hatte ihnen zugesagt, dass Sven Freytag ab elf Uhr im Sekretariat auf sie warten würde.

Eine Sekretärin führte sie direkt in ein Amtszimmer. Professor Kübler, Präsident der Technischen Universität Clausthal, wie er sich vorstellte, erwartete sie bereits. Cassandra schätzte ihn auf Mitte fünfzig. Doch die gebeugten Schultern, die altmodische Fliege und das Cordjackett ließen ihn eher wie Mitte sechzig wirken. Und die brüchige, kurzatmige Stimme wie Mitte siebzig.

Der junge Mann neben ihm mit abstehenden Haaren und mürrischem Mund musste Sven sein. Cassandra stellte fest, dass der ihn noch attraktiver machte.

»Wir wollten unbedingt an der Brockenbefreiung teilnehmen. Ich weiß gar nicht mehr, wer auf die Idee kam. Aber als sie einmal in der Welt war, waren alle begeistert. Außerdem fanden wir die Vorstellung toll, im Winter auf den höchsten Berg im Harz zu wandern. Und zu zelten. Kurz vor Weihnachten. Wir kannten uns ja alle gut von anderen Exkursionen und natürlich auch aus unseren Kursen.«

»Halt mal. Was um alles in der Welt soll die Brockenbefreiung sein?«, hakte Cassandra nach, die noch nie davon gehört hatte.

Kübler schaltete sich ein. »Wo haben Sie denn im letzten Vierteljahr gelebt? Das war doch ein Jahrhundertereignis.«

»Nun, bis in die Presse von Colombo hat es dieses tolle Ereignis jedenfalls nicht geschafft«, erwiderte Cassandra trocken.

»Auch nicht nach Kabul«, ergänzte Maus.

»Na, dann will ich Ihnen mal erzählen, was das ist. Seit 1961 war der höchste Berg Norddeutschlands, wenn man Ost und West zusammennimmt, militärisches Sperrgebiet. Sowohl Soldaten der Nationalen Volksarmee der DDR als auch der Sowjetarmee waren dort stationiert. Für Zivilisten war das Plateau gesperrt. Das änderte sich auch nicht nach dem Mauerfall. Überall waren die Grenzen offen, nur auf den Brocken kam man immer noch nicht. Deswegen haben sich am 3. Dezember letzten Jahres einige tausend Menschen von Ilsenburg und Schierke aus zu einer Wanderung auf den Brocken aufgemacht unter dem Motto ›Freier Brocken, freie Bürger‹. Die Massenwanderung war ein Protestmarsch, das Ziel Wanderfreiheit. Zu der Demonstration hatte die DDR-Bürgerbewegung Neues Forum aufgerufen. Die Erstürmung des Brocken hatte eine besondere symbolische und politische Bedeutung. So ist der mythen- und sagenumwobene Berg einer der wichtigsten Handlungsorte in Goethes ›Faust‹. Heinrich Heine brachte die besondere Faszination des Berges auf den Punkt: ›Der Brocken ist ein Deutscher.‹«

Verträumt blickte Küster an die Decke seines Dienstzimmers.

»Das ist mein Hobby, also Geschichte, falls Sie das noch nicht bemerkt haben. Tja weiter. Der höchste Gipfel des Mittelgebirges war in der DDR ein ganz besonderer Mikrokosmos. Dort arbeiteten Grenzsoldaten, Abhörexperten von der Staatssicherheit und russische Geheimdienstler daran, die DDR für immer abzuschotten. Der innere Ring auf dem Brockenplateau war sowjetisches Sperrgebiet, denn hier stand der westlichste Vorposten Moskaus, der Horchposten mit dem Tarnnamen ›Jenissej‹. Der GRU schöpfte vom Brocken Informationen aus westlichen Quellen ab. Insbesondere beobachteten sie Politiker, Bundeswehr und Waffen-Aufklärungsobjekte im Kalten Krieg für den gesamten Warschauer Pakt.«

»GRU?«, fragte Cassandra.

»GRU heißt Glawnoje Raswedywatelnoje Uprawlenije, auf gut Deutsch Hauptverwaltung für Aufklärung, und ist das leitende Zentralorgan des russischen Militärnachrichtendienstes. Die Einheit auf dem Brocken gehört zur Fernmeldeaufklärungsbrigade 82 und untersteht direkt dem Verteidigungsministerium in Moskau.«

»Aha, nie gehört«, verkündete Cassandra.

»So, so. Na ja. Daneben lauschten die Abhöranlage ›Urian‹ und mehr als zwanzig Mitarbeiter der Staatssicherheit rund um die Uhr im Schichtbetrieb in der sogenannten Stasi-Moschee bis zur niederländischen Grenze. Immer massivere Grenzanlagen machten den Berg zu einer Festung.«

Küster trank einen Schluck aus einem Kaffeebecher. »Die Sicherheitsdienste bespitzelten ganz Norddeutschland und bewachten alle Bewegungen in der Nähe der Grenzanlagen. Unerbittlich und gnadenlos verfolgten sie Flüchtlinge, die im Bereich der Brockenstraße im Schutz des Waldes versuchten, in den Westen zu gelangen.«

»Das ist ja ein Ding«, stellte Maus fest. »Die Russen haben auf dem Brocken gehockt und gelauscht?«

»Ja, haben sie. Und tun sie immer noch.«

»Was? Die sind noch da?«, empörte sich Maus.

Küster nickte.

»Wahnsinn«, stellte Cassandra fest. »Und die westdeutsche Regierung hat nichts dagegen unternommen, obwohl sie das wussten?«

»Was hätten sie denn tun sollen? Die DDR ist ein eigenständiger Staat. Und mit Russland legte man sich besser nicht an. Aber eins haben sie doch gemacht.«

»Und zwar?«

»Nun, der Harz ist nicht nur für die Russen ein Top-Standort für den Geheimdienst. Der Westen kann das umgekehrt auch. Alle wichtigen Berggipfel des Harzes in der Bundesrepublik sind mit Horchtürmen bestückt, die den Telefon- und Funkverkehr im Osten abhören. Das liegt an der politischen und topografischen Lage. Die innerdeutsche Grenze war die Nahtstelle zwischen dem Warschauer Pakt und der NATO. Und die verlief quer durch den Harz. Interessiert Sie das?«

»Aber natürlich«, erwiderte Cassandra.

Kübler nickte. »Gut. Also. Der erste Horchposten auf westlicher Seite war der fünfundsiebzig Meter hohe Betonturm auf dem Stöberhai nahe Wieda. Der wird von der Bundeswehr und den Franzosen betrieben. Die Franzosen haben einen weiteren Horchturm auf dem Schalke hier bei Clausthal.«

»Wer in Gottes Namen spioniert denn hier sonst noch?«, fragte Maus.

»Fast alle. Die Amis haben mehrere Horchtürme in den ›Harz Mountains‹. Einer ist auf dem Bocksberg bei Goslar, und seit 1975 gibt es eine Abhörstation auf dem höchsten Gipfel des Westharzes, dem Wurmberg.«

Cassandra und Maus sahen sich verblüfft an. »Sind die immer noch alle hier?«, hakte Cassandra nach.

»Soweit ich weiß, schon. Bisher wurde nichts von einem Abzug berichtet.«

»Das duldet die Bundesregierung?«, wiederholte Maus seine frühere Frage.

»Nun, es ist ja in unserem eigenen Interesse, dass sich die NATO-Staaten hier präsent zeigen. Noch ist der Kalte Krieg nicht beendet, und keiner von uns weiß, wie es mit der Sowjetunion weitergeht. Vor allem nach der Öffnung der Grenzen zum Westen. Das warten die garantiert erst mal ab.«

»In dieser Situation sind Ihre Studenten einfach so auf den Brocken gewandert? Ganz schön mutig.«

»So mutig war das nicht. Schade, dass Sie die Grenzöffnung nicht miterlebt haben. Das war was. Alle waren glücklich und reisten hin und her. Niemand fürchtete mehr die DDR-Soldaten. Die waren doch orientierungslos. Und hilflos. Zum Teil auch mächtig frustriert. Nein, das hielt niemand für gefährlich.«

Cassandra wandte sich Sven zu, der an seiner Nagelhaut pulte und sehr jung und verletzlich wirkte.

»Wie wurde das denn in Ihrer Gruppe gesehen?«

»Wir fanden das aufregend. Außerdem waren wir von einer Studentengruppe von der Martin-Luther-Universität Halle-Wittenberg angeschrieben worden, die Kontakt zu uns, also unserer Hochschule, suchte. Mit denen wollten wir uns erst auf dem Brocken treffen, dann gemeinsam nach Harzgerode und weiter zu ihrer Hochschule in Halle wandern. Unsere Hochschulleitung fand das gut, und außerdem hat sich kurzfristig der Lehrbeauftragte Zöllner bei uns gemeldet und wollte mitkommen. Damit war das Unternehmen für uns praktisch abgesegnet. Wenn was mit unserem Plan nicht in Ordnung gewesen wäre, hätte der doch nicht mitgemacht.«

»Na gut. Aber bevor ich jetzt an unseren Kollegen Düvel aus der DDR die Befragung abgebe, möchte ich noch eins von Ihnen wissen. Wieso sind Sie nicht nach Halberstadt gefahren, um den Kollegen durch Informationen, die nur Sie hatten, zu helfen? Das finde ich schon sehr merkwürdig.«

»Sind Sie verrückt?« Erschrocken schwieg er.

Kübler blickte ihn bitterböse an. »Was sind denn das für Manieren gegenüber einer Dame?«, fauchte er Sven an.

»Sorry«, brummte der mit gesenktem Kopf.

»Schon in Ordnung, Herr Professor. Ich bin Schlimmeres gewohnt. Aber zu Ihnen, Herr Freytag, was wäre daran so verrückt gewesen?«

»Na, hören Sie mal. Man hat doch genug darüber gehört, wie die Polizei in der DDR mit Verdächtigen umgeht. Ich setze in der nächsten Zeit nicht mehr meinen Fuß in das Land. Nicht, bevor klar ist, dass das wirklich wieder Deutschland ist und nicht so ein Russlandableger. Wer weiß, was die Stasi dort noch so alles treibt. Schauen Sie doch nur, wie die mit dem Tod meiner Freunde umgegangen sind. Eingestellt haben die das Ermittlungsverfahren. Das hatte doch seinen Grund. Wenn ich genau überlege, frage ich mich sogar, ob die nichts mit dem Tod meiner Freunde zu tun haben.«

»Wie kommen Sie denn darauf?«, fragte Cassandra nach.

»Also wirklich. Ich bitte Sie. Als ich das von dem aufgeschnittenen Zelt gehört habe, war ich platt. Mir ist sofort klar geworden, dass da irgendjemand Jagd auf meine Freunde gemacht hat. Ohne Schuhe den Berg runter. Also nein. Dannemann, der uns angeführt hat, hätte das nie zugelassen. Der war mehr als vorsichtig. Nee, da muss irgendjemand meine Freunde aus dem Zelt getrieben haben. Und wer soll das wohl anderes gewesen sein als die Stasi? Die hocken doch da oben. Das haben Sie doch gerade gehört. Oder der KGB«, empörte er sich.

»Nicht KGB, GRU«, korrigierte Kübler automatisch. Ganz der Lehrer, wenn auch an einer Hochschule, dachte Cassandra.

»Außerdem haben wir von einer anderen Gruppe gehört, dass in der Nacht im Hochharz helle Lichtpunkte, um genau zu sein, zwei, gesehen wurden. Vielleicht machen die da oben heimlich Tests mit Aliens und Ufos. Oder geheime militärische Übungen. Was weiß denn ich? Wer weiß denn überhaupt, was die SED-Bonzen so alles heimlich veranstalten? Ich weiß nur eins: Meine Freunde waren ganz vernünftige Leute, die ich seit Jahren gut kannte. Die einen besser als die anderen. Wir haben zusammen Touren gemacht. Die waren immer ordentlich geplant und nie riskant. Dafür sind oder besser waren wir nicht die Leute. Der Einzige, den ich nicht näher kannte, war Zöllner. Aber da er an der Hochschule tätig war, hatten wir keine Bedenken gegen ihn. Außerdem mochten wir ihn. Er war unheimlich nett und sehr lustig. Wir haben viel zusammen gelacht.«

Betroffen senkte er den Kopf. »Überhaupt war das eine tolle Tour. Fast wie ein Abenteuerurlaub. Keiner von uns war jemals zuvor in der DDR. Dabei ist sie hier so nah gewesen. Na ja, und dann auch noch der Aufruf zur Brockenbefreiung. Das war was. Die DDRler waren alle unglaublich nett zu uns. Viel netter als die Leute im Westen. Und auf dem Brocken war richtig Remmidemmi. Zu blöd, dass es mir so schlecht ging. In der Nacht vor dem Aufstieg hab ich auf einmal Kopfschmerzen und Husten bekommen. Aber ich wollte unbedingt dabei sein, wenn der

Brocken befreit wird. Also hab ich mich hochgequält. Der Weg von Schierke aus ist wirklich nicht einfach. Sind Sie ihn mal gegangen?«

Alle schüttelten den Kopf.

»Der geht am Ortsrand von Schierke los, und direkt hinter dem Wasserhäuschen geht's zur Sache. Weg kann man das eigentlich gar nicht nennen. Es ist mehr eine Geröllpiste mit mal größeren, mal kleineren Felsbrocken, die aus dem Boden zu wachsen scheinen. Gleichzeitig mit uns waren bestimmt vierhundert, fünfhundert Leute unterwegs. Alle hatten Superlaune, die Sonne schien von einem wolkenlosen Himmel, und immer wieder wurden Wanderlieder angestimmt. Und Schnee lag auch noch. Es war der Hammer. Können Sie sich vorstellen, wenn so viele Leute singen und lachen? Es war bombastisch.«

Tränen traten in seine Augen. »Wenn ich mir vorstelle, was danach kam …«

»Erzählen Sie weiter«, forderte ihn Düvel mit sanfter Stimme auf.

»Was soll ich berichten? Zwei Stunden haben wir hoch gebraucht. Auf dem Brocken waren noch viel mehr Leute. Die sind von Ilsenburg, Oderbrück und Torfhaus aus gestartet. Sollte ja eine Sternwanderung sein. Es war wie ein Volksfest. Und der Blick erst. Wir konnten bis zum Thüringer Wald schauen. Das war was ganz Besonderes, wenn man bedenkt, dass der Brocken an dreihundert Tagen im Jahr im Nebel liegt und man nichts sieht.«

Seine Augen leuchteten begeistert.

»Aber erst mal haben uns die Soldaten nicht aufs Gelände gelassen. Stellen Sie sich das mal vor: Tausende Menschen standen vor dem Tor und brüllten die Grenzer an, das Tor zu öffnen. Einer der Anführer der Demo hat dann den Kommandanten kommen lassen. Wir standen ganz vorne dabei und haben alles mitbekommen.« Aufgeregt nickte er mit dem Kopf.

»Also der Kommandant kommt. Der Anführer der Demo, ich weiß nicht, wie der heißt, verwickelt den Kommandanten in ein Gespräch. Fragt ihn, wo er, also der Kommandant, herkommt. Aus dem Spreewald, antwortet der. Und der Anführer ganz frech: ›Stellen Sie sich mal vor, Sie dürften den morgen nicht mehr betreten.‹ Darauf der Kommandant: ›Das wäre unvorstellbar.‹ Und der Anführer sagt: ›Aber genauso geht es uns. Wir wollen doch nur zu dem, was uns gehört.‹ Das war echt stark.« Aufgeregt unterstrich er das Gesagte mit einem weiteren Kopfnicken.

»›Da muss ich erst mit Berlin telefonieren‹, sagt der Kommandant. Das war so gegen halb eins. Und der Sprecher der Demo ganz forsch: ›Besten Gruß an den Kollegen, bestellen Sie ihm, wenn um zwölf Uhr fünfundvierzig das Tor nicht auf ist, machen wir es auf.‹«

Sven Freytag blies die Backen auf. »Wir haben schon ein bisschen Schiss bekommen. Wir wussten ja nicht, was passieren würde. Die Masse hätte ausrasten können oder die Grenzsoldaten. Schließlich waren die noch bewaffnet. Aber wir haben zusammen mit den DDRlern gewartet. Eine Frau neben mir, die aus Osterode gekommen war, bibberte richtig und hatte wahnsinnige Angst, dass sie verhaftet wird. Andauernd bedankte sie sich bei uns, dass wir aus dem Westen gekommen waren. Meinte wohl, dass die Grenzer dann vorsichtiger sein müssten. Und plötzlich fängt einer an zu singen: ›Da hätte vor hundert Tagen keiner dran gedacht, heute wird der Brocken aufgemacht.‹ Das war total irre. Alle haben mitgegrölt.« Sven legte eine Pause ein, schien ganz in der Erinnerung versunken.

»Und dann, auf die Minute pünktlich, kommt der Kommandant wieder raus und sagt: ›Wir haben eine Lösung.‹ Der Brocken sollte einmalig für kurze Zeit geöffnet werden, jeweils für Gruppen von zweihundert Leuten. Unser Mann fragte, wie das organisiert werden soll. ›Wir haben eine Tür, die nur nach innen aufgeht, und eine, die nur nach außen aufgeht‹, antwortet der Kommandant. Darauf unser Typ: ›Können Sie mir das mal zeigen?‹ Und der Kommandant öffnet tatsächlich die Tür. Tja, das war's dann. Kaum war die Tür offen, strömten alle Leute rein.

Die wurden regelrecht überrannt. Und damit war der Brocken befreit. Das war echt der Hammer. Das werde ich mein Lebtag nicht vergessen.«

»Eindrucksvolle Schilderung«, ließ sich Düvel vernehmen. »Aber wie ging es weiter?«

»Gesungen haben wir und getanzt vor Freude. Die Grenzer waren natürlich schockiert. Die haben an dem Morgen bestimmt nicht mit so was gerechnet, als sie aufgestanden sind. Das ist sicher. Wir haben uns alles angeschaut und erklären lassen. Aber das eingezäunte Gelände der Russen blieb verschlossen. Da kamen wir nicht weiter. Einige russische Soldaten kamen aber raus und boten uns heißen Tee an. Irre war das.« Seine Augen glänzten verdächtig, seine Nase triefte.

»Am späten Nachmittag sind alle wieder losgezogen. Keiner wollte warten, bis die Sonne unterging. Dieser schwere Wanderweg bei Dunkelheit? Nee, davor hatten alle Respekt. Tja, und für mich kam die Stunde des Abschieds. Ich konnte wirklich nicht mehr weiter. Schließlich wollte ich meine Freunde nicht aufhalten. Also haben wir Adieu gesagt, und ich bin gegangen.« Tränen liefen über das hübsche Gesicht.

»Hätte ich geahnt, dass es für immer ist …« Der Rest des Satzes fiel lauten Schluchzern zum Opfer.

Sie ließen ihm einen Moment Zeit, um sich zu fangen.

»Ist Ihnen irgendwas aufgefallen, was ungewöhnlich war? Nicht zu der Geschichte passte?«

»Wie soll ich das wissen? Die ganze Situation war so außergewöhnlich. Wenn noch was anderes gewesen wäre, hätte ich es sicher nicht mitbekommen. Außerdem ging es mir nicht so toll an dem Tag. Ich war wie im Tran. Ich Depp hatte mich zu Schnaps überreden lassen, den ein paar Wanderer aus dem Osten mitgebracht hatten. Danach ging es mir richtig schlecht. Wie ich den Weg runter geschafft habe, weiß ich nicht mehr. Irgendwelche Leute haben mich mitgezogen und im Hotel untergebracht. Die waren unheimlich nett, haben sich um mich gekümmert. Ganz anders als bei uns im Westen. Hier würde doch keiner auf die Idee kommen, jemanden einfach bei sich einzuquartieren und zu pflegen.«

Nachdrücklich schüttelte er den Kopf. »Haben mir Suppe gekocht und Brei. Meine Eltern wollten die Chose hinterher bezahlen, war ja schließlich ein Hotel. Aber das haben die rundweg abgelehnt. So was habe ich noch nie erlebt.«

»Kommen wir zurück zu Ihrer Gruppe«, schaltete sich Düvel ein. »Wie war das Verhältnis untereinander? Gab es Streitereien, Eifersüchteleien? Stimmt es, dass Zara Kaufmann und Dannemann ein Paar waren?«

Sven errötete und schüttelte erneut den Kopf. Das verblüffte Cassandra. Bisher hatte er sich als selbstbewusster Typ gezeigt und nun dieses Erröten.

»Was war mit den beiden?«, fragte sie nach.

»Keine Ahnung«, brummelte Sven wenig überzeugend.

Cassandra schaute zu Düvel. Der zückte seine Mappe und zog drei Fotos hervor.

»Wir haben die Kameras Ihrer Freunde gefunden und die eingelegten Filme entwickeln lassen. Da sind Sie und Zara abgebildet, als Sie sich verabschiedeten. Sie haben sich umarmt. Dannemann dahinter schaut ganz schön betreten drein. Und nicht nur einmal haben Sie sich umarmt. Wir haben zwei weitere Bilder, auf denen Sie sehr nahe beieinanderstehen. Aber in Dannemanns Brieftasche war ihr Foto. Wessen Freundin war sie denn nun?«

»Dannemanns«, nuschelte Sven kaum hörbar.

»Und wie kommt es dann zu den zärtlichen Gesten zwischen Ihnen beiden?«, hakte Düvel nach.

»Keine Ahnung. Sie war ein wenig rührselig.«

»Sind Sie sicher, dass da nicht mehr war?«

Sven zog die Schultern hoch. »Ja.«

Cassandra und Düvel sahen sich an.

»Herr Freytag, Sven. Das ist doch nichts Schlimmes, wenn Sie was miteinander hatten. Sie war doch nicht verheiratet oder so. Also raus mit der Sprache. Was war da zwischen Ihnen?«

»Nichts.« Wieder nur genuschelt.

»Ich mache es Ihnen mal leicht«, fuhr Cassandra fort, während sie die Fotos näher heranzog. »Das sieht mir nach wesentlich mehr als einem freundschaftlichen Abschied aus. Waren Sie in Zara verliebt?«

Sven ließ den Kopf hängen. »Sie war Ingos Freundin. Aber sie war in mich so verliebt wie ich in sie. Nur wollte sie es Ingo nicht vor der Tour sagen. Also haben wir geschauspielert. Das war kaum auszuhalten. Vor allem, weil Ingo auch noch ein unglaublich netter Typ war. Ich hatte ein ganz beschissenes Gefühl dabei. Aber, Gott, ich hab mir das doch nicht ausgesucht. Ist einfach so passiert. Und jetzt ist sie tot. Beide sind tot. Vielleicht, weil ich nicht weiter mitgegangen bin. Vielleicht hätte ich sie retten können.« Die letzten Worte brachte er wieder nur unter lauten Schluchzern hervor.

Maus tätschelte ihm beruhigend die Schulter, bis Sven sich gefasst hatte.

»Nun denn, lassen wir es erst mal gut sein«, sagte Düvel. »Sie müssen aber trotzdem morgen unbedingt nach Halberstadt kommen. Wir brauchen Ihre Hilfe bei der Zuordnung der Kleidungsstücke. Machen Sie das?«

Entsetzt schüttelte Sven den Kopf.

»Keine Sorge, wir tun Ihnen nichts, und in den Knast stecken wir auch niemanden ohne Grund.«

»Er kommt morgen. Geben Sie mir die Adresse, ich werde ihn zu Ihnen bringen«, ließ sich Kübler vernehmen.

Cassandra war sich nicht sicher, ob Sven der Fahrt nach Halberstadt zugestimmt hätte, hätte ihm Kübler in seiner Eigenschaft als Präsident der Hochschule nicht das Messer auf die Brust gesetzt.

»Wollen wir zur Abwechslung hier was essen gehen? Ich kann den DDR-Fraß, oh sorry … Ich kann ihn trotzdem nicht mehr sehen, geschweige denn runterwürgen«, fragte Cassandra, gewohnt zartfühlend, in die Runde.

Maus nickte begeistert und zeigte auf ein italienisches Restaurant nahe der Hochschule.

»Ich habe keinen Hunger«, behauptete Düvel, dessen Worten zum Trotz sein Magen laut knurrte.

Cassandra und Maus sahen sich erstaunt an. Bei Cassandra fiel der Groschen. »Sie sind natürlich unser Gast«, schickte sie hinterher.

Düvel lief rot an, ob vor Freude oder aus peinlicher Betretenheit konnte Cassandra nicht unterscheiden. Allerdings ließ die Klarstellung nicht lange auf sich warten.

»Danke, aber ich habe mein ganzes Leben lang keine Almosen angenommen. Damit fange ich jetzt nicht an.«

»Kein Problem«, warf Maus ein. »Ich hole einfach eine große Pizza für die Fahrt, damit wir nicht verhungern, und die teilen wir uns. Und später gehen wir in den Dachsbau. Der Harzer Käse war doch klasse.«

Sie kamen spät in Schierke an.

»Gehen wir gleich was essen?«, hatte Maus gefragt, der als Einziger von der Pizza gegessen hatte. Sie aufgegessen hatte.

»Ja klar«, hatte Cassandra geantwortet. »Ich geh mich nur schnell umziehen.«

Düvel hatte mit verkniffenem Gesicht genickt.

Nun saß sie seit zwei Minuten auf dem Badewannenrand und starrte auf die kleinen Fenster des weißen Plastikstäbchens, in denen ein Streifen zu viel über ihre Zukunft entscheiden würde. Egal wie, sie würde das Kind nicht austragen, das stand für sie fest.

Aber eine Abtreibung kam ihr barbarisch vor. Das war eine Grenzüberschreitung. Obwohl sie im Dienst getötet hatte. Mehr als einmal. Und nicht nur Männer. Nicht nur Krieger. Aber das hier war was anderes. Im Krieg musste man eben töten. Auch wenn es nicht der eigene war. Und auch kein offizieller. Nicht eine Nacht hatte sie das den Schlaf gekostet, denn sie war sich sicher, für eine gute Sache getötet zu haben.

Ob das überhaupt möglich war, hatte sie sich nur selten gefragt. Sie musste nur an die zerfetzten Kinderleichen nach Bombenanschlägen, an die vor Dreck, Typhus und Kranken strotzenden Lager der Heimatvertriebenen und systematisch vergewaltigten jungen Frauen denken. Dann wusste sie, dass ihr Kampf einer gerechten Sache diente. Die auch Opfer forderte und Menschenleben.

Aber ein wehrloses Lebewesen, zudem im eigenen Körper, ein Menschenkind, ihr Kind …

Sie zwang sich weg von den Gedanken. Ein Baby hatte keinen Platz in ihrem Leben. Basta. Und es an Fremde, Unbekannte abgeben? Auf gar keinen Fall. Woher sollte sie wissen, dass die gut zu ihm wären. Zu viel Elend hatte sie bei ihren Einsätzen gesehen. Sie wusste, was unbeschützten Kindern widerfahren konnte. Hatte es selbst erlebt, bevor ihre Familie nach Deutschland übersiedelte. Niemand hatte Cassandra schützen können. Nicht einmal ihre Eltern. Gerade die nicht. Das würde sie nicht zulassen. Nicht bei ihrem eigenen Kind. Lieber es gar nicht erst auf die Welt bringen.

Dass sie sich überhaupt so viele Gedanken darüber machte, wunderte sie. Das musste an den letzten Tagen oder besser Nächten liegen, in denen sie mehr Zeit mit dem Thema verbracht hatte, als ihr lieb war.

Aber was sollte sie machen, wenn die Dreimonatsfrist um war? Alle Berechnungen, in schlafloser Nacht mit Blick ins Dunkel angestellt, hatten zu keinem eindeutigen Ergebnis geführt. Sie wusste nicht mehr genau, wann es passiert war. Nur eins war sicher, es würde knapp werden.

Und wenn sie es doch bekäme? Cassandra erschreckte sich vor dem Gedanken, den sie bisher nicht zugelassen hatte. Warum eigentlich nicht? Wegen ihres Jobs, den sie über alles andere stellte. Und weil sie eine grottenschlechte Mutter wäre. Wie ihre eigene. Nein, man konnte sie keinem Kind zumuten. Was sollten solche Gedanken überhaupt? So ein Quatsch. Aber was, wenn die Frist um war? Ihr schien, als würde eine kleine Ecke ihres Herzens ein »Ja« flüstern. Ganz leise, kaum hörbar. Das war auch besser so. So konnte man es überbrüllen.

Noch eine Minute. Sie bebte.

Langsam wurde etwas Blaues im linken Sichtfenster erkennbar. Gebannt starrte sie auf das rechte. Bibberte, zitterte. Hoffte? Doch es kam nichts. Kein weiterer Streifen. Nur einer. Sie konnte ihr Glück nicht fassen. Nicht schwanger. Keine Entscheidung fällen müssen, die doch nur falsch sein konnte.

Das musste gefeiert werden.

ELF

Samstag, 24. Februar 1990

Trotz ihrer Freude darüber, nicht schwanger zu sein, hatte sich Cassandra am Abend zurückgehalten. Der Falkner war ohnehin ausgegangen und der Schierker Feuerstein nicht unbedingt jedermanns Sache. Also hatte sie sich an das Wernesgrüner gehalten.

Das Frühstück erlebte sie erstmals ausgeruht und gut gelaunt. Um neun startete sie mit Maus und Düvel im BMW nach Halberstadt, diesmal eine Fahrt von knapp einer Stunde. Küster hatte sich seit dem gestrigen Nachmittag nicht mehr sehen lassen, und auch Rabenfels war noch nicht wieder aufgetaucht.

»Hat einer eine Ahnung, wo unser Staatsanwalt geblieben ist?«

»Schätze, der hat es vorgezogen, sein Wochenende zu Hause bei Frau und Kind zu verbringen. Wahrscheinlich ergötzt er gerade alle mit einem detaillierten Bericht über das Grandhotel«, mutmaßte Maus.

Bestens, dachte Cassandra. Den vermisst hier keiner.

Sie hielten erneut vor dem pseudobrutalistischen Betonblock aus nachgedunkelten Quadern. Die Eingangsstufen waren an den Rändern abgebröckelt, das Geländer sah nicht so aus, als könne man sich getrost an ihm festhalten. Über allem drohten graue Wolken mit dem nächsten Regenguss.

Im Foyer hinter dem Tresen standen mehrere Polizeibeamte und starrten wort- und grußlos auf die Neuankömmlinge, die, eine Viertelstunde vor der verabredeten Zeit, anscheinend sehnsüchtig von Professor Kübler und Sven Freytag erwartet wurden. Beide atmeten sichtlich erleichtert auf.

Düvel, in der Dienststelle offenbar bekannt und anerkannt, ließ sich den Schlüssel für den Asservatenraum im Keller geben. Der Weg dorthin führte über eine ebenfalls bröckelnde Treppe mit windschiefem Geländer, beleuchtet von einer einzelnen Glühbirne. Als sie am Ende angekommen waren, ließ Düvel eine grelle Neonröhre alles in gleißendes Licht tauchen. Cassandra sah einen überlangen Holztisch mit sechs ungepolsterten Stühlen vor mindestens zehn überquellenden Regalreihen, in denen absolutes Chaos herrschte.

Verwundert sah sie Düvel an. »Finden Sie die Sachen hier?«

Düvel nickte und verschwand in der mittleren Reihe. Voll beladen mit drei übereinandergestapelten Kisten tauchte er hustend wieder auf.

»Da ist alles drin. Hab ich damals selbst reingelegt«, erklärte er, nachdem er drei weitere Male zwischen den Regalen verschwunden war.

Sven, der die ganze Zeit blass vor sich hin geschwiegen und die Hände gerungen hatte, meldete sich zu Wort.

»Ich hab noch mal nachgedacht. Sie haben mich gestern nach ungewöhnlichen Vorkommnissen im Rahmen unserer Tour gefragt. Mir ist da was eingefallen. Aber wahrscheinlich ist es nicht wichtig.«

»Keine Sorge«, erwiderte Maus, »wir werden alles genau überprüfen. Lieber zu viel erzählt als zu wenig«, und er nickte dem jungen Mann freundlich auffordernd zu.

»Als wir kurz vor Schierke waren, am Tag vor der Brockenbefreiung, sind wir im Wald an ein Holzhäuschen gekommen. Ein Grenztruppenwärterhäuschen, vor dem ein bewaffneter Grenzer saß. In voller Montur, also Helm und langer Mantel, der fast bis auf den Boden reichte. Er verlangte nach unseren Ausweisen. Dabei hob er seine Waffe, ich glaub, das war ein Gewehr, aber ich kenn mich damit nicht aus. Wir waren richtig verdattert und bekamen Angst. Zöllner als Ältester ist nach vorne gegangen. ›Okay‹, sagte er zu dem Waffenmann, ›Sie können in unsere Ausweise sehen. Aber mal ehrlich, ob Sie da rein- oder da drüben in den Wald schauen, das kommt doch auf dasselbe raus. Sie haben hier weder ein Fahndungsbuch noch ein Telefon oder sonst etwas, woran Sie erkennen können, ob wir Verbrecher sind oder nicht.‹ Doch der Grenzbeamte blieb stur. Die beiden gerieten in eine Diskussion, die immer lauter wurde.« Er sah Maus hilflos an. Der nickte aufmunternd.

»Ein weiterer Grenzer kam dazu und pflaumte Zöllner an, er würde ihm mal sagen, wofür sie noch da wären. ›Nun zeigen Sie mir mal, was Sie in den Jackentaschen haben, Zollkontrolle!‹ Zöllner hatte hundert Ostmark, die sofort konfisziert wurden. Dafür bekam er einen Einziehungsbescheid. Wir anderen wurden auch gefilzt, aber wir hatten nichts dabei. Zöllner hat sich anschließend höllisch aufgeregt, weil jeder DDRler, der in den Westen kommt, hundert Deutsche Mark Begrüßungsgeld erhält, ihm seine hundert Ostmark aber abgenommen wurden.«

Maus sah Düvel an. »Ist das hier normal?«

»In der Übergangszeit ist vieles verquer gelaufen. Nichts war da normal. Sie können sich das gar nicht vorstellen. Da konnte so was durchaus vorkommen. Aber inzwischen haben sich alle etwas beruhigt.«

Zu Sven meinte er: »Herzlichen Dank. Mal schauen, was wir damit anfangen.«

»Ich hab gleich gesagt, dass das nicht wichtig ist. Mir ist es nur eingefallen, weil ich genau den Typen, also diesen Grenzer, am nächsten Tag oben auf dem Brocken gesehen hab und mich wunderte, wieso der plötzlich da oben war.«

»Wir notieren uns das. Haben Sie, Herr Maus?«, fragte Düvel. Der nickte. Aus einem unerfindlichen Grund war er zum Protokollanten erkoren worden, was ihm sichtlich Spaß machte. Cassandra war erstaunt. Eine Seite, die sie nicht an ihm kannte.

»Nochmals ganz herzlichen Dank, Herr Freytag. Wenn Ihnen noch was einfällt, dann immer raus damit«, erwiderte Düvel mit einem freundlichen Lächeln, während er die ersten beiden Kisten, auf denen »Kleidung« stand, öffnete. Er zog neun beschriftete Plastiktüten heraus. Sorgfältig nebeneinander, aber mit genügend Abstand dazwischen, damit nichts durcheinandergeriet, breitete er den Inhalt der Tüten aus. Zum Vorschein kamen diverse Shirts, Pullover und Hosen, alle irgendwie ramponiert. Sven wurde blass.

»So, Herr Freytag. Diese Kleidungsstücke haben wir bei den jeweiligen Toten gefunden. Fangen wir mit dem einfachsten an.«

Er wies auf den ersten dünnen Stapel. »Die Sachen trug Seelmann, als wir ihn fanden. Fällt Ihnen was daran auf?«, fragte Düvel.

Sven hielt sich die Hand vor den Mund. Er sah aus, als müsse er sich gleich übergeben.

»Das war alles, was er anhatte?«, würgte er hervor.

Düvel nickte.

Sven trat näher, streckte die Hände in Richtung der Kleidung aus. »Darf ich?«

Düvel nickte.

»Da ist ja nicht mal eine lange Hose bei. Kann das sein?«

Wieder nickte Düvel.

»Das gibt's doch nicht. Und die Socken sind angebrannt.«

Düvel zuckte hilflos die Schultern.

Entsetzt schüttelte Sven den Kopf, während er die einzelnen Kleidungsstücke in die Hände nahm.

»Tut mir leid, aber so genau kann ich mich nicht an die Klamotten der anderen erinnern. Das hier sagt mir gar nichts.«

»Na gut, machen wir es anders«, schaltete sich Cassandra ein. »Schauen Sie sich doch einfach alle Kleidungsstücke an, und dann sagen Sie uns, wenn Sie was wiedererkennen oder Ihnen zumindest bekannt vorkommt. Einverstanden?«

Sven nickte. Langsam ging er an den ersten Kleiderstapeln lang, nahm einige Sachen in die Hand, legte sie wieder hin, nahm andere, bis er beim dritten Stapel stehen blieb. »Das sind Zaras Sachen, richtig?«

Nach einem kurzen Blick auf die Plastiktüte, in der die Sachen gelagert waren, nickte Düvel.

»Wenigstens hatte sie mehr an als die ersten beiden. Aber auch keine Schuhe. Warum ist der Ärmel ihres Pullovers zerrissen?«

»Das wissen wir noch nicht. War er das schon, als Sie noch zusammen unterwegs waren?«

»Ganz sicher nicht. Dazu war sie viel zu eitel. So was Kaputtes hätte sie nie angezogen.«

Unwillig wandte er sich von den Kleidungsstücken ab. Kehrte nochmals zurück, griff ein rotes Satinhaarband, führte es an die Lippen. Dann hielt er es Düvel entgegen. »Das ist ihre Haarschleife. Darf ich die zur Erinnerung behalten?«

»Das sind wichtige Beweisstücke. Die müssen zusammenbleiben. Tut mir leid.«

Sven ließ den Kopf hängen und legte das Band widerwillig zurück.

Cassandra trat neben ihn und legte ihm aufmunternd den Arm um die Schultern. Ganz einfach war das nicht. Zum einen überragte er sie um anderthalb Köpfe. Zum anderen war sie nicht die Frau für solche Gesten. Bisher nicht. Die letzten Tage hatten sie windelweich gemacht. Vielleicht empfand sie deshalb Svens Leid stärker. Das durfte sie nicht zulassen. Auf die alten Tage weich werden. Kam nicht in Frage.

Hastig zog sie den Arm zurück. Verblüffenderweise schien es Freytag tatsächlich getröstet zu haben. Er zog die Nase hoch und richtete sich auf.

Der vierte Stapel war größer als die ersten beiden. Doch auch in ihm erkannte Sven nichts. Beim fünften Stapel stöhnte er auf und griff nach einer ärmellosen Weste, auf der Außenseite blauer Baumwollstoff, innen dunkelgraues Fell.

»Das ist meine«, stöhnte er auf. »Die hab ich Lars Andersen dagelassen, als ich zurückmusste.«

Er griff mit der anderen Hand nach einem langärmeligen roten Baumwollhemd mit grauem Gittermuster. »Das gehört mir auch. Das habe ich Oliver Seelmann gegeben.« Verstört blickte er zu Cassandra.

Die wandte sich zu Düvel. »Wer hatte die Sachen an?«

»Beide Kleidungsstücke wurden bei Dannemann gefunden.«

Cassandra nickte, Sven japste nach Luft, Maus notierte.

Ganz blass um die Nase wandte sich Sven dem sechsten Kleiderstapel zu. Als er sich schon dem nächsten Stapel zuwenden wollte, trat er nochmals zurück und griff nach einem braunen Pullover. Nahm ihn in die Hand, drehte ihn in alle Richtungen. »Ich glaube, der hat Andersen gehört. Sehen Sie?«

Er hielt einen Ärmel des Pullovers hoch, an dessen Ellbogen Lederflicken in Grau aufgenäht waren. »Ja, ich bin mir absolut sicher, dass der Lars gehörte.«

Düvel trat neben ihn und nahm eine dunkelgraue Hose in die Hand, die an mehreren Stellen zerrissen und angebrannt war. »Annabellas Sachen. Wir vermuten, dass diese Hose ebenfalls von jemand anderem stammt, sie war viel zu groß für die Frau. Könnte die auch Andersen gehört haben? Der hatte Brandverletzungen an den Beinen.«

Sven zog ratlos die Schultern hoch. Maus trat neben ihn, nahm ihm die Hose ab und betrachtete sie genauer.

»Keine Ahnung, die erkenne ich nicht. Aber das will nichts heißen.«

Maus notierte.

Plötzlich war ein Piepton zu hören. Verblüffte Blicke huschten durch den Raum.

»Was ist das denn?«, fragte Cassandra Düvel. Der schaute sich suchend um.

»Ist das ein Rauchmelder?«, schlug Kübler vor.

»Sehen Sie einen? Ich nicht. Die waren hier Mangelware«, erwiderte Düvel.

Alle versuchten zu erlauschen, woher das Geräusch kam, und fokussierten sich schließlich auf Maus. Der zuckte verlegen die Schultern und fing an, seine Taschen zu durchforsten. Endlich zog er ein Gerät in der Größe einer Zigarettenschachtel heraus, das regelmäßig Töne von sich gab und rot blinkte.

»Was ist das denn?«, fragte Düvel.

Maus schien sprachlos zu sein. Nach einem kurzen Moment sah er auf und in die Runde. »Das ist mein Strahlungswarner. Den haben wir bekommen, um Nuklearangriffe auf die Botschaft zu verhindern. Sie glauben nicht, was sich Terroristen alles einfallen lassen. Einmal wurde eine Ladung Wäsche für die Botschaft geliefert. Unsere Messgeräte haben wie verrückt gepiepst. Wir haben dann festgestellt, dass die Bettwäsche des Botschafters verstrahlt war. Da muss man erst mal draufkommen. Seitdem habe ich das Gerät immer bei mir. Angeschaltet. Reine Gewohnheit. Das schaltet ja in Stand-by-Modus, wenn alles okay ist. Ich hab gar nicht mehr dran gedacht.«

»Und was heißt das jetzt?«, fragte Düvel.

»Mal schauen.« Maus schaltete das Messgerät aus und an und hielt jedes einzelne Kleidungsstück auf dem Tisch vor sich. Bis es bei dem braunen Pullover erneut lospiepste.

»Wem hat der Pullover noch mal gehört?«, fragte Cassandra nach.

»Gefunden haben wir ihn bei Annabella. Aber gehört hat er nach Aussage von Sven Lars Andersen.«

»Wie stark ist er denn verstrahlt, Des?«

»Das kann ich nicht beurteilen, mein Messgerät zeigt nur an, dass. Aber bei dem Gepiepse würde ich davon ausgehen, dass er ganz schön radioaktiv belastet ist.«

In der folgenden Stille hätte man Kakerlaken husten hören können, die es in diesem Gemäuer sicherlich gab. Da war sich Cassandra sicher.

»Was kann das denn bedeuten?«, fragte sie.

»Keine Ahnung. Aber wir sollten den Pulli dringend testen lassen. Machen Sie das hier, Herr Düvel, oder sollen wir?«, fragte Maus.

»So schlecht ausgerüstet sind wir nun auch nicht. Ich lasse ihn, gleich wenn wir hier fertig sind, zum Staatlichen Amt für Atomsicherheit und Strahlenschutz nach Berlin-Karlshorst bringen. Und jetzt packen wir ihn ein, damit wir nicht unnötiger Strahlung ausgesetzt sind, einverstanden?«

Zustimmendes Nicken. Düvel packte den Pullover in eine Plastiktüte und beschriftete sie. Dann legte er sie in eine Kiste und brachte sie aus dem Raum.

»Gut, Herr Freytag. Gehen wir die restlichen Stapel durch«, forderte Cassandra Sven auf, der irritiert zu Professor Kübler schaute.

Kübler hatte sich die ganze Zeit zurückgehalten. Nun aber schüttelte er fassungslos den Kopf. »Ich versteh das alles nicht. Woher hatte unser Student einen verstrahlten Pullover?«

Cassandra zuckte die Schulter. »Das wissen wir nicht. Aber ich verspreche Ihnen, dass wir das herausfinden werden.« Zu Freytag gewandt: »Machen wir weiter.«

Sven schritt zum nächsten Kleiderstapel. »Das da, die Pelzjacke und der Hut, gehörte Annabella, ganz sicher.«

Düvel griff zu der Plastiktüte, in der die Kleidung untergebracht war.

»Bernhard Zöllner.«

»Wieso hatte er Stiefel an? Also Filzstiefel. Ich dachte, alle wären barfuß gewesen«, fragte Sven Freytag.

»Nein, nicht alle. Können Sie sich erklären, warum ausgerechnet Zöllner und Thibeaux Schuhe anhatten und die anderen nicht?«

»Keine Ahnung. Wann ist das denn überhaupt passiert? Die müssen alle im Zelt gewesen sein, sonst hätten sie sich nicht rausschneiden müssen. Das Zelt wurde nur abends aufgebaut. Also muss es Abend oder Nacht gewesen sein, richtig?«

»Das vermuten wir.«

»Lagen schon alle Schlafsäcke im Zelt?«

»Ja, und einige waren augenscheinlich benutzt worden. Bis auf zwei.«

»Das passt. Bernhard und Nikolaus haben vorm Schlafen immer noch eine geraucht, während sie ihr Geschäft vor dem Zelt erledigten. Das war schon auf früheren Touren der Fall, daher weiß ich es. In dieser Gruppe waren nur die beiden Raucher. Fürs Qualmen haben sie in der Regel nicht die schweren Wanderschuhe angezogen, sondern ebendiese Stiefel. Kennen Sie die?«

Alle schüttelten den Kopf.

»Eigentlich heißen sie Walenki und stammen ursprünglich aus Russland. Da kann man einfach reinschlüpfen. Sind ziemlich beliebt bei Winterwanderern. Billig, leicht und lassen sich im Rucksack gut zusammenknäulen. Meinen Sie, dass das, was passierte, zu der Zeit geschah? Also als die beiden draußen waren?«

»Das wissen wir nicht, Herr Freytag. Es ist noch viel zu früh für irgendwelche Theorien. Aber der Hinweis mit dem Rauchen hilft uns sehr.«

Mehr fiel Sven nicht auf. Düvel packte alle Kleidungsstücke in die dazugehörigen Tüten und die Tüten in die Kisten, bevor er eine weitere auf den Tisch stellte. Ihr entnahm er eine schwarze Skihose, einen dicken braunen und einen weißen Wollpullover und eine braune Hose mit Knöpfen an den Knöcheln.

»Erkennen Sie die?«, fragte Düvel Sven.

»Also die Hose hier«, er wies auf die Hose mit den Knöpfen, »ist von Oliver. Wir haben uns immer über sie lustig gemacht.« Er zeigte auf die Knöpfe. Erneut traten Tränen in seine Augen. »Den Rest kann ich nicht zuordnen.«

Zu Maus sagte Düvel: »Diese Kleidungsstücke wurden auf den Sitzplätzen unter der Tanne gefunden.« Der notierte.

Düvel räumte zusammen und zog eine weitere Kiste heran. Aus ihr zog er eine schwarze Baumwolltrainingshose, deren rechtes Bein abgeschnitten war, und die linke Hälfte eines hellbraunen Damen-Wollpullovers, die Ärmel ebenfalls abgeschnittenen.

»Erkennen Sie die Sachen?«

Sven nahm den Rest des Pullovers in die Hand. »Der könnte Annabella gehört haben, aber sicher bin ich nicht.«

»Die Sachen wurden etwa fünfzig Meter von der Tanne entfernt gefunden, Herr Maus.« Der nickte und notierte.

Düvel packte alles weg in die Kiste und zog eine kleine Tüte aus ihr hervor.

»Wir haben in der Nähe des Fundortes der letzten vier jungen Leute eine Messerscheide gefunden, allerdings ohne dazugehöriges Messer. Erkennen Sie die?« Düvel hielt die Scheide Sven Freytag hin, der sie in die Hand nahm und von allen Seiten begutachtete.

»Nein, tut mir leid. Aber die erkenne ich nicht. Wenn Sie das Messer hätten …«

Düvel schüttelte den Kopf, packte die Messerscheide wieder ein und nahm die nächste Tüte zur Hand.

»Das sind die Sachen, die beim Feuer gefunden wurden.« Er schüttete sie auf den Tisch. Zum Vorschein kamen mehrere Woll- und Baumwollsocken, ein angekokeltes Frauentaschentuch und einige Fragmente von Wollkleidung sowie ein paar Westmarkstücke. Zum Schluss zog er eine blaue Ärmelmanschette heraus.

»Erkennen Sie davon noch etwas, Herr Freytag?«

Sven, der zuvor blass war, wurde grau im Gesicht. »Der gehört doch zu dem Pulli von Zara, da vorne auf dem Stapel. Ach Mist, den haben Sie schon eingepackt. Können Sie ihn noch mal rausholen?«

Düvel nickte und wühlte den Beutel mit der Kleidung von Zara hervor. Langsam zog er den blauen Pullover heraus und ging damit zum letzten Stapel. Triumphierend hielt Sven den Ärmelbund an den Pullover.

»Sag ich doch. Passt!«

»Damit wäre die Frage der Manschette also geklärt«, stellte Cassandra mit Blick auf Maus fest. Der nickte.

»Setzen wir uns doch.« Düvel rückte einen einfachen Holzstuhl mit kerzengerader Lehne vor, auf dem er sich niederließ.

»Ich hab noch ein paar Fragen zu dem Zeltinhalt und hier dem.«

Er zückte aus einer kleineren Kiste, die bisher unbeachtet auf dem Tisch gewartet hatte, zwei Kameras hervor. »Drei weitere haben wir im Zelt gefunden. Können Sie die zuordnen?« Er holte aus einer anderen Kiste drei Kameras.

»Wie?«, fragte Sven.

Nun war es an Düvel, verblüfft zu schauen. »Was meinen Sie mit wie?«

»Was für Kameras meinen Sie? Wir hatten vier dabei. Lars hatte eine. Nikolaus, Frank und Annabella auch. Wem gehört denn die fünfte?«

Düvel schaute auf die Schildchen, die an den Kameras befestigt waren.

»Also drei lagen im Zelt, das sind diese hier.« Er schob die drei nach rechts. »Und diese zwei wurden bei Bernhard Zöllner gefunden.« Die letzten zwei landeten links.

»Die hatte Zöllner dabei, als man ihn fand?«, fragte Cassandra nach.

»Ja. Eine haben wir gleich entdeckt, als wir die Leiche aus dem Wasser geholt haben. Die zweite war unter seinem Pullover versteckt.«

»Das kann nicht sein. Zöllner hatte *eine* Kamera. Eine ganz einfache. Die hier.« Sven wies auf eine der beiden linken hin.

»Wieso hatte Zöllner zwei Kameras dabei, als er für die Gute-Nacht-Zigarette rausging?«, fragte Cassandra.

»Das weiß ich nicht. Keine Ahnung. Die vier haben ihre Kameras fleißig benutzt. Aber bei Zöllner habe ich immer nur diese eine gesehen. Die andere ist mir völlig fremd. Darf ich mal?«

Düvel schob sie ihm hin.

»Das ist eine Leica R6. Boah, das ist das Flaggschiff von Leica. Die ist schweineteuer. So eine hätte ich auch gerne. Wenn ich die bei Zöllner gesehen hätte, wüsste ich das. Nee, die hat er nie benutzt. Komisch.«

Düvel packte die Kameras bis auf die Leica ein.

»Kommen wir zum Zeltinhalt. Also, es waren neun Personen unterwegs, nachdem Sie umgekehrt sind. Dazu passend haben wir im Zelt sechs Paar Filzstiefel und einen einzelnen gefunden. Zöllner und Thibeaux hatten jeweils ein Paar an, Kempler nur einen. Das passt. Aber im Zelt haben wir nur acht Paar Wanderschuhe entdeckt. Können Sie sich das erklären?«

»Wie, nur acht? Da müssen aber neun Paare gewesen sein.«

»Haben Sie eine Erklärung dafür? Hatte einer von Ihnen keine Wanderschuhe dabei, sondern nur Filzstiefel?«

»Nee, ganz sicher nicht. Diese Stiefel sind bequem und warm. Im Schnee sind sie auch noch gut. Aber auf Felswegen oder großen Strecken reichen die nicht. Die stützen die Fußgelenke nicht. Nein, ich bin mir sicher, dass alle aus unserer Gruppe Wanderschuhe dabeihatten.«

»Die Schuhe habe ich in eine Extrakiste gepackt. Ich hole sie gleich. Machen wir die hier erst fertig.«

Düvel holte die restlichen Gegenstände aus der Kiste.

»Diese Sachen befanden sich im Zelt. Wir haben hier zwei Messer, finnische, wie ich mir hab sagen lassen, ein Messer in einer schwarzen Lederscheide und drei Äxte.«

Sven nickte. »Die waren Bestandteil unserer Ausrüstung. Zuordnen kann ich sie nicht. Die Sachen stammen wohl hauptsächlich von Ingo, dem ja auch das Zelt gehörte.«

»Können Sie sich erklären, warum Ihre Freunde die Äxte und Messer bei ihrer Flucht aus dem Zelt nicht mitgenommen haben?«

»Und warum keine Schuhe?«, ließ sich Kübler, den sie fast vergessen hatten, vernehmen.

»Gute Frage, keine Antwort. Noch. Aber wir arbeiten dran«, antwortete Cassandra.

»Nein, das verstehe ich auch nicht«, antwortete Sven.

»Um wie viel Uhr haben Sie eigentlich immer gegessen?«, fragte Maus Sven.

»Gegen sechs.«

Maus notierte. »Mal was ganz anderes, wenn wir schon dabei sind. Hatte jemand aus Ihrer Gruppe Gras dabei?«, fragte er im Plauderton weiter.

»Gras?«, fragte Sven mit treuherzigem Augenaufschlag. »Was meinen Sie damit?«

»Ach Sven. Sie wissen nicht, was Gras ist? Ich meine Rauschgift, Marihuana, Haschisch, Ecstasy, Cadillac. Irgend so was? Zum Verbessern der Stimmung. Kann es sein, dass Ihre Freunde zugekifft waren, als das passierte? Durchgedreht von dem Zeug? Wahnvorstellungen hatten und deswegen so überstürzt und ungeschützt das Zelt verlassen haben? Ist das möglich?«

Zur Abwechslung wurde Sven rot. »Nein, das kann nicht sein. In unserer Gruppe war das völlig verpönt. Wir wollten wandern, zusammen sein. Nicht uns zudröhnen. Und selbst wenn einer auf die Idee gekommen wäre, was ich für unmöglich halte, dann hätten sie es wegen Zöllner nicht gemacht. Das hätte Riesenärger an der Hochschule gegeben, und darauf hatte keiner von uns Bock.«

»Da hat er völlig recht. Wenn so was gemeldet würde, würde das unweigerlich zum Ausschluss aus der Hochschule führen«, ließ sich Kübler vernehmen.

»Sind Sie sicher, dass Zöllner das gemeldet hätte? Wie alt war der denn? Doch noch relativ jung. Vielleicht hätte er gerne mitgemacht«, provozierte Maus.

»Nie und nimmer als Mitglied des Lehrkörpers. Nein, niemals«, empörte sich Kübler.

»Wie gut kannten Sie Zöllner eigentlich? Wir haben erfahren, dass er noch nicht sehr lang bei Ihnen war.«

»Das ist richtig. Er hat zum Semesterbeginn Mitte Oktober bei uns angefangen. Aber er war seriös. Hat sich vorbildlich verhalten. Ich bin sicher, dass er so was nie geduldet hätte.«

Cassandra warf Düvel einen skeptischen Blick zu. Die Beteuerungen kamen ihr gar zu überzeugt vor. Dabei kannte Kübler ihn nach eigenem Bekunden nicht wirklich. Ein kleines Nicken bestätigte ihren Blick.

»Nun denn. Eine letzte Frage noch, dann sind wir fertig. In welchem Zustand war eigentlich Zara? War sie sehr fit, fitter als die anderen?«, fragte Maus.

»Nein, war sie nicht. Zara konnte mithalten. Aber wenn sie nicht Dannemanns Freundin gewesen wäre, hätte er sie sicher nicht mitgenommen. Annabella war deutlich besser drauf. Nicht, dass Sie mich falsch verstehen. Sie war auch nicht nicht fit. Wie soll ich sagen? Sie war nur nicht so sportlich wie wir anderen. Warum?«

»Können Sie sich vorstellen, dass es Zara bergauf am weitesten zurück zum Zelt geschafft hätte? Weiter als Kempler und Dannemann?«

Sven lachte auf. »Niemals. Frank war der Kräftigste und Sportlichste unter uns. Nein, den hätte sie niemals abhängen können. Unter keinen Umständen.«

Düvel holte eine weitere Kiste aus den Regalen und schüttelte Wanderschuhe vor die Gruppe auf den Tisch. Maus und Cassandra sortierten sie. Danach standen sechs Paar Herren- und zwei Paar Damenwanderschuhe in Reih und Glied.

»Können Sie sagen, welche Herrenwanderschuhe fehlen?«, fragte Cassandra Sven.

Der schüttelte nur den Kopf.

»Endlich hab ich Sie am Telefon«, krächzte die Stimme von Dr. Schöneck aus dem Hörer in ihrem Zimmer. »Es tut mir wirklich unheimlich leid, dass Sie nach meinem ersten Anruf so lange warten mussten. Aber es hatte mich erwischt, ich hatte keine Stimme mehr«, schnarrte er durch die Leitung.

»Nicht weiter schlimm«, unterbrach ihn Cassandra. »Ich hab inzwischen selbst herausgefunden, dass ich nicht schwanger bin. Machen Sie sich also keine Gedanken. Hat sich erledigt.«

»Schwanger? Wieso schwanger?«

»Na, das lag doch auf der Hand. Mehrfach keine Monatsblutung, ungeschützter Geschlechtsverkehr, Ihr Anruf. Da braucht man kein Einstein sein, um drauf zu kommen. Aber ich hab schon selbst den Test gemacht. Und der war negativ. Also keine Aufregung. Trotzdem danke, dass Sie noch anrufen. Ist immer gut, wenn man das von einem Arzt bestätigt bekommt. Ich wäre fast durchgedreht. Hab Blut und Wasser geschwitzt. Nicht auszudenken, wenn ich schwanger gewesen wäre. Ich hätte das Kind auf keinen Fall behalten können.«

»Hm, das tut mir jetzt leid. Sehr leid. Ich hatte ja keine Ahnung, dass Sie das dachten.«

»Nein, wirklich, das muss es nicht. Alles gut.«

»Nein, leider nicht, Frau von Lucadou. Ich muss Ihnen leider etwas sagen. Sie wissen ja, dass ich einen Abstrich Ihrer Gebärmutter entnommen habe. Das machen wir routinemäßig. Und leider ist der Test positiv ausgefallen, Sie haben vielleicht ein Zervixkarzinom.«

»Ein was?«, brachte Cassandra kaum über die Lippen.

»Ein Zervixkarzinom. Gebärmutterhalskrebs. Der Abstrich hat Pap IV ergeben, der Wert ist so hoch, dass ich von Pap IV B ausgehen muss. Es gibt fünf Stufen. Je höher der Wert, desto wahrscheinlicher liegt Krebs vor. Bei Stufe Pap IV B handelt es sich relativ sicher um die Vorstufe, schlimmstenfalls ist es schon Krebs«, erklärt Dr. Schöneck. »Je höher der Wert, desto dringlicher sind weitere Untersuchungen. Sie müssen also so schnell wie möglich in eine spezialisierte Frauenklinik und das untersuchen und behandeln lassen. Wenn Sie zu lange warten, bildet sich der Krebs aus und kann streuen. Dann ist es zu spät. Dann ist die Prognose ganz schlecht. Sie wollen doch keine Kinder mehr?«

»Kinder?«, stotterte Cassandra fassungslos.

»Ja, aber nach Ihren Ausführungen eben gehe ich davon aus, dass Sie keine mehr wollen. Dann ist das wenigstens kein Problem. Sie müssen jedenfalls schnellstmöglich mit meiner Arzthelferin einen Termin für die Klinik vereinbaren. Hatten Sie in den letzten Tagen Blutungen?«

»Nein«, stammelte Cassandra.

»Hm, gut. Sollten welche einsetzen, dann gehen Sie sofort in die nächstgelegene Klinik. Wie schnell können Sie denn herkommen?«

»Ich stecke mitten in einer Mordermittlung, ich kann jetzt nicht weg.«

»Wenn Sie zu lange warten, war das Ihre letzte Ermittlung. Ist es Ihnen das wert?«

Cassandras Schweigen schien ihm Antwort genug.

»Rufen Sie gleich Montag meine Sekretärin an, die macht ganz kurzfristig den Termin. Sie bereitet alles vor. Rufen Sie einfach gleich morgens an.«

Cassandra ließ den Hörer auf das Telefon sinken. Ihre Welt brach zusammen. Krebs. Sie hatte mit allem gerechnet, nur niemals damit. Sie war doch gesund. Und topfit. Hatte immer Sport getrieben und gut gegessen. Gut schon, gestand sie sich ein. Aber auch gesund? Und ihr Alkoholkonsum war sicherlich auch nicht ohne. Anders konnte man sich in ihrer männerdominierten Welt nun mal nicht durchsetzen. Wenn die einen ernst nehmen sollten, musste man mindestens mithalten können. Wenn nicht sogar mehr vertragen als sie.

Aber Krebs? Was sollte sie jetzt machen? Sie war ratlos. Und hilflos. Fassungslos. Was machte man, wenn man solch eine Diagnose erhielt? Weinen? Jammern? Schreien? In die nächste Klinik rasen und sich die Gebärmutter und das, was vielleicht in ihr wuchs, rausschneiden lassen? Sie strich über ihren Bauch. Etwas Bösartiges. Da drin. Vielleicht. Etwas, das sie vielleicht, nur vielleicht umbringen würde. Über kurz oder lang. Was bedeutete das? Sie hatte sich vorgestellt, dass sie im Kampf fallen würde. Ein Schuss, bumm, und sie war tot. Ein anderes Ende war ihr nie in den Sinn gekommen. Was drohte ihr jetzt? Langes Siechtum? Haarausfall durch die Chemo, um letzten Endes doch unter Schmerzen zu verrecken?

Sie musste mit jemandem reden, um es loszuwerden. Sie brauchte jemanden, der ihr versicherte, dass da nichts war. Und wenn, dass man es erfolgreich bekämpfen konnte. Raus damit, und weiter ging es mit ihrem Leben. Das sie liebte. Das spürte sie in diesem Moment stärker als jemals zuvor. Sie ergriff den Telefonhörer, ließ ihre Hand über der Wählscheibe schweben – und legte wieder auf. Wen konnte sie anrufen? Ihr fiel keine rettende Telefonnummer ein. Von ihrer Familie hatte sie sich losgesagt. Mit der wollte sie nichts mehr zu tun haben. Freundschaften hatte sie wegen ihrer ständigen Auslandsaufenthalte nicht pflegen können. Richtige Freundschaften. Freunde, mit denen man über so was reden konnte. Dafür war sie auch nicht der Typ, wie sie sich eingestand. Sie hatte niemals jemanden gebraucht. Niemals. Wollte niemanden brauchen. Hatte sich solche Wünsche abgewöhnt nach Neu-Delhi. Und jetzt? Spürte sie zum ersten Mal, wie es war, wirklich allein zu sein. Tränen, echte Tränen flossen ihre Wangen hinab. Empört wischte sie die weg. Weichei.

Das Zimmertelefon klingelte.

»Kommst du endlich? Wir sind am Verhungern«, hörte sie Maus' Stimme im Hörer.

Was sollte sie machen? In ihrem Zustand runtergehen? Unmöglich. Aber allein hier oben hocken war eine noch viel grauenhaftere Vorstellung.

Und ein Abend mit Maus, den sie noch am ehesten als Freund bezeichnen würde, bot zumindest Ablenkung. Vielleicht, nur ganz vielleicht würde sie es ihm erzählen. Obwohl da eine Barriere war, die sie bisher nie überschritten hatten. Wenn es wirklich persönlich wurde, hatten sie geblockt. Doch manches konnte man ändern.

»Ich komme.«

ZWÖLF

Sonntag, 25. Februar 1990

Sie hatten beschlossen, am Sonntag auszuschlafen. Cassandra hatte das dringend nötig. Ihr Schädel brummte schlimmer denn je. Mit Schierker Feuerstein hatte sie ihre Angst bekämpft. Der Falkner war noch immer aus. Maus hatte sie tatkräftig dabei unterstützt, obwohl er den Grund nicht kannte. Ihm von ihrem Problem zu erzählen, hatte nicht geklappt. Auch wenn Düvel nicht dabei gewesen wäre, hätte sie sich nicht überwinden können. Aus welchen Gründen, die es immer gab, auch immer.

Düvel hatte sich auffallend zurückgehalten, war aber die ganze Zeit dabeigeblieben. Die ganze Zeit?

Entsetzt riss sie die Augen auf. Und tatsächlich. Auf dem einzigen Sessel im Zimmer schlief Düvel, die dünne Tagesdecke über sich ausgebreitet und die Füße auf dem Nierentischchen vorm Fenster. Hatten sie etwa wieder? Aber nein, dann läge Düvel jetzt neben ihr im Bett. Ihr gequältes Alkoholhirn verweigerte seine Dienste. Also schloss sie die Augen wieder.

Leise Schritte drangen an ihr Ohr. So tun, als ob sie schlief, oder klären, ein für alle Mal, was hier los war? Cassandra wäre nicht Cassandra, wenn sie sich verstellt hätte. Sie hatte keinen Grund, sich zu schämen, wenn sie was mit einem Mann anfing. Oder eben auch nicht.

Aber ihr fehlte die Kraft. Mit einem Schlag fiel ihr der Grund für das Besäufnis am Abend zuvor ein. Nein, für eine Diskussion fühlte sie sich zu deprimiert, schlapp und verwirrt. Wenn sie sich vorzustellen versuchte, was auf sie zukam, ging sie in die Knie.

Sie hörte, wie die Zimmertür leise geschlossen wurde.

Max Rabenfels kam zu ihnen an den Frühstückstisch. Er war spät in der Nacht zurückgekehrt, wie er berichtete. Bei einer Tasse Malzkaffee brachte Maus ihn auf den neuesten Stand.

»Ich habe heute Morgen die Kollegen auf dem Polizeirevier in Halberstadt angerufen und mich erkundigt, ob sie irgendwas über radioaktive Strahlung in der Gegend wissen. Negativ. Hätte mich auch gewundert. Aber bei der Gelegenheit haben sie mir erzählt, dass in der Nacht vom 3. auf den 4. Dezember, also in der Nacht, in der was auch immer mit den Studenten geschah, mehrfach zwei gleißende rötliche Lichtpunkte über dem Brocken gesehen wurden. Es gingen diverse Anrufe deswegen bei ihnen ein. Als die Kollegen nachschauten, war nichts mehr zu sehen. Vielleicht waren sie zu spät«, berichtete Düvel.

»Was wollen Sie damit sagen?«, hakte Maus nach. »Dass Aliens unsere Studenten getötet haben? Aus fernen Galaxien in genau jener Nacht auf dem Brocken eingefallen?«

»Eher nicht. Obwohl ich zum jetzigen Zeitpunkt noch gar nichts ausschließen würde. Schließlich sind wir beim Brainstormen, oder?«, konterte Düvel.

»Touché.«

»Ich stelle nur fest, dass in der mutmaßlichen Tatnacht eine Auffälligkeit auf dem Brocken beobachtet wurde.«

»Hat Sven Freytag nicht auch so was erwähnt?«, fragte Cassandra.

Düvel nickte. »Stimmt.«

»Wir sollten bei der westdeutschen Polizei nachfragen, ob auch bei ihr auffallendes Licht in der Nacht gemeldet wurde. Kann man vom Westen aus den Brocken sehen?«, fragte Cassandra.

Düvel nickte wieder.

»Mach ich«, erklärte Maus.

Der Kellner trat an den Tisch und fragte, ob sich noch jemand vom Büfett bedienen wolle, sonst würden sie gerne abräumen.

»Sind Sie verrückt? Ich bin am Verhungern«, rief Maus. Schnappte seinen halb vollen Teller und stapfte zu der silbernen Kugel mit Rührei und Speck, der ausnahmsweise nicht aus Ersatzschinken bestand, wie er Cassandra verraten hatte.

»Wie kann man nur?«, stöhnte Cassandra auf. Ihr drehte sich der Magen um bei der Vorstellung, das ganze Zeug essen zu müssen, das Maus bereits zweimal auf seinen Teller getürmt hatte. Der Kellner warf ihr einen Blick zu, als hätte er Zahnschmerzen.

»Was wissen wir eigentlich über die Opfer? Wie mir scheint, kannte selbst der Präsident Zöllner nicht sonderlich gut. Außerdem ist er erst im letzten Moment zu der Gruppe gestoßen. Den sollten wir uns mal genauer anschauen«, meinte Rabenfels.

»Stimmt. Und Sven Freytag sollten wir uns auch noch mal intensiver vornehmen. Wir haben nur seine Aussage, dass die Liebe auf Gegenseitigkeit beruhte. Was, wenn er vor Eifersucht kochte? Was, wenn er heimlich wieder zur Gruppe zurückkehrte? Sie alle zu Tode erschreckte, sodass die wie vom Düvel gehetzt in ihr Verderben rannten?«, ergänzte Cassandra süffisant grinsend.

Maus kicherte. Cassandra genoss die Aggression, die sie bewusst schürte. Alles war besser als Angst und Kummer.

»Oder ihnen was ins Essen gab, das zu Halluzinationen führte, die sie verrückt werden ließen«, ergänzte Rabenfels.

»Glauben wir denn ernsthaft, dass ein Rausch die Ursache für die wilde Jagd den Berg runter gewesen sein könnte? Ich kann mir das beim besten Willen nicht vorstellen«, warf Cassandra ein. »Spätestens die Kälte hätte alle wieder nüchtern werden lassen.«

»Ich kann mir das durchaus vorstellen. Vor allem reicht ja ein relativ kurzer Aufenthalt im Freien ohne entsprechende Kleidung in so einer Nacht aus, um einen umzubringen. Und dann die Aktion mit dem Baum, also dem Raufklettern und Runterfallen«, sagte Düvel.

»Immerhin haben sie es geschafft, ein Feuer zu entfachen. Ganz schön rationale Aktion für so weggetretene Leute. Und was ist mit den letzten vier? Die haben sich sogar einen Unterstand gebaut, eine schützende Höhle mit Sitzplätzen«, konterte Cassandra.

»Und haben, statt zum Zelt zurückzukehren, was ja in dieser Variante völlig ungefährlich gewesen wäre, lieber ihren toten Freunden die Kleidung von den Beinen geschnitten. Nee, das glaub ich auch nicht. Was meinst du, Max?«, fragte Maus.

Der schüttelte den Kopf, nachdem er einen Moment nachgedacht hatte.

»Okay, ich wollte ja nur mal den Advocatus Diaboli spielen. Von wegen Brainstorming …«, erwiderte Düvel.

Der Kellner näherte sich erneut dem Tisch. »Wir müssen leider abdecken und für das Mittagessen eindecken. Könnten Sie wohl –«

Weiter kam er nicht. »Nein, können wir nicht«, polterte Maus los.

In dem Moment öffnete sich die Restauranttür, und Staatsanwalt Küster kam in den Frühstücksraum geeilt.

»Entschuldigung, meine Dame und Herren, ich war am pünktlichen Erscheinen verhindert. Dafür bringe ich frohe Botschaft. Wir haben die Lösung.«

Alle starrten ihn verblüfft an.

»Ich habe heute Morgen einen Anruf erhalten, der alle Fakten logisch miteinander verbindet. Ich will Sie nicht im Dunkeln lassen. Also, angerufen hat mich ein Wissenschaftler aus Amerika. Den Namen habe ich notiert, ebenso wie seine Rückrufnummer und natürlich auch Adresse.«

Er fischte einen Zettel aus seiner Brusttasche. »Einen Kaffee bitte«, forderte er beim Kellner an, dessen Gesicht, das an Don Camillo erinnerte, noch länger wurde. Genervt die Nase hochziehend zog er davon.

»Was ist denn mit dem los? Na egal. Also der Anrufer meint, dass die jungen Leute wegen einer besonderen Art von, Moment, wie nannte er das?« Er rückte seine Brille höher und studierte den Zettel. »Wiederkehrende Höhenwinde. Genau. Also wegen denen in Panik geraten sind. Diese können durch die spezielle

Topografie des Brocken hervorgerufen werden. Das Ganze nennt sich Infraschallphänomen«, las er weiter ab.

»Er hat auf frühere Experimente verwiesen, wonach Infraschall, bei dem die Frequenz niedriger als zwanzig Hertz ist, vom menschlichen Ohr in der Regel nicht bewusst wahrgenommen wird. Trotzdem kann er zu panikartigen Zuständen führen. Tritt übrigens auch bei Windkraftanlagen auf.« Beifall heischend sah er die vor ihm sitzende Gruppe an. Die nur verblüfft zurückschaute.

»Noch nie gehört. Was soll das jetzt sein?«, fragte Maus.

»So was Ähnliches wie der Föhn in den Alpen, hat er mir erklärt. Einige Forscher haben auf der Grundlage von Experimenten ermittelt, dass das Infraschallphänomen die Ursache für alle möglichen Merkwürdigkeiten sein kann. Dazu gehören Spuk, Erscheinungen und außerkörperliche Erfahrungen, also alles, was dem Bereich des Paranormalen zugeordnet wird«, las er weiter vor.

»Das ist neu«, brummte Maus. »Auf Gespenster sind wir noch nicht gekommen. So ein Quatsch.«

»Und was ist jetzt mit Ihrem Brainstorming? Ich dachte, da sei jeder Gedanke erlaubt«, konterte Staatsanwalt Küster.

»Da hat aber noch niemand von Gespenstern geredet«, retournierte Maus.

»Aha«, mischte sich Cassandra ein. »Gespenster oder so was Ähnliches sollen also unsere Studenten so sehr in Panik versetzt haben, dass sie sich aus dem Zelt freischnitten und ohne Schuhe den Berg runterrannten.«

Küster nickte so stark, dass Cassandra fürchtete, sein Kopf würde abfallen.

»Und wie erklären Sie die Verletzungen bei den letzten vier Opfern? Kann Infraschall auch Augen und Zungen entfernen?«

»Na ja, so genau habe ich das nicht in dem Telefonat klären können. Hat der Obduzent diese Verletzungen nicht auf den Todeskampf zurückgeführt?«

»Nicht die entfernten Augen. Und Zunge. Und selbst wenn.

Wie lange hätte dieser Infraschall so stark sein können, ohne dass andere Menschen etwas davon bemerkt hätten?«

»Das ist Ihr Job. Sie haben die Einzelheiten zu klären. Ich habe Ihnen schließlich die Lösung präsentiert.« Beleidigt setzte sich Küster an den Tisch, nachdem der Kellner mit gequälter Miene einen Kaffee vor ihn gestellt hatte.

»Wohl wahr«, stellte Rabenfels fest.

»Was war?«, fragte Maus.

»Er hat uns seine Lösung präsentiert.«

»Ach so.«

»Und was fangen wir jetzt damit an?« Cassandra sah genervt in die Runde.

»Weiter brainstormen. Vielleicht kommen ja noch ganz andere Ideen als Gespenster und Aliens auf den Tisch. Bin schon sehr gespannt«, verkündete Maus mit vollem Mund.

»Was ist eigentlich mit dem Lagerfeuer?«, fragte Rabenfels.

»Was soll damit sein? Feuerdüvel, die daraus gesprungen sind und unsere Studenten zu Tode erschreckten?«, brummte Maus, inzwischen mit leerem Mund. Alle kicherten – bis auf Küster, der scheinbar gelangweilt auf seine Uhr starrte. Cassandra nahm ihm das nicht ab.

»Ich frage mich, wieso sie ein Feuer gemacht haben, das man vom Zelt aus zumindest als Schein gesehen haben muss. Und den Rauch. Vor was auch immer die jungen Leute beim Zelt wegrannten, so weit unten hatten sie offenbar keine Angst mehr davor«, erklärte Rabenfels.

»Doch, hatten sie sicherlich. Aber was hättest du gemacht, wenn du vor der Alternative gestanden hättest, andernfalls zu erfrieren?«, konterte Cassandra.

»Feuer angemacht«, antwortete Rabenfels. Und nach einem Moment des Nachdenkens: »Und mich anschließend versteckt.«

»Gute Idee. Aber was machst du, wenn Schnee liegt und man deine Spuren verfolgen kann?«, fragte ein wieder kauender Maus. Cassandra wurde übel. Wie konnte der Mann nur so viel essen?

»Die Spuren verwischen«, kam von Düvel. »Und zwar mit Tannenspitzen.«

Verblüffte Gesichter wandten sich ihm zu.

»Da hätten wir doch eine Erklärung für die gekappten Tannen beim Feuer«, ergänzte Düvel. Er öffnete seine Akte und schaute hinein. »Hier, da kann man sie deutlich sehen. Direkt neben dem Feuer.«

Er hielt den anderen die Fotos hin. »Zum Verbrennen wären sie viel zu nass gewesen, hat Koletov gesagt.«

Der Kellner näherte sich erneut dem Tisch. Maus hielt ihn mit einem bösen Blick in Schach.

»Ganz schön clever, die letzten vier. Haben sich ein Versteck gesucht, das auch noch vor der Kälte schützte, und ihre Spuren verwischt, damit man sie nicht finden konnte«, stellte Maus fest.

Im Laufe der Diskussion hatten bei Cassandra Schmerzen eingesetzt. Erst ganz leise, unterschwellig. Dann intensiver, hämmernd. Inzwischen waren sie zu einem feurigen Ei im Bauch geworden, konzentriert auf die Mitte des Unterleibs. Die Diskussion hatte sie bisher gut abgelenkt, aber jetzt ging es nicht mehr. Zumal am Morgen eine leichte Blutung eingesetzt hatte.

»Können wir Pause machen? Ich hab wahnsinnige Kopfschmerzen. Ich müsste mal kurz in eine Apotheke.«

»Ach was, ich hab noch genug von den Dingern«, meinte Maus.

Cassandra schluckte. »Äh, also ich brauche ganz besondere.«

»Was denn für welche?«

Sie verdrehte genervt die Augen. »Na, solche für Frauen eben, Schwachkopf.«

***

»Wir haben Sonntag. Nicht alle Apotheken haben offen. Soll ich Sie fahren?«, fragte Düvel.

»Die werden ja nicht so schwer zu finden sein, oder?«

»Ich fahre Sie hin, schließlich wollen wir weiterkommen. Also nur, wenn Ihnen mein Wartburg recht ist.«

Er wusste, dass es komisch ausgesehen hätte, wenn sie nicht mit ihm gefahren wäre. Und prompt nickte sie, wenn auch verhalten. Aber das war ihm egal.

Kaum im Wagen, kam auch schon die Frage.

»Warum machen Sie das? Ich hätte auch alleine eine Apotheke gefunden.«

»Wir Ostler sind nun mal besonders hilfsbereit. Wir haben zwar unsere Macken, und politisch waren wir vierzig Jahre lang nicht ganz korrekt, aber als Menschen sind wir okay.«

»Ja klar. Also, was ist wirklich der Grund?«

»Ich mache mir Sorgen um Sie. Gestern Abend waren Sie völlig neben der Spur, und heute Morgen wirken Sie verkrampft, aggressiv.«

Er sah etwas in ihren Augen, einen kleinen Moment des Zögerns. Aber der verging ungenutzt.

»Alles gut, nur Bauchschmerzen. So eine Frauensache eben. Stimmt das wirklich mit der Hilfsbereitschaft unter Ossis?«, versuchte von Lucadou ihn offenbar abzulenken.

Düvel spürte, dass sie sich nur öffnen würde, wenn er seinerseits einen Teil von sich preisgab. Er konnte sich selbst nicht erklären, warum ihm das wichtig war.

»Ja, das war wirklich so. Untereinander waren wir sehr hilfsbereit, ausgesprochen hilfsbereit. Ohne die anderen kam man ja auch nicht weiter. Immer fehlte was und war nicht zu kaufen. Also tauschten wir. Gegen andere Dinge, gegen eine Hilfeleistung. Das Einzige, worauf man achten musste, war, dass man nicht über den Mangel schimpfte. Das wäre als Systemkritik übel aufgefasst worden. Man wusste nie, ob man einen Spitzel, also einen inoffiziellen Mitarbeiter der Stasi, vor sich hatte. Da ist die Apotheke.«

Er hielt auf dem Bürgersteig und wartete. Bereits an der Tür drehte von Lucadou nach einem Moment um und kehrte sichtlich genervt zum Wagen zurück.

»Heute geschlossen, Sonntag. Die nächste Apotheke mit Notdienst ist in Braunlage.«

Düvel nickte. Das hatte er befürchtet. »Das war Grund zwei für mein Angebot, Sie zu fahren. Ich bring Sie hin.«

»Danke«, erwiderte von Lucadou ungewohnt kleinlaut.

Düvel fuhr los in Richtung Elend. »Seit Kurzem ist endlich in der Nähe ein Grenzübergang geöffnet. Wir sind ruckzuck in Braunlage und wieder zurück.«

Von Lucadou nickte zur Antwort.

»Sie haben eben von der Stasi und den IM erzählt. Hatten Sie als Kripobeamter auch Ärger mit denen?«

»Da war diese Ermittlung gegen einen SED-Bonzen. Er hatte ein Kind angefahren, das nach drei Tagen starb. Immer wieder sagte mir mein Vorgesetzter, ich solle nicht so intensiv ermitteln. Aber das konnte ich nicht. Das war mir zuwider. Tja, kurze Zeit später wurde gegen mich Anzeige erstattet wegen Kindesmissbrauchs. An meinen kleinen Mädchen sollte ich mich vergangen haben. Das muss man sich mal vorstellen. Sie haben sogar damit gedroht, unsere Kinder zur Adoption freizugeben, um ihre Erziehung ›zur sozialistischen Einstellung zum Leben und zur Arbeit‹ nicht zu gefährden. Das war das oberste Ziel der Kindererziehung in der DDR, festgehalten in Paragraf zweiundvierzig des Familiengesetzbuches.« Er grimassierte. »Und bevor Sie jetzt fragen: Nein, ich habe meine beiden Mädels nicht angefasst.«

»Hätte ich nicht gefragt und auch nicht geglaubt.«

Düvel warf ihr einen erstaunten Blick zu. Die Überzeugung in ihrer Stimme hatte ihn verblüfft.

»Wie ging es weiter?«

Er atmete schwer bei der Erinnerung. »Was sollte ich machen? Meine Frau hielt den Druck nicht aus, unsere Ehe fing an zu kriseln. Und dann kam die Rettung, die Grenzöffnung. Für meine Ehe war es zu spät. Meine Frau wollte nur noch raus. Sie ist abgehauen. Zwei Tage danach.«

Inzwischen waren sie in Braunlage angekommen. Mit dem Finger deutete er auf eine breite Fensterfront mit Doppelflügeltür in der Mitte, über der in gelber Leuchtschrift »Wurmberg-Apotheke« prangte.

Während er auf sie wartete, wunderte er sich über sich selbst. Was trieb ihn dazu, sich dieser Frau zu offenbaren? Und warum musste er in den letzten Tagen ununterbrochen an sie denken? Nicht, weil sie eine so schöne Frau gewesen wäre. Franziska war viel schöner mit ihren blonden Haaren und dem ebenmäßigen Gesicht. Das ihn nach nicht allzu langer Zeit gelangweilt hatte. Das musste er zugeben. Cassandra hatte eine schiefe Nase und zu weit auseinanderstehende Augen. Und dieser Haarschnitt erst. Aber sie strahlte etwas aus. Etwas Animalisches, das ihn anzog. Wäre er ein anderer, würde er sie sexy nennen. Das war ihm noch nie passiert. Weiter kam er nicht mit seinen Gedanken. Cassandra stieg mit einer großen Plastiktüte in der Hand wieder ein.

***

»Was ist mit Ihnen los?«, brach endlich aus diesem Düvel heraus, was er offenbar die ganze Zeit mühsam zurückgehalten hatte.

»Nichts, was soll denn los sein?«

»Hören Sie. Dass Sie viel trinken und ungewöhnlich viel für eine Frau vertragen, ist klar. Aber gestern Abend war da noch was anderes. Sie wirkten verstört. Völlig verändert. Sie haben zu laut gelacht, und das über Witze, die nur schlecht waren.«

»Und Sie kennen mich nach zwei gemeinsamen Liebesnächten so gut, dass Sie das beurteilen können?«

»Liebesnächte.« Düvel lachte auf.

Verstört sah Cassandra ihn an.

»Hören Sie. Sie sind eine attraktive Frau, aber ich habe wirklich keinerlei Absichten. Ich hab nur auf Sie aufgepasst.«

»Aufgepasst? Ich brauch wirklich keinen Aufpasser!«

»Mag sein. Unter normalen Umständen. Aber ich hatte einfach Bedenken, weil Sie so viel getrunken hatten.« Es folgte eine wüste Geschichte über einen erstickten Freund, der Cassandra kaum folgen konnte.

»Das heißt, wir hatten gar nichts miteinander?«, war das Einzige, was bis in ihr Hirn durchgesickert war. Fast hätte sie vor

Erleichterung aufgelacht, wenn auch nicht fröhlich. Ein Problem weniger.

Sie sah einen Hauch von Enttäuschung über sein Gesicht huschen.

Oder bildete sie sich das nur ein?

Die anderen warteten bereits im Besprechungsraum.

Maus schob Düvel und Cassandra Kaffeetassen hin. »Sie haben uns unten rausgeschmissen, als wir wegen euch eine Pause eingelegt haben. Als wir zurückkamen, war abgeschlossen.«

»Ist das wieder dieser Malzkaffee? Nein, danke.« Sie schob ihre Tasse angewidert weg.

»Ich weiß gar nicht, was Sie wollen. Da hätten Sie erst mal ›Erichs Krönung‹ probieren müssen. Das war ein mieses Gesöff.« Düvel schüttelte sich übertrieben.

»Was soll das denn sein?«

»Das waren fünfzig Prozent Kaffeebohnen, der Rest bestand aus Getreidekörnern und Hülsenfrüchten. Vor zwanzig Jahren, als die Kaffee-Krise war. Honecker wollte uns das Kaffeetrinken abgewöhnen. Hat er aber nicht geschafft. Ich glaub, das war der einzige Erfolg, den die DDR-Bürger jemals gegen ihre Führung errungen haben.« Düvel grinste. Auch Küster konnte sich ein leichtes Zucken der Mundwinkel nicht verkneifen.

»Und der soll noch schlimmer gewesen sein als das Gebräu hier?«

»Viel schlimmer.«

»Na gut. Aber ich nehm trotzdem Wasser«, erklärte Cassandra. »Wo waren wir vorhin stehen geblieben?«

»Wir waren an dem Punkt, dass wir alle, Entschuldigung«, Maus nickte in Richtung Küster, »fast alle davon überzeugt waren, dass ein Rausch, von was auch immer, jedenfalls nicht alleiniger Grund für die wilde Flucht aus dem Zelt gewesen sein kann. Auch kein, wie hieß das noch mal? Infraschall. Aber was war es dann? Wenn wir mal von Aliens, Gespenstern und Feuerdüveln absehen, die sogar mich verscheucht hätten.«

»Gute Frage. Was haben wir denn für Anhaltspunkte?«, fragte Rabenfels.

»Was ist mit den Fußspuren?«, stellte Düvel in den Raum. »Kann man daraus vielleicht was ersehen? Da war doch ein richtiger Schuhabdruck auf den anderen Spuren laut Koletov, dem Spurenleser. Als wäre jemand mit Wanderschuhen hinter der Gruppe den Berg runtergelaufen.«

»Also ich finde, das ist zumindest ein Indiz, das für eine weitere Person dort oben spricht. Wenn auch nicht mehr. Könnte einer aus der Studentengruppe die im Zelt fehlenden Wanderschuhe angehabt und dann verloren haben? Oder ausgezogen? Wie war das noch mit dem absurden Erfrieren?«, fragte Maus.

»Wenn einer aus der Gruppe die angehabt und wegen der Kälteidiotie ausgezogen hätte, hätte der Suchtrupp die Schuhe gefunden. Zumindest, wenn sie zwischen Zelt und Zeder oder im Umfeld der letzten vier Leichen gelegen hätten«, stellte Düvel fest. »Wir haben sehr gründlich gesucht. Aber man weiß ja nie. Vielleicht sind die Schuhe unter Schnee verborgen. Sollen wir nochmals suchen?«

»Was? Extra einen Suchtrupp da raufschicken nur für ein Paar Schuhe?«, ließ sich Küster vernehmen. »Das ist viel zu aufwendig und teuer.«

»Das mit dem teuer vergessen Sie mal ganz schnell. Die Kosten übernehmen wir«, ließ sich Rabenfels vernehmen. »Unserer Regierung liegt die Aufklärung sehr am Herzen. Und ich möchte wetten, Ihrer auch.«

»Wenn der Abdruck tatsächlich von jemandem aus der Gruppe gewesen wäre, müssten wir überlegen, was das bedeuten würde. Könnte einer der neun das alles verursacht haben?«, fragte Düvel.

»Was verursacht? Alle ermordet oder was? Zum Schluss waren alle tot. Wer also war dann der Übeltäter? Ich hab in den Obduktionsberichten nichts von einem Selbstmord gelesen«, verkündete Cassandra.

»Ich will ja nicht den Klugscheißer spielen. Aber kann doch

sein. Wie wollen wir denn erkennen, ob sich nicht jemand zum Sterben in die Kälte gelegt hat? Also um zu erfrieren? Dann sähe er für uns wie eins der anderen Opfer aus«, warf Maus ein.

»Gutes Argument. Aber dann müsste es einer der letzten vier gewesen sein.«

»Wieso?«, fragte Maus.

»Weil die am längsten gelebt haben. Haben wir vorhin festgestellt, Schwachkopf«, verkündete Cassandra noch immer gereizt. Das Gespräch mit Düvel hatte ihr nicht gutgetan. Auch wenn sie erleichtert war, dass zwischen ihnen nichts gelaufen war. »Kannst du dir vorstellen, dass Annabella oder Zöllner sich die Augen selbst ausgerissen haben, um ihren Selbstmord zu verdecken? Oder Thibeaux sich den Schädel am Felsen zertrümmert, wohlgemerkt, ohne die Haut zu beschädigen.«

»Was ist mit Alexander Böhme? Der war doch nicht so schwer verletzt«, wehrte sich Maus.

Es klopfte. Auf ein mürrisches »Herein« von Maus steckte der Hoteldirektor, wie er sich vorstellte, den Kopf durch die halb geöffnete Tür. »Darf ich kurz stören?«

»Nein«, blökte Maus.

»Ich wollte mich nur für das Ungemach wegen des Frühstücksraums entschuldigen.«

»Weil Sie uns rausgeschmissen haben? Unverschämtheit«, verkündete Maus.

»Lass gut sein, Maus«, mischte sich Rabenfels ein. »Ist schon okay, kein Problem. Alles in Ordnung«, verkündete er in Richtung des Direktors, der sich mit einem gehauchten »Danke« verbeugend zurückzog.

Ganz der Politiker, dachte Cassandra. Auch wenn Rabenfels' Beiträge zur Diskussion zeigten, dass er mehr draufhatte.

»Also, was ist jetzt mit den Verletzungen von Alexander Böhme? Das ist doch der Sohn des bekannten SPD-Politikers?«, fragte Cassandra nach.

Rabenfels nickte.

Düvel blätterte in seiner Akte. »Innere und äußere Schäden

am Körper waren nicht signifikant. Verletzungen am Weichgewebe um die Augen, Augenbrauen fehlen, Schädelknochen sind freigelegt, gebrochene Nase, offene Wunde hinter dem Ohr, deformierter Hals –«

»Was soll das denn sein?«, hakte Maus ein. »Deformierter Hals. Geht's noch ungenauer? Was steht noch dazu da?«

»Der Hals ist lang, dünn, im Bereich des Schildknorpels deformiert, steht hier.«

»Ist er daran gestorben?«, fragte Maus nach.

Düvel blätterte weiter. »Nein. Laut Obduktionsergebnis trat sein Tod als Folge der niedrigen Temperaturen ein. Die Blase enthielt siebenhundert Kubikzentimeter trübe gelbliche Flüssigkeit. Die Schleimhaut der Blase war zyanotisch, aber keine Wischnewski-Flecken. Die Verletzungen des Weichgewebes sowie die Waschhautbildung sind typische posthume Veränderungen einer Leiche, die längere Zeit im Wasser gelegen hat. Alexander Böhmes Tod war gewaltsam, was auch immer das heißen mag.« Er schaute von der Akte hoch.

»Netter Ausdruck. Gewaltsam. Kann alles heißen, oder?«, stellte Maus fest. »Mir fallen die drei Verletzungen, also die hinterm Ohr, die am Schildknorpel«, er deutete mit der Hand auf die Mitte seines Halses, »und die gebrochene Nase, auf. Für mich sehen die wie Verletzungen durch Schläge aus. Wenn er einen Handkantenschlag auf die Stelle am Hals bekommen hat, war er garantiert ausgeknockt. Und wenn richtig fest zugeschlagen wurde, ist er binnen Minuten daran erstickt. Aber das hätte euer Obduzent wohl nicht übersehen, oder?«

»Natürlich nicht. Professor Marx ist eine Koryphäe. Wenn er sich hier so seltsam ausdrückt, dann sicherlich aus Angst vor Repressalien«, stellte Düvel fest.

»Was soll denn der Unsinn?«, fauchte Küster. »Wieso sollte er Repressalien zu fürchten gehabt haben?«

»Muss ich das erst ausführen? Dafür ist mir die Zeit zu schade.«

Wieder klopfte es. Maus stürmte zur Tür. Cassandra hätte schwören können, dass aus seinen Nasenlöchern Dampf aufstieg.

»Was ist denn …«

Vor ihm stand der Kellner aus dem Frühstückssaal mit einem Tablett voller Kaffeetassen und einer Kanne, die nach echtem Bohnenkaffee duftete. Verschreckt wich der Kellner einen Schritt zurück.

Maus saugte tief den Duft ein. »Herein, herein«, flötete er und zog den Kellner am Arm in den Besprechungsraum. »Verschwinden Sie ja nicht mit diesem feinen Wohlgeruch.«

»Kleine Entschuldigung vom Chef«, verkündete der Kellner.

»Ich wusste doch, dass der kleine Scheißer so was versteckt hat«, verkündete Maus.

Alle umringten ihn und nahmen ihre Tassen entgegen, wohlige Ahs und Ohs verbreitend.

»Endlich richtiger Kaffee, ich kann mein Glück nicht fassen«, stöhnte Cassandra zwischen zwei Schlucken. Selbst Küster schloss genießerisch die Augen.

»Was ich vorhin sagen wollte, war, dass mich die Verletzungen bei Böhme an Tötungen durch Spezialeinheiten erinnern«, verkündete Maus nach dem Leeren der ersten Tasse.

»Was denn für Spezialeinheiten?«, hakte Rabenfels nach.

»Na, Spezialeinheiten halt. Delta Force, SOCOM, SAS, COMSUBIN. Alles so was halt. Soll ich es euch mal vorführen?« Maus ging in Stellung.

»Schon gut, schon gut«, bremste ihn Rabenfels. »Wenn du das sagst.«

Cassandra wurde klar, dass soeben die Tarnung für Rabenfels endgültig aufgeflogen war. Düvel verbarg ein Grinsen, Küster war mit sich beschäftigt.

»Also könnte es durchaus sein, dass die Verletzungen aus einem Kampf stammen. Damit hast du deine Selbstmordtheorie selbst widerlegt, Des.«

»Auch wahr. Na ja, sie war sowieso nicht so toll. Aber da fällt mir noch was ein, wenn wir schon bei dem Thema sind. Da hatte doch einer der toten Studenten unter dem Baum Schaum im Gesicht. Angeblich Lungenödem.«

Düvel nickte.

»Klingt nach Burking«, warf Maus ein. »Ist eine beliebte Nahkampftechnik, um dem Gegner die Luft abzudrücken.«

Cassandra nickte. Auch sie hatte solche Angriffe miterlebt, gottlob nicht am eigenen Leib.

»Was soll denn jetzt dieser Unsinn? Wie soll so ein Griff bei einem Verletzten auf dem Boden erfolgen?«, ließ sich Küster vernehmen. Sie hatten seine Anwesenheit fast vergessen. Maus warf ihm einen genervten Blick zu.

Düvel breitete fragend die Hände aus und hob die Augenbrauen. Rabenfels hielt sich zurück. Vielleicht war ihm sein Fehler aufgefallen.

»Also gut, für alle, die es nicht kennen. Beim Burking wird dem auf dem Rücken liegenden Opfer das Knie mit dem ganzen Körpergewicht auf Brustkorb und Bauch gepresst, sodass sich die Lungen nicht mehr dehnen können. Das Opfer erstickt elendig. Ist kein netter Tod. Das Opfer hat massive Erstickungsangst. Hinterher kann man das nur sehr schwer erkennen, es gibt fast keine äußeren Verletzungen. Ein Obduzent, der nicht weiß, wonach er suchen muss, kann so einen Mord schon mal übersehen«, erklärte Maus.

»Also ist Burking schwer nachweisbar?«, fragte Rabenfels.

»Ja, das sieht dann so unspezifisch aus wie bei Oliver Seelmann.«

»Wenn ich das erwähnen darf«, Düvel warf einen Blick in Richtung Küster, »den Namen der Methode kannte ich nicht. Aber die Methode schon. Sie wurde häufig von der Stasi-Geheimpolizei und deren Spezialeinheiten angewandt, hab ich gehört.«

Küster schnappte nach Luft.

Düvel winkte ab. »Ich will wirklich nicht behaupten, dass Stasileute die jungen Studenten überfallen und umgebracht haben. Ich sage nur, dass diese Methode, also dieses Burking, auch von der Stasi angewandt wurde. Bei Seelmann hat der Obduzent jedenfalls als Todesursache Erfrieren festgestellt und nicht Ersticken.«

»Wenn ich das vorhin richtig verstanden habe, dann würde man bei Burking auch nicht unbedingt Ersticken diagnostizieren, oder?«, fragte Rabenfels.

»Das weiß ich nicht so genau. Dazu müssten wir nochmals mit dem Obduzenten reden.«

»Das müssen wir ohnehin«, warf Cassandra ein. »Vielleicht lässt sich im persönlichen Gespräch ein bisschen mehr aus dem Herrn herauskitzeln. Vor allem über die letzten vier Toten. Ich finde, da hält er sich auffallend zurück.«

Alle bis auf Küster nickten.

»Also haben wir bisher fünf potenzielle Opfer für eine Gewalttat«, fasste Rabenfels zusammen.

»Ja, seh ich auch so«, stimmte Cassandra zu. »Stimmen uns alle zu? Ach so, sorry, außer Ihnen natürlich, Herr Küster.« Beleidigt schwieg der Staatsanwalt, während Maus und Düvel nickten. »Tja, dann würde ich sagen, wir sind mehrheitlich der Meinung, dass wir es mit Mord zu tun haben. Dann sollten wir jetzt mit unserer eigentlichen Arbeit beginnen und die Täter suchen. Es sei denn, einer glaubt an Außerirdische oder Gespenster. Die sind schwerer zu finden.«

»Trotzdem oder gerade deswegen sollten wir auch den komischen Lichtern über dem Brocken in der Tatnacht nachgehen, werte Frau Kollegin«, warf Düvel ein. »Hat sich da was ergeben? Sie, Herr Maus, wollten doch klären, ob die Lichter auch vom Westen aus zu sehen waren.«

Maus nickte. »Ich hab in der Zwangspause rumtelefoniert. Und tatsächlich sind auch vom Wurmberg aus in der Tatnacht Leuchtpunkte über dem Brocken gesichtet worden, für die man keine Erklärung hatte.«

»Also doch Außerirdische?«, fragte Rabenfels.

»Warum nicht?«, konterte Küster. »Sie wollten alle Möglichkeiten zulassen.«

»Wie sieht dann unser Programm für morgen aus?«, fragte Düvel.

»Wenn wir also davon ausgehen, dass es sich um Mord handelte, dann sollten wir uns zunächst mit den Opfern beschäftigen. Denn dann können wir nicht ausschließen, dass es ein persönliches Motiv gab. Oder dass die jungen Leute einfach zur falschen Zeit am falschen Ort waren. Oder aus anderen Gründen ganz gezielt Opfer wurden. Ich schlage vor, dass zwei von uns nach Clausthal-Zellerfeld fahren und versuchen, möglichst viel über die neun herauszufinden. Und die anderen zwei oder drei«, Düvel warf einen fragenden Blick zu Küster, der abwinkte, »also zwei fahren zum Obduzenten und befragen ihn ausführlicher nach den Obduktionsergebnissen.«

Die Besprechung hatte bis zum Nachmittag gedauert. Es dämmerte bereits.

Sie hatten noch beschlossen, dass Cassandra mit Maus nach Clausthal-Zellerfeld und Düvel mit Rabenfels nach Magdeburg fahren sollten. Beide Gruppen sollten versuchen, mehr über die geheimnisvollen Lichter über dem Brocken herauszufinden.

Außerdem wollten sie Kontakt zum Brockenpersonal aufnehmen. Das war dem Tatort, wie sie den Zeltplatz inzwischen nannten, schließlich am nächsten gewesen.

Auch die Studenten aus Halle-Wittenberg sollten befragt werden. Der Vollständigkeit halber, wie Düvel meinte. Schließlich wussten die, dass die Dannemann-Gruppe irgendwo in der Nähe des Brockenplateaus übernachten würde.

Einen ganzen Tag nur drinnen war zu viel für Cassandra. Trotz Bauchschmerzen, die nicht nachlassen wollten, und starker Blutung zog sie ihre Joggingkluft an und trat vor das Hotel. Der Portier hatte ihr eine Runde im Ort empfohlen. Alle anderen waren zu dunkel.

Der Himmel zeigte kein Erbarmen. Die grauen Wolken schrien nach einem Bruch. Trotzdem spurtete sie los, heilfroh, der Empfehlung gefolgt zu sein. Schon der Ortskern wirkte wie ausgestorben. In einzelnen Fenstern schimmerte Licht, meistens verbargen Rollos das Leben im Inneren. Wenigstens brannten die Straßenlaternen. Bei den Gründerzeithotels in ihrer alten, heruntergekommenen DDR-Pracht waren lediglich die Eingangsportale erleuchtet. Gespenstisch.

Hinter sich hörte Cassandra einen Motor aufheulen. Da war sie wohl doch nicht allein unterwegs. Nur langsam wurde das Knattern eines Zweitakters lauter. Musste ein Trabant sein. Oder ein Wartburg. Vielleicht Düvel auf dem Weg zur Freundin. Komisch nur, dass der Motor nicht lauter wurde. Cassandra schaute sich um, und tatsächlich folgten ihr zwei kleine erleuchtete Rechtecke. Der Idiot hatte vergessen, sein Fernlicht auszuschalten. Cassandra winkte ihm und wies auf die Scheinwerfer, aber der Depp verstand nicht. Sie zuckte mit den Schultern und lief weiter. Das Knattern hinter ihr hörte nicht auf. Genervt bog sie in eine kleine Seitenstraße entgegen der Einbahnstraßenrichtung. Der Wagen kam ihr nach.

Cassandra blieb stehen, ließ das Auto näher kommen. Tatsächlich ein Wartburg. Dann bremste er, mitten auf der Straße, ohne Grund. Langsam wurde es ihr zu bunt. Sie rannte los. Der Wagen beschleunigte. Sie schlug einen Haken und rannte auf ihn zu, er fuhr zurück. Was wollte der Typ von ihr? Blödmann.

Cassandra drehte und spurtete los, diesmal im Tempo eines Hundert-Meter-Sprints. Darin war sie kaum zu schlagen. Trotz der Bauchschmerzen gelang ihr ein ordentliches Tempo. Der Wartburg hielt mit.

Jetzt reichte es ihr. Cassandra stellte sich mitten auf die Straße. Der Wartburg beschleunigte und fuhr direkt auf sie zu. Im Wageninneren registrierte sie mehrere Köpfe, mehr konnte sie in der Dunkelheit nicht erkennen. Vom Kennzeichen war nur das M am Anfang lesbar.

Dann musste sie springen. Und landete unter einem vertrockneten Zierbusch in einem Vorgarten. Fassungslos starrte sie den Bremslichtern am Ende der Straße nach. Was sollte das denn?

Der Wagen blieb stehen, und drei Typen stiegen aus. Gingen zum Kofferraum, holten drei lange Stöcke heraus und kamen in ihre Richtung.

Mit einem wäre sie klargekommen. Zur Not auch mit zweien. Drei waren einer zu viel. Sie war schließlich nicht Red Sonja.

Noch wussten die Typen offensichtlich nicht, wo sie sich befand. Sie schwärmten aus und suchten gemächlich in den Vorgärten nach ihr.

Vorsichtig versuchte Cassandra, sich aufzurichten. Ihr Knie tat weh, aber sie kam hoch. Schaute an sich runter. Entdeckte einen Riss im Stoff über dem Knie. Nicht gut. Leise schob sie sich rückwärts in Richtung des unbeleuchteten Hauses. Ein Schatten näherte sich von der Seite. Cassandra erstarrte, ging in die Hocke, lauschte.

Der Typ, nicht größer als sie selbst, hatte eine Skimaske übergestülpt. Der Stock in seiner Hand entpuppte sich als Baseballschläger. Noch hatte er sie nicht entdeckt. Gut. In ihrer dunklen Joggingkluft war sie bestens getarnt. Sie ließ ihn näher kommen. Als er keine zwei Meter mehr entfernt war, schnellte sie hoch. Erschreckt blieb der Typ stehen, besann sich jedoch schnell seiner Schlagwaffe und schwang den Stock über seinen Kopf. Cassandra ging ihm einen Schritt entgegen, hielt beide Arme über Kreuz über ihren Kopf und fing den Schlag ab. Packte seinen Arm mit der rechten Hand und verdrehte ihn hinter seinem Rücken. Ihr linker Arm schlang sich um seinen Hals und zog ihn nach hinten. Ließ seinen Arm, dem sie den Schläger entwunden hatte, los, ballte ihre Hand zur Faust und schlug sie dem Typen mit aller Kraft in sein Skimützengesicht. Ein Schlag reichte. Sie hörte das Knacksen der Nase. Der Mann erschlaffte. Sie ließ ihn fallen.

Leise Rufe, ganz in ihrer Nähe. Viel zu nah schon. Schlecht. Ihr Knie brannte. Einen weiteren Kampf würde sie damit nicht durchstehen. Geduckt humpelte sie von Vorgarten zu Vorgarten, über niedrige Staketenzäune bis zum Ende der Straße. Hörte den Zweitakter starten. Wagte sich in die Nähe des Bürgersteigs und lugte in die Straße. Der Wartburg fuhr rückwärts, hielt, eine dunkle Gestalt schleppte den Verletzten zum Wagen, wuchtete ihn hinein, verschwand selbst darin, bevor der Wagen mit Vollgas entschwand.

Cassandra atmete auf. Zog das Hosenbein ein Stück hoch und entdeckte blutende, aufgeschürfte Haut auf ihrer Kniescheibe, die brannte wie Feuer. Sie schob die Hose wieder runter und humpelte zurück zum Hotel.

»Und, wieder hier?«, fragte Cassandra Düvels Rücken an der Bar des Dachsbaus rhetorisch.

»Sie auch?«

»Klar. Was soll man auch sonst hier abends treiben?«

»Sich ausruhen.«

»Und warum sind Sie dann hier?«

»Gute Frage. Aber ich bin gleich wieder weg.«

Wäre ich auch gern. Ganz weit weg und ohne Sorgen und Probleme, dachte Cassandra. Sie atmete schwer ein.

Düvel, der sich halb erhoben hatte, den Autoschlüssel aus seiner Hosentasche ziehend, verharrte. Cassandra wandte den Kopf ab, um zu verhindern, dass er den Kummer in ihren Augen entdeckte.

Plötzlich spürte sie eine Hand am Ellbogen, die sie vom Barhocker zog.

»Kommen Sie mit.« Düvel schob sie in eine dunkle Ecke des Dachsbaus an einen runden Tisch mit weichen Sesseln.

»Was ist los?«

Cassandra kapitulierte vor der warmherzigen Stimme, die sie ihm nicht zugetraut hätte. Fast. Doch der Moment kam, und der Moment verging. Zurück blieb eine ratlose, hilflose Cassandra, Opfer ihrer Obsession, unabhängig zu sein. Niemandes Hilfe in Anspruch zu nehmen. Und vor allem nicht schwach zu sein. Das ertrug sie am allerwenigsten.

»Nichts, alles gut«, brachte sie heraus, bevor ihre Angst sie verstummen ließ. Angst, zu viel von sich preiszugeben.

Düvel warf ihr einen kritischen Blick zu, zögerte. Dann erhob er sich. »Gut, dann ist ja alles bestens. Trinken Sie heute Abend nicht so viel. Ich komme erst spät zurück und kann nicht auf Sie aufpassen. Gute Nacht.«

Damit verschwand er.

Cassandra blieb allein zurück. So allein, wie sie immer gewesen war, ihr ganzes Leben lang. Nur dass es ihr bisher nichts ausgemacht hatte. Liebe und Nähe waren für sie Fremdwörter gewesen, ein Spiel, das zeitlich befristet auf die Dauer ihrer Einsätze war. So musste sie nie Verantwortung für andere übernehmen.

Die Kehrseite war, dass sie jetzt niemanden hatte, der für sie da war. Freunde hatten die gleiche Halbwertszeit wie Liebhaber gehabt.

Und ihre Familie? Nein, mit der hatte sie gebrochen. Vor langer Zeit. Aus gutem Grund. Auf gar keinen Fall würde sie sich an ihre Eltern wenden. Dann würde sie eher – ja was? Sie war ratlos.

Desiderius Maus betrat den Dachsbau, sah sich suchend um und grinste erfreut, als er sie entdeckte. Er winkte dem Barkeeper und forderte zwei Falkner, während er zu ihr kam.

»Nanu, heute ohne unser Düvelchen?«

»Was hast du denn andauernd mit dem?«, fragte Cassandra. »Da ist nichts, und da war nie was.«

»Ja klar«, erwiderte Maus grinsend.

Die zwei Falkner landeten vor ihnen auf dem Tisch. »Heute frisch eingetroffen«, verkündete der Barkeeper stolz.

»Wirklich. Lass gut sein, das nervt.«

»Ups, haben wir heute schlechte Laune?«

»Red nicht so viel.«

Cassandra hob ihr Glas, prostete ihm zu und trank den Falkner auf ex.

In dieser Nacht wurde die Blutung stärker, viel stärker.

DREIZEHN

Montag, 26. Februar 1990

Der miesen Nacht folgte ein noch schlimmerer Morgen. Ihr Knie war angeschwollen und tobte. Gestern Abend hatte sie nicht viel gespürt. Sie warf eine Ibuprofen ein.

Nach einem schnellen Zähneputzen und einer Katzenwäsche griff sie nach dem Telefon, wählte die Nummer der Praxis und lauschte dem Freiton.

»Praxis Dr. Schöneck, Klein, guten Morgen. Was kann ich für Sie tun?«

Das fragte sich Cassandra auch. Die freundliche, gut gelaunte Stimme kotzte sie an. Sie öffnete den Mund, um nach einem Termin zu fragen. Aber kein Laut kam heraus.

»Hallo? Wie kann ich Ihnen helfen?«

Gar nicht, dachte Cassandra und legte auf. Sie war noch nicht bereit.

Erneut hob sie den Telefonhörer auf. Diesmal wählte sie die Nummer des Hochschulsekretariates von Professor Kübler und ließ sich mit ihm verbinden. Nichts half so gut wie Arbeit.

»Wir würden gerne mit den Freunden der toten Studenten reden. Können Sie uns dabei unterstützen? Außerdem müssen wir mehr über Zöllner wissen.«

»Hm, ich kann die Studenten organisieren, wann wollen Sie denn hier sein?«

»In zwei Stunden?«, schlug Cassandra vor.

»Besser in drei. Wir haben Prüfungswoche. In der Mittagszeit sind die Klausuren durch. Deswegen sind heute fast alle Studenten anwesend. Ich mache gleich eine Lautsprecherdurchsage. Und ich habe, Moment«, Cassandra hörte, wie geblättert wurde, »ab vierzehn Uhr Zeit. Ich lass mir schon mal die Personalakte von Zöllner kommen.«

»Vielleicht können Sie uns auch bei was anderem behilflich sein. Sie kennen sich doch hervorragend mit der Geschichte der Abhörspezialisten auf dem Brocken aus. Wissen Sie, wie wir an die Mitarbeiter herankommen?«

»Wer oben auf dem Brocken arbeitete, wohnte in Schierke. Je nach Arbeitsgebiet wurden Passierscheine für das Grenzgebiet, den Schutzstreifen oder das militärische Sperrgebiet ausgestellt und als Vermerk in die Ausweise gestempelt. Nur so kam man überhaupt dahin. Die Überprüfungen beim Raus- und Reinfahren waren streng und haben ewig gedauert, weil so viele reinwollten. Schließlich war Schierke bis zur Wende der beliebteste Urlaubsort des Oberharzes. Deswegen haben die meisten, die oben arbeiteten, auch in Schierke gewohnt. Versuchen Sie Ihr Glück da.«

Cassandra humpelte in den Frühstücksraum. Nur Maus war anwesend.

»Hey, was ist denn mit dir passiert? Treppe rauf- oder runtergefallen nach den vielen Falknern?«

»Nee, nur ein Wartburg, der mich rammen wollte. Das hab ich ihm vermiest.«

Maus lachte. »Spaß beiseite, was ist los? Warum humpelst du?«

»War kein Witz. War wirklich ein Wartburg. Keine Ahnung, was die Idioten wollten. Erst sind sie hinter mir hergefahren, und dann, als es mir zu bunt wurde und ich den Fahrer fragen wollte, was er für ein Problem hat, ist er auf mich losgerast. Musste einen Satz in einen Vorgarten machen und hab mir dabei das Knie aufgestoßen.«

»Was ist? Und das erzählst du mir so nebenbei?«

»Waren doch nur Wichtigtuer. Was soll es denn sonst gewesen sein? Außerdem hab ich weder das Autokennzeichen noch ihre Gesichter gesehen. Sie hatten Skimützen übergezogen. Also lass gut sein. Deswegen mach ich keinen Aufstand. Was meinst du wohl, wie oft mir das in den anderen Einsatzgebieten passiert ist. Die haben sich einen richtigen Spaß daraus gemacht, uns

Frauen beim Joggen zu jagen. Haben mich aber nie gekriegt«, erklärte sie breit grinsend.

»Wir sind hier aber weder in Sri Lanka noch in Kabul. Wenn dich wild gewordene Ostler verfolgen, müssen wir der Sache nachgehen.«

»Ach was, mach mal halblang. Das war doch nichts. Mach nicht so ein Theater deswegen. Vergiss es.« Spontan beschloss sie, den Rest nicht zu erzählen. Sie hatte keinen Bock auf Aufregung. Nicht auch das noch.

»Hm, na gut. Aber wenn noch mal was ist, dann müssen wir das den anderen berichten und was unternehmen.«

»Wo sind die überhaupt?«

»Düvel und Rabenfels sind schon unterwegs.«

***

Düvel stieg in den Porsche von Rabenfels. Das Modell kannte er nicht. Natürlich nicht. Überhaupt kannte er sich mit westdeutschen Marken nicht aus. Für ihn waren das alles Luxuskarossen.

»Wo fahren wir zuerst hin?«, fragte Rabenfels.

»Ich würde vorschlagen, dass wir zum Polizeirevier Harz in Halberstadt fahren wegen der Lichter über dem Brocken und anschließend zu Professor Karl Marx in die Pathologie nach Magdeburg.«

»Professor Karl Marx? Das ist jetzt doch ein Witz, oder?«

Düvel schüttelte den Kopf, während er fasziniert auf das Navigationsgerät starrte.

»Tja dann.«

»Auf dem Rückweg fahren wir in der Martin-Luther-Universität in Halle-Wittenberg vorbei. Ich hab angerufen, und man hat mir zugesagt, die Studentengruppe zu informieren. Wir treffen uns gegen Mittag in der Mensa.«

Rabenfels startete. Der Motor röhrte. Er tuckerte nicht, er röhrte tatsächlich. Nicht wie ein Hirsch, eher wie ein Düsenjet im Tiefflug. Stellte sich Düvel vor. Gehört hatte er bisher noch keinen tieffliegenden Düsenjet. Ebenso wenig wie einen Porschemotor.

»Sagen Sie, was ist das für ein Porsche?«, konnte sich Düvel nach einer Weile nicht zurückhalten, zu fragen.

»Ein Neunelfer, das neueste Modell. Heckmotor mit Turbolader. Der schafft es von null auf hundert in zwei Komma neun Sekunden. Die Farbe nennt sich Kirschrot. Das ist Sex pur, sag ich Ihnen. Ein Schätzchen.« Rabenfels holte tief Luft. »Was gäbe ich dafür, wenn das meiner wäre. Aber so was wage ich mir bei meinem Beamtensold nicht mal anzuschauen. Hab ihn nur bekommen, weil denen die Auflösung dieses Falles so wichtig ist und ich möglichst schnell hierherfahren sollte.«

Er ließ den Motor röhren. »Gott, das ist Musik in meinen Ohren. Wollen Sie ihn mal fahren?«, ergänzte er nach einem Moment.

Düvel schüttelte grinsend den Kopf. Zu deutlich war Rabenfels ins Gesicht geschrieben, wie sehr er auf ein Nein von Düvel hoffte. Noch nie hatte er den Mann so emotional erlebt.

»Genießen Sie den Wagen. Für mich wäre der Absturz hinterher zu krass. Aber nett von Ihnen, mir das anzubieten.«

Er konnte die Erleichterung bei Rabenfels spüren, der daraufhin erneut den Motor aufheulen ließ.

»Gut, dann wollen wir mal.«

Düvel bereute es die ganze Fahrt über. Hätte er doch bloß das Angebot angenommen. Dann müsste er jetzt nicht bei zweihundertzwanzig Blut und Wasser schwitzen. Wenigstens waren sie schnell in Halberstadt. Doch das kurze Autobahnstück zwischen Wernigerode und Halberstadt hatte ihn Nerven gekostet.

Die Kollegen am Tresen der Polizeistation kramten die Einsatzberichte des 3. und 4. Dezember aus einem uralten Aktenschrank, den lediglich Rost und guter Wille zusammenhielten.

»Die erste Sichtung der Leuchtpunkte wurde um kurz vor fünf Uhr, die letzte gegen sechs Uhr morgens gemeldet. Beschrieben wurden sie als rötlich gelbe Scheiben, dicht beieinander. Angeblich huschten sie hin und her ohne klare Richtung. Wie groß die waren? Keine Ahnung. Bis wir einen Wagen an einen Ort geschickt hatten, von dem aus man das Licht hätte sehen können, war es wieder dunkel. Vielleicht war auch gar nichts. Das weiß man nie bei solchen Meldungen. Mehr kann ich Ihnen nicht sagen.«

Düvel nickte. »Fahren wir weiter. Steht Ihr Angebot noch mit dem Fahren?«

Widerwillig nickte Rabenfels.

***

Zara Kaufmann wurde von ihren Freunden als aufgeschlossen und energisch beschrieben. Als Seele des Wanderklubs. Immer voller Ideen und von allen gemocht. Trotz ihrer Popularität behandelte sie alle mit Interesse und Respekt. Deswegen fühlten sich viele von ihr angezogen.

»Das mit Dannemann war nicht wirklich ernst. Glaub ich jedenfalls. Sie waren erst kurz zusammen. Zara war so. Sie fühlte sich zu jung, um sich festzulegen. Und außerdem waren viele Jungs hinter ihr her. Ob da auch Sven, also Sven Freytag, zugehörte, weiß ich nicht. Mir hat sie nichts von ihm erzählt. Aber vor Dannemann war sie mit Oliver, also Oliver Seelmann, zusammen. Hat ihn sogar mit zu ihren Eltern genommen. Aber als sie Dannemann kennenlernte, war sofort Schluss mit ihm«, berichtete ihre beste Freundin unter Tränen. »Sie war ja auch eine ganz liebe und hübsche Frau. Alle mochten sie, und die Männer waren ganz verrückt nach ihr. Oh Gott, wie werde ich sie vermissen.« Ein Weinkrampf ließ sie stocken.

»Auf jeden Fall war sie begeistert von der Idee, bei der Brockenbefreiung mitzumachen und sich mit der Gruppe aus Halle zu verbrüdern. Das war ihr Ding. Und nein, sie hatte keine Feinde, alle mochten sie. Sie war ein richtiger Engel.«

Frank Kempler hatte gerade seinen Abschluss als Ingenieur für Bergbau gemacht. Er war Mitglied verschiedener Sportgruppen gewesen. Neben der Wandergruppe hatte er geboxt und gefochten. Ein athletischer Mann, ehrlich und wohlerzogen. Manchmal ein bisschen zu ruhig, fanden seine Freunde. Er spielte hervorragend Mandoline, die er stets auf Wanderungen mitnahm.

Ingo Dannemann hatte Radiotechnik studiert und galt als talentierter Ingenieur. Schon während seines zweiten Studienjahres hatte er ein besonderes UKW-Funkgerät entwickelt und gebaut.

Kübler, der trotz seiner Termine bei der Befragung in seinem Dienstzimmer dabeigeblieben war, fügte an, dass er mit Dannemann vereinbart hatte, dass er nach seinem Abschluss an der Hochschule bleiben und promovieren sollte. Eine Assistentenstelle war für ihn frei gehalten worden.

»Dannemann war ein besonderer Mensch, der führen konnte, talentiert und ungeheuer beliebt war. Er hat regelmäßig als Tutor für den Fachbereich gearbeitet. Ja, so ein Mensch war er.« Wehmütig schüttelte der Präsident der Hochschule den Kopf.

Seine Freunde beschrieben Ingo Dannemann als ernsten Menschen, der nicht zu überstürzten Entscheidungen neigte und bedächtig handelte. Er hatte große Erfahrung in Fernwanderungen mit unterschiedlichen Schwierigkeitsgraden und war der erfahrenste Bergsteiger und Tourenwanderer der Gruppe.

Dass er in Zara verknallt war, war ein offenes Geheimnis. Dass sie ihm ihr Foto gegeben hatte, ebenfalls. Bei jeder erdenklichen Gelegenheit hatte er es hervorgezogen. Sie hatten perfekt zusammengepasst, fanden alle. Beide waren die beliebtesten Studenten ihres Jahrganges. Er war es auch gewesen, der Zara überredet hatte, an der Wanderung teilzunehmen, obwohl sie eigentlich eine Tour mit einer anderen Gruppe geplant hatte, berichtete ein anderes Mitglied der Wander-AG.

Was für ein Pech, dachte Cassandra. Wäre sie doch nur bei ihrem ursprünglichen Plan geblieben.

Oliver Seelmann absolvierte sein Abitur mit Auszeichnung. Er hätte alles studieren können, entschied sich aber für Maschinenbau. Obwohl erst einundzwanzig und damit deutlich jünger als seine Kommilitonen, war er im letzten Semester und stand kurz vor dem Diplom. Seelmann wurde ebenfalls als erfahrener Wanderer mit großer Erfahrung bei Langstreckenwanderungen beschrieben, er hatte selbst bereits mehrere Wandergruppen angeführt.

Ein enger Freund berichtete, dass er mit Zara liiert gewesen sei und sogar ihre Eltern in Bremen besucht habe. Es war von Verlobung gemunkelt worden. Aber dann habe Zara Dannemann kennengelernt, und es sei vorbei gewesen. »Aber ehrlich, ich weiß nicht, wer Schluss gemacht hat.« Danach sei jedenfalls seine Beziehung zu Zara und Dannemann gut geblieben.

»Zara scheint ja wirklich den Jungs den Kopf verdreht zu haben«, stellte Cassandra fest, nachdem der beste Freund von Oliver Seelmann den Raum verlassen hatte. »Hältst du es für möglich, dass einer von denen wegen ihr ausgerastet ist und das Massaker veranstaltet hat?«

Maus zuckte die Schultern. »Keine Ahnung, aber aus dem Auge lassen dürfen wir das nicht, das ist klar.«

Lars Andersen war ein enger Freund von Dannemann gewesen und hatte an all seinen Wanderausflügen teilgenommen. Auch mit den meisten anderen Gruppenmitgliedern war er befreundet gewesen. Das Sommersemester hatte er zusammen mit Alexander Böhme im Forschungs- und Messreaktor in Braunschweig gearbeitet. Er habe über mehr Wissen über Radioaktivität verfügt als die meisten Menschen. Das sei sein Thema gewesen. Seine Passion. Da habe er sich richtig reingekniet, berichteten Freunde. Sie konnten sich nicht erklären, wieso sein Pullover verstrahlt gewesen war. Er galt als extrem vorsichtig im Umgang mit radioaktivem Material.

Annabella Donnert hatte im sechsten Semester Ingenieurwissenschaften mit Hauptfach Ökonomie studiert. Das Wandern war ihre Leidenschaft gewesen. Sie galt als erfahrene, mutige und angesehene Wanderin. Nur ein Jahr zuvor war sie als Leiterin einer Touristengruppe ausgewählt worden, die in der Kategorie zwei, also mittelschwere Touren, in den nördlichen Alpen unterwegs gewesen war.

»Bei der Tour ist einer aus der Gruppe, der vor ihr herging, abgerutscht«, berichtete Annabellas Freundin. »Annabella packte ihn und hielt ihn fest, bis die anderen ihn hochzogen. Damit rettete sie ihn vor dem sicheren Absturz in den Tod. Aber sie verrenkte sich dabei das Fußgelenk und konnte nicht mehr auftreten. Die anderen mussten sie zurücktragen. Während des langen und schmerzhaften Transportes beschwerte sie sich nicht einmal und bedauerte sogar, dass sie der Gruppe zur Last fiel. Das weiß ich nicht von ihr, sondern von einem anderen Mitglied der Gruppe. Sie hätte das nie erzählt, war viel zu bescheiden.«

Daneben hatte sie phantastisch singen und fotografieren können, wie eine Kommilitonin berichtete.

Alexander Böhme galt als fleißiger und guter Student, dessen Diplomarbeit zum Thema »Aktivitätsbestimmung radonhaltiger Umweltproben und Quellen mittels Halbleiterdetektoren in der Kernphysik« ausgezeichnet worden war. Er war pedantisch, aber im positiven Sinne, wie ein Freund versicherte. In den Semesterferien und für seine Diplomarbeit hatte er zusammen mit Lars im Forschungsreaktor in Braunschweig gearbeitet.

Cassandra und Maus nickten sich kaum merklich zu.

»Haben Sie sein Tagebuch gefunden? Da muss doch ein Hinweis drinstehen, wenn was Ungewöhnliches passiert ist. In das hat er jeden Abend seine Reiseberichte notiert. Da war er sehr eigen und ordentlich«, berichtete ein Freund, der ihn auf diversen Wanderungen begleitet hatte.

Maus blätterte in der Akte. »Also gefunden wurden Dannemanns Gruppentagebuch und die Tagebücher von Zara, Annabella und Frank Kempler. Und da war noch ein Tagebuch, das nicht zugeordnet werden konnte. Könnte es das sein?«

»Nein, ganz sicher nicht. Alexander war penibel in der Beziehung. In das weiße Feld auf dem Deckblatt von dem schwarzen Heft, er benutzte diese einfachen Schreibhefte mit Linien für Schulkinder, schrieb er immer seinen Namen. Das kann man nicht übersehen.«

Maus notierte.

Nikolaus Thibeaux wurde von seinen Freunden wegen seiner Energie, seines Sinns für Humor und seines freundlichen, offenen Charakters gemocht. Er war ein Spaßvogel. Aber auch eitel. Er liebte es, fotografiert zu werden, war so eine Marotte von ihm, berichtete seine Ex-Freundin. Alle Leute, die ihn kannten und mit ihm Touren gemacht hatten, bescheinigten ihm eine unglaubliche Fürsorge für alle Mitglieder der Gruppe. Er half den jüngeren oder schwächeren Mitgliedern, ihre Sachen zu tragen, und polsterte die Trageriemen ihrer Rucksäcke, um den Druckschmerz zu lindern. »Nikolaus hat seiner Mutter versprochen, dass dies seine letzte Wanderung wäre«, berichtete eine andere Freundin unter Tränen.

Für Bernhard Zöllner, den Lehrbeauftragten, war niemand gekommen.

»Können Sie sich das erklären, Professor Kübler?«, fragte Maus.

»Na ja, Kollege Zöllner war natürlich erst kurz hier. Ich habe unter den Kollegen nachgefragt, aber tatsächlich kannte ihn niemand näher. Deswegen habe ich seine Akte kommen lassen.« Er schlug sie auf.

»Komisch kommt mir im Nachhinein und nach einem Gespräch mit Sven vor, dass er sich den Studenten als Bernd vorstellte, tatsächlich aber laut Personalakte Bernhard hieß. Keine Ahnung, warum er das gemacht hat. Das muss ja nichts bedeuten. Wahrscheinlich war das sein Spitzname. Oder einfach eine Abkürzung. Ich fand es nur seltsam.«

Maus notierte.

»Nach meinen Unterlagen, also den Bewerbungsunterlagen, hatte sich Zöllner zunächst als Zeitsoldat bei der Bundeswehr für zwölf Jahre verpflichtet und nach der Grundausbildung an der Universität der Bundeswehr München Informationstechnik studiert. Das Studium hat er erfolgreich nach drei Jahren abgeschlossen. Dann hat er allerdings nur noch zwei Jahre seinen Wehrdienst durchgezogen und dann vorzeitig die Bundeswehr verlassen.« Er blätterte weiter und las kurz in der Akte.

»Das ist seltsam, denn eigentlich hätte er insgesamt zwölf Jahre bleiben müssen. Ist er aber nicht. Stattdessen hat er an der Uni München ein Sportstudium drangehängt und später eine Zeit lang ein Touristencamp in Spanien geleitet. Danach hatte er verschiedene Stellen übers ganze Land, also Westdeutschland, verteilt, ist aber nie länger geblieben. Er hat mehrfach Lehraufträge an Hochschulen angenommen, was auch der Grund dafür war, dass wir ihn genommen haben. Hatte einwandfreie Zeugnisse. Er war nicht verheiratet und hatte keine Kinder. Übrigens hatte er am 3. Dezember Geburtstag. War das nicht auch sein Todestag?«

»Das wissen wir nicht, noch nicht«, antwortete Maus.

»Na, jedenfalls ist er dann bei uns gelandet. Kurz vor Semesterbeginn ist unser Kollege Schmittbauer ausgefallen. Wir brauchten dringend Ersatz. War ein echter Glücksfall. Alle mochten ihn. Ich versteh nicht, dass mir nicht aufgefallen ist, dass er hier keine Kontakte knüpfte. Seltsam. Angefangen hat er im Oktober. Da war natürlich auch nicht viel Zeit, um ihn richtig kennenzulernen. Schade, sehr schade.«

»Haben sich Verwandte bei Ihnen gemeldet?«

»Nein, niemand. Das fanden wir nicht nur furchtbar, sondern auch seltsam. Ein bisschen viel seltsam, oder?«

Cassandra und Maus nickten. »Wo hat er denn gewohnt?«

»Wir haben ein kleines Gästehaus auf dem Campus. Weil er so kurzfristig eingesprungen ist, haben wir ihm ein Zimmer zur Verfügung gestellt. Wollen Sie es sehen? Wir haben es noch nicht leer geräumt. Haben wohl immer noch gehofft, dass sich Verwandte einfinden.«

Nach einem kurzen Gang über die gepflasterten Innenhöfe der Hochschule standen sie vor einem elfenbeinweißen Jahrhundertwendebau, drei Stockwerke hoch, mit alten Sprossenfenstern. Undichten Fenstern, wie Cassandra feststellte, als sie das schlichte Zimmer mit seiner stolzen Deckenhöhe von knapp vier Metern, verziert mit Stuck, betraten. Ein eisiger Hauch zog durch den Raum. Fast wie ein Todesatem, schoss Cassandra durch den Kopf.

Schlicht weiß gestrichen, schlichte Kiefermöbel, wahrscheinlich von IKEA, schlichtes weiß gekacheltes Bad mit Dusche. Alter Dielenboden. Mit seinem Fischgrätmuster das einzige nicht Schlichte im Raum. Und die Größe war verblüffend. Hier hätten zwanzig der schmalen Pritschen stehen können, und es wäre trotzdem noch genügend Platz für einen Tanzkurs gewesen.

Im Kleiderschrank hingen zwei ordentlich gebügelte weiße Hemden, drei Hosen, alle braun, und ein Wintermantel. In den Regalen, die die Hälfte des Schrankes einnahmen, befanden sich fünf Pullover, einige Unterhosen und zwei Schlafanzüge. Ordentlich Stoß auf Stoß, eben ganz wie beim Kommiss. Zwei Paar Schuhe, ein Paar Halbschuhe und ein Paar Winterstiefel, waren unten auf dem Schrankboden ordentlich nebeneinandergestellt. Sonst nichts. Ein leerer Koffer lag auf dem Schrank.

Auf dem Kiefernholzschreibtisch vor dem Fenster lagen einige Lehrbücher und Notizen. Die drehten sich lediglich um seine Vorlesung, wie Cassandra vermutete. Kübler bestätigte es nach einem kurzen Blick darauf.

»Wie lange wohnte Zöllner noch mal hier?«, fragte Maus.

»Gute zwei Monate«, erwiderte Kübler.

»Da hab ich ja mehr persönlichen Kram in meinem Zelt in Beirut gehabt als Zöllner hier in diesem Zimmer.« Maus schüttelte den Kopf. »Hier ist nichts, was irgendwas über diesen Mann aussagen könnte, absolut nichts. Ist schon komisch, oder?«, fragte er in die Runde.

»Ja, seltsam«, bestätigte Kübler.

»Wieder seltsam«, ergänzte Cassandra.

»Sieht nicht so aus, als hätte er lange bleiben wollen«, meinte Maus.

»Na ja, zunächst war er auf Probe und nur für dieses Semester eingestellt. Aber da er bei den Studenten gut ankam, hoffte ich, dass er bleiben würde. Zumal Schmittbauer länger ausfällt, wie wir inzwischen erfahren haben. Aber komisch ist das schon. Es ist fast, als hätte es ihn nie gegeben, finden Sie nicht auch? Keine

Verwandten, die um ihn trauern, keine persönlichen Sachen. Als hätte es ihn nie gegeben. Das ist schon tragisch. Er muss sehr einsam gewesen sein.«

»Oder ein anderer, als er zu sein vorgab, und der nichts mitbrachte, aus dem man seine wahre Identität hätte schließen können«, stellte Maus fest.

»Mit diesem Zöllner stimmt was nicht, was meinst du? Er war ja auch älter als die Studenten und kam erst im letzten Moment zu der Wandergruppe. Dieses nichtssagende Zimmer und die Tatsache, dass er sich mit niemandem angefreundet hat, ist schon mehr als auffallend.«

Maus brummte zustimmend.

»Ich finde, wir sollten dringend alle Infos zu ihm einholen, die wir bekommen können. Kannst du das übernehmen?«

Wieder brummte Maus zustimmend.

»Ist was? Du bist so einsilbig.«

»Nee, alles klar. Ich denk nur nach. Aber sag mal was ganz anderes. Ist da was zwischen dir und Düvel?«, warf Maus ganz nebenbei ins Gespräch ein. Cassandra schaute verblüfft zu ihm rüber.

»Mensch, Vorsicht, pass auf.«

Hastig zog sie den Dienst-BMW wieder auf die rechte Spur.

»Wie kommst du denn darauf? Quatsch. Hab ich dir doch gestern schon gesagt.«

»Na ja, war nur so eine Frage. Weil ihr abends immer zusammen abhängt, und na ja, ich hab ihn neulich morgens dein Zimmer verlassen sehen. Geht mich wirklich nichts an. Interessiert mich halt nur.«

»Nein, da ist gar nichts. Er ist nur nett gewesen und hat mir was gebracht. Nee, nee, da ist nix.«

»Na, dann ist ja gut. Er hat nämlich so einen knackigen Arsch. Ich wollt selbst mal mein Glück versuchen. Hast du gesehen, wie mich Tomas angesehen hat? Der ist echt scharf auf mich. Das ist sicher.«

Diesmal achtete Cassandra darauf, dass ihre Reaktion nicht am Fahrstil erkennbar war.

»Ich fürchte, da wirst du wenig Glück haben. Er ist verheiratet, hat mir von seiner Frau und seinen Kindern erzählt. Ich glaube nicht, dass er auf Männer steht.«

»Das heißt gar nichts, war ich schließlich auch, bis ich mich befreit hab von dem ganzen Quatsch und mich scheiden ließ.«

Cassandra brachte ein raues Lachen hervor, mehr schaffte sie nicht.

»Und noch mal was anderes, Cassandra. Irgendwie bist du seit ein paar Tagen verändert. Ist alles okay bei dir?«

»Aber natürlich. Also heute hast du wirklich komische Ideen. Das muss ich schon sagen.«

»Na ja, ich will dir ja nicht zu nahe treten. Sorry. Aber wenn was ist, also du weißt schon, so 'ne komische Frauensache oder was auch immer, dann bin ich für dich da. Wir sind doch alte Kumpels. Und schließlich bin ich deine beste Freundin und so.«

Cassandra brachte ein schiefes Grinsen zustande. Mehr nicht. Vor allem schaffte sie es wieder nicht, sich zu öffnen. Die zweite Chance, ihre Seele zu erleichtern, war vertan.

Viele Chancen würde sie nicht mehr bekommen, das war ihr klar.

***

Endlich erreichten sie die Pathologie der Medizinischen Akademie der Otto-von-Guericke-Universität in Magdeburg. Düvel war trotz freier Bundesstraße nie schneller als sechzig gefahren. Nicht, dass er nicht gewollt hätte. Vorsichtig hatte er Rabenfels nach dem Preis des Wagens gefragt. Ihm war ganz schwummrig bei der Vorstellung geworden, an diesem Ding, das mehr als das Doppelte des Hauses kostete, das seine Schwiegereltern ein Jahr zuvor verkauft hatten, auch nur einen Kratzer zu verursachen.

Professor Karl Marx empfing sie im Obduktionssaal, der nicht nur gut ausgestattet, sondern auch voll belegt war. Alle Obduktionstische waren besetzt. An einigen arbeiteten weiß bekittelte Studenten im Rahmen ihres Präparierkurses an Leichenteilen, wie Marx erklärte. Rabenfels wurde erst blass, dann grau.

Marx, der das bemerkte, führte sie in sein Dienstzimmer. Vollgestopft mit Akten, die die stockige Tapete fast verdeckten, beleuchtete eine Neonröhre den Spanholzplattenschreibtisch aus den fünfziger Jahren und zwei Besucherstühle aus Holz. Marx passte mit seiner hellen, fast durchscheinenden Gesichtshaut und dem aufgequollenen Körper gut hierein, fand Düvel.

»Sie wollen also mehr über die Toten vom Brocken wissen«, sagte er zu Rabenfels. »Da gibt es aber nicht mehr zu sagen. Sie haben doch die Obduktionsbefunde bekommen, oder?«

Rabenfels bestätigte es. »Wenn möglich, wüssten wir gerne mehr über spezielle Verletzungen bei einigen Opfern. Uns schien, als könnten die durch Gewalt bewirkt worden sein und nicht nur selbst verursacht in der Agonie. Insbesondere die fehlenden Augen und die Zunge fanden wir seltsam.«

Ganz der Diplomat, dachte Düvel. So hatte er ihn eingestuft, als er merkte, dass Rabenfels nicht wie von Lucadou und Maus in Kampfgebieten gewesen war. Nicht dumm von den westdeutschen Behörden, einen getarnten Vermittler mitzuschicken. Und Rabenfels war nicht nur gut darin, wie er mehrfach bewiesen hatte, sondern auch klug. Düvel respektierte den ruhigen Mann und war gespannt, ob er mehr aus Marx herausholen konnte als er selbst.

»Zu den fehlenden Augen und der Zunge kann ich nicht mehr sagen. Die Toten lagen schließlich fast zwei Monate im Wasser. Da kann viel passieren.«

»Aber Sie könnten doch vielleicht eine Vorstellung, eine Idee haben, ob die Augen entfernt wurden oder zerstochen, wenn ich das so laienhaft ausdrücken darf. Müsste dann nicht die Hornhaut und der Rest noch in den Augenhöhlen vorhanden sein?«

»Die Blendung könnte durch das Herausreißen, Ausbrennen, Erhitzen, Stechen oder Herausschneiden der Augäpfel erfolgt sein. Ich habe in den Augenhöhlen keine Rückstände entdeckt.

Das heißt aber gar nichts. Nach so langer Zeit im Wasser könnte das Verschwinden der Lederhaut, Aderhaut und Netzhaut auf natürliche Weise passiert sein. Die Hornhaut ist nur der Teil über der Linse. Nein, da kann ich mich nicht näher festlegen.«

»Und was ist mit der Zunge?«, hakte Rabenfels nach. »Die war doch bis zum Zungenbein entfernt. Kann das tatsächlich auf natürlichen Ursachen beruhen?«

Schön ausgedrückt, fand Düvel.

»Was soll ich sagen?

»Herr Professor. Wir sind die Guten. Wir wollen nur die Wahrheit. Junge Leute sind tot. Wenn da draußen ein oder mehrere Verrückte rumrennen, die junge Leute ungeschoren in den Tod treiben, sie vielleicht abschlachten, dann muss man was dagegen unternehmen. Dieses Gespräch bleibt absolut unter uns. Helfen Sie uns bitte.«

Marx holte tief Luft. Setzte an. Warf Düvel einen Blick zu. Sah wieder zu Rabenfels. Und schwieg. Nach einem kurzen Moment des Nachdenkens setzte er wieder an.

»Ich kann mich nicht festlegen, das wäre Kaffeesatzleserei, tut mir leid.«

Dabei blieb er. Auch bei den Fragen nach den anderen Verletzungen änderte er seine Haltung nicht.

»Warum hat der so eine Angst, sich festzulegen?«, fragte Rabenfels, zurück im Porsche.

»Wir stecken einfach noch zu fest im alten System, in dem man Riesenärger bekam, wenn man etwas verlauten ließ, das die politische Führung nicht hören wollte. An die neue Freiheit müssen wir uns erst gewöhnen. Und erfahren, dass es tatsächlich so ist und vor allem auch bleibt. Wer weiß, was die Russen noch mit uns machen werden. Das ist und bleibt ein Risiko. Sie können auf die andere Seite der Grenze zurückfahren, aber wir hängen diesseits fest.«

***

Auf dem Polizeikommissariat Oberharz in Clausthal-Zellerfeld waren diverse telefonische Hinweise auf die seltsamen Lichter in der Nacht nach dem ersten Advent über dem Brocken eingegangen.

»Aber unsere Kollegen auf Streife haben nichts gesehen. Von hier aus hat man auch keinen direkten Blick auf den Brocken. Alle Anrufe kamen von weiter östlich aus unserem Zuständigkeitsbereich. Und die meisten haben nur irgendwelche Helligkeiten gesehen, keine konkreten Lichter. Wenn Sie Genaueres wissen wollen, sollten Sie nach Torfhaus fahren. Von da hat man einen Spitzenblick rüber. Außerdem ist dort der Sender Torfhaus. Der ist Tag und Nacht besetzt. Die könnten was gesehen haben. Und natürlich in den Gaststätten oben auf der Kuppe. Aber die haben nicht die ganze Nacht auf. Probieren Sie doch dort Ihr Glück.«

Nach einer viertelstündigen Fahrt erreichten sie Torfhaus, gekennzeichnet von alten holzverschalten Gaststätten und Souvenirbuden, grau, brüchig, billig. Eine Ansammlung kläglich zusammengehauener Holzhäuschen, deren Pommesfettgeruch man ahnte, bevor man ihn einatmete, breitete sich daneben auf dem Parkplatz aus.

Das Ensemble sei so einladend wie die Stände auf dem Marktplatz in Kabul nach einem Bombenangriff, stellte Maus fest. »Hier kann man nur Kick-down machen.«

An diesem regnerischen Spätwintertag war der Parkplatz vor den Buden leer, nur eine einzige Imbissbude war erleuchtet.

»Wollen wir unser Glück versuchen?«, fragte Cassandra skeptisch. »Oder gleich weiter zum Sender?«

»Fahren wir weiter. Das hier läuft uns nicht weg, höchstens die sechsbeinigen Restaurantbesucher.«

Sie fuhren weiter zu einem rot-weiß gestreiften schmalen Sendeturm von weit über hundert Metern Höhe, neben dem einige lang gestreckte flache Holzbaracken ihr braunes, trostloses Dasein fristeten.

»Klar haben wir die Lichter über dem Brocken gesehen. War

ja eine denkwürdige Nacht. Direkt nach der Brockenbefreiung. Gewundert haben wir uns schon. Aber uns wurde schnell klar, dass das Hubschrauber gewesen sein müssen. Schließlich haben die vom GRU mit all ihrem geheimen Kram noch da oben gehockt. Plötzlich war alles offen, jeder konnte rein. Die müssen Blut und Wasser geschwitzt haben an dem Tag«, erzählte Herrmann Steffens, Leiter der Truppe, wie er sich vorgestellt hatte. Seinen Mund umrankten zahllose Lachfalten, ebenso wie seine Augen, die von dicken Tränensäcken zu Schlitzen gepresst wurden.

»Die haben bestimmt gefürchtet, was noch so alles passieren wird und wer in ihre Anlage reinkommt. Also uns war klar, dass da Sachen oder Soldaten abgeholt wurden, bei Nacht und Nebel, damit keiner was mitkriegt. Aber fragen Sie doch mal unseren Kollegen Witteck in Schierke. Der war damals Angestellter der Deutschen Post und auf dem Brocken für Funksignale zuständig, also für die Fernseh- und Hörfunksignale von DDR-Fernsehen und -Rundfunk. Nicht für die Stasi oder GRU oder wie die alle heißen. Sechsunddreißig Beschäftigte waren da, Witteck war Gruppenleiter Instandhaltung. Gleich nach der Wende sind sie mit fünf Mann hier rübergekommen und haben sich als Brigade vorgestellt. Waren echt nette Kerle, haben uns gleich gut verstanden. Zum Schluss haben wir ihnen ein CB-Funkgerät mitgegeben, damit wir uns direkt verständigen können.«

Maus warf Cassandra einen verblüfften Blick zu, der Bände sprach. »Wissen Sie, wie wir diesen Herrn Witteck erreichen können?«

»Klar, gleich jetzt per Funk«, erwiderte Steffens.

Fünf Minuten später hatten sie nicht nur Wittecks Adresse in Schierke, sondern auch eine Einladung zum Kaffee in einer halben Stunde bei ihm.

Gustav Witteck gehörte zu den wenigen Auserwählten, die nicht nur einen blauen Zugangsstempel im Ausweis hatten, sondern auch einen roten. »Blau war die Berechtigung, sich hier im grenznahen Schierke aufzuhalten. Rot war das Ticket für die Brockenkuppe«, berichtete er mit stolzgeschwellter Brust.

»Trotzdem war ich als einer der Ersten bei der Befreiungsaktion dabei. Auch wenn ich hochdurfte. Mich hat geärgert, dass das sonst keiner durfte. Da musste man doch was machen.«

Alle tranken einen Schluck Kaffee, der, wie Cassandra festgestellt hatte, nicht nur nach echtem Bohnenkaffee roch, sondern auch so schmeckte.

»Als wir die Befreiungsaktion planten, blieb das natürlich nicht unentdeckt. Das hat die ›staatlichen Organe‹ nicht untätig bleiben lassen. Und das, obwohl sie längst mit sich selbst und dem Verwischen von Spuren beschäftigt waren. Pünktlich zum 1. Dezember reagierte die Staatsmacht. Unter der Überschrift ›Brockentour kein Traum mehr‹ informierte der Vize der Abteilung Inneres beim Rat des Kreises in der ›Volksstimme‹, dass das Sperrgebiet rund um den Brocken per sofort aufgehoben sei. Allein das mit der Mauer umzäunte Brockenplateau sollte als militärisches Sperrgebiet weiter tabu bleiben. Wussten Sie, dass die Mauer drei Meter sechzig hoch ist?«

Maus und Cassandra schüttelten den Kopf.

Witteck nahm sich eine der von seiner Frau selbst gebackenen Nussecken, wie er stolz verkündet hatte. »Bekomm ich auch nur, wenn Besuch da ist«, hatte er Maus und Cassandra grinsend anvertraut.

»Aber weiter. Damit wollten wir uns natürlich nicht zufriedengeben. Wohin die Reise an dem Adventssonntag gehen würde, vermochte keiner von uns zu prophezeien. Ehrlich gesagt, hatte ich schon reichlich Respekt, um nicht zu sagen Schiss in der Hose. Schließlich wusste jeder in Schierke, was da oben auf dem Brocken abgeht. Trotz allgegenwärtiger Überwachung funktionierte der Buschfunk. Und ich war schließlich selbst da oben tätig und hab viel mitbekommen – wenn auch bei Weitem nicht alles. Vor allem nicht, was die Russen da oben veranstaltet haben.«

Auf jeden Fall habe er sich schwer gewundert, als an jenem sonnigen 3. Dezember sein Telefon klingelte. »Gegen neun Uhr meldete sich das Volkspolizei-Kreisamt bei mir und wollte wissen, wie viele Polizisten als Geleitschutz geschickt werden sollen. Keine, hab ich gesagt. Schließlich haben wir darauf gehofft, dass alles friedlich bleibt, das war unser Credo.«

Am Ende waren es vier Polizisten, die zusammen mit den Schierkern gestartet seien. Die erste Überraschung habe der Zug auf der Brockenstraße erlebt. Dort, wo der Zug aus Ilsenburg hinzugestoßen sei.

»Kurz hinter der Gabelung stand eine Feldküche, und zwei Grenzer boten Bockwurst und heiße Getränke an. Ob die die Stimmung beruhigen sollten oder was auch immer damit bezweckt war, keine Ahnung. Ich weiß auch nicht, wer die Grenzer geschickt hat und woher sie kamen. Aber nett waren sie, das ist mir in Erinnerung geblieben. Denn das war nicht immer so.«

Wenig später habe sich der Zug dem Brockenplateau genähert, wie er weitererzählte. Immer mehr Menschen seien aus allen Himmelsrichtungen zusammengekommen. Und so hätten sie plötzlich vor dem Tor gestanden und Einlass begehrt. Die Grenzer oben hätten natürlich Bescheid gewusst und vorgesorgt. Auch sie hätten vor allem eine Eskalation vermeiden wollen. Das sei schnell klar geworden. Der Sicherungstrupp der Grenzkompanie Schierke sei in normaler Stärke vor Ort gewesen, alle unbewaffnet. Zumindest soweit er das mitbekommen habe. Brockenkommandant Major Frank Reinicke habe Major Manfred Schulz zur Verstärkung an seiner Seite gehabt, um Meldung nach oben zu machen und die Leute am Tor zu beschwichtigen.

»Die wollten nicht aufmachen. Ich hab sie gefragt, was sie denn noch beschützen wollen. Die DDR war doch schon in Auflösung. Ein anderer stellte ein Ultimatum. Dabei wurde mir ganz schön mulmig. Denn wer konnte schon sagen, wie die darauf reagieren würden. Und wo sie ihre Waffen hatten. Denn davon gab es genug auf dem Brocken. Aber was passierte? Major Schulz marschierte tatsächlich zum Bahnhof der Brockenbahn, dem Domizil der Grenztruppen. Zwanzig Minuten später kam er zurück und kündigte an, dass sie jetzt öffnen und die Leute einzeln einlassen würden, weil sie nicht genug Wachpersonal hätten. Das war's. Wir haben uns angeschaut, zugestimmt, aber als sich das Tor Minuten später öffnete, sind wir alle gleichzeitig durchgeströmt. Die hatten keine Chance, es wieder zu schließen. Der Brocken wurde von Tausenden Menschen geflutet wie kurz zuvor der Grenzübergang Bornholmer Straße in Berlin. Die Uhren zeigten zwölf Uhr fünfundvierzig an jenem ersten Advent. Ich hab extra nachgeschaut.« Noch immer erschüttert traten dem alten Mann Tränen in die Augen. »Verzeihen Sie die Abschweifung. Ich erzähl die Geschichte zu gerne.«

»Bitte erzählen Sie weiter. Das ist für uns interessant. Vor allem auch, wie es dann weiterging«, erwiderte Cassandra.

Offensichtlich dankbar und erfreut fuhr Witteck fort. »Sowohl bei den Sowjets als auch der Stasi sind die Offiziere auf Tauchstation gegangen. Die einfachen Sowjetsoldaten freuten sich aber über die Abwechslung, holten kurzerhand den Samowar raus und kassierten ein paar Groschen für ihren Tee. Auf dem eben noch hermetisch abgesperrten Plateau herrschte Volksfeststimmung. Wir hatten einen atemberaubend weiten Blick. Als wir den Gipfel verließen, waren die beiden Eisentore bereits ausgehängt.«

»Wahnsinn. Wir haben die Geschichte schon von einem Westler erzählt bekommen. Aber was Sie wissen, wussten die nicht. Aber nun zu dem Punkt, weshalb wir eigentlich hier sind. Haben Sie an dem Tag eine Gruppe junger Leute oben auf dem Brocken bemerkt? Zehn junge Studenten, acht Männer und zwei Frauen.«

Bedauernd schüttelte Witteck den Kopf. »Sie können sich nicht vorstellen, was da oben los war. Nur die Soldaten konnte man an den Uniformen erkennen. Alle anderen waren eine lautstarke, jubelnde Masse, alle warm angezogen und glücklich. Nee, an eine spezielle Gruppe kann ich mich beim besten Willen nicht entsinnen.«

»Schade, aber eigentlich haben wir das auch nicht erwartet. Wie ging es weiter? Haben Sie in der Nacht was Besonderes bemerkt?«

Witteck schüttelte erneut den Kopf. »Ach doch, halt. Das hab ich zwar nicht selbst gesehen, weil man von hier aus den Brocken nicht sehen kann, nur von kurz oberhalb der Ortseinfahrt. Aber meine Kollegen, die in Elend wohnen, haben in der Nacht viel Licht oben bemerkt. Und außerdem sind Militärlaster durchgekommen. Da war es noch dunkel. Das waren bestimmt die Sowjets, die Sachen weggeschafft haben, bevor die Westler ihnen noch dichter auf die Pelle rücken konnten. Richtig was los war hier, das kann ich Ihnen sagen.«

»Und was war mit den Stasileuten? Die haben doch auch oben gehockt.«

»Klar, aber die durften dort sein, war schließlich DDR-Staatsgebiet. Obwohl, wenn ich es recht überlege, war das offiziell russische Besatzungszone.«

»Und was waren das nun für Lichter? Was meinen Sie?«

»Ich denke, dass das Hubschrauber waren. Was anderes kann ich mir nicht vorstellen. Haben bestimmt Sachen rausgeholt, von denen niemand etwas mitkriegen sollte. Wir haben immer geflachst, dass die bestimmt auch Waffen hatten, um sich zu verteidigen. Richtige Waffen. Gefährliche Waffen. Wer weiß schon, was oben alles gelagert war?«

Cassandra warf Maus einen Blick zu. Darauf wäre sie nie gekommen.

»Sagen Sie, Herr Witteck, kannten Sie auch Grenzer, die oben stationiert waren?«, fragte Maus.

»Klar. Mit denen kam man automatisch in Kontakt. Die meisten waren ganz nett. Wollten oder besser mussten ihren Dienst schieben wie wir alle. Aber ein paar waren auch harte Hunde. Mit denen war schwer auszukommen. Haben immer ihren Dienstrang und ihre Pöstchen vorgeschoben, um uns zu schikanieren.«

»Gab es noch andere oben auf dem Brocken?«

»Ja, Wettermänner. Seit 1939 steht eine Wetterwarte auf dem Brocken. Auch in den Zeiten des Kalten Krieges sammelten Meteorologen oben Klimadaten. Ganz in der Nähe des Todesstreifens, angekläfft von den extrem gefährlichen Hunden, die an Laufleinen die Grenze bewachten. Die hat keiner beneidet. Wir Zivilisten wurden von den Sicherheitsdiensten ja besonders misstrauisch kontrolliert. Aber die waren die Einzigen, die täglich zu Fuß aufsteigen mussten.«

»Waren die Meteorologen auch am Befreiungstag oben?«

»Bestimmt. Die mussten täglich ihre Werte ablesen. Nette Jungs. Ein paar kenne ich persönlich.«

»Wissen Sie, wo die jetzt alle sind? Und können Sie uns ein paar Namen nennen?«, hakte Cassandra nach.

»Darüber muss ich nachdenken und mal ein paar Kollegen kontaktieren. Wo wohnen Sie? Im ›Heine‹? Da wollte ich schon immer mal rein. Ich bringe Ihnen die Namen und Adressen vorbei.«

***

Die Studenten erwarteten sie in der Mensa. Düvel konnte sich an einige von der Suche am Brocken erinnern. Sie wirkten noch immer geschockt.

»Wir würden Sie wegen der Vertraulichkeit lieber in eins unserer Zimmer bitten. Aber die sind so vollgestellt mit Betten, da ist einfach kein Platz drin. Und hier gibt's wenigstens noch günstiges Essen. Mal schauen, wie lange noch nach der Grenzöffnung. Wie wir erfahren haben, ist es keineswegs selbstverständlich, für siebzig Pfennig Mittagessen zu bekommen oder für knappe fünfzehn Mark im Monat zu wohnen – wenn auch in Fünfbettzimmern«, erzählte ein Blondschopf mit kleinem Ziegenbart.

»Wir sind schon alle gespannt, wie das mit uns weitergeht. Wir haben noch mindestens zwei Semester vor uns. Bis zur Wende hatten wir anschließend eine Arbeitsplatzgarantie. Ich will nicht jammern und bin heilfroh, dass die Wende kam. Vor allem weil wir jetzt nicht mehr diese dämlichen Vorlesungen über Marxismus-Leninismus über uns ergehen lassen müssen. Aber man macht sich halt so seine Gedanken über die Zukunft.«

»Jetzt unk mal nicht so rum, Dieter. Sei froh, dass wir endlich frei sind und reisen können, wohin wir wollen. Alles andere wird schon. Die Westdeutschen lassen uns bestimmt nicht im Stich. Können wir Sie zum Essen einladen?«, unterbrach eine hübsche dunkelhaarige Studentin den griesgrämig dreinschauenden jungen Mann, die sich als Mandy vorstellte.

Nach einem kurzen Blick auf die Teller der Studenten winkten beide ab.

»Kommen wir zu der Brockenbefreiung. Daran haben Sie nicht teilgenommen, oder?«

Ein Stöhnen war vernehmbar. »Dieser dämliche Bus von der Uni. Wir sind nicht mal bis Eisleben gekommen, da hatten wir die erste Panne. Geplatzter Reifen. Und kein Ersatzreifen dabei. Ein netter Typ mit einer kleinen Werkstatt hat den Reifen geflickt. Da war es schon später Nachmittag. Wir sind dann weiter, aber nur bis Königerode gekommen. Getriebe kaputt. War nichts zu machen. Da ging gar nichts mehr. Wir haben dort gezeltet und gehofft, dass man uns einen Ersatzbus schickt, aber war nicht. Wir mussten den öffentlichen Bus am nächsten Morgen nehmen. Und deswegen haben wir es auch nicht rechtzeitig geschafft, bei der Brockenbefreiung dabei zu sein. An dem Nachmittag haben wir es nur bis Harzgerode geschafft. Wir haben uns grün und blau geärgert, das kann ich Ihnen sagen«, erzählte Mandy weiter.

»Trotzdem haben wir gehofft, wenigstens die Studenten aus Clausthal-Zellerfeld zu treffen. Wir wollten gemeinsam nach der Brockenbefreiung zwei Tage in Harzgerode verbringen und anschließend gemeinsam hierherwandern. Wilhelm stammt von dort und hatte für uns einen schönen Zeltplatz organisiert. Also haben wir in Harzgerode auf sie gewartet. Aber sie kamen nicht. Das war ganz schön frustrierend«, berichtete ein junger Student mit verfrüht schütterem Haar, der sich als Ronny vorstellte.

»Tja, und dann sind wir Mittwoch abgezogen nach Halle. Wieder mit öffentlichen Verkehrsmitteln. Hat einen ganzen Tag gedauert«, ergänzte eine rothaarige Studentin, Babette, wie sie sich vorstellte.

»Sie sind nicht mehr hoch zum Brocken? Hat Sie das nicht gereizt?«, fragte Düvel.

»Klar hätten wir das liebend gerne gemacht. Aber wir wussten nicht, welche Strecke die Clausthaler nehmen würden, und hatten Angst, sie nochmals zu verpassen. Also haben wir lieber gewartet.«

»Erst in Harzgerode und dann hier. Haben uns schon gewundert, dass die sich so gar nicht mehr gemeldet haben. Bis der Anruf des Präsidenten der Hochschule Clausthal-Zellerfeld bei unserem Rektor einging«, fuhr Mandy fort. »Das war knappe zwei Wochen später. Wir haben sofort einen Rundruf gemacht und angefangen zu packen. Diesmal hat es der Unibus – o Wunder – bis Harzgerode geschafft. Keine zwei Stunden Fahrt. Und dann sind wir einfach losmarschiert, nachdem wir uns die wahrscheinlichste Strecke vom Brocken nach Harzgerode überlegt hatten«, berichtete Dieter.

»Wir wollten eigentlich schon aufgeben. War schließlich kurz vor Weihnachten, und alle wollten nach Hause. Auch wegen der Kälte. Aber ich«, mit selbstbewusstem Blick schaute Mandy in die Runde, »habe drauf bestanden, die ganze Strecke bis zum Brocken zu gehen. Tja, und den Rest kennen Sie. Wir haben uns schließlich da oben getroffen. War reiner Zufall, dass Herbert«, sie schaute in die Runde und wies mit dem Finger auf einen attraktiven dunkelhaarigen Studenten, »das Zelt entdeckte. Stand ja abseits des Weges und war fast zugeschneit. Wo ist eigentlich Wilhelm?«, fragte sie die anderen. »Der wusste doch von dem Termin heute und hat versprochen zu kommen.«

Die Studenten sahen einander an und zuckten mit den Schultern.

»Gestern waren wir noch zusammen in der Chemievorlesung bei Professor Kiang. Danach hab ich ihn auch nicht mehr gesehen«, berichtete Dieter.

»Fällt Ihnen noch irgendwas ein, was relevant sein könnte?

Auch wenn es noch so unwichtig scheint, könnte es uns bei der Suche nach der Wahrheit weiterhelfen.«

Alle schüttelten den Kopf.

»Haben Sie vielleicht irgendjemanden getroffen auf dem Weg hoch zum Brocken? Irgendwen? Oder ist Ihnen irgendwas aufgefallen?«

Wieder nur Schütteln der Köpfe.

Der dunkelhaarige Student hob den Arm wie ein Schüler im Unterricht.

»Lass das, Herbert. Wir sind nicht mehr in der Schule«, giftete Mandy ihren Kommilitonen an. »Wenn du was zu sagen hast, dann sag's einfach.«

Der junge Mann sackte in sich zusammen.

»Schon gut«, beschwichtigte Düvel. »Ist Ihnen was eingefallen?«

»Wilhelm hat was erzählt. Aber ich weiß das nicht mehr genau.«

»Was hat er erzählt?«, hakte Düvel nach.

»Irgendwas hat er wohl gesehen. Aber was, weiß ich nicht. Das müssen Sie ihn selbst fragen. Ich glaube, das war in der Nacht nach der Brockenbefreiung. Er ist abends zu seinen Eltern und hat da übernachtet. Dabei hatte er die zwei Jahre zuvor keinen Kontakt mehr zu ihnen.«

Düvel ließ sich alle Adressen der Studenten geben und entließ sie. Ab dem Erreichen des Brocken kannte er die Geschichte selbst.

Problemlos fanden sie das Zimmer von Wilhelm Grönemann, das er mit zwei anderen Studenten teilte, wie Dieter berichtet hatte. Einer war auf dem Zimmer und öffnete.

»Kein Ahnung, wo Wilhelm steckt. Seit gestern hab ich ihn nicht mehr gesehen. Geschlafen hat er auch nicht hier.«

»Was sind denn das für Studenten? So welche hab ich mein Lebtag nicht getroffen. Melden sich mit Handzeichen, wenn sie was berichten wollen, leben in Fünfbettzimmern. Die wirken eher wie Grundschüler auf mich als zukünftige Akademiker. Bis auf diese Mandy.« Rabenfels schüttelte den Kopf. »Sind die alle so?«

»Ich fürchte. Studieren war bis jetzt bei uns ein Privileg, das die Machthaber der SED von Anfang an gezielt vergeben haben: soziale Herkunft, gesellschaftliches Engagement, Religionszugehörigkeit, Bekenntnis zum Sozialismus. Das war wichtiger als die intellektuelle Eignung zum Studium. Alle Studierenden und Lehrenden sind handverlesen. Zugelassen wurden nur diejenigen, die ihre sozialistische Grundeinstellung und Parteikonformität nachweisen oder glaubhaft vortäuschen konnten. Na ja, so war es bisher. Achtung!« Panisch klammerte sich Düvel am Türgriff fest.

»Alles in Ordnung. Keine Sorge«, beruhigte ihn Rabenfels. Was nicht einfach war, nachdem bei Tempo zweihundert ein Trabbi kurz vor ihnen auf die linke Spur gewechselt war. »Der Wagen hat nicht nur einen hervorragenden Antrieb, sondern auch Spitzenbremsen.«

Düvel versuchte, sich zu entspannen. Rabenfels hatte ihn in Halle kein zweites Mal gefragt, ob er fahren wolle.

»Wer weiß, wie das jetzt wird? Jedenfalls musste man zwar kein Mitglied der SED sein, um zu studieren, aber es hat seinen Grund, warum fast alle Studenten FDJ-Mitglieder sind oder besser waren. Keine Chance hatte, wer beispielsweise die Jugendweihe aus Glaubensgründen verweigert hat oder wegen politischer Aktivitäten gegen das Regime aufgefallen ist. Im Gegensatz dazu konnten sich Abiturienten mit schlechteren Schulnoten für ein Studium qualifizieren, indem sie sich freiwillig zur Nationalen Volksarmee meldeten. Und abgelehnte, aber parteiloyale Bewerber wurden über sogenannte Umlenkungsmaßnahmen in Studiengänge gelenkt, in denen Mangel herrschte.«

»Also eine besondere Form des Numerus clausus.«

Düvel nickte. »So kann man das auch nennen.«

»Und die wohnen alle in Fünfbettzimmern?«

»Gut über die Hälfte. Es gibt auch einige wenige Dreibettzimmer. Die sind heiß begehrt. Was anderes können sich die

Studenten kaum erlauben. Zwar bekommt jeder Student monatlich ein Grundstipendium von zweihundert Mark, und sie sind kostenlos krankenversichert. Aber Nebenjobs sind nur in Ausnahmefällen und mit ausdrücklicher Erlaubnis des Rektors möglich. Jeder Student, der mehr als fünfzig Kilometer vom Studienort entfernt wohnt, hat Anspruch auf so einen Internatsplatz. Noch«, erzählte Düvel.

»Jetzt verstehe ich, dass die Studenten sich Sorgen um die Zukunft machen. Und dafür müssen sie nur ordentlich studieren?«

»Ja, fast. Das Sorglos-Studieren wird vom Staat finanziert und damit letztlich von den Beschäftigten in den Betrieben erarbeitet. Als Gegenleistung wird von den Studenten erwartet, dass sie in den Sommersemesterferien im Rahmen des ›Studentensommers‹ in Betrieben arbeiten und zu Studienbeginn im Herbst an der Ernte teilnehmen. Übrigens ihre einzige Chance, nebenbei Geld zu verdienen.«

»Damit kann man leben.«

»Wenn man vergisst, dass sie dafür nicht ausreisen durften, keine eigene Meinung äußern durften und überhaupt sehr streng überwacht und bespitzelt wurden. Also bis jetzt. Und nicht alles haben konnten.«

***

Ihr Nachtisch, eine nach Chemie schmeckende Rote Grütze ohne Vanillesoße, war gerade serviert worden, als Witteck an ihren Tisch trat. Erstmals war das Restaurant des »Heine« für das Abendessen geöffnet.

»Ich will nicht stören«, sagte er in die Runde, während er seinen Worten zum Trotz seine Daunenjacke auszog und in Richtung des letzten freien Stuhles an ihrem Tisch schlenderte.

»Sie stören nicht«, entgegnete Cassandra. »Dürfen wir Sie zum Essen einladen? Damit würden Sie uns eine große Freude machen.«

»So einer hübschen Frau werde ich doch keinen Korb geben.«

Cassandra reichte ihm lächelnd die mit Schreibmaschine getippte Speisekarte, deren Auswahl auch nicht besser war als im Dachsbau.

Zufrieden grunzend ging Witteck sie mehrfach durch.

»Also der hausgemachte Hackepeter wär genau nach meinem Geschmack. Und so ein Bierchen, wie Sie da haben, tät ich auch nehmen«, fügte er grinsend hinzu.

Cassandra leitete die Bestellung an die Kellnerin weiter, während Maus Witteck den anderen vorstellte.

»Ich hab tatsächlich noch die Namen und Adressen von ein paar Kollegen und Grenzern aufgetrieben. Aber mir ist noch was eingefallen. Also vom Tag der Brockenbefreiung. Danach hatten Sie ja gefragt.«

Cassandra nickte auffordernd.

»Während alle an dem Tag auf dem Brocken in Feierlaune waren, sind mir drei junge Grenzer aufgefallen, die am Rande standen und nur böse Blicke warfen. Mit denen gab es Ärger. Also nicht viel, und kaum einer hat das mitgekriegt. Aber die legten sich mit einem jungen Mann aus dem Westen an. Mein Kumpel Oskar ist dazwischengegangen. Wir wollten uns schließlich nicht vor unseren neuen Freunden aus dem Westen, die extra gekommen waren, um uns zu unterstützen, blamieren. Die drei sind schnell abgezogen, und das war's auch schon. Keine Ahnung, ob Sie das interessiert.«

»Uns interessiert alles, Herr Witteck. Kannte Ihr Freund die Männer?«

»Das weiß ich nicht, kam mir irgendwie so vor. Weil sie gleich klein beigegeben haben. Am besten fragen Sie Oskar direkt. Ich schreibe seine Adresse dazu.«

VIERZEHN

Dienstag, 27. Februar 1990

Cassandra war früh ins Bett gegangen. Dank Witteck war es ein lustiger Abend geworden. Er hatte aus alten DDR-Zeiten erzählt, von den Tauschgeschäften und dem Mangel, dem alle irgendwie getrotzt hatten. Und den Westpaketen, die ihnen das Leben erleichtert hatten. Trotzdem war sie froh gewesen, endlich im Bett zu liegen, eine Wärmflasche auf ihrem tobenden Unterleib und einen Eisbeutel auf dem geschwollenen Knie. Und hatte die Nacht durchgeschlafen. Tief und fest. Heute Morgen waren die Schmerzen weg. Die Blutung hatte aufgehört. Sie fühlte sich wie neugeboren. Vielleicht war alles ein Irrtum und der Tumor gutartig. Konnte Dr. Schöneck das überhaupt schon wissen?

Dann fiel ihr die Gewebeprobe ein, und ihr Kartenhaus fiel in sich zusammen. Nicht eine Karte blieb stehen. Sie musste sich damit abfinden. Womit eigentlich? Dass sie operiert werden musste? Chemotherapie? Alle Haare verlieren, um am Schluss trotzdem elendig zu verrecken an Metastasen im ganzen Körper?

Wollte sie das? Nein. Das würde sie nicht mitmachen. Dann lieber gleich einen Schlussstrich ziehen. Gelegenheiten würden sich genug finden in ihrem Job. Dafür brauchte sie nicht einmal selbst Hand an sich zu legen. Der Gedanke beruhigte sie. Sich nicht mehr ausgeliefert fühlen müssen, half. Die Untersuchungen durchführen zu lassen war in Ordnung. Damit sie wusste, was los war, wie weit der Krebs schon gewachsen und gewandert war. Ob man ihn ohne große Aktion und Chemie stoppen konnte.

Cassandra nahm den Telefonhörer ab, wählte die Praxisnummer, aber nach dem ersten Freiton legte sie wieder auf. Sie war nicht bereit. Sie wusste zwar nicht, ob sie jemals bereit sein würde. Und wie sich das anfühlen würde. Oder wann das der Fall sein würde. Aber heute war es ganz sicher noch nicht so weit. Heute wollte sie sich nur gut fühlen. Alles ausblenden. Einfach weitermachen, als sei nichts. Und genau das würde sie tun.

Sie hatte allein als Erste gefrühstückt und war ebenso allein in den Besprechungsraum gegangen, in dem sie auf die anderen wartete. Nicht lange, und sie tröpfelten herein. Bis auf den Staatsanwalt.

***

»Wo stehen wir?«, fragte Rabenfels, nachdem alle vom Vortag berichtet hatten.

»Ich habe darüber nachgedacht«, erwiderte Düvel, »wie man eine Gruppe von jungen Menschen, alle körperlich topfit und immerhin mit Messern und Äxten bewaffnet, zwingen kann, leicht bekleidet bei solcher Kälte ihr Zelt zu verlassen. Nicht nur zu verlassen, sondern es aufzuschneiden, um daraus zu fliehen. Wir waren übereingekommen, dass dahinter Menschen und keine Aliens oder Gespenster stecken, richtig?« Alle nickten grinsend. Trotz häufigen Gebrauchs war der Witz offenbar noch nicht abgenutzt. »Gut, was also muss das für ein Mensch sein, der es mit einer großen Gruppe aufnehmen kann? Es ist nicht leicht, so viele Leute in Schach zu halten. Wie kann man das schaffen? Aus meiner Sicht gibt es nur eine Möglichkeit, nämlich mit einer Schusswaffe.« Er ließ seine Worte wirken. »Hat man ein Gewehr oder eine Pistole, kann man Abstand halten, was sonst nicht möglich wäre. Unsere Gruppe hatte immerhin einige Messer.« Fragend schaute Düvel in die Runde.

»Stimmt«, erwiderte Maus.

»Kommt drauf an. Ich versuche mir vorzustellen, wie das gewesen sein könnte. Da kommt einer und ja, was? Warum müssen sich die Studenten durch die Zeltwand freischneiden?«, fragte Rabenfels.

»Ich fürchte, das können wir so schnell nicht klären. Bleiben wir bei der Frage, ob es für alle logisch klingt, dass die Studenten mit einer Waffe bedroht worden sein müssen, um so zu reagieren. Und fragen wir uns, ob ein Angreifer mit Waffe reichte, um sie dazu zu zwingen, in den sicheren Tod zu rennen«, hakte Düvel nach.

»Hm, vielleicht glaubten sie nicht, dass das der sichere Tod ist«, warf Cassandra ein.

»Was meinst du damit?«, fragte Maus.

»Ich weiß nicht. Also, wir gehen davon aus, dass die jungen Leute das sichere Zelt mit der unpassenden Kleidung nur verließen und den Berg hinabliefen, weil sie sonst gestorben wären, richtig? Wäre es nicht um ihr Leben gegangen, hätten sie das bestimmt nicht gemacht. Ohne Schuhe. Ohne warme Jacken. Wenn ihnen aber klar gewesen wäre, dass sie – wie tatsächlich geschehen – jämmerlich erfrieren müssen, dann sähe das anders aus, oder?«

»Da ist was dran. Sie gingen also davon aus, dass sie das Zelt nur eine Zeit lang verlassen und ein Stück zurückweichen müssten, dann würden sie schon überleben?«, fragte Rabenfels.

»Ja, so ungefähr. Ich glaube, sie standen nicht vor der Wahl zwischen Pest: erschossen werden, oder Cholera: erfrieren. Wenn es so gewesen wäre, hätten sie jede Chance wahrgenommen und sich gewehrt. Sieht man bei einer Variante eine Chance …«

»… nimmt man die wahr. Aber was soll das für eine Chance gewesen sein? Den Berg runter ohne Kleidung und Schuhe«, ergänzte Rabenfels.

»Du meinst also, dass sie sich heimlich freigeschnitten haben, um zu fliehen, in dem Glauben, dann zu überleben? Sonst macht das zerfetzte Zelt keinen Sinn. Wahrscheinlich hat der Angreifer den Zelteingang bewacht, und die Studenten sind heimlich seitlich raus«, meinte Maus.

»Das glaube ich nicht«, erwiderte von Lucadou. »Erstens hätten sie dann auch heimlich ihre Kleidung und Schuhe anziehen können, und zweitens wird es eine Weile gedauert haben, bis das Zelt aufgeschnitten war. Denkt doch nur an die Schneideversuche neben den richtigen Schlitzen. Außerdem hätte man das Ratschen der Schnitte gehört. Und denkt an das Feuer –«

»Wieso Feuer?«, hakte Düvel ein.

»Sie mussten wissen, dass man das von oben sieht. Die Gruppe musste fürchten, dass, wer auch immer ihnen auf den Fersen war, wegen dem Lichtschein sofort gewusst hätte, wo sie sind. Also wenn sie heimlich abgehauen wären.«

»Da ist was dran. Aber wieso haben sie dann das Zelt zerschnitten?«

Von Lucadou zuckte die Schultern.

»Für mich klingt das so, als hätte man der Gruppe versprochen, sie leben zu lassen, wenn sie sich eine Weile vom Zelt fernhalten. Vielleicht, um es zu durchwühlen. Vielleicht dachten sie, das wären Diebe, die, wenn sie alle Wertgegenstände hätten, wieder gehen würden. Sie sollten nur ein Stück weggehen, damit das Zelt in Ruhe durchsucht werden könnte.«

»Aber alle Wertgegenstände waren noch da«, warf Düvel ein.

»Vielleicht hat der Angreifer gelogen. Vielleicht aber auch was anderes behauptet. Jedenfalls muss die Gruppe das geglaubt haben, oder?«, fragte von Lucadou.

Düvel musste ihr recht geben. So machte das Ganze Sinn. Auch die anderen beiden nickten.

»Und dann hat der Angreifer das Zelt zerschnitten. Warum von innen? Keine Ahnung. Vielleicht wollte er verhindern, dass sich die Gruppe später darin in Sicherheit bringt.«

»Du gehst davon aus, dass sie sterben sollten? Dass der neunfache Mord geplant war? Dass der Zweck der Aktion die Tötung war?«, fragte Rabenfels.

»Für mich sieht es so aus. Wegen dem zerschnittenen Zelt. Hätten die Studenten das Zelt zerschnitten, um zu fliehen, hätten sie sich zuvor auch anziehen können, richtig? Und Waffen mitnehmen. Also die Messer und Äxte.«

»Wenn das die Absicht hinter dem Angriff war, warum wurden sie nicht einfach erschossen?«, fragte Rabenfels von Lucadou.

»Weil es dann jeder sofort gewusst hätte. So konnte der Angreifer hoffen, dass der Mord nicht erkannt wird. Wie geschehen.«

»Da ist was dran«, ließ sich Maus vernehmen.

Düvel dachte darüber nach und musste ihr ebenfalls recht geben.

»Ist euch schon mal der Gedanke gekommen, dass der Haufen Schuhe am Eingang, der als einziger im Zelt wild durcheinandergeworfen war, daher kommen könnte, dass die Gruppe gezwungen wurde, sie auszuziehen? Und der Angreifer sie ins Zelt warf, damit … Keine Ahnung. Die Studenten nicht wieder an sie rankamen? Die Gruppe war jedenfalls deutlich hilfloser ohne Schuhe. Das ist klar. Oder damit es später nicht komisch aussah, wenn alle Schuhe außerhalb des Zeltes lagen.«

Die Frau war klug. Das war ihm schon zuvor klar gewesen. Jetzt brillierte sie.

»Sie meinen, die Studentengruppe hat das Zelt durch den Vorderausgang verlassen und mit dem Angreifer kommuniziert?«, fragte Düvel.

Von Lucadou nickte.

»Womit wir wieder bei der Waffe wären«, stellte Düvel fest. »Stimmen mir alle zu, dass man nur mit einer Schusswaffe die Leute in Schach halten konnte?«

Alle nickten.

»Wo ist eigentlich unser ewiger Neinsager?«, fragte Maus.

»Dienstlich unterwegs, wie er mir gesagt hat. Wird wohl so bald nicht wiederkommen«, antwortete Düvel.

»Oh, wie schade«, stellte Maus süffisant grinsend fest. »Nach dem vielen Nachdenken brauch ich einen ordentlichen Kaffee. Ich bestell eine Kanne.«

Die anderen lehnten sich auf den unbequemen Stühlen zurück. Entspannung war darauf nicht möglich, aber wenigstens eine andere Körperhaltung.

»Gut, gehen wir davon aus, dass die Gruppe sicher war, sterben zu müssen, wenn sie bleibt, aber glaubte, eine Chance zu haben, wenn sie geht. Und das wegen einer Waffe, die auf sie gerichtet war. Kommen wir zurück zur Frage von Kollege Düvel. Reicht einer mit Schusswaffe, oder wären mehrere Täter erforderlich gewesen?«, fragte Rabenfels in die Runde, nachdem vor allen eine dampfende Tasse Bohnenkaffee stand. Maus hatte sich nicht mit Malzkaffee abspeisen lassen, wie er kichernd berichtet hatte. Düvel konnte sich die Überzeugungsarbeit bildlich vorstellen.

»Kommt auf den Mann dahinter an. Ich würde reichen.« Maus grinste zu seinen Worten.

»Aber die meisten hätten Probleme, neun Leute mit einer Waffe in Schach zu halten, oder?«, fragte Rabenfels.

»Sieben«, korrigierte von Lucadou. »Die bekleideten zwei müssen irgendwo versteckt gewesen sein, sonst hätte man sie sicherlich auch gezwungen, sich auszuziehen. Aber das macht keinen großen Unterschied.«

Düvel nickte. »Ich schätze, dass zwei, drei Mann mit Waffen sicher ausgereicht hätten für unsere neun, äh sieben Studenten. Ob einer ausgereicht hätte, vermag ich nicht zu beurteilen. Käme wohl auf die Waffe an.«

»Ein Mann mit Maschinengewehr würde reichen, um mit einem Schlag noch mehr Leute auszulöschen. Oder zu beeindrucken«, stellte Maus in den Raum.

»Aber warum?«, fragte Düvel.

»Was warum?«, fragte Maus.

»Warum wollte jemand die ganze Gruppe umbringen?«

***

Sie hatten beschlossen, diesem Warum nachzugehen. Und der Frage, wer sich alles in der Nacht des ersten Advents auf dem Brockenplateau herumgetrieben hatte. Das waren erstaunlich viele gewesen, wie sie inzwischen wussten. Nur zwei Kilometer vom Tatort entfernt. Vielleicht waren die Mörder darunter.

Sven trauten sie zwar nicht zu, die Gruppe allein angegriffen zu haben. Aber gänzlich ausschließen konnten sie das nicht. Cassandra bekam den Job, nochmals mit ihm zu sprechen. Vielleicht wusste er auch mehr über die Episode mit den drei Grenzern.

Düvel würde sie begleiten. Zuvor sollte er die Namen der Diensthabenden am Brocken eruieren.

Doch Düvel hatte abgewinkt. »Da werd ich gegen Wände rennen. Wenn überhaupt, haben Sie als Westler Chancen, durch Druck auf unsere Regierung was herauszufinden.«

Das war der richtige Job für Rabenfels, der ihn freudig annahm. Und der bei dieser Gelegenheit herausfinden sollte, ob sich zufällig ein kleiner Atomsprengkopf auf dem Brocken bei den Sowjetsoldaten befunden haben könnte, der die Verstrahlung auf Lars Andersens Kleidung erklären würde.

Maus' Aufgabe bestand darin, mehr über Zöllner herauszufinden. Alle waren irritiert von ihm. Nicht nur, weil er sich der Wandergruppe im letzten Moment angeschlossen hatte und sein Zimmer auffallend nichtssagend war. Auch die Tatsache, dass er warm angezogen und mit Schuhen bekleidet gewesen war und offenbar bis zum Schluss überlebt hatte, machte ihn zu einem interessanten Subjekt. Am Nachmittag wollten sich alle wieder treffen und ihre Ergebnisse austauschen.

Bevor Cassandra zusammen mit Düvel zu Sven Freytag nach Clausthal-Zellerfeld fuhr, der sie gegen zwölf Uhr in Küblers Büro erwarten würde, rief sie Oskar Hahn an, den Kollegen von Witteck. Der hatte Zeit. Viel Zeit, nachdem er seine Arbeit auf dem Brocken verloren hatte, wie er Cassandra anvertraute. Er lud sie zu sich nach Hause ein. Wenn sie wolle, könne sie gleich kommen, bot er an. Auch er wohnte in Schierke.

Düvel würde derweil seine Telefonate erledigen.

»Jaja, die Brockenbefreiung. Das war schon was. Werd ich mein Lebtag nicht vergessen. Aber Glück hat sie mir nicht gebracht. Hab mich mit der Aktion unbeliebt gemacht. Schon am nächsten Tag hat mich mein Chef zu sich gerufen und gefeuert. Dabei war ich doch nicht der Einzige da oben. Und noch nicht mal Mitinitiator des Marsches wie Gustav Witteck. Der durfte bleiben. Na ja, ist ja auch ein guter Mann. Und Brigadeleiter. Dem gönne ich das. Trotzdem ist die Kündigung schlimm für mich«, erzählte er Cassandra.

»Aber deswegen sind Sie nicht hier. Wie war noch mal Ihre Frage? Ach ja, die kleine Rangelei. War schon komisch. Alle hatten beste Laune, außer Peter, dem Sohn von Hans Hunstein. Der ist ein großes Tier bei der SED im Bezirk Magdeburg, erster Sekretär der Bereichsleitung. Oder war. Das weiß keiner so genau. Den kennt hier jeder. Würde zu gerne mal wissen, was der jetzt treibt. Ob der auch arbeitslos ist? Bestimmt nicht.« Er schüttelte den Kopf.

»Na, jedenfalls steht Peter in seiner Grenzeruniform mit zwei Genossen an der Betonwand von der Außenmauer und wirft böse Blicke um sich. Ich sehe noch, wie ein junger Mann, vermutlich Westdeutscher, der Kleidung nach zu schließen, auf ihn zugeht und ihm eine Flasche anbietet. Was macht Peter, der Trottel? Haut sie dem Mann aus der Hand. Ich dachte, mich tritt ein Pferd. Die haben uns doch unterstützt mit ihrem Kommen, und dann das. Richtig aufgebaut haben sich die drei vor dem jungen Mann. Ich also gleich hin und hab ihnen klargemacht, wo wir stehen. Dass die Grenze offen ist und wir uns nicht mehr von solchen Bonzen wie seinem Vater einschüchtern lassen. Das hat dem Peter gar nicht gefallen. War schon immer ein überzeugter Kommunist. Und was für einer. Ein großes Haus hat die Familie in Harzgerode und eine Datscha bei Berlin. Da lässt sich gut Kommunist spielen. Hab ich ihm gesagt. Das wollte er nicht hören, das kann ich Ihnen sagen. Und seine Kollegen auch nicht. Aber als sie merkten, dass die Leute anfingen zuzuhören, haben sie den jungen Mann noch mal gestupst, bevor ich dazwischengehen konnte, und sind abgehauen.«

»Wissen Sie, wer der junge Mann war, den die Grenzer gestupst haben?«, hakte Cassandra ein.

»Nee, den kannte ich nicht.«

Cassandra zückte die Fotos der sieben Toten. Aufgehübscht und geschminkt, um herzeigbar zu sein.

»Erkennen Sie ihn wieder?«, fragte sie, die Bilder vor ihm ausbreitend.

Oskar Hahn zuckte zurück. »Sind das die jungen Studenten, die tot auf dem Brocken gefunden wurden?«

Cassandra nickte.

Er ließ sich Zeit. Prüfte jedes Bild genau. Zog seine Lesebrille auf, zog sie wieder ab.

»Ich weiß nicht so genau. Die sehen ja schon ziemlich verändert aus, oder? Aber na ja, also der da«, er wies auf das Foto von Lars Andersen, »der könnte es gewesen sein.«

***

Düvel rannte sich den Schädel ein. Wie erwartet. Es war schon extrem frustrierend, wie sie ihn abtropfen ließen. Welche Sowjets? KGB? GRU? Nie gehört. Auf dem Brocken? Wo? Was ist das? Liste der Wachmannschaft und der Grenzer, die in der Umgebung des Brocken am 3. Dezember eingesetzt waren? Nie gesehen. Müssen Sie die Dienststelle fragen. Keine Ahnung, welche. Selbst der Hinweis auf die Unterstützung durch den Westen half nicht. Eben ganz wie erwartet.

Nur eine Sache konnte er noch erledigen. Er rief das Staatliche Amt für Atomsicherheit und Strahlenschutz in Berlin an.

»Ja, wir sind schon ein Stückchen weitergekommen. Es handelte sich hauptsächlich um Alphastrahlung mit einem wesentlich geringeren Anteil Gammastrahlung. Das heißt, das Kleidungsstück ist wahrscheinlich mit Plutonium in Kontakt gekommen.«

»Aha. Und für was verwendet man Plutonium?«

»Da gibt es ein breites Anwendungsspektrum. Man kann es sowohl in Atomreaktoren als auch bei Kernwaffen einsetzen. Oder in der Raumfahrt für Radionuklidbatterien.«

»Können Sie das für das vorliegende Material eingrenzen?«

»Dafür müssen Sie uns mehr Zeit lassen. Wir melden uns dann.«

»Könnten Sie uns wohl alleine lassen, Professor Kübler?«

»Aber ich war doch bisher bei allen Befragungen meiner Studenten dabei.«

»Ja, aber jetzt möchten wir gerne mit Herrn Freytag alleine reden. Ist das in Ordnung für Sie?« Cassandra fragte zwar höflich, aber so bestimmt, dass Kübler tatsächlich aufstand und in einem angrenzenden Raum verschwand. Nicht ohne zu murren. Sie konnte Svens Aufatmen förmlich spüren, wenn auch nicht hören.

»Also, Sven. Ich hoffe, es ist Ihnen recht, dass wir uns mal unter vier beziehungsweise sechs Augen unterhalten. Ich hab noch ein paar Fragen, die ich gerne mit Ihnen klären würde.«

»Ist schon in Ordnung. Aber was Neues kann ich Ihnen nicht erzählen. Ich zerbreche mir permanent den Schädel, um zu verstehen, was in jener Nacht passiert ist. Und dann wird mir klar, dass ich auch tot wäre, wenn ich nicht krank geworden wäre. Stimmt doch, oder?«

Cassandra antwortete mit einem Schulterzucken. War das gespielt?, fragte sie sich. Doch der junge Mann war in seiner Verzweiflung ziemlich echt.

»Das wissen wir nicht, Sven. Aber können wir noch mal über Ihre Beziehung zu Zara sprechen? Wir haben erfahren, dass sie nicht nur sehr beliebt war, sondern auch den Männern ganz schön den Kopf verdreht hat. Gerade in Ihrer Gruppe. Mit Dannemann war sie aktuell zusammen, mit Seelmann vorher. Und Sie standen, wie Sie erzählt haben, als nächster Kandidat bereits fest. Ist das so?«

»Das habe ich Ihnen doch schon erzählt. Wir waren uns einig, wollten nur die Tour abwarten.«

»Sind Sie sicher, Sven? Bei dem häufigen Wechsel an Partnern könnte man meinen, dass Zara es nicht immer ernst meinte. Zumindest nicht so ernst wie die jungen Männer.«

»So war Zara nicht. Sie war ein ernsthafter Mensch, der nicht spielte. Schon gar nicht mit Gefühlen.«

»Das glaub ich Ihnen ja. Aber was macht Sie so sicher, dass sie nach der Tour noch immer zu Ihnen wechseln wollte?«

»Sie kannten Zara nicht, sonst würden Sie nicht so was Dummes fragen.« Wieder legte sich der mürrische Zug um Svens Mund, der ihn noch attraktiver machte. Wenn sie ihn so ansah, glaubte sie ihm. Welches Mädchen bei Verstand würde sich einen Typen wie ihn entgehen lassen?

»Nun gut, Sven. Kommen wir zu einem anderen Thema. Wir haben erfahren, dass es auf dem Brocken zu einer kleinen Rangelei zwischen Andersen und drei Grenzern kam. Am Brockenbefreiungstag. Haben Sie davon was mitbekommen?«, fragte Düvel.

»Das war doch nichts. Andersen war total aufgekratzt an dem Tag. So kannten wir ihn gar nicht. Hat andauernd gesungen und sich mit seinen sozialistischen Freunden, wie er sie nannte, verbrüdert. Die drei Jungs, nicht viel älter als wir, waren eben nicht gut drauf. Blökten ihn an, er solle seinen kapitalistischen Arsch gefälligst wieder auf die andere Seite der Mauer bewegen. Das hat aber keiner von uns ernst genommen. Nicht bei der Stimmung oben. Tausende waren um uns rum, die sich unglaublich freuten, dass wir sie aus dem Westen unterstützt haben. Kam auch gleich ein älterer Typ und ist dazwischengegangen. Das war's auch schon. Der hat zwar noch was von Arschloch und wichs dir einen, sorry, gebrummelt, und dass das Konsequenzen nach sich ziehen würde, aber Andersen hat nur laut gelacht.«

»Hm. Was anderes. Hat einer aus der Gruppe eine Waffe bei sich gehabt? Also eine Pistole oder so was?«

»Was? Wie kommen Sie denn auf so einen Quatsch? Natürlich nicht. Wir wollten die Brockenbefreiung miterleben und keinen Partisanenkrieg lostreten. In die DDR mitnehmen … Wir waren doch keine Selbstmörder. Können Sie sich vorstellen, was passiert wäre, wenn wir mit so was an der Grenze bei der Kontrolle aufgefallen wären? Die haben uns ja schon Ärger wegen der paar

Ostmark von Zöllner gemacht. Was meinen Sie, was los gewesen wäre, wenn wir mit Waffen erwischt worden wären. Natürlich hatten wir keine dabei.«

***

Zur Mittagszeit waren sie zurück im »Heine«. Die anderen hingen wohl noch an den Telefonen. Im Restaurant war niemand außer ihnen.

Kaum hatten sie die Schinkenchampignons in Kartoffeligel mit Pfifferlingsoße bestellt, kam Rabenfels mit hochrotem Kopf ins Restaurant gestürzt. Im Vorbeigehen rief er dem Kellner zu: »Das Gleiche wie für die beiden da.«

»Was ist denn mit Ihnen?«, wunderte sich Düvel.

»Einiges. Haben Sie was rausgefunden über die Wachtruppe auf dem Brocken?«

»Natürlich nicht. Keiner wusste was, und die Dienstpläne sind angeblich verschwunden. Was anderes habe ich auch nicht erwartet. Sind Sie weitergekommen?«

»Ja. Mir wurde zugesagt, dass wir die Listen morgen bekommen. Schaun wir mal. Was aber wichtiger ist, ich habe Kontakt zu unseren Freunden im Osten herstellen können, Gorbatschow macht's möglich. Nur gut, dass er in Kürze zum Staatspräsidenten der Sowjetunion gewählt werden soll und Glasnost eingeleitet hat. Sonst hätte das nie geklappt.«

Er wurde von dem Kellner unterbrochen, der drei Teller servierte. Ein anderer brachte drei Wernesgrüner. Cassandra und Rabenfels erstarrten beim Blick auf das Arrangement.

»Was habt ihr denn da bestellt?«, entfuhr es Rabenfels.

»Na ja, das soll ein Kartoffeligel sein. Sieht man doch«, erwiderte Cassandra.

»Aha, und den kann man essen?«

»Vermutlich. Aber weiter. Was hast du nun herausgefunden?«

Bevor Rabenfels antworten konnte, stürmte Maus ins Restaurant. »Hier steckt ihr also. Hab euch schon gesucht.« Er pflanzte sich verkehrt herum auf den letzten freien Stuhl am Tisch. »Was esst ihr denn da?«

Cassandra stöhnte auf. »Noch essen wir gar nicht vor lauter dummen Fragen nach dem Essen. Sollen wir es dir auch bestellen?«

»Bist du verrückt? Ich will noch ein bisschen länger leben.« Er winkte dem Ober. »Forelle gebraten mit Salzkartoffeln und Salat. Und ein Wernesgrüner«, verkündete er nach einem kurzen Blick auf die Speisekarte.

Zu seinen Kollegen gewandt fragte er: »Habt ihr was rausgefunden?«

»Auch diese Frage waren wir gerade dabei zu klären, bevor du an unseren Tisch gestürmt bist, um uns den Appetit zu verderben«, grummelte Cassandra mit neidischem Blick auf Maus' Teller, der erstaunlich schnell serviert worden war.

»Ich hab meine Kontakte spielen lassen, die ich in den letzten Jahren im Auswärtigen Amt geknüpft habe«, begann Rabenfels. »Unter dem absoluten Siegel der Verschwiegenheit und auch nur indirekt wurde mir zu verstehen gegeben, dass es durchaus vorgekommen sein könnte, dass jemand auf dem Brocken innerhalb der ehemaligen Betonummauerung im inneren Ring, wenn er sich zu weit reingewagt hätte, ohne die Warnschilder zu beachten, und überhaupt und bla, bla, bla, na ja, also eine kleine Dosis Strahlung abbekommen haben könnte. Nicht viel, versteht sich. Und natürlich auch nicht gefährlich für die Bevölkerung und so weiter. Aber immerhin. Von was diese Strahlung ausgegangen ist, konnte oder wollte mir mein Kontaktmann allerdings nicht verraten. Da staunt ihr, was?«

Cassandra schluckte mühsam an ihrem Kartoffeligel, verzog das Gesicht, musste sich beherrschen, den Bissen nicht wieder auszuspucken.

Mit der Gabel kurz vor dem Mund stoppte Düvel. »Ist was?«, fragte er sie.

Noch immer würgend schüttelte Cassandra den Kopf. »Ich würde das nicht riskieren.« Mit dem Kopf nickte sie in Richtung

Düvels Gabel und legte ihre beiseite. Überlegte es sich anders und stocherte in den Pfifferlingen von der Größe von Streichholzköpfen. Neidisch beobachtete sie Maus, der genüsslich seine knusprig braun gebratene Forelle filetierte.

»Hat hier überhaupt jemand zugehört?«, fragte Rabenfels in die Runde.

»Logisch. Die Strahlung auf der Kleidung von Andersen könnte tatsächlich von innerhalb des Brockenplateaus stammen. Nur von was genau, wissen wir nicht«, fasste Maus kauend zusammen.

»Wissen Sie, ob es sich um Plutonium handelte?«, fragte Düvel mit vollem Mund.

»Nee. Wieso?«

»Unser Strahlenschutzinstitut in Berlin hat herausgefunden, dass die Strahlung auf Andersens Pulli von Plutonium verursacht wurde. Das wird praktisch bei allem, was mit Atomkraft zu tun hat, eingesetzt. Also in Atomreaktoren ebenso wie bei Kernwaffen.«

»Also ein Atomkraftwerk wird dort oben sicher nicht betrieben, das wäre bekannt«, erwiderte Maus trocken.

»Mein Kontaktmann hat sich in keinster Weise festgelegt. Er war nur bereit, nicht auszuschließen, dass etwas Strahlendes dort oben gewesen sein könnte. Mehr werde ich auch nicht aus ihm herausbekommen. Zumindest nicht am Telefon. Das ist sicher. Aber meiner Erfahrung nach bedeutet das ein klares Ja.«

»Hm, immerhin«, brummte Cassandra.

»Vielleicht hatten die da oben eine neuartige Waffe, die sie testen wollten. Vielleicht haben sie die an unseren Studenten und ihrem Lehrbeauftragten ausprobiert …«, ergänzte Düvel.

»Jetzt geht die Phantasie mit Ihnen durch. Gleich kommt ihr mir noch mit Untoten, die unsere Studenten aus dem Zelt vertrieben haben. Die hatten wir noch nicht. Wir sollten uns an die Tatsachen halten.«

Maus unterbrach sich, als der Kellner zerlassene Butter über seine Forelle goss. Cassandra litt. Düvel hatte es tatsächlich geschafft, seinen Teller leer zu essen. Offenbar war man im real existierenden Sozialismus solch einen Fraß gewohnt. Sie nicht. Kurzerhand schob sie ihren Teller weg, winkte dem Kellner und bestellte die Forelle. Rabenfels tat es ihr nach.

»Essen Sie das nicht mehr?«, fragte Düvel mit dem Finger auf ihre Teller deutend.

»Natürlich nicht.«

»Kann ich das haben?«

Verblüfft schob Cassandra ihm den Teller zu. Rabenfels' Teller folgte.

Kaum den Blick von Düvel abwenden könnend, der mit offensichtlich großem Appetit dem Kartoffeligel die Pfifferlingsoße folgen ließ, fragte sie in die Runde: »Und was fangen wir jetzt mit der Erkenntnis an?«

»Ganz klar. Auf den Brocken gehen und nach der Strahlenquelle suchen. Ich bin zwar kein Profi, aber vermutlich müsste noch Reststrahlung zu finden sein, oder?«, fragte Düvel.

»Wir?«, fragte Cassandra verblüfft.

»Wer denn sonst?«, erwiderte Düvel. »Wir können schließlich nicht auf den bloßen Verdacht hin ein Strahlenschutzteam hochjagen. Wir sollten erst dieses kleine Ding von Kollege Maus nehmen, also dieses Strahlenmessgerät, und testen, ob wir was finden. Und wenn das der Fall ist, dann rufen wir die Kavallerie zu den Waffen«, fügte er grinsend hinzu.

»Guter Plan«, stellte Maus fest. »Aber erst erzähl ich euch, was ich über Zöllner rausgefunden habe. Also das war wirklich nicht einfach. Einfach herauszufinden war noch, dass seine Familie Spätaussiedler aus Rumänien waren. Sind Anfang der Achtziger nach Deutschland gekommen. Dort lebten sie in der Pfalz, Bad Bergzabern. Seine Eltern sind vor drei Jahren kurz hintereinander gestorben. Als Achtzehnjähriger hat er sich bei der Bundeswehr verpflichtet und fing an zu studieren. Das wissen wir bereits von Cassandra und Kollege Düvel.« Er lächelte Düvel an, der irritiert wegsah.

»Danach hat er bekanntlich Sport studiert und als Wanderführer gearbeitet. Aber jetzt wird es spannend. Als er zurück nach Deutschland kam, ist er nirgendwo lange geblieben.«

»Wissen wir alles schon«, unterbrach ihn Cassandra.

»Gemach, gemach. Obwohl er also nirgendwo lange blieb und nur ab und an Lehraufträge annahm, hatte er mustergültige Zeugnisse. Erstaunlich gute. Auffallend gute. Und er ist immer in der Nähe von München geblieben, und seine Postadresse lag in Grünwald.«

»Aha. Und was soll uns das sagen?«, fragte Cassandra.

»Na, Grünwald bei Pullach.«

»Ja und?«

»Du bist wirklich schon zu lange im Ausland. Wer hat seinen Sitz in Pullach?«

»Nun sag schon, mach's nicht so spannend.«

»Der Bundesnachrichtendienst.«

»Aha. Und was schließt du daraus?«, fragte Cassandra.

»Ich denke, dass unser guter Zöllner Spion gewesen sein könnte.«

Die drei anderen schauten sich fragend an.

»Und das schließt du alleine aus seiner Postadresse?«

»Natürlich nicht. Zwar haben alle geblockt. Aber ich hab einen alten Freund beim BND angerufen und mal vorsichtig nachgehakt. Und natürlich den großen Auftrag angeführt. Am Telefon wollte er sich nicht äußern. Aber er meinte, wenn ich vorbeikäme, könnten wir ein kleines Schwätzchen halten. Und das heißt übersetzt, dass er was weiß. Also werde ich noch heute Abend von Hannover aus nach München fliegen, hab schon alles gebucht. Haben Sie Lust mitzukommen, Herr Düvel?«

Verblüfft starrte Düvel Maus an. Cassandra sprang für ihn ein. »Kollege Düvel muss unbedingt den verschwundenen Studenten in Halle suchen und befragen und mit mir zusammen auf dem Brocken die Strahlenquelle suchen.«

»Schade. Sehr schade. Ich hätte Ihnen gerne mal Schwabing gezeigt. Nun gut, ich muss los, in drei Stunden geht mein Flieger. Den Wagen kann ich haben?«

Cassandra nickte.

»Hier ist mein Warnmelder. Viel Spaß bei der Brockenbesteigung. Ich besteige jetzt anderes. Dann bis morgen. Und macht nichts Verbotenes …«, verabschiedete sich Maus.

Verblüfft starrte Düvel Cassandra an. »Was sollte das denn jetzt?«

Zu ihrem eigenen Erstaunen wurde Cassandra rot.

»Gar nichts, Maus ist ein Spaßvogel. Aber weiter zur Sache. Wie gehen wir vor?«

Diese Frage hatten sie den ganzen Nachmittag diskutiert. Für die Wanderung auf den Brocken war es zu spät geworden, die hatten sie für den nächsten Morgen geplant. Cassandra hatte darauf bestanden, den Wanderweg hochzulaufen, um ein Gefühl für die Tour der Studenten zu bekommen. Sie waren zu dem Schluss gekommen, dass Rabenfels nach Ostberlin fahren sollte. Dort waren die Botschaft der Sowjetunion in der DDR und die Stasizentrale. Er sollte versuchen, mehr über die mögliche Strahlung auf dem Brocken herauszufinden und bei der Gelegenheit seiner Forderung nach den Dienstplänen der Brockenwachsoldaten durch persönliche Anwesenheit Nachdruck zu verleihen. Düvel hatte Zweifel an den Erfolgsaussichten geäußert. Doch Rabenfels war zuversichtlich. Und da es noch früh war, beschloss er, sofort loszufahren. Ob ihn in Wahrheit ein besseres Abendessen und moderneres Hotel lockten, vermochte Cassandra nicht zu entscheiden. Ein wenig beneidete sie ihn.

So saßen sie und Düvel zum Abendessen allein im Hotelrestaurant und danach im Dachsbau, tranken Wernesgrüner in Maßen und plauderten. Beim zweiten Bier waren sie zum Du übergegangen. Das war überfällig, wie Cassandra meinte. Düvel schien es zu freuen.

»Was war das heute mit Maus?«, fragte Düvel plötzlich.

Cassandra lief wieder rot an. »Ach nichts, nimm ihn nicht ernst, wenn er rumflachst.«

»Ist schon klar, aber irgendwie war das anders, hatte ich das Gefühl. Auch wie er mich angelächelt hat. Was ist das?«

Cassandra atmete tief durch. »Hast du bemerkt, dass er schwul ist?«

»Was?«

»Ja, er macht da eigentlich nicht so ein Gedöns drum. Aber irgendwie bildet er sich ein, eine Chance bei dir zu haben.«

»Bei mir? Sehe ich etwa so aus, als wäre ich schwul?«, fragte Düvel entsetzt.

»Nein, bestimmt nicht. Ich hab ihm von deiner Frau und den Kindern erzählt. Aber das war kein Argument für ihn.«

»Wieso habt ihr über mich geredet? Vor allem über meine sexuelle Ausrichtung.«

Cassandra wurde noch röter. »Na ja, er wollte wissen, ob wir beide … Er hat dich aus meinem Zimmer kommen sehen.«

»Und was hast du geantwortet?«

»Wie es ist. Ist doch nichts zwischen uns, oder?« Sie hätte sich ohrfeigen können, dass ihr letzter Satz als Frage geendet hatte. Sie konnte den Mann nicht leiden. Oder? Wenigstens fand sie ihn spießig. Diese Klamotten. Wenn man allerdings davon absah …

»Leider«, flüsterte Düvel und zog ihren Kopf ganz nah an seinen. Sie wehrte sich nicht. Zu ihrer eigenen größten Verwunderung.

»Ähm, darf ich kurz stören?«

Wie angestochen schossen ihre Köpfe auseinander.

»Sind Sie Herr Düvel?«, fragte der Barkeeper.

Düvel nickte.

»Telefon für Sie. Scheint wichtig zu sein.«

Mit bedauerndem Schulterzucken erhob sich Düvel und ging in Richtung Rezeption.

Cassandra schnappte nach Luft. Damit hatte sie nicht gerechnet. Und es auch nicht gewollt. Sie erinnerte sich an ihre Erleichterung darüber, dass nichts zwischen ihnen gelaufen war. Und nun ließ sie das zu? Sehnte es sogar herbei? Sie verstand sich selbst nicht mehr.

Nach zwei Minuten war Düvel wieder zurück. Seinem Gesichtsausdruck konnte Cassandra entnehmen, dass der Abend nicht so entspannt weitergehen würde.

»Das war die Nachbarin, die meine Kinder betreut. Meine Frau hat meine Töchter abgeholt. Ich muss sofort nach Hause und sehen, was da los ist. Morgen früh bin ich zurück.«

Er wandte sich ab zum Gehen, stoppte, drehte sich zu ihr und gab ihr einen langen Kuss.

»Morgen mehr.«

FÜNFZEHN

Mittwoch, 28. Februar 1990

Cassandras Nacht war heilsam gewesen. Für ihren Körper und ihre Seele. Sie war mit einem Lächeln erwacht. Dann fiel ihr der Rest ein, und das Lächeln erstarrte auf ihrem Gesicht. Ignorieren. Ausblenden, beschwor sie sich in Gedanken. Immer wieder. Mantraartig. Bis sie sich in der Lage fühlte, aufzustehen.

Beim Frühstück war sie allein. So recht wusste sie nicht, wie sie weiter ermitteln sollte ohne Wagen und Kollegen. Die Akte kannte sie rauf und runter. Düvel war noch nicht zurück. Also beschloss sie, den ursprünglichen Plan umzusetzen und allein auf den Brocken zu steigen.

Die Rezeptionistin, die ihr noch immer bekannt vorkam, schien sich unsichtbar machen zu wollen. Komisch. Widerwillig beschrieb sie ihr den Fußweg zum Brocken.

Wirklich taugliche Winterkleidung für solch eine Wanderung hatte Cassandra nicht dabei. Besaß sie nicht, hatte sie nie besessen. Kein Wunder. Warme Kleidung brauchte sie normalerweise nicht in ihren Einsatzgebieten. So behalf sie sich mit zwei übereinandergezogenen Pullovern, einer Strumpfhose unter der Jeans und drei Paar Socken. Das musste reichen. Der Strahlenwarner war in ihrer Jackentasche verstaut.

Gleich fühlte sie sich besser. Sie marschierte los.

***

Maus hatte eine heiße Nacht verbracht. Sein Freund beim BND war der Grund für die Trennung von seiner Frau gewesen. Und inzwischen ebenfalls Vergangenheit. Was sie aber nicht daran gehindert hatte, Spaß zu haben.

Nun stand er frisch geduscht mit verquollenen Augen drei

Straßen entfernt von der weißen Prachtvilla aus der Gründerzeit in Pullach, die am Eingangstor als »Behördenunterkunft« bezeichnet wurde. Lustiger Tarnname, fand Maus. Als ob irgendjemand darauf reinfallen würde.

Sein Freund hatte mächtig Schiss gehabt, mit ihm erwischt zu werden. Erst kürzlich war ein Maulwurf in einer wichtigen Abteilung des BND enttarnt worden, der für die Amerikaner spioniert hatte. Nicht, dass er sich als Maulwurf empfand, weil er einem alten, wenn auch speziellen Freund ein paar Dinge erzählte. Der selbst bei dem Verein gewesen war.

»Seit die Mauer gefallen ist, glaubt in Deutschland niemand mehr, dass der Russe noch kommt. Dabei weiß keiner von uns, wie es mit denen weitergeht. Alle reden von Glasnost und glauben, dass Gorbatschow alles ändern wird. Am Vierzehnten des nächsten Monats soll er sogar zum ersten gewählten Staatspräsidenten der Sowjetunion werden. Man darf gespannt sein«, erzählte Maus' Ex-Liebhaber bei der ersten Tasse Tee in einem Café in der Nähe. »Bei uns wird gemunkelt, dass unsere Abteilung aufgelöst werden soll. Kein Wunder, bei unserem schlechten Ruf. Der natürlich unverdient ist. Wusstest du, dass die Amis inzwischen viele ihrer Quellen in Russland abgeschaltet haben? Es heißt, sie hätten die Zusammenarbeit einfach beendet. Direkt nach dem Mauerfall. Wir nicht. Noch nicht. Ich hoffe, das bleibt auch so. Denn Russland wird ein Land bleiben, über das man möglichst viel wissen sollte. Aber kommen wir zu dem, weshalb du dich endlich mal wieder gemeldet hast. Hab schon nicht mehr dran geglaubt.«

Maus streichelte unauffällig die Hand seines Freundes. »Du weißt doch, wie das ist. Aber jetzt bin ich ja da.«

Der Freund, dessen Name ständig wechselte, nickte.

»Reden wir über Zöllner. Was wir natürlich nie getan haben, versteht sich. Ich hab nachgeschaut und seinen Namen tatsächlich entdeckt.«

»Das heißt?«

»Er war für uns tätig. War sogar für erstaunlich viele Einsätze, insbesondere im Ostblock, zuständig. Was ich noch herausgefunden habe, ist, dass er dienstlich am Brocken war. Nicht alleine. Was sein Auftrag war, habe ich allerdings nicht eruieren können. Und wenn, würde ich es dir nicht erzählen. So weit geht meine Liebe denn doch nicht«, ergänzte er mit einem frechen Grinsen, das Maus früher entzückt hatte.

»Nicht mal eine Andeutung?«

Sein Freund winkte ab.

»Auch nicht, wenn ich einen Hinweis gebe?«

Sein Freund sah ihn starr an.

»Hatte sein Auftrag was mit Plutonium zu tun?«

Sein Freund starrte weiter, regungslos.

»Stasi oder KGB? GRU?«

»Hab ich dir eigentlich mal erzählt, dass viele unserer Spione enttarnt und von der Stasi zu Doppelspionen gemacht wurden?«

»Wie kommst du jetzt darauf?«, hakte Maus nach, der den Themenwechsel nicht nachvollziehen konnte.

»Ich muss jetzt gehen. Tut mir sicher gut, mal ein paar Schritte zu laufen. Melde dich wieder, aber nur, wenn es nicht dienstlich ist.«

***

Düvels Nacht war denkwürdig gewesen. Er hatte den Wartburg an seine Grenze getrieben. Manchmal war er vom Gas gegangen, weil er Angst hatte, der Wagen würde in seine Einzelteile zerfallen. Doch der Wartburg hatte durchgehalten, und so stand Düvel kurz vor neun vor der Tür von Frau Schulze.

»Was hätte ich denn machen sollen? Ihre Frau hat gesagt, dass sie ihre Mädchen sehen will. Als die die Stimme ihrer Mutter gehört haben, sind sie losgestürmt. Waren nicht zu bremsen. Ich konnte sie doch nicht festhalten, weghalten von ihrer eigenen Mutter. Nee, so was mach ich nicht«, sächselte Frau Schulze.

»Wissen Sie, wohin meine Frau dann gegangen ist?«

»Gefahren, Herr Düvel, Ihre Frau hatte so einen schicken kleinen Westwagen. Viel abgerundeter als unsere, das war nicht zu verkennen. Sie hat die Mädels eingepackt, bevor ich nur Muh sagen konnte, und hat mit ihnen eine Runde gedreht. Dann sind sie nach oben in Ihre Wohnung.«

Zu Düvels grenzenloser Erleichterung brannte in seiner Wohnung Licht. Atemlos war er vor der Wohnungstür angekommen, die nur angelehnt war. Sie wollte also gleich wieder weg. Bestens. Aber ohne seine Kinder, so viel stand fest.

»Hallo, Tomas«, begrüßte ihn seine Frau lächelnd. Sie hatte den Tisch feierlich gedeckt und Essen in Pappkartons mit exotischem Duft nach Zitrone und Chili aufgestellt. Die Mädchen saßen auf ihrem Schoß und liebkosten die Barbiepuppen, die sie mitgebracht hatte. Zwei Monate zu spät, Weihnachten war lange durch, dachte er verbittert.

Glücklich sahen sie aus. Eine richtige Idylle stellten sie dar, wie sie sich aneinanderkuschelten.

Düvel hasste seine Frau dafür. Alles nur gespielt. Wie immer.

»Was machst du hier?«

»Aber Tomas, das ist doch mein Zuhause.«

»Was?«

»Ich bin gekommen, um zu bleiben. Damit wir wieder eine richtige Familie sind. Freust du dich?«

Nach der Nacht auf dem Sofa hatte er sich kaum getraut, die Wohnung wieder zu verlassen. Was sollte er machen, wenn sie mit seinen Mädchen verschwand? Ihm war klar, dass er das nicht verhindern konnte. Er konnte nicht vierundzwanzig Stunden am Tag über sie wachen.

Wenn seine Frau die Kinder hätte entführen wollen, etwas anderes wäre es für ihn nicht, wenn sie die Kinder mitnähme, hätte sie das bereits gestern tun können. Er beschloss, erst mal gute Miene zum bösen Spiel zu machen, in der Hoffnung, dass sie sich nach kurzer Zeit langweilte und allein wieder abrauschte. Alles Weitere würde er nach Abschluss des Falles regeln. Eins war klar: Er würde keine weitere Nacht in Schierke verbringen können. Auch wenn er das bedauerte.

Sich schlaflos auf seinem Sofa wälzend, hatte er beschlossen, am Morgen nach Halle zu fahren und nach Wilhelm Grönemann zu schauen. Dann wäre die Fahrt zurück wenigstens nicht ganz umsonst gewesen.

Es war später Vormittag geworden, bis er endlich bei der Studentenunterkunft in Halle angekommen war. Zu viel musste diskutiert werden. Zu wenig war dabei herausgekommen.

Problemlos fand er das Zimmer von Wilhelm Grönemann.

»Keine Ahnung, wo Wilhelm steckt. Wir machen uns langsam Sorgen um ihn«, berichtete ein anderer Student.

»Wissen Sie, wo seine Eltern leben?«

»Puh, irgendwo in der Nähe von Harzgerode. Aber bei denen ist er bestimmt nicht. Die haben den Kontakt schon vor zwei Jahren oder so zu ihm abgebrochen.«

»Gab es dafür einen besonderen Grund?«

»Damit ist Wilhelm nie rausgerückt. Hat sogar ein Riesengeheimnis drum gemacht. Die anderen sollten das auf keinen Fall mitbekommen. Schon gar nicht die vom Wanderklub. Warum, weiß ich nicht. Da müssen Sie schon seine Eltern fragen.«

Das hatte Düvel getan.

***

Rabenfels hatte königlich geschlafen im Interhotel Stadt Berlin am Berliner Alexanderplatz.

Das Viersternehotel mit seinen neununddreißig Geschossen und einem dreigeschossigen Flachbau hatte er ausgewählt, weil in ihm vorzugsweise Delegationen der Staaten des Warschauer Paktes untergebracht waren. Was er sich davon versprach, wusste er selbst nicht. Niemand würde hier Geheimnisse um den Brocken beim Bierchen an der Bar ausplaudern. Schon beim Abendessen bedauerte er seinen Entschluss, nicht in einem Hotel in Westberlin abgestiegen zu sein. Die Speisekarte war zwar deutlich länger als im »Heine«, aber die Qualität war auch hier kein Weststandard.

Der Blick aus seinem Zimmer war trist. Ostberlins vorherrschende Farbe war Grau. Unter sich auf der Straße, die von grauem Schneematsch bedeckt war, fuhren vereinzelte Trabbis in Weiß, Schwarz und Grau, durchsetzt mit uralten grauen russischen Lastwagen. Die wenigen Menschen auf den Bürgersteigen waren ebenfalls grau. Grau gekleidet vor grauen Straßenbahnhaltestellen. Schon die Fahrt in den Ostteil hatte ihn melancholisch gestimmt: Trabantenstädte in Betongrau, breite Straßen, die mittig von Straßenbahnschienen mit Oberleitungen geteilt wurden, ab und an eine rote Straßenbahn mit mindestens dreißig Betriebsjahren auf dem Buckel, die einzige Farbe auf den Straßen. Und Trabbis. Viele Trabbis. Trabbis, deren Zweitakter die Luft bis in den Porsche verpesteten. Sein Wagen als Paradiesvogel mittendrin.

Er erwog, trotzdem eine weitere Nacht dranzuhängen. Ins »Heine« zog es ihn nicht zurück. Doch sein Gewissen schlug an. Seine Kollegen mussten schließlich auch in Schierke wohnen und überhaupt. So toll war dieses auch Hotel nicht. Na ja, Maus ließ es sich ebenfalls gut gehen. Rabenfels wusste von seiner Ex-Beziehung zu dem BND-Mann. Das war ein offenes Geheimnis.

Er räumte seine Sachen widerwillig zusammen und verpackte sie im Porsche, bevor er zur russischen Botschaft in Berlin-Mitte fuhr.

***

Es war die dritte Tür, an die Cassandra geklopft hatte. Dahinter hatte sie leise Mandolinenklänge wahrgenommen. Gerade als sie ihre schneebedeckten Wanderschuhe an der Türkante abstreifte, wurde geöffnet. Weil ihr Blick nach unten gerichtet war, sah sie als Erstes die neuen Wanderstiefel. Eindeutig Westqualität, das hatte sie inzwischen zu unterscheiden gelernt. Ihr Blick wanderte hoch. Offenbar konnte sie die Erkenntnis in ihren Augen nicht kaschieren. Von zwei Händen wie Klauen wurde sie am linken Arm gepackt und in den Raum gezerrt.

Es war nicht das erste Mal, dass sie in eine Scheißsituation geriet. Bei einem Blick vor sich sah sie weitere Füße und Beine, die sie umringten. Zu viele.

Cassandra reagierte automatisch, von Adrenalin durchflutet. Winkelte den Arm an und drehte ihre Hand über den Daumen aus dem Schraubstockgriff. Ließ sich nach hinten sacken und trat mit ihrem linken Bein zwischen die Beine ihres Angreifers. Dem Tritt ließ sie einen Schlag mit der rechten Faust auf sein Ohr folgen. Mit einem verkümmerten Schmerzlaut sackte er nach hinten weg. Schon griffen weitere Arme nach ihr. Dem nächsten Gegner stieß sie ihre Hände gegen die Brust und trat ihm mit voller Wucht gegen den Knöchel. Er sackte laut fluchend nach hinten weg.

Weitere Arme umschlangen sie von hinten. Gleichzeitig pressten sich Männerhände um ihre Kehle. Cassandra nutzte den Halt von hinten, hob beide Beine und stieß sie dem von vorn Angreifenden in den Bauch. Der sackte zusammen und ließ los. Keine echten Kämpfer, ging Cassandra durch den Kopf, bevor sie zusammen mit dem Mann hinter sich auf den Boden fiel, sich zur Seite wälzte und aufsprang.

In dem Moment sauste etwas Schweres mitten auf ihren Kopf. Weißes Licht explodierte vor ihren Augen. Der Schmerz zog von ihrer Schläfe hinunter über die Wange bis zum Kinn. Sie wankte, geriet in Schieflage, verlor das Gleichgewicht und sackte auf den Boden. Erst die Schulter, dann der Kopf. Sie sah Sterne, rollte sich orientierungslos auf den Rücken, blinzelte in der Hoffnung, klarer sehen zu können. Das klappte nicht. Nur undeutlich sah sie den nächsten Schlag kommen. Der ließ ihre Zähne aufeinanderschlagen. Der Kopf flog zur Seite, und ihr wurde schwarz vor Augen.

Cassandra kam zu sich, als sie Treppenstufen mit hinter dem Körper gefesselten Armen und zusammengebundenen Beinen hinaufgezogen wurde. Jede Stufe rammte in ihren geschundenen

Rücken. Ihr Schmerzensschrei blieb im Rachen stecken, zurückgehalten von einem Knebel, der den Mundraum ausfüllte. Noch bevor das Denken einsetzte, zappelte sie wild, um wieder freizukommen. Dann schlug ihr Kopf hart auf die vorletzte Stufe. Wieder sah sie Sterne. Nur noch verschwommen registrierte sie, dass sie über einen alten Holzboden gezerrt und eine Tür geöffnet wurde, hinter der es nach stickiger Luft, Moder, Staub und Schimmel roch. Wie ein Sack Reis wurde sie in den Raum geworfen. Die Tür fiel ins Schloss, ein Schlüssel drehte sich, und es wurde dunkel.

Der Holzboden fühlte sich eisig und rau an ihrer Wange an. Sie rollte sich auf die Seite, um ihre eingequetschten Arme zu erleichtern, und schnappte nach Luft wie nach einem Sprint. Ihr Puls raste im Hals, und ein Zittern ergriff ihren ganzen Körper. Angst stieg aus ihrem Unterleib über den Hals bis in ihren Kopf und paralysierte sie.

Bis sie sich fand, tief drinnen. Ihren Atem auf normal zwang, ihre Gedanken befreite. Drei Minuten gab sie sich, um die Panik zu besiegen, niederzuzwingen in den kleinsten und unbedeutendsten Teil ihres Bewusstseins. Der dafür reserviert war. Bereits seit langer Zeit. Und gut gefüllt war.

Wie immer gelang ihr das. Sie hörte in sich hinein. Ein paar gebrochene Rippen vielleicht, vielleicht aber auch nur Prellungen. Eine Platzwunde am Kopf, die Blut über ihre Augenbrauen Richtung Mund rinnen ließ. Der Hinterkopf brannte von dem Aufprall auf die Treppe. Aber sie hatte wohl keine Gehirnerschütterung. Sie spürte keinen Schwindel, und auch der Schmerz ließ bereits nach. Bei ihren Gegnern sicherlich nicht. Cassandra wusste, wie man zuschlug und zutrat, um dauerhaften Schmerz zu bereiten. Dafür war sie ausgebildet.

Sorgfältig sah sie sich um auf der Suche nach einer Möglichkeit. Einer Möglichkeit, sich zu befreien, zu fliehen oder diese Typen auszuschalten. Trübes Licht sickerte durch halb geschlossene Fensterläden. Der Raum war alt. Ramsch, angeknackste Möbelstücke, ein angelaufener, zerbrochener Spiegel und Bilder lehnten an den Wänden. Eine Maus huschte aufgeschreckt unter einem zusammengerollten Teppich hervor. Mehr war nicht zu erkennen. Mehr musste sie nicht wissen.

Es war an der Zeit für einen Plan.

***

Am späten Nachmittag trafen Düvel, Maus und Rabenfels fast gleichzeitig im »Heine« ein. Nachdem Maus und Rabenfels ihre Koffer auf die Zimmer getragen hatten, fanden sie sich im Restaurant ein.

»Hat einer von euch Cassandra gesehen? Ich hab an ihrer Zimmertür geklopft, aber sie war nicht da. An der Rezeption wussten sie nur, dass sie heute Morgen nach dem Frühstück das Hotel verlassen hat«, fragte Maus die beiden anderen, die als Antwort den Kopf schüttelten.

»Wahrscheinlich ist sie auf den Brocken rauf, und das dauert eben länger, als man denkt«, meinte Rabenfels.

»Allein?« Düvel sah auf seine Uhr. »Es ist jetzt schon verdammt spät. Lange bleibt es nicht mehr hell. Das gefällt mir nicht. Gar nicht.«

»Cassandra ist schon eine Große. Wenn du wüsstest, wo sie schon überall war und was sie alles machen musste und konnte, würdest du keinen Gedanken daran verschwenden, wo sie ist, das garantiere ich dir. Also bleib cool«, erwiderte Maus.

Ganz selbstverständlich waren inzwischen alle zum Du übergegangen. Was Düvel freute, zeigte es doch, dass sie ihn als vollwertiges Mitglied ihrer Gruppe akzeptierten.

»Was machen wir? Sollen wir mit den Berichten anfangen oder lieber auf Cassandra warten, damit wir uns nicht wiederholen müssen?«, fragte Rabenfels.

»Warten wir lieber. Ich könnte eine Dusche vertragen«, antwortete Düvel. »Treffen wir uns in einer Stunde an der Rezeption. Dann können wir gleich fragen, ob sie zurück ist.«

Auch eine Stunde später war Cassandra nicht zurückgekehrt.

»Langsam mache ich mir richtig Sorgen«, stellte Düvel fest. »Es ist schon dunkel.« Es war inzwischen halb sechs. Er hatte selbst an Cassandras Tür geklopft, als könne er damit den Bann brechen, sie herbeizaubern.

»Ach was. Glaub mir, die Frau ist absolut tough. Die wird gleich auftauchen und uns die Lösung für das Geheimnis des verstrahlten Pullovers stolz präsentieren. Setzen wir uns einfach solange hierhin und fangen locker an zu berichten, was wir rausgefunden haben. So nah beim Eingang sehen wir sie gleich reinkommen. Und gönnen uns bei der Gelegenheit ein kleines Wernesgrüner. So langsam gewöhn ich mich an das Gesöff.« Maus winkte dem vorbeieilenden Kellner und gab die Bestellung auf.

»Ich für meinen Teil kann es kurz machen«, fuhr er fort. »Zöllner war Agent beim BND, zuständig für die DDR und Russland. Welche Aufgaben er konkret oder besser zum Zeitpunkt seines Todes hatte, hab ich nicht rausbekommen. Aber mein Kontakt«, er grinste süffisant, »deutete an, dass er Doppelagent gewesen sein könnte. Also von der Stasi oder dem GRU umgedreht. Vielleicht aber auch als Doppelagent dort vom BND platziert. Wer weiß das schon? Aber die wichtigste Erkenntnis aus meinem Gespräch lautet, dass er dienstlich auf dem Brocken war, und das nicht alleine.« Er ließ genießerisch seine Worte wirken.

Rabenfels und Düvel starrten sich verblüfft an.

»Heißt das, dass die jungen Leute Spione waren?«, fragte Düvel.

»Ich glaube nicht, dass alle Agenten waren«, korrigierte ihn Maus. »So läuft das nicht. Spione werden in ganz normale Gruppen eingeschleust, um ihre Identität zu tarnen. Also mal angenommen, da soll sich ein westeuropäischer Spion auf DDR-Boden mit einem anderen Spion, vielleicht aus der DDR, Russland oder den anderen Balkanstaaten, treffen, und es soll nicht auffallen. Was macht man da? Die Brockenbefreiung steht an, eine Studentengruppe beschließt, daran teilzunehmen. Vielleicht motiviert man die Gruppe überhaupt erst dazu, wer weiß das schon?« Er zuckte mit den Schultern. »Und was geschieht? Man schleust in diese Gruppe einen oder mehrere BND-Leute ein und teilt der anderen Seite die Brockenbefreiung als Termin und Ort mit. Die schickt ihrerseits einen oder mehrere Agenten auf den Weg zum Brocken, natürlich ebenfalls getarnt, und dann erfolgt das Treffen. Am besten direkt im Rahmen der Brockenbefreiung. Da unterhalten sich alle mit allen, man verbrüdert sich. Keiner achtet auf den anderen. Und ruckzuck hat man das, was zu erledigen war, erledigt, ohne dass irgendjemand was mitbekommen hat.«

»Woher weißt du das alles?«, fragte Düvel nach.

Wieder erschien ein süffisantes Lächeln auf Maus' Gesicht. »Gute Kontakte zum BND. Sehr gute.«

»War sein erster Freund«, warf Rabenfels genervt ein. »Inzwischen dürfte das jeder verstanden haben, Desiderius.«

Sichtlich enttäuscht fuhr der fort: »Na gut. Dann was Neues. Ich habe meinen Freund, wie bei so vielen anderen Paaren, bei der Arbeit kennengelernt. Was sagt euch das?«

Düvel sah verblüfft zu Maus. »Du warst auch beim BND?«

»Bis es mir zu langweilig wurde. Aber weiter. Mein Freund, also Ex-Freund, arbeitet da und bildet Spione aus. Insbesondere für den Osten. Namen tun nichts zur Sache«, betonte er in Richtung Rabenfels. »Sonst war's das mit der Quelle. Der hat angedeutet, dass solch ein Treffen auf dem Brocken geplant war. Ob die irgendwas übergeben wollten oder jemanden raus- oder reinschleusen, hat mein Ex-Freund nicht gesagt. Da können wir der Phantasie freien Lauf lassen. Auffallend finde ich in diesem Zusammenhang die verstrahlte Kleidung. Aber da leg ich mich nicht fest.« Er trank einen Schluck Bier.

»Tatsache ist, dass eine Studentengruppe, die zur Brockenbefreiung will und in der auch zwei Frauen sind, eine gute Tarnung ist. Und gerade weil es so unwahrscheinlich ist, eine Gruppe gewöhnlicher Studenten mit Spionen zu infiltrieren, ist diese Variante optimal, um unsere Agenten zu tarnen.«

»Was meinst du, wie viele aus der Gruppe Spione waren? Dass Zöllner einer war, steht ja nun fest, oder?«, fragte Düvel.

»Das hat mein Ex-Freund gesagt, und der weiß es. Aber Zöllner war eigentlich zu alt für die Gruppe. Der war zu auffallend. Ich vermute, dass er nur dabei war, um den tatsächlichen Agenten zu decken und zu schützen.« Maus schüttelte den Kopf. »Zu alt, das muss man sich mal vorstellen. Der war jünger als ich …« Er seufzte. »So ist das Leben. Also, nehmen wir mal den Fall an, dass es sich bei dem Treffen um eine kontrollierte Lieferung von Proben westdeutschen Plutoniums an den KGB oder GRU handelte. Nur hypothetisch, versteht sich. Dann müsste der sowjetische Geheimdienst, also der militärische oder zivile, jemanden, der an das Plutonium in Westdeutschland rankommt, anwerben. Der Angeworbene müsste tatsächlich dort arbeiten, wo das Plutonium zu holen ist. Das wird sicherlich überprüft.«

Er sah in die Runde. »Da wird also jemand aus Westdeutschland gegen Bezahlung oder für die Ideologie dafür angeworben, aus einem Werk, Forschungszentrum oder was auch immer, etwas Geheimes zu stehlen. Schon deshalb kann Zöllner nicht der Einzige gewesen sein. Dessen Arbeitsstellen kennen wir, die hatten nichts mit radioaktiver Strahlung zu tun. Ich vermute, dass sich der Angeworbene als treuer Staatsbürger an den BND wandte. Und die haben ihn motiviert, das durchzuziehen.«

Die Eingangstür wurde aufgestoßen, eisiger Wind zog durch das Foyer. Alle drei Männer sprangen erwartungsvoll auf und blickten auf die schwarze Öffnung. Hindurch trat ein älteres Pärchen mit Koffer und zotteligem Hund, der sicherlich in Menschenjahre umgerechnet nicht jünger als seine Halter war. Verschreckt hasteten sie zum Rezeptionstresen, ihnen verschüchterte Blicke zuwerfend. Enttäuscht ließen sich die Ermittler wieder auf ihre Sessel sinken.

»Der BND wird eine Möglichkeit gesucht haben, wie die Übergabe unauffällig stattfinden könnte. Vergessen wir nicht, die DDR war im Aufbruch, die Grenze gerade erst geöffnet. Damit hatte niemand gerechnet. Aber auf dem Brocken saß noch der GRU, wie wir jetzt wissen.« Er griff erneut nach seinem Bierglas.

»So viel reden macht durstig«, erklärte er grinsend, setzte sein Wernesgrüner an und trank es in einem Zug aus. Das leere Glas hielt er in Richtung des an der Rezeption plaudernden Kellners.

»Der angeblich harmlose Lieferant aus dem Westen, der inzwischen für den BND arbeitet, muss mit dem KGB oder GRU die Übergabe des Plutoniums vereinbaren. Man improvisiert, die Übergabe wird pünktlich zur Brockenbefreiung geplant. Nun kann man aber einen unbedarften jungen Mann nicht alleine auf echte Agenten loslassen. Das wäre viel zu riskant. Also stellt man ihm mindestens einen alten Hasen an die Seite und einen Vertreter. Könnte ja wer weiß was passieren bei so einer Tour. Schaut euch nur Sven Freytag an, der zurückmusste, weil er krank wurde. Also brauchen wir noch einen glaubwürdigen Ersatzmann.«

»Da fällt mir sofort Andersen, dem die verstrahlte Kleidung gehörte und der in diesem Forschungsreaktor in Braunschweig arbeitete, ein. Und Alexander Böhme, der dort ebenfalls tätig war. Das würde passen«, überlegte Rabenfels laut.

»Langsam, langsam, ich hab nur vor mich hin theoretisiert.«

»Mag sein, aber blindes Huhn und so weiter. Damit hätten wir tatsächlich eine Erklärung für die verstrahlte Kleidung und dafür, dass sich Zöllner der Wanderung anschloss. Vielleicht überhaupt erst an der TU Clausthal anfing. Sagtest du nicht, dass er Doppelagent gewesen sein könnte? Wenn auch nur zum Schein? Vielleicht hat er den Kontakt der Sowjetagenten mit den beiden Werkstudenten am Forschungszentrum überhaupt erst vermittelt«, sinnierte Rabenfels weiter.

»Dann meint ihr also, dass die Gruppe von russischen Spionen umgebracht wurde? Aber warum denn?«, fragte Düvel.

»Nochmals: langsam, langsam. Jetzt haben wir erst mal die Studenten auf mögliche Kandidaten geprüft. Keine Ahnung, wer die andere Seite war. KGB, GRU, die Stasi oder wer weiß wer. Ist im Moment auch nicht wirklich wichtig bei unseren Überlegungen. Die aktuelle Frage lautet vielmehr: Warum?«, fuhr Maus fort, während der Kellner das frische Bier vor ihm platzierte.

»Da stelle mer uns mal janz dumm, und da sage mer so: Irjendwas is janz fürchterlisch schiefjelaufen.«

Verblüfft schaute Düvel zu Rabenfels.

»›Die Feuerzangenbowle‹ mit Heinz Rühmann. Nie gesehen?«

Düvel schüttelte verwirrt den Kopf.

Maus nickte. »Wer auch immer die Agenten waren, sie müssen Angst vor der Enttarnung gehabt haben. Höllische Angst. Oder sie sind durch irgendeinen blöden Zufall aufgeflogen. Das ist meine Theorie. Wenn die anderen Studenten das mitbekommen haben, konnte man auch sie nicht am Leben lassen, ganz klar.«

»Zu deiner Theorie passt, was ich herausgefunden habe«, sagte Düvel. »Da war doch ein Student aus der Haller Gruppe verschwunden. Wilhelm Grönemann. Ihr könnt euch sicher erinnern, dass wir davon berichtet haben.«

Maus und Rabenfels nickten.

»Ich bin der Sache heute nachgegangen. Er ist bisher nicht wieder aufgetaucht. Ich habe daraufhin Kontakt zu seinen Eltern in Harzgerode aufgenommen. Die sind stocksauer auf ihren Sohn, haben sogar den Kontakt zu ihm abgebrochen. Er ist ein kluger Kopf, der seine Intelligenz allerdings ihrer Meinung nach für die falsche Sache einsetzt. Seine Eltern haben noch einen Sohn, der in Bautzen wegen versuchter Republikflucht einsitzt. Verurteilt zu zehn Jahren. Und nun ratet mal, wie seine Fluchtpläne rausgekommen sind. Richtig, der gute Wilhelm hat sie verraten. Hat sich schon früh als Inoffizieller Mitarbeiter bei der Stasi verdingt und wollte nach dem Studium richtig einsteigen. Da war der Verrat an seinem Bruder ein hervorragender Türöffner. Er soll öfter in Russland gewesen sein, ohne seinen Eltern den Grund dafür verraten zu haben. Wäre das ein Kandidat?«

Maus nickte zögerlich. »Bedingt. Ich kann mir nicht vorstellen, dass nur einer darauf angesetzt war.« Wieder trank er einen Schluck.

Wenn er so weitermacht, dachte Düvel, ist er in einer Stunde betrunken.

»Es wäre auch denkbar, dass alles ganz anders war. Dass einer der GRUler auf dem Brocken dem BND Plutonium angeboten hat. Vielleicht war es genau umgekehrt«, stellte Maus nüchtern in den Raum. Der Mann vertrug was.

Rabenfels nickte. »Passt zu dem, was ich herausgefunden habe. Unter dem absoluten Siegel der Verschwiegenheit wurde mir zu verstehen gegeben, dass es sein könnte, dass eine neuartige Waffe der Russen mit Radioaktivität arbeitet und die Russen, in ihrer paranoiden Angst vor dem Westen, welche auf dem Brocken stationiert hatten. Handfeuerwaffen, maximal bis zur Größe von Pumpguns. Nur anstelle von Patronen eben radioaktive Strahlung speiend. Das würde zu der Verstrahlung des Pullis passen.«

»Wieder eine Möglichkeit. Nun müssen wir nur noch herausfinden, was es tatsächlich war.«

»Hast du nicht was von Doppelagent gesagt?«, hakte Rabenfels ein.

»Auch das könnte sein. Dass Zöllner von einer der beiden Seiten als Doppelagent enttarnt werden sollte bei dieser Aktion. Und das ist besser gelungen als gewünscht.«

»Ganz schön viele Möglichkeiten.«

Maus nickte.

»Haben wir eine Methode, das weiter einzugrenzen?«

»Nein, nicht ohne mehr Informationen.«

Düvel schaute auf die Uhr. Kurz nach sieben. Noch immer keine Cassandra.

»Leute, das gefällt mir immer weniger. Vor allem nach dem, was wir hier gerade überlegt haben. Und was es sonst noch für Möglichkeiten gibt. Wer wirklich die Gruppe umgebracht hat und sich vielleicht noch oben rumtreibt.« Düvel dachte nach. »Hast du eigentlich die Namensliste der Grenzer vom Tag der Brockenbefreiung bekommen, Max?«, fragte er Rabenfels.

Der nickte und holte sie aus seinem glänzend schwarzen Aktenkoffer.

Der Mann hatte Stil, fand Düvel. Er ging die Namen mit Adressen durch. »Die wohnen tatsächlich alle hier in Schierke. Kann natürlich sein, dass sie inzwischen weggezogen sind. Aber eigentlich müssten sie noch weiter ihren Dienst auf dem Brocken machen. Die Grenze gibt es schließlich noch. Und die muss bewacht werden, auch wenn es nichts mehr zu bewachen gibt«, ergänzte er schief grinsend.

Konzentriert las er die Liste erneut durch.

»Da fehlt einer. Mindestens einer. Dieser Peter Hunstein. Der, der sich mit Andersen angelegt hat. Der steht hier nicht drauf.«

Rabenfels angelte nach der Liste. Zückte seine Lesebrille und las konzentriert. »Stimmt.«

»Sag ich doch.«

Nun schnappte sich Maus die Liste und las sie konzentriert. »Was soll das denn?«

»Keine Ahnung. Ich ruf gleich mal an.« Nach einem Blick auf die Uhr stöhnte Rabenfels auf. »Mist, jetzt erreiche ich niemanden mehr. Muss ich gleich morgen früh versuchen. Aber komisch ist das schon. Sieht doch wie der offizielle Dienstplan aus, oder? Zugesagt war mir die komplette Liste.«

Düvel nahm die Liste zurück. »Für mich sieht die sehr offiziell aus. Aber das will nichts heißen. Wenn jemandem ganz oben was nicht passt, wird so eine Liste eben angepasst. Ist nicht neu für mich. Aber auffallend finde ich das trotzdem. Warum löscht jemand den Namen? Um was zu verheimlichen, oder?«

Maus nickte. »Den Jungen sollten wir uns unbedingt vornehmen.«

»Hm, da haben wir aber ganz schön was vor. Und dazu eine verschwundene Cassandra.« Rabenfels warf einen weiteren nervösen Blick auf seine Armbanduhr.

»Bist du immer noch sicher, dass Cassandra nichts passiert sein kann?«, fragte Düvel Maus.

Der wurde blass. »Hm, es gibt tatsächlich noch was. Ich hatte Cassandra versprochen, es nicht zu erzählen. Aber vorgestern

Abend hat jemand mit einem Wartburg Jagd auf sie gemacht. Hatte ich ganz vergessen.«

»Was? Das kann doch nicht wahr sein. Das erzählst du jetzt erst?«

Maus warf einen verlegenen Blick in die Runde. Dann einen Blick durch die Glasscheibe in der Doppelflügeltür.

»So ein Mist. Es ist dunkel. Was sollen wir machen?«

»Es ist an der Zeit, die Kavallerie zu rufen«, stellte Düvel ruhiger fest, als er sich fühlte.

Sie hatten die Kavallerie gerufen. Auf den Anruf von Düvel hin hatte man binnen einer Stunde eine Suchmannschaft von zwanzig Mann auf die Beine gestellt. Sie wurde für einundzwanzig Uhr angekündigt. Für den Morgen war eine Hundertschaft der Volkspolizei in Aussicht gestellt worden, falls Cassandra bis dahin nicht zurück sein sollte. Deren Ankunft in Schierke wartete Düvel nicht ab. Die Unruhe trieb ihn raus.

»Was hat Frau von Lucadou genau gesagt, wohin sie will?«, fragte er die Rezeptionistin.

»Das kann ich Ihnen nicht sagen. Ich hatte heute Morgen keinen Dienst. Und meine Kollegin, Frau Sommer, hat schon Feierabend.«

»Wo erreich ich die denn?«

»Gar nicht. Die hat bis Montag frei. Verlängertes Wochenende. Sie wollte an die See. Hat da einen Freund, glaube ich.«

»Das gibt's doch nicht. So ein Mist.« Düvel schüttelte verärgert den Kopf.

»Meine Kollegin hat mir erzählt, dass Frau von Lucadou sich nach dem Fußweg hoch auf den Brocken erkundigt hat, auf dem damals auch die Wanderer zur Brockenbefreiung von hier aus gestartet sind. Hilft das?«

»Besser als nichts. Wie komm ich dahin?«

»Jetzt?«

»Natürlich jetzt.«

»Gehen Sie die Brockenstraße hoch, und dann müssen Sie

beim Wasserhäuschen rechts abbiegen. Das wird auch der Weg gewesen sein, den meine Kollegin empfohlen hat. Aber ich kann Ihnen den um diese Uhrzeit ganz und gar nicht empfehlen. Der ist schon bei Tageslicht schwer zu begehen. Der ganze Weg besteht aus Stolpersteinen und Wurzeln. Da muss man höllisch aufpassen, dass man sich nicht den Fuß verknackst oder stürzt.«

Düvel nickte und eilte auf sein Zimmer. Natürlich hatte er keine richtige Wanderkluft dabei, und seine Schuhe waren für das Gehen in der Stadt eindeutig besser geeignet. Sein Anorak hielt bestenfalls Temperaturen über zehn Grad plus stand. Er hielt die Hand aus dem Fenster. Die Temperatur lag jetzt schon unter dem Gefrierpunkt. Aber es half nichts. Er zog alle drei Pullover, die er dabeihatte, übereinander, schnürte seine lächerlichen Halbschuhe und schnappte sich den Anorak.

Vor der Tür stieß er auf Maus.

»Wo willst du denn hin?«

»Cassandra suchen.«

»Willst du auf den Brocken fahren?«

»Nein, laufen. Ich will die Strecke abgehen, die Cassandra laut Auskunft der Rezeptionistin gegangen ist.«

»In der Kluft? Ist das nicht ein bisschen dünn für so eine Tour?«

»Mag sein, aber ich war nicht auf die Suchaktion nach einer Kollegin eingerichtet. Was soll ich machen?«

»Meine Daunenjacke nehmen. Ich hol sie. Ich will mit dem Wagen hochfahren und mich auf dem Plateau umschauen, ob ich sie da oben entdecke.«

»Und wer instruiert die Suchmannschaft?«

»Rabenfels, wer denn sonst? Der ist der große Koordinator, perfekt im Organisieren.«

Dankend nahm Düvel die warme Jacke an. Sie war viel zu groß für ihn. Aber besser als zu eng. Federleicht und so warm, dass er sofort anfing zu schwitzen. Hastig zog er sie wieder aus.

»Mit Schuhen kann ich dir leider nicht dienen, ich schätze, ich hab drei Schuhnummern größer als du. Aber vielleicht hat Rabenfels was Passendes.«

Rabenfels hatte. Und so zog Düvel bewaffnet mit einer starken Taschenlampe aus dem Hotel, Maus' Jacke und Winterstiefeln von Rabenfels, die ihm perfekt passten, los.

***

Maus setzte sich in den Dienst-BMW und stellte als Erstes die Heizung hoch. Es war eisig. Dabei war es noch nicht einmal zwanzig Uhr. Sein Mantel war eigentlich zu dünn für die Temperaturen. Trotzdem hatte er Düvel gern die warme Daunenjacke gegeben. Toller Typ, fand er, auch wenn er offensichtlich nicht für ihn bereit war. Schade. Wirklich schade.

Er machte sich die größten Vorwürfe, dass er nicht schneller reagiert, die anderen sogar gebremst hatte. Aber er war felsenfest überzeugt gewesen, dass Cassandra alles allein hinbekam und unsterblich war wie er selbst. Eine dumme Einstellung, ohne die der Einsatz in kritischen Situationen, in die sie regelmäßig kamen, nicht zu bewältigen war. Wer seinen Tod vor Augen hatte, hatte Angst. Das ließ sich nicht vermeiden. Und wer Angst hatte, wurde übervorsichtig. Und wer übervorsichtig war, machte Fehler. Fehler, die man sich nicht erlauben konnte.

Klar hatte er sich einen heißen Job gewünscht. Sogar der BND-Dienst als Agent war ihm zu langweilig geworden. Das würde auch immer so bleiben. Zumindest bis er nicht mehr konnte. Irgendwann, in nicht allzu ferner Zukunft, würde das der Fall sein. Dann war er zu alt. Es schüttelte ihn. An sein Alter mochte er nicht denken. Er lebte im Hier und Jetzt, und das war gut so. Vielleicht hatte er Glück und würde im Kampf fallen, natürlich unter Mitnahme aller seiner Gegner. Er grinste. Er musste immer gewinnen. Das war Teil des Spiels. Oder in den Armen eines heißen Typs. Das wäre noch besser.

Aber für Cassandra wünschte er sich etwas anderes. Ihr durfte nichts passiert sein. Für eine Frau war sie wirklich der Hammer. Zuverlässig, hart im Nehmen, ein echter Kumpel. Und ein Freund. Er hatte zu wenige davon. Echte Freunde. Nicht Liebhaber. Daran mangelte es ihm nicht.

Düvel könnte ein Freund sein. Wenn er schon nicht zum Liebhaber taugte.

Er hatte die Brockenstraße erreicht und bog auf die einspurige Trasse hoch zum Brocken ab.

***

Rabenfels erwartete die Suchmannschaft im Foyer. Die Lust auf Wernesgrüner war ihm vergangen. Unfassbar, dass Cassandra verschwunden war. Ihn plagte sein schlechtes Gewissen. Hätte er schon früher reagieren können – müssen? Aber Cassandra war eine starke Frau und hervorragende Kämpferin. Nur wenige im BKA konnten es mit ihr aufnehmen. Er selbst zumindest nicht. Im Außendienst, in den letzten Gegenden der Welt, in die sich Frauen nicht trauen sollten, hatte sie die miesesten Einsätze übernommen. Und immer überlebt. Hatte ihm von Armin erzählt. Der schwärmte selten für einen der Verbindungsbeamten. Aber Cassandra hatte er in den höchsten Tönen gelobt.

Auch Maus hatte er für diesen speziellen Einsatz empfohlen. »Ein guter Mann, auch wenn er schwul ist.«

Rabenfels konnte das nur bestätigen.

Er hatte sich vorgenommen, beide ins Boot zu holen, wenn er erst einmal BKA-Präsident war und sie zu alt für Auslandseinsätze. Solche Profis musste man halten.

Die Suchmannschaft betrat zwei Stunden später das Foyer. Zwanzig Mann, warm eingepackt bis zu den Nasenspitzen. Darüber Fellmützen mit Ohrenschützern.

»Normalerweise rücken wir nicht aus, wenn jemand erst so kurz vermisst wird. Sie müssen gute Kontakte haben«, murrte der Einsatzleiter.

»Haben wir«, verwies Rabenfels den Mann in seine Schranken. »Glauben Sie mir, wenn diese Frau vermisst wird, dann ist ihr was zugestoßen«, fügte er versöhnlich hinzu.

Der Mann, der sich nun als Hans-Peter Kasper vorgestellt hatte, nickte.

»Heute Morgen ist unsere Kollegin alleine auf den Brocken rauf, seitdem haben wir nichts mehr von ihr gehört. Sie hat vermutlich den Fußweg genommen, den, den auch die Brockenbefreier von hier aus nahmen.«

»Hm, auf dem kann allerhand passieren. Der ist nicht ohne. Sind Sie den schon mal rauf?«

Rabenfels schüttelte den Kopf.

»Nun, wir schon. Wir ziehen gleich los.«

Rabenfels war rat- und ruhelos zurückgeblieben.

***

Düvel spürte alle Knochen. Aber die Angst um Cassandra hatte ihn vorangetrieben. Erst spät war er zurückgekommen, völlig frustriert. Die Warnung der Rezeptionistin war untertrieben gewesen. Der Aufstieg war die Hölle gewesen. Alle zwanzig Zentimeter ragte ein spitzer Felsen oder eine Wurzel aus dem Boden. Das sollte ein Wanderweg sein? Ihn wunderte, dass die Brockenbefreier den ohne Verluste geschafft hatten. Nach der halben Strecke hatte er aufgeben müssen. Es war zu dunkel und trotz der geliehenen Kleidung zu kalt. Außerdem hatte die Taschenlampe angefangen zu flackern.

Er hatte sich viel Zeit für den Weg gelassen. Hinter jeden Baum geschaut und immer im Zickzackkurs zwanzig Meter links und rechts des Weges den Wald abgesucht. Keine Spur von Cassandra. Für den Weg zurück hatte er die Fahrstraße gewählt. Die war zwar länger, aber einfacher zu gehen.

Ihn wunderte, wie nahe ihm ihr Verschwinden ging. Die Vorstellung, sie verloren zu haben, bevor sie hatten beginnen können, zog ihm die Brust zusammen. Sie war ein ganz besonderer Mensch – trotz dieses unsäglichen Haarschnittes und ihres Rambo-Gebarens. Wider Willen musste er lächeln.

Und dann der Kuss. Er wusste nicht, was ihn übermannt hatte. Dafür war er nicht der Typ. Erschreckt von sich selbst, war er entzückt von ihrer Erwiderung gewesen. Nie hätte er sich träumen lassen, dass die Frau auf ihn eingehen würde.

Und nun das.

Er trat durch die Eingangstür. Rabenfels saß in der Sitzgruppe im Foyer, jetzt bei Kaffee. Düvel legte die geliehene Daunenjacke auf einen der leeren Sessel und setzte sich auf einen anderen.

»Hast du was gehört?«, fragte er Rabenfels erschöpft.

»Willst du was Warmes trinken?«

Düvel nickte, und Rabenfels gab der Rezeptionistin Zeichen.

»Es gibt nur noch Malzkaffee. Küche und Bar haben geschlossen, und der Kellner ist auch schon heimgegangen.«

»Das passt. Ich will munter bleiben«, erwiderte Düvel.

Eine halbe Stunde später kam Maus durch die Tür geeilt.

»Ist sie zurück?«, fragte er Rabenfels und Düvel, noch bevor sich die Schwingtür geschlossen hatte.

Rabenfels schüttelte den Kopf. »Du hast sie also auch nicht gefunden.«

Maus schnappte sich den letzten freien Sessel und rief nach dem Kellner.

»Im Bett«, konstatierte Düvel. »Kaffee gibt's an der Rezeption.«

»Ich brauch keinen Kaffee, ich brauch was Stärkeres.«

Er schwang sich aus dem Sessel und schritt zur Rezeption, wo er die eingenickte Rezeptionistin wach brüllte. Offenkundig zufrieden mit sich, kam er zurück, während die Frau mit Schlüsseln klappernd durch eine unscheinbare Tür hinter dem Tresen verschwand.

»Ich hab die Wachhabenden im Brockenbahnhof gefragt, ob ihnen irgendwas im Laufe des Tages aufgefallen ist, aber sie haben Cassandra nicht gesehen. Zumindest wurde nichts gemeldet.

Sagen sie. Schöner Mist. Was machen wir denn nun?«, fragte er, kaum dass er wieder saß.

»Gute Frage.«

Rabenfels zuckte zur Antwort mit den Schultern.

Maus wurde puterrot im Gesicht. So hatte ihn Düvel noch nie gesehen.

»Ihr ist nichts passiert. Sie schafft das schon, ihr werdet sehen.«

Sie warteten die halbe Nacht.

Maus hatte sich zu seinem Kaffee diverse Falkner von der übermüdeten Rezeptionistin, die sich nach dem dritten Glas als Heidi vorgestellt hatte, servieren lassen. Was ihn nicht beruhigt hatte.

Düvel und Rabenfels hatten die Hotelbroschüre studiert und die Zeitungen der letzten Tage gelesen. Nachdem er die Hotellobby diverse Male durchschritten und Heidi in den Wahnsinn getrieben hatte, hatte sie einfach die Flasche Falkner vor Maus platziert und war verschwunden.

Als sich die Schwingtür kurz vor vier Uhr morgens öffnete, schreckten alle ruckartig aus ihren Gedanken hoch. Die Männer des Suchtrupps schüttelten ihre nassen Haare aus und rieben sich die starren Hände. Kasper schlurfte zu Rabenfels, den anderen beiden zunickend.

»Keine Spur. Wir sind nebeneinander den Wanderweg hoch. Haben eine Breite von gut dreißig Metern rechts und links des Wanderweges abgesucht. War ganz schön schwierig in der Dunkelheit. Zurück haben wir das Gleiche mit der Fahrstrecke gemacht. Soweit das möglich war. Aber wir haben nicht den geringsten Hinweis gefunden. Sind Sie sicher, dass die Frau dort irgendwo ist?«

»Ganz sicher«, erwiderte Rabenfels.

Kasper nickte. »Gut, dann machen wir morgen früh um sieben weiter. Die Hundertschaft wird dazustoßen und den Weg nochmals absuchen. Bei Tageslicht. Und wir suchen das Brockenplateau ab. Bis morgen also.«

Die drei sahen sich ratlos an.

»Was kann nur passiert sein? Was glaubt ihr?«, fragte Düvel.

Maus warf Rabenfels einen ernsten Blick zu. »Wenn ihr mich fragt, ist sie der Wahrheit da oben zu nahe gekommen. Anders kann ich mir ihr Verschwinden nicht erklären«, stellte Maus kategorisch fest. Rabenfels nickte.

»Soll heißen?«, bohrte Düvel nach.

»Das heißt, dass unser Mörder sich noch auf dem Brocken rumtreibt.«

»Und sich Cassandra geschnappt hat«, ergänzte Düvel.

SECHZEHN

Donnerstag, 1. März 1990

Düvel hatte nicht schlafen können. Irgendwann war ihm eingefallen, dass er nicht zu Hause angerufen hatte, um zu kontrollieren, ob seine Frau mit den Kindern noch da war. Obwohl er seine Kinder liebte, mehr, als er jemals für möglich gehalten hätte, waren sie hinter Cassandras Schicksal zurückgetreten. Er wollte sie nur noch finden.

Irgendwann war er weggedämmert, aber alle fünf Minuten hochgeschreckt. Ab halb sechs hatte er die Zimmerdecke angestarrt und angefangen zu grübeln. Klar, der Fußweg zum Brocken war schwer zu begehen. Aber er konnte sich nicht vorstellen, dass Cassandra beim Auf- oder Abstieg etwas passiert war. Zum einen war sie topfit, durchtrainiert und absolut tough. So jemand verletzte sich nicht beim Wandern. Nein, das konnte er sich beim besten Willen nicht vorstellen.

Zum anderen vertraute er dem Suchtrupp. Die hatten bestimmt den Weg und die Bereiche daneben sorgfältig abgesucht. Wie sollte das Tageslicht mehr offenbaren?

Cassandra musste über den oder die Täter gestolpert sein. Ganz klar. Was anderes hätte diese Frau nicht stoppen können. Aber wo mochte sie den oder die Mörder aufgespürt haben? Und wieso stellte sie eine Gefahr für sie dar? Hatte sie die falschen Fragen gestellt? Oder war sie ein zufälliges Opfer für den Perversen gewesen, der sich schon an neun anderen jungen Leuten ausgetobt hatte? Düvel wusste nicht, was schlimmer war.

Um halb sieben hielt er es nicht mehr aus. Nach nur zweieinhalb Stunden sprang er aus dem Bett, zog seine drei Pullover übereinander, Maus' Daunenjacke und Rabenfels' Winterstiefel an und schnappte sich den Schlüssel seines Wartburg.

»Sagen Sie meinen Kollegen, dass ich zum Brocken raufgefahren bin«, bat er Heidi, die ihre Augen kaum offen halten konnte.
»Die sind schon oben, ich soll Ihnen dasselbe ausrichten.«
»Wann sind die beiden losgefahren?«
»Vor fünf Minuten.«

Natürlich war sein Wartburg nicht so schnell wie Rabenfels' Porsche. Doch die vielen PS nutzten auf der engen schlaglochübersäten Brockenstraße, die den Namen nicht verdiente, sondern eher einem vor Jahrzehnten schlecht geschotterten Feldweg glich, wenig. Zudem hatte Rabenfels offenbar Angst um den Wagen. Düvel konnte das verstehen. Er holte sie nach zehn Minuten ein.

Gleichzeitig kamen sie auf dem Brockenplateau an. Sie parkten auf dem Kalkschotterparkplatz hinter dem Brocken-Bahnhof. Ein Teilbereich war inzwischen für eine improvisierte Gaststätte abgetrennt worden, die so früh am Morgen noch geschlossen war. Bei den Grenzern brannte jedoch Licht.

»Hier war gestern niemand, und was Ungewöhnliches habe ich auch nicht berichtet bekommen«, erklärte der diensthabende Unteroffizier der Deutschen Volksarmee, die sich allen Insignien, die der junge Mann trug, zum Trotz in Auflösung befand.

»Das hab ich Ihrem Kollegen da«, er wies auf Maus, »gestern Abend schon gesagt.«

Düvel wagte zu bezweifeln, dass er oder seine Leute besonders wachsam waren. Wen oder was sollten sie auch noch bewachen? Alle gingen davon aus, dass es im Laufe des Jahres zur Wiedervereinigung mit Westdeutschland kommen würde und die Mitglieder der Armee dankend entlassen würden. Schon jetzt trauten sich die DDR-Bürger, die noch vor fünf Monaten vor ihnen gekuscht hatten, unfreundlich zu den Herren in Uniform zu sein. Aus gutem Grund, wie Düvel meinte. Schließlich hatten die auf ihre Landsleute geschossen. Und das nur, weil sie aus der Deutschen Demokratischen Republik rauswollten. Schon das Wort »demokratisch« im Namen war ein Affront gegen alle Bürger gewesen.

Er war gespannt, wie man mit diesen Soldaten umgehen würde, wenn andere, westdeutsche Gesetze gelten würden. Oder ob der angebliche Befehlsnotstand sie vor der gerechten Strafe retten würde, wie vierzig Jahre zuvor andere Befehlsempfänger.

Aus einer spontanen Eingebung heraus fragte er den Wachhabenden, ob Peter Hunstein Dienst habe.

»Wer? Nie gehört.«

»Mhm. Nie gehört den Namen. So, so. Darf ich mal Ihre Dienstliste sehen?«

»Und wer fragt das?«

»Düvel, Morduntersuchungskommission Magdeburg. Haben Sie was zu verbergen?«

Der junge Typ baute sich vor Düvel auf und griff in Richtung Gürtel, an dem sein Holster befestigt war.

»Wie kommen Sie denn darauf?«

Düvel bemerkte, dass sich Maus, der ihn einen halben Kopf überragte und doppelt so breit war, neben ihm aufplusterte.

»Wer fragt nach mir?«, erklang wohltönend eine Stimme hinter dem Diensthabenden. Der trat einen halben Schritt zur Seite und gab den Blick auf einen Adonis Mitte zwanzig preis, mit perfektem Körperbau und schwarzen Haaren. Sein Gesicht hatte etwas Feminines, Sanftes. Dieser Eindruck wurde konterkariert von seinen dunkelbraunen Augen, deren Ausdruck vor Selbstbewusstsein strotzte. Sein Mund war arrogant verzogen.

»Herr Hunstein. Wie schön. Es trifft sich hervorragend, dass Sie hier sind. Wir wollten dringend mit Ihnen sprechen«, mischte sich Rabenfels ein, offenbar in der Absicht, die Situation zu beruhigen.

»So? Und das früh am Morgen? Was gibt es denn?«

»Können wir reinkommen? Hier draußen ist es bitterkalt.«

Mit einem übertriebenen Diener, der im Inneren der Hütte mit gedämpften Lachern quittiert wurde, trat Hunstein beiseite. Allein durch einen strengen Blick veranlasste er den Unteroffizier, dem Rangabzeichen nach sein Dienstvorgesetzter, den Weg frei zu geben.

Im Raum befanden sich drei weitere Soldaten, die nach einem Kopfnicken von Hunstein zusammen mit dem Unteroffizier in einen angrenzenden Raum verschwanden. Düvel konnte aufgehängte Etagenbetten sehen, bevor sich die Tür schloss.

Erstaunlich, fand Düvel. Wie kam es, dass Hunstein solch eine Macht in dieser Baracke besaß? Ihm fiel ein, dass sein Vater ein hohes Tier in der SED war. Das konnte nicht der alleinige Grund sein. Um eine solche Autorität über Menschen zu haben, benötigte man mehr, viel mehr, das war klar. Er musste zugeben, dass der junge Mann beeindruckend war. Das ja. Aber sein Verhalten gegenüber seinem Vorgesetzten? Das war mehr als verwunderlich.

»Vielen Dank, Herr Hunstein. Das erleichtert die Sache enorm«, bedankte sich Rabenfels überfreundlich.

Ganz der Politiker, dachte Düvel amüsiert.

Hunstein nickte gnädig.

»Haben Sie am 3. Dezember Dienst gehabt?«, begann Rabenfels.

Hunstein lachte auf. »Woher soll ich das denn noch wissen? Das liegt schon Monate zurück.«

»Das war der Tag der Brockenbefreiung. Daran werden Sie sich sicherlich erinnern.«

»Keine Ahnung. War ein schlechter Tag für uns hier. Aber ob ich Dienst hatte –«

»Wieso schlechter Tag, Herr Hunstein?«, hakte Düvel ein.

»Ich bitte Sie«, erwiderte der mit eiskaltem Tonfall. »Das liegt doch auf der Hand. Der ganze Mob, der sich reingedrängt hat. Und dann dieser Stümper von Major Reinicke, unser Brockenkommandant, der denen aus Blödheit das Tor geöffnet hat. Unglaublich. Jetzt schauen Sie sich hier um. Alles offen. Jeder kann rein. Das war hier ein ganz besonderer Ort, der unserem Land mehr gedient hat als alle anderen Orte zusammen. Wir waren das Bollwerk gegen den Westen. Den Klassenfeind. Und jetzt? Überall Verbrüderung, wo immer man hinsieht. Diese Idioten. Als ob das Leben besser würde, nur weil sie jetzt in den Westen reisen dürfen.«

Verblüfft schaute Rabenfels zu Düvel.

»Sie scheinen ein ziemlicher Fan der Mauer zu sein.«

Hunstein lachte auf. »War nur Spaß. Hab schon eine Reise in die Türkei gebucht, übernächste Woche geht es los.«

»Kommen wir zurück zu meiner Frage«, setzte Rabenfels die Befragung fort. »Haben Sie nun am Brockenbefreiungstag hier oben Dienst gehabt oder nicht?«

»Also das weiß ich wirklich nicht mehr so genau. Ich bin fast immer hier oben. Ob ich Dienst hab oder nicht. Hilft das weiter?«

»Nein, aber vielleicht hilft es, wenn ich die Frage präzisiere. Waren Sie am Brockenbefreiungstag überhaupt hier oben?«

»Tja, tut mir leid, auch daran kann ich mich nicht mehr erinnern.«

»Gut, dann helfen wir Ihrer Erinnerung ein weiteres Mal nach. Sie wurden hier an dem Tag gesehen. Zusammen mit zwei Kameraden. Und Sie waren in Uniform«, mischte sich Düvel ein, dem das alles viel zu langsam ging. Schließlich ging es um das Leben von Cassandra.

»Warum fragen Sie mich dann überhaupt noch? Sie wissen doch offenbar mehr als ich.«

»Weil ich gerne von Ihnen wissen will, ob Sie im Dienst waren.«

»Und genau das kann ich Ihnen nicht mehr sagen. Aber dafür gibt's ja schließlich Dienstpläne. Schauen Sie rein, wenn Ihnen die Antwort wichtig ist.«

»Hab ich, Herr Hunstein, hab ich. Da stehen Sie nicht drin. Und trotzdem hat man Sie hier oben in Uniform mit Dienstwaffe gesehen. Nicht nur gesehen, Sie waren auch sehr grob gegenüber einem Teilnehmer der Brockenbefreiung.«

»Dann wird er es verdient haben, Herr … Wie war doch gleich der Name?«

»Düvel, Herr Hunstein. Düvel ist mein Name. Vielleicht sollten Sie ihn sich merken. Denn ich werde nicht lockerlassen, bis Sie sich erinnern.«

»Warum ist das überhaupt so wichtig, Herr … Düvel?«

»Oh, Herr Hunstein, das ist noch nicht mal das Wichtigste, was ich Sie fragen wollte. Die wichtigste Frage lautet: Waren Sie in der Nacht vom 3. auf den 4. Dezember, also in der anschließenden Nacht, ebenfalls hier oben? Und hatten Sie zu der Zeit Dienst?«

»Tja, also, wenn Sie mich so fragen, dann weiß ich das noch weniger als alles andere. Sind wir jetzt fertig?«

»Fast, Herr Hunstein. Wir möchten uns hier ein wenig umsehen. Und nicht nur hier. Auf dem ganzen Plateau. Nur zu Ihrer Information. Nicht etwa, dass Sie das als Frage oder gar Bitte falsch verstehen. Fangen wir gleich mal mit dem Raum da hinten an.«

Selbstbewusst marschierte Düvel zu der Tür, hinter der die Kameraden von Hunstein verschwunden waren, und riss sie auf. Ein lautes »Hey, was soll das?« ertönte, während die restliche Mannschaft von ihrem Kartenspiel hochschreckte. Auf einen Blick erkannte Düvel, dass Cassandra nicht da war. Er ersparte sich den obligatorischen Blick unter die Betten, den sich Maus allerdings nicht verkneifen konnte. Kaum wieder oben aus seiner Hocke, schüttelte er den Kopf.

Erst jetzt nahm Düvel einen auf der unteren Koje liegenden Soldaten mit einer Schnittwunde auf der rechten Wange, zugeschwollenen Augen und aufgeplatzten Lippen wahr, der von seinen Kameraden verdeckt worden war. Ein weiterer Soldat saß mit hochgebundenem Arm und einer weißen Binde um den Kopf an seinem Fußende.

»Nanu. Was ist denn mit Ihnen geschehen?«, fragte Düvel.

»Nur gestürzt. Ist nicht so schlimm, wie es aussieht«, verkündete Hunstein in Düvels Rücken.

»Gut, machen wir weiter«, sagte Düvel und verließ die Baracke, dicht gefolgt von Maus und Rabenfels. Und den fünf unverletzten Soldaten.

»Wo machen wir weiter?«, fragte Maus, während er sich suchend umschaute. Vor ihnen ragte ein dunkelbrauner fünfstöckiger Turm mit Antennen auf dem Dach auf, der umzäunt war.

»Das muss der Pfefferminzpalast sein«, verkündete Düvel.

»Woher kommt denn dieser nette Name?«, fragte Rabenfels.

»Bei seiner Erbauung war der Turm mit lila-rosa Spaltklinkern verblendet. Die haben bei dem Wetter hier oben aber nur ein Jahr gehalten und sind dann abgefallen. Der Name ist geblieben. Soweit ich weiß, ist der unbemannt.«

»Hm, wie wär's mit einem kleinen Einbruch? Das ist doch ein prima Platz, um jemanden zu verstecken«, stellte Maus fest.

»Da ist was dran. Aber gleich einbrechen? Der gehört immerhin der Stasi, ist aber wohl nur für die interne Kommunikation.«

Düvel wandte seinen Blick nach rechts. Ein weiterer brauner Turm, höher als der andere, ragte gute hundert Meter entfernt in die Höhe.

»Und das muss die Wetterwarte sein. Die war bemannt. Wollen wir da erst mal unser Glück versuchen oder uns aufteilen?«

»Aufteilen«, verkündete Maus. »Ich übernehm die Pfefferminze.«

Die Wetterwarte verfügte über einen Steinsockel, auf dem fünf holzverkleidete Stockwerke hochragten. Ein kleiner Aufbau, gekrönt von einer Messantenne und geschützt durch einen umlaufenden Zaun, bildete die Spitze.

»Kommen Sie rein, kommen Sie rein«, wurden sie von einem weißhaarigen Mittfünfziger begrüßt, der sich als Fritz Lange vorstellte.

»Natürlich dürfen Sie sich hier umsehen, gerne. Endlich mal Besuch«, freute er sich. »Ich hocke hier die meiste Zeit alleine, vor allem nachts. Die Kollegen kommen immer erst gegen halb zehn zum Schichtwechsel. Das hat sich hier so eingebürgert, weil wir doch immer rauflaufen mussten auf den Brocken. Das dauert eben. Jetzt dürfen wir zwar endlich die Brockenstraße nutzen, aber wir haben es bei den Wechselzeiten gelassen.«

Unbekümmert führte er sie durch alle Stockwerke, erklärte einzelne Geräte, auf die er besonders stolz zu sein schien, und bot ihnen zum Schluss Kaffee an.

Eine halbe Stunde später standen sie am Zaun zum Pfeffi-Turm, der andere Spitzname, wie Düvel erläuterte. Maus war nirgends zu sehen.

»Der wird doch nicht …« Rabenfels sah mit gerunzelter Stirn zu Düvel, der die Schultern zuckte.

In dem Moment kam Maus um die Ecke auf sie zu und kletterte über den Zaun.

»Nichts, absolut leer«, verkündete er frustriert.

»Bei uns auch nichts«, antwortete Düvel. »Was nehmen wir uns jetzt vor?«

Sie hatten eine Stunde das Gelände abgesucht, als die Suchmannschaft der letzten Nacht auftauchte.

»Die Hundertschaft ist eingewiesen, die suchen nochmals die beiden möglichen Routen auf den Brocken ab. Wo sollen wir Ihrer Meinung nach weitersuchen?«, fragte Kasper Rabenfels.

»Am besten, Sie unterstützen uns hier.« Mit der Hand zeigte er um sich.

»Hier überall?«, fragte Kasper verblüfft.

Düvel nickte. »Wir übernehmen noch die Stasi-Moschee.«

»Da lässt man Sie rein?«, hakte Kasper verblüfft nach.

Maus lachte nur. Düvel marschierte los.

»Übernehmen Sie mit Ihren Männern den hohen braunen Turm mit der Antenne drauf. Wissen Sie, was das ist?«, fragte Rabenfels.

»Klar, das ist einer der ersten Fernsehsender der Welt. Sechsunddreißig gebaut. Wissen Sie das nicht? Und das kleine Steinhaus daneben ist das Wolkenhäuschen, steht dort seit dem 18. Jahrhundert. Da drin hat schon Goethe gerastet. Den kennen Sie aber?«

Rabenfels verzog keine Miene. »Tja, wenn ich so nachdenke. Aber darin war Frau von Lucadou auch nicht, haben wir bereits kontrolliert.«

»Nun gut, dann fangen wir mit dem Sendergebäude an. Aber man wird uns nicht überall die Tür freundlich öffnen.«

»Lassen Sie sich nicht abwimmeln. Von niemandem. Sollte Ihnen der Zugang verwehrt werden, holen Sie mich. Und lassen Sie keinen Stein unumgedreht. Schauen Sie in jede Ecke und jedes Loch.«

Kasper zog die Stirn kraus. »Und was ist mit dem russischen Militärbereich? Da kommen wir ganz sicher nicht rein.« Er winkte mit der rechten Hand in Richtung zweier weißer Radome, vor denen zwei militärgrüne Bauwagen standen. Es schlossen sich mehrere flache Holzbaracken an. Das Ganze war von einem zwei Meter hohen Stacheldrahtzaun umgeben.

»Das übernehmen wir«, stellte Rabenfels fest. Kasper nickte und zog mit seinen Leuten los.

In der weißen Rundkuppel der Stasi-Moschee waren Richtantennen untergebracht. Auch nicht gerade modernste Technik, wie Rabenfels konstatierte. Ansonsten war das Gebäude leer.

»Auf zu den Russen«, verkündete Maus. »Auf die freu ich mich schon.«

Es waren nur wenige Schritte zum Tor aus Maschendraht, der den weiteren Weg auf das Gelände des GRU blockierte.

»Wieso haben die sich denn eingezäunt? Ich dachte, das wären alles gute kommunistische Freunde hier oben gewesen?«, fragte Maus.

»So gut denn doch nicht. Aber ich glaube, die hatten hauptsächlich Angst davor, dass ihre Soldaten abhauen. Soweit wir das mitbekommen haben, wurde den sowjetischen Soldaten nicht mal genügend Heizmaterial hier hochgeliefert. Die haben sich den Arsch abgefroren. Die müssen sich gefühlt haben wie in einem Gulag. Gern gekommen sind die nicht.«

Von einer der Baracken näherte sich ein Sowjetsoldat in dunkelolivgrüner, hochgeknöpfter Uniform, die Hosenbeine in schwarze Stiefel gequetscht, eine graue Pelzmütze auf dem Kopf und das Gewehr auf der rechten Schulter.

»Was gibt's?«, fragte er in erstaunlich gutem Deutsch.

»Wir suchen eine Frau, die gestern hier oben war. Etwa eins siebzig groß, kurze dunkle Haare, schlank. Sie wird vermisst. Wir würden gerne Ihr Gelände durchsuchen, ob sie hier irgendwie reingeraten ist«, antwortete Düvel.

»Nix Frau. Alles zu. Alles dicht«, antwortete der Soldat in einem plötzlich kaum verständlichen Deutsch.

»Können wir reinkommen und uns umsehen?«, hakte Düvel nach.

»Nix reinkommen, alles dicht«, wiederholte der Sowjetsoldat mit wild fuchtelnden Armen.

»Wir müssen aber rein. Holen Sie bitte Ihren Vorgesetzten.«

»Nix Vorgesetzter. Geht nicht.«

»Doch, das muss gehen. Wir müssen hier rein.«

»Nein, nein, nix rein.« Mit einem letzten Abwinken machte der Mann kehrt und verschwand wieder in einer Baracke.

»Was war denn das?«, fragte Maus.

»Das hab ich befürchtet. Die Russen lassen niemanden in ihre Kasernen oder auf russisches Hoheitsgebiet. War schon immer so«, erklärte Düvel.

»Das gibt's doch nicht. Was ist denn, wenn einer von denen ein Verbrechen begeht, dann muss man doch auch rein?«

»Nein, die haben uns nie reingelassen. Straftaten von sowjetischen Soldaten in der DDR, und davon gab es wegen der schlechten Bezahlung und Isolation mehr als genug, wurden durch die Oberbefehlshaber selbst mit teils drakonischen Maßnahmen geahndet – bis hin zur Todesstrafe. Für uns war am Kasernentor Schluss, wir kamen nicht rein.«

»Und wenn Cassandra da drin ist?«

»Wir brauchen Hilfe von oben. Dringend. Wie sieht's aus, Max? Kannst du deine Verbindungen spielen lassen?«

»Was heißt hier kannst? Musst!«, mischte sich Maus ein.

»Ich seh zu, was ich machen kann. Aber wenn sie wirklich hier ist, haben die natürlich Zeit, sie verschwinden zu lassen, während ich alle Hebel in Bewegung setze.«

»Da ist was dran«, seufzte Maus.

»Das lassen wir aber nicht zu«, stellte Düvel fest. »Während du, Max, alles versuchst, werden wir beide uns abwechseln und den Bereich bewachen. Und zwar so, dass jeder das mitbekommt. Dann werden sie das schön bleiben lassen.«

»So machen wir das. Tomas, du stellst deinen Wagen genau vor dem Tor hier ab, und du, Desiderius, kommst mit mir runter, um den BMW zu holen. Ich fahr direkt weiter nach Berlin. Da muss ich persönlich aufkreuzen, sonst wird das nichts. Ihr beide wechselt euch ab. Ich beeile mich.«

Düvel und Maus nickten den Plan ab.

»Ich umrunde erst mal das Areal und schau mich um, ob es einen anderen Ausgang gibt. Nicht, dass wir hier warten, und hinten raus verschwinden sie. Wir sehen uns später.«

Sie hatten sich viermal abgewechselt, nun war finstere Nacht. Zu ihrem Glück gab es keinen Hinterausgang, nur zwei Eingänge auf der Vorderseite, sodass ein Mann gut kontrollieren konnte, ob jemand oder etwas raustransportiert wurde. Überzeugt war Düvel nicht davon, dass Cassandra sich im russischen Areal befand. Die Grenzer hätten sicherlich mitbekommen, wenn sich die Russen einfach eine Frau geschnappt hätten. Und davon berichtet – schließlich hätten sie damit nichts zu tun gehabt. Oder auch nicht, unmotiviert und gleichgültig, wie sie waren. Davon abgesehen war das Brockengelände mit seinen drei Quadratkilometern Fläche zu groß, als dass man alles überschauen könnte. Jetzt, wo Teile der Mauer rausgebrochen waren und man nicht mehr durch das Tor musste, um hineinzukommen, wurde das Brockenplateau fast unkontrollierbar, dachte Düvel.

Aber irgendwo auf dem Plateau musste Cassandra sein, davon war er felsenfest überzeugt.

Die Suchmannschaft hatte Zugang zu sämtlichen Gebäuden erhalten, zur Verblüffung aller. Sogar in den Pfeffi-Turm, in dem die SED ihre eigene Richtfunkantenne untergebracht hatte und der bisher als ebenso unzugänglich galt wie das Gelände der

Sowjets. Gefunden hatten sie ebenso wenig wie die Hundertschaft, die noch immer den Weg bergauf absuchte, jetzt auf einer Breite von hundert Metern beidseitig.

Düvel vertrat sich die Füße, die trotz der wärmenden Stiefel von Rabenfels eiskalt waren. Noch zwei Stunden, dann würde ihn Maus bis zum Morgen ablösen. Sein Atem stand wie eine weiße Wolke vor ihm. Aus den Baracken stieg träge Rauch auf. Einzelne Fenster waren trübe beleuchtet.

»Ham Sie ma 'ne Fluppe?«

Vor Schreck verschluckte sich Düvel. Ein junger Soldat in olivgrüner Uniform mit Gürtel und Fellmütze schlug ihm auf den Rücken.

»Besser?«

Düvel nickte hüstelnd.

»Und, wie sieht's aus mit 'ner Zigarette?«

Düvel, räuspernd und mühsam nach Luft schnappend, schüttelte den Kopf.

»Schade, da hab ick Ihren Atem wohl mit Zigarettenrauch verwechselt. Scheißnacht heute, wa?«, stellte er mehr fest, als dass er fragte. »Noch fünf Monate bei der Asche, dann hätte ick meinen Dienst erfüllt jehabt. Glauben Sie, dass es noch so lange mit der DDR weitergehen wird? Oder werden wir von unseren kapitalistischen westdeutschen Brüdern und Schwestern schneller einverleibt? Was dann wohl aus uns wird?«

Düvel zuckte nur die Schultern. Das hatte er sich auch schon oft gefragt.

»Bei meiner ersten Schicht hier oben musste ick immer vor dem Postenführer loofen, damit er auf mich aufpassen konnte. Damit ick nicht heimlich abhaue in den Westen. Im Osten Wernigerode, im Westen Braunlage, dazwischen der Eiserne Vorhang. Stacheldraht, Wachtürme, der Streckmetall-Zaun. Nee, dazu hätte mir die Traute jefehlt. Alleine schon wegen der Mauer. Zwei Kilometer westlich beginnt Niedersachsen. Und ick hab mich nicht jetraut. Und heute? Hab ick Angst davor, da rüberzumüssen. Blöde, wa?«

Düvel nickte erneut. Er verstand den jungen Grenzer nur zu gut.

»Dreizehn Monate bin ick schon hier oben. Und det war keine gute Zeit, dat können Sie mir glooben. Letztlich hab ick die ganze Zeit meine eigene Gefangenschaft bewacht.« Betrübt ließ er seinen Blick in die Weite schweifen, dann zurück zu Düvel.

»Einmal hab ick einen im Wald direkt hinter der Mauer entdeckt, der abhauen wollte. Ein paar meiner Kameraden haben ihn sich geschnappt und mit einem Jeep in die Kaserne verschleppt. Unsere Uffze zerrten ihn aus dem Wagen und schleppten ihn in ein Vernehmungszimmer. Ick musste einen Stuhl für ihn reinbringen. Für einige Sekunden hab ick dort dem Republikflüchtling allein gegenüberjestanden. Mitleid und Scham, das war alles, wat ick jefühlt hab. Denn ick gehörte zu den Tätern, er war das Opfer. Vielleicht begegne ick ihm ja irgendwann wieder, jetzt, wo die Grenze offen ist. Ick denk die ganze Zeit darüber nach, wat ick ihm dann wohl sagen werde.« Er schwieg eine Weile.

»Kennen Sie den schon: Was macht ein Wildschwein, wenn es auf der rasenden Flucht vor dem Jäger frontal auf einen Baum prallt? Antwort: u f f z z z ...« Er lachte laut über seinen Witz, den Düvel nicht verstand. Fragend blickte er den jungen Soldaten an.

»Na, uffzzz ... Wie Unteroffizier. Waren Sie nicht bei der Volksarmee?«

»Doch, doch«, beeilte sich Düvel zu versichern.

»Aber bestimmt nicht so am Arsch der Welt wie ick hier, da möcht ick drauf wetten. Schon die Namen. Stationiert sind wir offiziös in Elend und unser Übungsschießplatz liegt in Sorge. Wenn dat nicht alles sagt. Und dat mir. Ick stamme aus Berlin.«

Düvel lachte auf. »Wenn da nicht was dran ist. Nomen est omen. Aber sagen Sie mal, waren Sie gestern auch hier? Wir waren heute Morgen im Brocken-Bahnhof, aber Sie hab ich da nicht gesehen.«

»Keen Wunder, gestern hatte ick doch tatsächlich mal einen freien Tag. Selten genug. Bisher durften wir an solchen Tagen nicht mal runter nach Schierke. Die ganzen achtzehn Monate lang. Zwanzig Tage Heimaturlaub gibt's, mehr nicht. Das wenigstens hat sich durch die Grenzöffnung für uns verbessert. Jetzt dürfen wir an freien Tagen raus.«

»Haben Sie vielleicht trotzdem hier oder in der Umgebung eine Frau gesehen? Gestern Vormittag. Kurze dunkle Haare, schlank, etwa so groß.« Er hielt seine Hand auf Mundhöhe.

»Kann sein, dass ick der begegnet bin, als ick rumgelatscht bin. Warum?«

»Wir suchen die Frau, ist auf dem Weg verloren gegangen.«

»Echt? Komisch. Sie kam gerade durchs Tor, als ick raus bin. Hat noch gegrüßt. War 'ne ganz Hübsche. Ist sie Ihnen durchgegangen?«

»So was Ähnliches. Haben Sie mitbekommen, wohin sie wollte?«

»Nee, aber sie ist ganz zielbewusst an mir vorbei aufs Gelände. Als wüsste sie sehr genau, wo sie hin will. Hab mich noch gewundert. Hatte auch eine Kamera dabei, um den Hals gehängt. Dachte mir, dass sie wohl ein paar Bilder schießen will von hier oben aus.«

»Haben Sie gesehen, ob sie mit irgendjemandem gesprochen hat?«

»Mann, ick wollte nur meine Ruhe haben. Mal alleene sein. Hab nicht aufgepasst, was die hier macht.«

»Wann war das etwa, als sie reinkam?«

»Na, so gegen zwölfe, würd ick meinen. Ick hatte bis Mittag Dienst. Was machen Sie eigentlich hier oben um die Zeit? Und wer sind Sie eigentlich?«

»Düvel, MUK.«

Der junge Berliner schreckte zurück.

»Was machen Sie denn mit unserem Schorsch?«, hörte Düvel hinter sich. »Und du bist in Plauderlaune, was, Schorsch? Ist aber nicht gesund, bei der Kälte hier draußen. Ich würde das schön lassen.«

Düvel drehte sich zu Hunstein um, den er an der Stimme

erkannt hatte. Hinter ihm standen zwei seiner Kameraden, grinsend.

»Da haste recht, Peter. Aber ick hab dem Herrn hier eigentlich nur zujehört. Und jetzt ist mir arschkalt. Habe die Ehre, Herr MUK Düvel.«

Übertrieben salutierte Georg und marschierte betont zackig in Richtung Bahnhof.

»Sie sind ja noch immer hier, Herr … Düvel. Darf ich fragen, was Sie zu so später Stunde hier oben hält?«

»Die Arbeit, Herr Hunstein. Die Arbeit. Und da wir gerade dabei sind. Ist Ihnen inzwischen eingefallen, ob Sie in der Nacht vom 3. auf den 4. Dezember Dienst hatten?«

»Darüber, werter Herr Kommissar, hab ich mir keine weiteren Gedanken gemacht. Worüber ich mir allerdings sehr wohl Gedanken gemacht habe, war die Frage, was Sie eigentlich treiben. Sie gehören doch zu uns und nicht zu diesen Westlern. Warum machen Sie hier so einen Aufriss wegen so einer blöden Westtussi?«

»Woher wissen Sie, dass die Verschwundene eine Frau aus dem Westen war, Herr Hunstein? Hab ich da was übersehen?«

»Keine Ahnung, hab mir nur gedacht, dass es eine aus dem Westen gewesen sein muss. Wie die Studenten, die hier oben tot gefunden wurden. War eine reine Vermutung, Herr Kommissar.«

»Und warum glaub ich Ihnen das nicht?«

»Ihr Problem. Aber wenn ich genau nachdenke, dann fällt mir ein, dass man hier oben ganz leicht verschwinden kann. In diesen unruhigen Zeiten passiert so was öfter, als man denkt. Auch mit Kommissaren, Herr Kommissar.«

Hunstein und die anderen Soldaten rückten Düvel immer näher. Inzwischen zweifelte er kein bisschen mehr daran, dass Hunstein recht hatte. Hier oben konnte viel geschehen und wenig nachgewiesen werden. Er trat einen Schritt zurück. Die Männer rückten näher. Plötzlich ging hinter ihm ein Strahler an.

»Was ist los, Genossen?«, erscholl von den russischen Baracken.

»Nichts, Genosse. Mach wieder dunkel«, brüllte Hunstein zurück. Der Scheinwerfer ging wieder aus.

Hätte Düvel noch Zweifel daran gehabt, dass hier alles Mögliche geschehen konnte, wovon die Welt nichts mitbekommen würde, so waren sie in diesem Moment verflogen. Er griff nach hinten und schob Maus' Daunenjacke hoch, bis er an seinen Hosenbund greifen konnte. Mit einer fließenden Bewegung zog er seine Dienstwaffe und richtete sie auf die Soldaten.

»Zurück. Mag sein, dass so was mit vielen Leuten hier oben bei Dunkelheit geschehen kann, aber eben nicht mit Kommissaren, Herr Hunstein. Zurück, hab ich gesagt«, zischte er in Richtung der beiden Soldaten, die sich links und rechts von ihm formiert hatten.

Mit einem Blick in Richtung Hunstein zogen sie sich gerade in dem Moment einen Schritt zurück, als Autoscheinwerfer sie streiften. Keiner hatte das leise Dieseln des BMW kommen hören. Zu groß war die Anspannung. Der Wagen hielt nur Millimeter entfernt von Hunsteins Beinen. Der zuckte nicht einmal. Stand wie aus Blei gegossen im Scheinwerferlicht und genoss offensichtlich die Situation. Düvel fragte sich ernsthaft, was im Hirn dieses Menschen vorgehen mochte. Konnte es wirklich sein, dass er die Gefahr genoss? Ihm fehlte die Phantasie für solch eine Reaktion.

»Was ist denn hier los?«, fragte Maus kaum, dass sein linker Fuß den Boden berührt hatte. »Sehe ich da eine Waffe?«

»Sieht so aus«, knurrte Düvel. »Aber die ist jetzt wohl nicht mehr nötig, stimmt's, Herr Hunstein?«

Der warf theatralisch die Arme in die Luft. »Ihr Kollege versteht keinen Spaß, fürchte ich. Schade, jedem steht ein bisschen Humor, Herr Kommissar.«

Damit drehte er sich um und winkte seine Kameraden mit sich in Richtung Brocken-Bahnhof.

Düvel ließ seine Waffe sinken.

»Da bin ich aber gerade mal wieder rechtzeitig gekommen«, stellte Maus fest.

Düvel nickte. »Du bleibst jedenfalls heute Nacht nicht alleine hier oben, das steht fest.«

»Ui, unsere erste gemeinsame Nacht«, erwiderte Maus grinsend. »Welchem Anlass hab ich das denn zu verdanken? Diesem allerliebsten Bürschchen, das offenbar ein paar Schrauben in seinem allzu hübschen Schädel locker hat?«

***

Cassandra öffnete die Augen. Ihr war kein sinnvoller Plan eingefallen. Sie musste die passende Gelegenheit abwarten. Bis dahin war Kräftesammeln angesagt. Oberstes Gebot im Kampfeinsatz: Jede Minute ausruhen, die man geschenkt bekommt. Geweckt hatten sie schwere Stiefeltritte auf der Treppe. Die Tür wurde aufgeschlossen, und drei Gestalten traten ein.

Hunstein, wie ihn das Namensschildchen auf seiner Uniformjacke auswies, hatte zwei Kameraden mitgebracht. Der eine trug einen Eimer und eine Flasche, der andere eine Petroleumlampe, die einen gelben Lichtschein auf die Wände warf.

»Gut geschlafen? Ach, du kannst ja nicht antworten. Wie schade. Nichts ist so langweilig wie eine einseitige Unterhaltung. Andererseits besser als dummes Gequatsche. Nun denn. Wir werden dir jetzt fünf Minuten lang die Fesseln abnehmen. In der Zeit darfst du pinkeln und trinken. Exakt fünf Minuten. Keine vier, keine sechs. Den heben wir uns für anschließend auf.«

Seine Begleiter lachten dreckig, während sie ihre Beine befreiten, die Handfesseln hinter ihrem Rücken lösten und den Knebel aus ihrem Mund holten. Dann zogen sie sie auf die Beine.

Hunstein hatte seine Schusswaffe genau auf ihre Stirn gerichtet. Cassandra versuchte, einen kleinen Schritt hinter einen der Grenzer zu machen.

»Oh, oh, oh. Das würde ich schön lassen. Nur der kleinste Versuch, uns deine Kampfkünste erneut vorzuführen, und ich werde dir wehtun. Richtig! Wehtun! Erst schieße ich dir ins Knie, damit du dich nicht mehr bewegen kannst, und dann geht's los. Hast du das verstanden?«

Er sah aus wie ein ausgehungerter Hund, der nur darauf wartete, über Cassandra herzufallen. Sie hatte verstanden. Und glaubte ihm jedes Wort.

Also nickte sie und griff nach der hingehaltenen Flasche. Am liebsten hätte sie den Typen das Wasser ins Gesicht gespuckt. Aber Trinken war überlebensnotwendig. Sie musste fit bleiben. Durst war kontraproduktiv.

Hunstein nickte in Richtung des Eimers. Das war nicht erforderlich zum Überleben. Nicht, dass Cassandra nicht gemusst hätte nach den vielen Stunden. Aber das gönnte sie diesen Drecksäcken nicht. Regungslos blieb sie stehen.

»Gut, kommen wir zum nächsten Teil der heutigen Nacht.«

Er gab seine Waffe einem der anderen beiden und trat dicht, ganz dicht an sie heran. Sie spürte seine Hand an ihrem Hosenbund. Spürte, wie er den Knopf öffnete. Er würde sie vergewaltigen, sie sah es in seinen Augen. Nicht, weil er geil auf sie war, sondern um seine Macht zu demonstrieren. Ihr und seinen Kameraden. Das war sein ganzes Sinnen und Trachten: Macht, Macht, Macht. Über Menschen, über Dinge, über das Leben.

Die Vorstellung, was ihr gleich widerfahren würde, stieß sie ab. Aber sie rief sich ins Gedächtnis, dass sie es schon einmal überlebt hatte. Das schaffte sie noch mal. Sie wollte leben. Dieser unzerstörbare Wille war stärker als alles andere.

Hunstein schob ihren Pullover hoch. Als sie bewegungslos stehen blieb, zog er nur lächelnd die Augenbrauen hoch. Cassandra hob die Arme, er stülpte den Pullover über ihren Kopf. Dann den zweiten. Nun stand sie im BH vor ihm. Langsam, fast zärtlich ließ er seine Hände über ihre Schultern gleiten, weiter hinunter über ihre Brustwarzen, bis er erneut den Bund ihrer Jeans erreichte.

Cassandra begann, sich in sich zurückzuziehen. Wie sie es gelernt hatte. Sich selbst beigebracht hatte. In das schwarze Loch ihres Bewusstseins. Das für diese Art von Schmerz reserviert war. Seit langer Zeit. Um zu überleben. Um so was zu überstehen – und zurückzukommen, um sich zu rächen. Nicht wie in Neu-Delhi, wo ihre Eltern sie zwangen, sich selbst die Schuld daran zu geben.

Sie war zehn Jahre alt gewesen. Ihre Familie hatte das Land verlassen, um der Schande, Schmach, wie sie es nannten, zu entgehen. Nein, nochmals würde sie das nicht zulassen. Diesmal würde sie zurückkommen und dieses Schwein töten.

Der Schlag in ihre Magengrube überraschte sie völlig. Sie krümmte sich, die Hände vor dem Bauch.

»Du glaubst doch nicht, dass ich meinen Schwanz in eine hässliche alte Kuh wie dich reinstecke.« Hunstein lachte laut auf. Das fast überirdisch schöne Antlitz verzerrte sich in eine höhnische, angeekelte Grimasse, während er drei Schritte zurücktrat.

»Das hättest du gerne, was? Aber den Gefallen werd ich dir nicht tun. Wie alt bist du? Fünfunddreißig? Älter? Ich steh nur auf die ganz jungen, unverbrauchten, jungfräulichen. Bind ihr die Arme zusammen und steck ihr den Knebel ins Maul«, wies er einen Kameraden an.

Sie hatte sein ebenso wichtiges Ziel vergessen: die Macht, andere zu demütigen. Bei ihr schaffte er das nicht.

Er drehte sich um und ging zur Tür, gefolgt von seinen Begleitern.

Cassandra atmete auf. Zu früh.

Den Türgriff bereits in der Hand, drehte sich Hunstein zu ihr um. »Für mich bist du zu alt und abgehalftert. Aber nicht für meine Kameraden, die schick ich gleich nacheinander rein. Viel Spaß.«

SIEBZEHN

Freitag, 2. März 1990

Maus hatte den BMW die ganze Nacht laufen lassen. Alles andere wäre unerträglich gewesen. Die Temperaturanzeige im Wagen zeigte minus zehn Grad, und es wehte ein bösartiger Wind, der durch sämtliche Kleidung drang, wenn man verrückt genug war, auszusteigen. Sie hatten den Wagen umgeparkt, um gleichzeitig auch den Brocken-Bahnhof im Blick zu haben. Düvel wusste nicht, wem er mehr misstraute: den Russen oder den Grenzern.

Sie hatten die Stunden abwechselnd mit Schlafen und Diskussionen darüber verbracht, wo Cassandra sein mochte. Und waren immer wieder zu dem Schluss gelangt, dass sie den Brocken nicht verlassen hatte.

»Glaubst du, dass sie noch lebt?«, hatte Maus ein ums andere Mal gefragt. Seiner Überzeugung zum Trotz hatte Düvel den Freund, als den er Maus inzwischen empfand, getröstet. Ihm selbst war in der Nacht der Glaube abhandengekommen. Wenn die Grenzer sie geschnappt hatten, wäre sie genauso verloren wie bei den Russen. Düvel wusste nicht, wer schlimmer war. Die würden sich nicht gegenseitig verraten. Das stand fest. Und wenn sie irgendwo schutzlos im Freien war, hätte sie ebenfalls keine Chance gehabt.

Als der Morgen graute und die ersten Wachen aus den Baracken stapften, war Düvel in seinem Wartburg ohne Rücksicht auf die ausgeleierten Stoßdämpfer zum Hotel gerast und hatte im Eiltempo gegessen und geduscht. Keine halbe Stunde nach seiner Ankunft war er wieder auf dem Weg nach oben. Er glaubte zwar nicht, dass die Soldaten Maus bei Tageslicht angreifen würden. Oder dass sie eine Chance gegen ihn gehabt hätten. Er hatte Düvel seine Walther PPK gezeigt. Die hatte zwar kein größeres

Kaliber als seine russische Makarow. Aber sie war mit Sicherheit zuverlässiger und zielgenauer.

Nicht gezeigt hatte Düvel Maus seine Lebensversicherung: sein Spezialschätzchen im Kofferraum. Das legendäre Scharfschützengewehr SSG-82, das geheimer als geheim war. Er hatte es bei seinem letzten Einsatz in Ostberlin ergattert.

Nun hockten sie wieder zusammen im BMW. Maus verschlang die mitgebrachten Brote und wärmte seine Finger an dem Becher, aus dem er heißen Malzkaffee trank. Niemand hatte bisher die Umzäunung des russischen Geländes verlassen oder war reingegangen. Nun beobachteten sie, wie drei uralte URAL-4320-Lastwagen vor eine Baracke gefahren und diverse Kisten eingeladen wurden.

»Was machen wir, wenn die das Lager verlassen wollen?«, fragte Maus.

»Keine Ahnung. Wenn Rabenfels nicht bald von sich hören lässt, haben wir ein echtes Problem.«

Maus nickte. »Vielleicht sollte einer von uns den Lastwagen folgen. Aber was, wenn die gleichzeitig los und in verschiedene Richtungen fahren?«

»Wir müssen sie auf jeden Fall aufhalten. Hast du eine Idee, wie?«

Maus schüttelte den Kopf.

»Dann müssen wir eben improvisieren. Da fällt uns schon was ein«, verkündete Düvel optimistischer, als er sich fühlte.

Einer der Lastwagen setzte sich in Bewegung. Ein Soldat schritt vor ihm her in Richtung des rechten Maschendrahttores. Maus und Düvel stiegen aus und zogen die Reißverschlüsse ihrer Jacken hoch. Gleichzeitig erreichten die drei das Tor.

»Platz da, Platz machen«, rief der Sowjetsoldat und winkte sie beiseite, während er das Tor nach außen aufschob.

»Kein Problem«, verkündete Maus, platzierte sich aber seinen Worten zum Trotz mitten in die Ausfahrt.

»Weg, weg«, rief der aufgeregte Soldat.

»Ja, ja, schon gut, Genosse«, erwiderte Maus. »Ich halt ihn

hier auf, und du schaust einfach hinten rein, klar?«, flüsterte er Düvel zu.

»Einfach so. Hm. Vielleicht ist dir ja nicht aufgefallen, dass die Plane festgezurrt ist. Richtig fest. Hast du eine Idee, wie ich die aufkriege?«, flüsterte Düvel zurück.

Maus ließ seine linke Hand in der Jackentasche verschwinden und zog sie mit einem glänzenden Gegenstand wieder heraus.

»Versuch's mal damit«, raunte er Düvel zu, während er ihm das zusammengeklappte Messer zusteckte.

»Scheißidee. Was, glaubst du, machen die mit uns, wenn sie mich mit einem Messer an ihrer Plane erwischen?«

»Lass dir was einfallen, schließlich kann ich nicht alle Probleme lösen.«

Noch während Düvel nach hinten und Maus näher an den URAL herantrat, ertönte der Motor des zweiten Lastwagens.

»Hast du auch dafür eine Lösung?«, rief Düvel Maus zu.

»Wie gesagt, da hilft nur improvisieren ...«

Sie hatten ihr Bestes gegeben. Doch nach dem ersten Schnitt durch das Seil, das die Plane festzurrte, und einem Klimmzug am Heck, um überhaupt auf die Ladefläche schauen zu können, war Düvel von einem Sowjetsoldaten heruntergezerrt worden. Seine herbeigeeilten Kameraden hielten ihn fest, während drei andere zu Maus stürmten. Allerdings traute sich keiner zu nah an ihn ran.

Just in diesem Moment kam Rabenfels mit schotterspritzenden Reifen auf das Gelände geschossen und stellte sich genau vor den URAL.

Mit einem Satz sprang er aus dem Wagen und hielt den Soldaten, die Maus umzingelt hatten, einen Wisch vor die Augen. Die ließen sich davon nicht beeindrucken und lamentierten auf Russisch.

»Wo ist Ihr Kommandant? Holen Sie Ihren Kommandanten, sofort«, brüllte Rabenfels. Und wiederholte seine Worte in Endlosschleife.

Die Gruppe, die Düvel festhielt, hatte noch nichts von dem neuen Besucher mitbekommen. Sie zerrten Düvel in Richtung ihrer eigenen Holzbaracken auf das russische Gelände.

Aus einer der Baracken kam ihnen langsam ein Offizier entgegen. Im Gegensatz zu den einfachen Soldaten mit ihren hoch auf dem Kopf tanzenden Schiffchen trug er eine Schirmmütze und Uniformjacke mit zwei Sternen auf der Schulter. Lässig schritt er an Düvel vorbei auf die Gruppen um Maus und Rabenfels zu. Die Soldaten wurden unruhig und ließen Düvel los. Er eilte zu seinen Kollegen. Kurz vor Rabenfels blieb der Offizier stehen.

»Was ist los, meine Herren?«, fragte er in akzentfreiem Deutsch. »Warum halten Sie unsere Lastwagen auf? Das finde ich nicht nett von Ihnen.«

»Ich bitte vielmals um Entschuldigung«, antwortete Rabenfels. »Wir behindern Sie äußerst ungern. Aber wir sind auf der Suche nach einer Kollegin, Frau von Lucadou. Leider haben Ihre Männer uns gestern nicht für die Suche auf das Gelände gelassen. Was ich sehr schade finde.«

»Sie sollten wissen, dass niemand russisches Militärgelände betreten darf außer russische Soldaten. Da sind wir sehr eigen.«

Rabenfels nickte. »Vielleicht machen Sie eine Ausnahme für uns.« Er hielt dem Kommandanten seinen mitgebrachten Brief unter die Nase.

Ohne den Blick von Rabenfels abzuwenden, nahm er ihn und schaute darauf. Düvel konnte ein großes farbenfrohes Siegel am unteren Rand erkennen. Langsam und offensichtlich widerwillig senkte der Kommandant Kopf und Blick auf den Brief und las. Ohne die Miene zu verziehen, wies er mit einer einzigen Handbewegung die Soldaten an, zurückzugehen. Die Laster wendeten und fuhren wieder vor die Baracken.

»Bitte, meine Herren, Sie sind meine Gäste. Darf ich Ihnen unsere kleine Anlage vorführen?«

»Was steht da?«, flüsterte Düvel Rabenfels zu.

»Keine Ahnung. Ich war im Kanzleramt. Da haben sie mich

zwei Stunden warten lassen, nachdem ich berichtet habe, was los ist. Und plötzlich hatte ich dieses Schreiben in den Händen. Ist Russisch, ich habe kein Wort lesen können. Aber es scheint zu helfen. Alles andere ist mir egal.«

Nach einer Runde über das umzäunte Gelände, bei der Kommandant Golikow alle Einrichtungen erklärt hatte, hatte er sie allein gelassen.

»Schauen Sie sich in Ruhe um, meine Herren. Ich lasse Ihnen meine rechte Hand, Sergeant Filipow, hier. Er wird dafür sorgen, dass Sie überall reinkommen. Viel Spaß, meine Herren.«

»Lass Maus und mich das hier erledigen und pass du auf, dass Cassandra nicht von den Grenzern beseitigt wird. Denen traue ich nicht.«

Rabenfels nickte Düvels Plan ab und ging zurück zu seinem Porsche.

Düvel und Maus hatten alles abgesucht. Auf Weisung des Feldwebels, wie Düvel den russischen Titel übersetzt hatte, waren sie bei der Suche zusammengeblieben. So weit, dass sie unbeaufsichtigt das Gelände hätten absuchen dürfen, war der Befehl in dem Schreiben offenbar nicht gegangen. Ihnen reichte es. Sie durchsuchten akribisch die komplette russische Anlage. Begonnen hatten sie mit den zwei großen Radomen.

»Da stehen ja nur Lastwagen und Kastenwagen mit Antennen drin«, platzte Düvel heraus, der geheime modernste Abhörtechnik erwartet hatte.

»Das sind unsere Funkfahrzeuge«, rechtfertigte sich Filipow. »Die reichen völlig für den Kurzwellenbereich, in dem wir arbeiten.«

Abhören meinst du wohl, dachte Düvel.

Von Cassandra war keine Spur zu finden. Sie hatten alle Fahrzeuge durchsucht, sonst gab es hier kein mögliches Versteck. Anschließend waren sie zu dem aus den Resten des im Zweiten Weltkrieg zerstörten Brockenhotels errichteten Treibstofflager und den daneben erbauten Garagen gegangen. Aber auch die gaben das Geheimnis um Cassandras Verschwinden nicht preis.

Schließlich hatten sie sich die holzverschalte, lang gestreckte Mannschaftsunterkunft vorgenommen. Vollgepfercht mit einfachen doppelstöckigen Etagenbetten, war der knapp fünfzehn Meter lange Schlafraum trotz der brennenden Holzöfen an beiden Enden eiskalt.

Sie durchwühlten jedes Bett, auch wenn man sofort erkennen konnte, dass sich unter den Bettdecken kein Mensch verbarg. Düvel hoffte wenigstens auf einen Beweis dafür, dass Cassandra hier gewesen war. Deswegen kroch er auch unter die Betten und klopfte den Boden ab.

Filipow lachte laut auf. »Ist Ihre vermisste Frau so klein, dass sie unter den Boden passt?«

Düvel antwortete nicht. Denn unter seinen Fingern hatte sich eine Holzdiele bewegt. Er zückte das Taschenmesser von Maus, das er ihm noch nicht zurückgegeben hatte, und hob langsam und vorsichtig die Diele an.

»Hast du eine Taschenlampe dabei?«, fragte er Maus, der sich die Blechschränke am anderen Ende des Raumes vorgenommen hatte.

»Hab ich.« Einen Moment später spürte Düvel in seiner unter dem Bett hervorgestreckten Hand das kalte Metall. Er leuchtete in den Hohlraum, der sich unter der Diele aufgetan hatte. Vorsichtig beugte er sich über das Loch und suchte es im Lichtstrahl der Lampe ab. Nichts. Gerade wollte er sich enttäuscht zurückziehen, da erfasste der Lampenstrahl ein dünnes Etwas, das staubbedeckt gerade außerhalb der Reichweite seiner Finger lag. Mit dem Arm kam er nicht tief in das Loch. Mühsam versuchte er, seinen dicken Ärmel hochzuziehen, aber auch das reichte nicht.

»Hast du in deinem großen Fundus auch etwas, das man als Hebel benutzen kann?«, fragte er Maus, der vor dem Bett hockte und neugierig Düvels Aktion beobachtete.

»Ich schau mal, dabei habe ich nichts.«

Nur eine Minute später kam er mit einem eisernen Feuerhaken zurück. »Versuch dein Glück damit.«

»Aber nicht, dass Sie gleich unsere ganze Kaserne abreißen«, frotzelte Filipow.

Obwohl der Hebelarm zu kurz war, schaffte es Düvel, das Nachbarbrett so weit anzuheben, dass er mit den Fingerspitzen das Schreibheft, wie er nun erkannte, erreichen und rausziehen konnte. Mühsam robbte er unter dem Bett hervor und betrachtete seinen Fund, den auch Maus neugierig begutachtete.

»Ich werd verrückt. Das ist das Heft von Böhme, schau mal, da steht sein Name drauf. Das war doch seit dem Mord an der Gruppe verschwunden …«, verkündete Maus aufgeregt.

Auf dem Deckblatt des verdreckten schwarzen Heftes stand in dem weißen Namensfeld: »Alexander Böhme, Brockenbefreiung Dezember 1989«.

Fassungslos sahen sich die beiden Männer an. Filipow, der die Spannung spürte, kam näher. »Was haben Sie da gefunden?«

»Die Antwort auf eine unserer dringendsten Fragen. Aber leider nicht auf die wichtigste, nämlich wo Frau von Lucadou steckt.«

***

Wenigstens war Cassandra die Vergewaltigung erspart geblieben. Wie alle überheblichen Menschen hatte Hunstein Fehler begangen. Sie hatte nur abwarten müssen. Fehler Nummer eins: Er hatte Cassandras Hände vorn fesseln lassen. Und die Beine für die geplanten Spielchen nicht zusammenbinden lassen. Großer Fehler.

In den fünf Minuten bevor der erste Knabe reinkam, hatte sie eine Glasscherbe aus dem alten Spiegel gebrochen und das Seil um ihre Hände durchgescheuert. Dann hatte sie sich in die alte Positur gestellt, das zerfetzte Seil notdürftig um die Handgelenke geschlungen.

Hunstein schickte wie angekündigt nur einen Kameraden

rein, Fehler Nummer zwei. Mit zwei Tritten in seine Weichteile und an den Kopf hatte sie ihn kampfunfähig gemacht.

Ein dreibeiniger Sessel landete unter dem Türgriff, bis der Typ aus seiner Ohnmacht erwachte. Danach ließ sie ihn sämtliche vorhandenen Möbelstücke vor die Tür schieben. Der Grenzer war so eingeschüchtert, dass sie ihm nicht mal die Glasscherbe an den Hals setzen musste.

Hunstein und Genossen hatten stundenlang versucht, reinzukommen. Cassandra und der Grenztruppensoldat hatten sich dagegengestellt und die Möbelwand verstärkt. Irgendwann, als es ruhiger geworden war, hatte sie sich erschöpft mit ihrem Gefangenen in eine Ecke verzogen. Der Junge hatte keine Anstalten unternommen, sich zu wehren. Cassandra hatte sich nicht darauf verlassen, sondern ihm die Spiegelscherbenspitze an den Hals gedrückt. So fest, dass sein Blut am Hals runterrann.

Aber dann war es passiert: Anspannung, Erschöpfung, Hunger, Durst und Müdigkeit hatten zugeschlagen. Sie war nur einen klitzekleinen Moment eingenickt. Ganz kurz. Dann wurde sie unsanft geweckt durch lautes Rumpeln. Sie war nicht schnell genug auf den Beinen, um zu verhindern, dass der Grenzer weitere Möbelstücke wegschob. Gleichzeitig wurde von außen gegen die Tür geschlagen. Mit einem Rammbock, der Lautstärke nach. Der Möbelberg, der die Tür blockiert hatte, gab nach, und Hunstein stürmte mit zwei Kameraden in den Raum, seine Waffe war auf ihre Stirn gerichtet.

»Planänderung. Ihre Kollegen sind uns zu dicht auf die Pelle gerückt. Sie müssen verschwinden, und zwar endgültig.«

***

Trotz aller Aufregung über den sensationellen Fund suchten sie systematisch die anderen Gebäude und das Freigelände ab. Von Cassandra entdeckten sie nicht das Geringste.

Die Suche hatte sie Stunden gekostet. Nicht ein Stein, den sie nicht umgedreht, kein Fahrzeug, das sie nicht auf den Kopf gestellt, und kein Gebäude, dessen Boden sie nicht abgeklopft hätten auf der Suche nach weiteren Hohlräumen. Nur ungern verließen sie das Sowjetgelände und stießen zu Rabenfels, der in seinem Porsche, den er in Richtung Bahnhof umgeparkt hatte, den ganzen Tag auf sie gewartet hatte.

»Was machen wir denn jetzt?«, fragte Düvel. »Hat sich was bei den Suchmannschaften ergeben?«

»Glaubst du ernsthaft, dass ich euch das nicht umgehend gesagt hätte?«, fragte Rabenfels entrüstet.

»Ich traue diesen Grenzern, vor allem diesem Hunstein, nicht. Lasst uns nacheinander runterfahren, was essen und dann hier oben weitersuchen. Einer muss immer hierbleiben, falls sich was tut. Nicht mehr so auffällig. Vielleicht versuchen sie, in einem unbeobachteten Moment was zu unternehmen. Fahrt ihr beide als Erste runter. Ich lese derweil das Tagebuch.«

»Du bleibst nach dem Erlebnis letzte Nacht auf keinen Fall alleine zurück. Wir sollten immer zu zweit sein, auch für den Fall, dass einer von uns jemanden verfolgen muss. Fahr du zuerst, Max. Ich bleib mit Tomas hier. Wäre trotzdem nett, wenn du dich beeilen und vor allem was zu kauen mitbringen könntest. Lange halte ich nicht mehr durch. Ich bin am Verhungern«, verkündete Maus.

»War da nicht eine Gaststätte im Brocken-Bahnhof? Hol dir doch da was«, meinte Rabenfels.

»Die war gestern geschlossen. Aber vielleicht ist sie heute auf. Versuch ...« Mitten im Satz erstarrte Düvel. »Wer von euch hat eigentlich die Gaststätte durchsucht?«

Rabenfels und Düvel starrten sich an.

»Ich nicht«, meinte Maus.

»Ich auch nicht«, ergänzte Rabenfels.

»Und ich ebenfalls nicht«, komplettierte Düvel.

Ohne sich abzustimmen, rannten alle gleichzeitig los. Auf halber Strecke wurden sie von einem Schuss gestoppt, gedämpft von irgendwo vor ihnen. Nach einer Schrecksekunde trieb sie der weiter an.

Der Weg war nicht weit. Vorbei an der ersten Hälfte des lang gestreckten Bahnhofs, in dem die Grenzerstation untergebracht war. Weiter auf dem Betonbahnsteig zur anderen Hälfte des zweistöckigen Gebäudes aus dunkelbraunen Basaltsteinen, in dem sich unter einem weißen Balken eine verglaste Doppelflügeltür befand. Natürlich war sie verschlossen. Noch während Düvel überlegte, wie sie möglichst lautlos geöffnet werden könnte, sprang Maus vom Bahnsteig, schnappte sich einen Stein zwischen den Gleisen, hangelte sich auf den Bahnsteig zurück und schlug die Glasscheibe ein. Erst als das Loch groß genug für ihn war, hörte er auf.

»Prima, nun weiß jeder, dass wir hier sind«, nörgelte Rabenfels.

»Das ist mir so was von egal …«, entgegnete Maus und kroch durch das Loch. Düvel wäre liebend gern hinterhergestürmt. Doch er zögerte. Aber nur einen Moment, dann stürmte er zurück zu seinem Wartburg.

Als er zwei Minuten später durch das Loch in der Glastür kroch, brauchten seine Augen einen Moment, um sich auf die Dunkelheit einzustellen. Er hörte eine geflüsterte Warnung von Maus und blieb in geduckter Haltung hocken. Erst jetzt erkannte er seine Kollegen links und rechts neben einer mittig im Raum beginnenden Treppe kauernd, die Schusswaffen entsichert in den Händen.

»Was ist los?«, flüsterte Düvel.

»Keine Ahnung, wir haben oben lautes Getrampel und Schmerzensschreie gehört. Die klangen nicht nach Cassandra. Bist du bereit?«

Düvel nickte und stürmte zusammen mit Maus die Treppe rauf, sein SSG-82 im Anschlag. Vor ihnen lag eine alte Holztür in Trümmern, in dem Raum dahinter verteilten sich weitere Splitterteile, offenbar von Möbelstücken. Sie gingen neben dem Türrahmen in Deckung. Maus linste um die Ecke, dann gab er ihm Zeichen, bei drei anzugreifen. Mit den Fingern deutete er den Countdown an.

Gleichzeitig flitzten sie um den Türrahmen, duckten sich und richteten beidhändig ihre Waffen auf den Tumult vor ihnen.

»Waffen fallen lassen, Hände über den Kopf und auf die Knie. Runter, runter, oder ich mach euch einen Kopf kürzer«, brüllte Maus.

»Verpisst euch, ihr Drecksäcke, sonst schneid ich Hunsteins hübschen Kopf ab.«

Verblüfft sahen sich die beiden an.

»Cassandra«, brüllte Maus.

»Des?«, kam zurück. »Pass auf, die Schweine haben Pistolen.«

Maus hechtete in die Gruppe, schickte einen Grenzer, der irritiert seine Waffe ziehen wollte, mit einem Schlag auf den Boden. Mit demselben Schwung trat er dem zweiten gegen sein Knie. Der sackte laut brüllend zusammen.

Derweil versuchte Hunstein, sich aus Cassandras Umklammerung zu drehen und die Waffe in seiner Hand auf ihren Kopf zu richten. Düvel war kein guter Schütze. Die Hauptarbeit übernahm sein Scharfschützengewehr, als er mit einem Schuss die Waffe aus Hunsteins Hand wegschoss. Fassungslos sah er auf das Gewehr, dann auf seine Hände, die zitterten wie nach einem Stromschlag.

Hinter ihm kam Rabenfels in den Raum gestürmt.

Maus trat dem auf dem Boden liegenden Grenzer seinen Stiefel ins Gesicht, als er anfing, sich zu rühren, und dem anderen nochmals gegen das verletzte Knie. »Falls du auf falsche Gedanken kommen solltest, mein Junge«, erklärte er dem schreienden Verletzten.

Dann nahm er Hunstein in den Schwitzkasten. Dessen Hand sah aus wie nach einem Besuch im Häcksler.

Düvel eilte zu Cassandra, doch Maus war schneller. Er hatte Hunstein einfach fallen lassen, als der leichenblass in sich zusammengesackt war. Jetzt umschlossen seine Arme Cassandra so komplett, dass nur noch ihre Beine zu sehen waren. Und das Blut im Schritt.

Wie befürchtet, hörte er trotz ihres Freudenlärms leise Schritte auf der Treppe. Er eilte hinter die Reste der Tür. Lange brauchte er nicht zu warten. Dem ersten Schatten, der durch die Tür schlich, folgten zwei weitere. Leise huschten sie zu der beschäftigten Gruppe. Der Unteroffizier, der ihnen am Tag zuvor die Tür zur Grenzerunterkunft geöffnet hatte, hob seinen Arm mit Baseballschläger direkt hinter Maus, der durch Cassandras erschreckten Schrei nicht gewarnt wurde. Die zwei anderen waren hinter Rabenfels geschlichen, dessen Blick auf den Grenzer vor ihm fixiert war.

Düvel schoss in die Decke. »Das würde ich schön sein lassen«, verkündete er.

Alle drehten sich gleichzeitig um. Wie beim Ballett, fand Düvel. Sein SSG-82 war direkt auf die Nase des Anführers gerichtet. Zu gern hätte er abgedrückt.

Zuerst fasste sich Maus. Mit einem Griff entriss er dem Unteroffizier den Baseballschläger und stupste ihn zu Boden. Die anderen beiden wichen mit erhobenen Händen zurück, als Rabenfels eine Walther PPK auf sie richtete. Maus verpasste einem der Grenzsoldaten einen Schlag auf den Solarplexus als er versuchte, abzuhauen. Der mähte ihn um.

Keiner außer Düvel beobachtete Cassandra, die mit einem Satz auf Hunstein losging, der inzwischen wieder zu sich gekommen war.

Hunstein hatte ausgesehen wie zu Brei geschlagen. Sein sonst so hübsches Gesicht leuchtete in Grün und Blau zwischen roten Blutflecken. Seine schwarzen Augen waren kaum mehr zu sehen, und sein Haar stand in alle Richtungen ab.

Düvel, Maus und Rabenfels hatten sich Zeit damit gelassen, Cassandra zu beruhigen. Sollte sie sich austoben. Den Dampf von zwei Tagen Gefangenschaft ablassen.

Düvel musste sich abwenden. Die Frau wusste, was sie tat. So hatte er noch keinen Mann zuschlagen sehen. Bei aller Freude, sie gefunden zu haben, dass sie lebte, war sie ihm jetzt wieder fremd. Eine Kampfmaschine, wild und rücksichtslos.

»Haben sie dich etwa …?«, raunte Düvel in ihr Ohr, nachdem sie sich beruhigt hatte.

»Was?«

»Das Blut auf deiner Hose …«

Cassandra sah an sich runter und wurde blass.

»Mich! Vergewaltigt! Man! Nicht! Ist das klar?«, fauchte sie ihn an. »Frag so was nie wieder!« Eiskalte, steinharte Augen starrten ihn an, bevor sie ein paar Schritte zurückwich.

»Hat mal jemand was zum Anziehen für mich?«, fragte sie in die Runde.

Die restlichen Grenzer, die betreten dreinschauten, als Hunstein und seine Helfer abgeführt wurden, brachten Cassandra im Eiltempo einen Overall, der ihr zwar zu groß war, den sie aber dennoch überstreifte.

»Gut, jetzt hab ich Hunger«, verkündete sie.

Die Hundertschaft, die eiligst von der Suche nach ihr abgezogen und auf das Plateau beordert worden war, sollte die Unterkunft und Gefangenen sichern, bis die Kripo eintraf.

»Wir sind im ›Heine‹, falls jemand Fragen hat«, verkündete Rabenfels und führte Cassandra zum Porsche. Er fuhr sofort los mit ihr. Düvel und Maus folgten in ihren eigenen Wagen.

Als sie Cassandra die Stufen hoch in ihr Zimmer stützen wollten, rastete sie aus.

»Finger weg. Wagt es ja nicht, mich wie eine Kranke zu behandeln. Ihr geht jetzt runter ins Restaurant und ordert das beste Abendessen, das man in diesem Puff kriegen kann. Ich dusche, zieh mich um, und dann muss ich was essen. Also beeilt euch.«

***

Cassandra hasste sich dafür, dass sie – kaum allein in ihrem Zimmer – in einen Heulkrampf ausgebrochen war. Selbst für sie war das alles zu viel gewesen. Und dann die Demütigung, als Düvel das Blut entdeckt hatte. Mit nichts hätte Hunstein das erreichen können. Dass man sich in zwei Tagen Gefangenschaft einpisste und einkotete, war normal. Es war Ehrensache, das zu ignorieren und seine Kameraden niemals darauf anzusprechen. Oft genug war einer von ihnen in Gefangenschaft geraten. Allen war das schon passiert.

Aber das Blut war unerträglich. Und machte ihr Angst. So stark hatte sie bisher noch nicht geblutet. Außerdem hatten Unterleibsschmerzen eingesetzt. Dagegen waren die Rippen- und Kopfschmerzen nichts. Sie schluckte eine Buscopan.

Drei Minuten, beschwor sie sich. Drei Minuten, nicht mehr. Dann hörst du auf zu weinen, gehst unter die Dusche und wirst wieder Mensch.

»Sie haben mich geschnappt, als ich sie im Bahnhof befragen wollte. Als ich die Mandoline hörte und die Wanderschuhe an den Füßen von Hunstein entdeckte, war alles klar. Blöderweise hat er meinen Blick bemerkt. Zu viert oder fünft sind sie auf mich losgegangen. Einer weniger und sie hätten keine Chance gehabt. Zwei habe ich geschafft. Aber dann kam ein junger Mann in Zivil dazu. Das war's.«

»In Zivil?«, hakte Düvel ein.

»Ja. Der schien mir neben Hunstein der Wortführer zu sein. Irgendwie kam er mir bekannt vor. Ich weiß auch nicht. Obwohl ich ihn sicher noch nie getroffen habe. Die ganzen zwei Tage hab ich darüber nachgegrübelt, wer das ist. Aber nach dem Schlag auf den Kopf hatte ich echte Denkprobleme.«

Sie fasste sich an ihren Hinterkopf, der nach den Schlägen gewaltig brummte. Auf die Platzwunde an ihrer Stirn hatte sie ein Pflaster geklebt. Jeden Versuch ihrer Freunde, sie in ein Krankenhaus zu schaffen, hatte sie kategorisch abgewehrt.

»Seid ihr verrückt? Ich bin doch kein Weichei. Ich musste schon ganz anderes wegstecken, und da war kein Krankenhaus in der Nähe.«

Die Schmerztabletten hatte sie dankbar angenommen. Cassandra schüttelte den Kopf, was ihr prompt neue Kopfschmerzen eintrug. Gut so. Die hatte sie verdient. Blöde, wie sie sich hatte schnappen lassen. Peinlich war das, absolut peinlich.

»Und ich dachte immer, dass so ein Schlag das Denkvermögen erhöht«, frotzelte Maus.

»Klappe, Idiot.«

»Warum bist du denn so wütend?«, fragte Maus.

»Weil ich mich von solchen Halbmenschen hab schnappen lassen. Wie ein Anfänger. Ich könnte mich ohrfeigen. Langsam werd ich alt.«

»Du doch nicht. Reg dich ab. Kann jedem mal passieren«, beschwichtigte Maus Cassandra.

»Pfff. Dir bisher nicht, oder?« Die Antwort kannte sie. Er hatte sie nur trösten wollen.

Es tat gut, frisch geduscht und in sauberer Kleidung vor einem vollen Teller Erbsensuppe mit Würstchen zu sitzen.

»Was gibt es bei euch Neues? Warum hat es eigentlich so verdammt lange gedauert, bis ihr mich gefunden habt?«

Die drei Männer sahen sich verlegen an.

»Was denn, was denn? Raus damit.«

Verlegen berichtete Düvel von ihrem Fehler, das Bahnhofsgebäude übersehen zu haben. Obwohl sie es die ganze Zeit vor der Nase gehabt hatten.

Cassandra lachte laut auf. »Wenn's nicht mehr ist. Hauptsache, ihr habt mich gefunden. Und dein Auftritt, Tomas, mit diesem Gewehr sah echt scharf aus. Ich dachte schon, ich wäre in ›Top Gun‹ gelandet.«

Verlegen berichtete Düvel von seinem Schätzchen.

»Wow, das musst du mir mal in Ruhe zeigen. So ein Ding hätte ich auch gerne.«

Düvel nickte. Cassandra fiel sein Blick ein, als sie Hunstein vermöbelt hatte. Dieser Blick, der alles sagte. Dieser ganz spezielle Blick, der Bände sprach. Alles zog sich in ihr zusammen. Schon andere Männer waren laufen gegangen, wenn sie sie in Aktion erlebt hatten. Jetzt also auch Tomas. Sie hätte heulen können. Aber sie war, wie sie war. Wer damit nicht klarkam, musste gehen.

»Seid ihr irgendwie weitergekommen?«, lenkte sie sich von ihren trüben Gedanken ab.

Düvel zog das Tagebuch von Alexander Böhme aus seiner Jackentasche. »Sind wir, dank der Suche nach dir. Schau mal.« Er hielt Cassandra das Heft hin.

Cassandra starrte verblüfft darauf. »Ich werd verrückt. Wo war das denn?«

Düvel berichtete es ihr.

»Das gibt's doch nicht. Also waren es doch die Russen? Der GRU. Und ich dachte, diese Hirnis wären es gewesen. Schließlich hatten sie die Mandoline und die Wanderschuhe.«

»Wissen wir noch nicht. Aber könnte sein. Erst müssen wir lesen, was drinsteht. Dazu sind wir noch nicht gekommen vor lauter Sorge um dich.«

Cassandra wurde warm ums Herz und im Gesicht. Sie war es wahrlich nicht gewohnt, dass man ihr so was Nettes sagte.

»Na gut. Erst essen, und dann lesen wir, einverstanden?«

***

Sie hatten es sich im Foyer gemütlich gemacht. Eigentlich hätte Düvel nach Hause fahren müssen, um dafür zu sorgen, dass Franziska nicht mit den Mädchen verschwand. Aber das schaffte er nicht. Er konnte kaum den Blick von Cassandra abwenden. Das Fremdeln hatte sich verzogen, und die Wärme, die er für sie empfand, war zurückgekehrt. Also blieb er.

Cassandra sollte vorlesen. Ihr gebührte die Ehre, wie Maus verkündet hatte. Aber sie fühlte sich zu schlapp. Ein Wunder, dass sie überhaupt hier mit ihnen sitzen konnte. Also hatte er übernommen.

Die ersten Seiten hatte er überblättert, sie handelten nur von der Wanderung bis Schierke. Kein Wort darüber, dass etwas anderes geplant gewesen wäre. Dann erschien das Datum der

Brockenbefreiung. Er blätterte noch zwei Seiten weiter, aber dann kam nichts mehr. Die Schrift auf der letzten beschriebenen Seite war krakelig, fast unlesbar.

3.12.1989 Wir starten heute ziemlich spät, werden wohl erst kurz vor Mittag loskommen. Deswegen müssen wir im großen Pulk der Befreier mitgehen. Schuld ist der selbst gebrannte Schnaps, den wir gestern ausgiebig auf die Brockenbefreiung getrunken haben. Der Wirt vom Stadel hat ihn uns geschenkt. Zur Verbrüderung mit dem Westen, wie er meinte.

Der war auch bitter nötig. Wir haben uns fast den Hintern abgefroren im Zelt. Aber die Stimmung war spitze. Selbst Zöllner, der uns ermahnt hat, nüchtern zu bleiben, hat letztlich einen getrunken und wurde richtig lustig. Ein bisschen Angst habe ich schon. Schließlich habe ich so was noch nie gemacht. Aber Lars meint, dass das schon okay gehen wird. Schließlich haben wir ja Bernd Zöllner dabei. In einer Stunde zieht der Zug der Brockenbefreier los. Jetzt müssen wir packen.

Das war was. So was habe ich noch nie erlebt. Wie eine Menschenmasse allein durch ihren Willen ohne Waffen den Kommandanten zur Aufgabe gebracht hat, das war Wahnsinn. Erst wollte er uns nicht reinlassen. Aber dann. Eigentlich sollten nur kleine Gruppen reindürfen. Das hatte er mit Berlin abgeklärt. Also hat er das Tor ein Stückchen weit aufgemacht. Hätte er besser gelassen. Sofort haben alle angefangen, dagegenzuschieben, und schwups, war es auf und alle drin. Irre.

Der Tag war ideal für die Kontaktaufnahme. Selbst die Russen sind aus ihrem eingezäunten Areal rausgekommen und haben Tee für ein paar Groschen angeboten. Müssen ganz schön arme Schweine sein, so wie die uns um Geld angebettelt haben.

Einige Grenzer waren irgendwie komisch. Keine Ahnung, warum. Die müssten doch auch längst gemerkt haben, dass ihr System am Ende ist. Jetzt können sie raus. Aber irgendwas hat sie trotzdem genervt.
Na egal. Lars hat einen auf betrunken gemacht und unsere Kontaktleute angequatscht. Die haben gut mitgespielt und ihn sogar angemacht. So ein ganz Hübscher hat Lars gesteckt, dass die Übergabe heute Abend, wenn es dunkel ist und die Massen wieder abgezogen sind, erfolgen soll. Wir sollten dafür sorgen, dass wir in der Nähe übernachten. Das hat Zöllner übernommen. Vor ihm hat sogar Dannemann gehörigen Respekt.
Lars und ich haben mit der Besichtigung des Plateaus und unserem ausgiebigen Abschied von Sven alles verzögert. Zara hat uns ungewollt dabei unterstützt. Konnte Sven gar nicht mehr loslassen. Komisch. Dannemann hat ganz schön komisch geguckt. Wenn da mal nichts im Busche ist. Uns kann das egal sein. Lenkt nur von unserem Job ab.
Ah, ich höre was. Ich glaube, es geht los.

So, wir haben das Gewehr. Sieht gar nicht aus wie eins. Auch wenn man es kaum erkennen kann, weil es in Einzelteile zerlegt ist. Drei sind gekommen. Der Hübsche von heute Nachmittag, ein Typ in Zivilkleidung und ein Russe, der kaum ein Wort Deutsch verstand. Den anderen haben wir vorgespielt, dass sie sich bei Lars entschuldigen wollen und ohnehin auf Kontrollgang wären. Keine Ahnung, ob die das geglaubt haben.
Die Teile sind Gott sei Dank nicht groß, nur das strahlende Herzstück. Ging ganz easy. Fast zu leicht nach meinem Geschmack. Wir drei sind ihnen entgegengegangen, die anderen waren bereits im Zelt. Zöllner hatte das Geld unter seiner Jacke versteckt. Er hatte so viele Pullover an, dass man das gar nicht bemerkt hat. Wir haben die Einzelteile auf uns verteilt und ebenfalls unter den Jacken versteckt.

Lars musste das Herzstück nehmen. Hoffentlich geht das gut. Er ist völlig ungeschützt gegen die Strahlung. Gleich gehen wir noch mal raus, um es zu verstecken. Wollen ja schließlich die anderen aus der Gruppe nicht gefährden. Zöllner hat schon ein Versteck gefunden, das absolut sicher ist. Nicht mal uns hat er verraten, wo es ist. Der weiß wirklich, wie es geht. Ist absolut souverän. Morgen will er unter einem Vorwand zurückgehen und die Waffe mitnehmen.

Sie sind wiedergekommen. Haben uns gezwungen, unsere Sachen auszuziehen, und in den Wald gescheucht. Die anderen sind tot. Auch Lars. Der ist von einem Baum gefallen, als er mit Oliver hochgeklettert war, um zu schauen, ob wir zurückkönnen. Aber die haben sich da oben im Zelt verschanzt. Selbst wenn sie verschwunden wären, würde uns das nichts nützen, denn das Zelt ist zerschnitten. Lars hat gesagt, dass die drei drinsitzen und die Strecke rauf beobachten durch die Schnitte.
Nur Annabella konnten wir retten. Jetzt haben wir uns eingegraben im Schnee unter einer Tanne und versuchen, die Nacht zu überstehen. Zöllner und Nikolaus sind losgezogen, um nachzusehen, ob sie weg sind. Sind am wärmsten angezogen. Annabella und ich haben nur Lappen um die Füße. Wir wollen zurück zu Oliver und Lars, um Kleidung zu holen. Einmal waren wir schon da. Damit wir die Nacht überstehen.

ACHTZEHN

Samstag, 3. März 1990

Cassandra hatte fest geschlafen. Traumlos. Angstlos. Und glücklich. Sie war gerettet worden und hatte Freunde. Freunde, die alles darangesetzt hatten, sie zu finden.

Nach der Lektüre von Böhmes Notizbuch hatten sie lange diskutiert, wie sie weiter vorgehen sollten. Wer Hunstein vernehmen sollte und wie sie an den Russen kamen, der bei der Ermordung der Studenten dabei gewesen war. Und natürlich wie sie herausfinden könnten, wer der Zivilist war, der in Böhmes Heft erwähnt und an dem Tag von Cassandras Gefangennahme aufgetaucht war. Heute würden sie mehr erfahren. Cassandra zweifelte keine Sekunde daran, dass ihre Gruppe Hunstein zum Sprechen bringen würde.

Danach hatten die drei ihr genau erzählen müssen, wie sie sie gefunden und was sie alles dafür unternommen hatten. Ihr war richtig warm ums Herz geworden. Nach nur zwei Falknern zum Aufwärmen war sie in ihr Zimmer gegangen. Kurze Zeit später hatte es geklopft.

Düvel hatte sie wortlos in die Arme genommen und sie auch im Bett nicht mehr losgelassen. Eng umschlungen hatten sie die Nacht verbracht. Nur gehalten hatte er sie. Nichts gefordert. Nichts versucht. Und nichts gefragt.

Er hatte ihr Haar gestreichelt und ihre Wange, die noch immer leicht geschwollen war von den Schlägen.

Selig war sie eingeschlummert, beruhigt durch seinen Herzschlag an ihrem Ohr. Wenigstens dieses eine Mal wollte sie sich nichts beweisen müssen. Nur auffangen lassen. Sich halten lassen. Dann würde sie morgen wieder die Kraft haben, weiterzumachen. Nur diese eine Nacht …

Stockend hatte sie ihm am frühen Morgen erzählt, was mit ihr los war. Von ihrer Angst vor der Krankheit und dem Alleinsein. Von dem ausstehenden Anruf und der notwendigen Therapie. Dass sie nicht wusste, was das für ihr Leben bedeuten würde. Ob sie eine Chance hatte, zu überleben. Oder ob es aussichtslos war. Von ihrer Unfähigkeit, auch nur einen Termin zu vereinbaren.

Er hatte zugehört und geschwiegen. Als sie fertig war, hatte er nur einen Satz gesagt: »Ich komme mit.«

Das hatte gereicht.

Als sie aufwachte, war er weg. Doch das machte nichts. Sie wusste jetzt, dass er für sie da war, wenn sie ihn brauchte. Mehr war nicht erforderlich.

Sie griff zum Telefon und wählte die Nummer der Frauenarztpraxis. Erst der Anrufbeantworter erinnerte sie daran, dass Samstag war.

***

Im Polizeipräsidium in Halberstadt hatte man ihnen einen Verhörraum überlassen.

Hier saßen auch die Grenzer in Untersuchungshaft. Alle anderen Zellen, die ebenso heruntergekommen waren wie das ganze Gebäude, waren leer. Es roch nach Schimmel, und die Wände waren stockig braun verfärbt. Die offenen Toiletten in den Ecken stanken erbärmlich. Die Pritschen hingen durch, und die Bettdecken waren fadenscheinig.

Drei Mann waren in einer Zelle untergebracht, Hunstein – nach der Versorgung seiner Hand – in einer Einzelzelle von den anderen getrennt. Allerdings lagen die Zellen so nah beieinander, dass sie sich schreiend verständigen konnten. Deswegen saß ein Wachtmeister auf einem Stuhl davor.

Düvel brachte Hunstein nach oben, er war als Erster dran. Rabenfels sollte das Verhör übernehmen. Er war der Taktiker der Gruppe.

»Da sind wir also, Herr Hunstein. Zunächst muss ich Sie über

Ihr Recht, zu schweigen, aufklären. Sie sind nicht verpflichtet, sich selbst zu belasten. Ihnen steht es frei, nicht zur Sache auszusagen. Alles, was Sie –«

»Hmhm«, unterbrach ihn Düvel. »Also bei uns ist es nicht vorgeschrieben und auch nicht üblich, das Verhafteten zu sagen.«

»So? Hm, was machen wir denn da?« Rabenfels sah Cassandra und Maus an, die unmerklich mit den Schultern zuckten. »Nun, in Anbetracht der Tatsache, dass es voraussichtlich noch in diesem Jahr zur Wiedervereinigung kommen wird und höchstwahrscheinlich ist, dass dann auch hier westdeutsches Recht zur Anwendung kommen wird, halte ich es für angebracht, Sie trotzdem zu belehren und das auch aufzuzeichnen. Nicht, dass später wegen eines Formfehlers das Verfahren gegen Sie platzt. Also, haben Sie eben verstanden, was ich gesagt habe?«

Hunstein lachte laut auf. »Sie und Ihr komisches Recht. Bleiben Sie mir damit vom Leib.«

»Haben Sie oder haben Sie nicht verstanden?«, hakte Rabenfels nach.

»Hab ich.«

»Gut, das wurde doch aufgenommen, Cassandra?« Die nickte.

»Wie sieht's denn aus mit seinem Recht auf einen Anwalt, Tomas? Gibt es das hier auch nicht?«

»Na ja, also erst, wenn das Ermittlungsverfahren eröffnet ist.«

»Ist es das nach eurem Recht?«

»Darüber entscheidet der Untersuchungsführer. Das ist ein Mitarbeiter des Ministeriums für Staatssicherheit. Der hat noch nicht entschieden, weil er noch gar nicht da ist.«

»Ganz schön kompliziert. Aber gut. Machen wir es uns einfach und bleiben auf der sicheren Seite: Wollen Sie einen Anwalt beiziehen, Herr Hunstein?«

Der lachte immer lauter. »Was für eine Farce. Nein, will ich nicht.«

»Bestens. Hast du das auch aufgenommen, Cassandra?«

Die wedelte mit ihrem kleinen Diktiergerät und hielt den Daumen der linken Hand hoch.

»Gibt es noch irgendwas, was wir beachten müssen, Tomas?«

»Wir müssen Hunstein über sein Recht zur Verteidigung belehren. Und er muss das bestätigen.«

»Was ist das denn? Jeder darf sich selbst verteidigen, oder?«, fragte Rabenfels. »Ach, am besten machst du das einfach. Dann mache ich nichts falsch.«

Düvel nickte und wandte sich zu Hunstein. »Herr Hunstein, ich habe Sie nach Paragraf fünfzehn Absatz zwei Satz zwei, Paragraf einundsechzig Absatz zwei Satz zwei und Paragraf hundertfünf Absatz zwei Satz zwei Strafprozessordnung der Deutschen Demokratischen Republik über Ihr Recht auf Verteidigung und auf aktive Mitwirkung am gesamten Strafverfahren zu belehren. Sie können alles vorbringen, was die erhobenen Beschuldigungen ausräumen oder die strafrechtliche Verantwortlichkeit mindern kann. Haben Sie das verstanden?«

»Schon klar, meine Herren, alles verstanden«, höhnte Hunstein.

»War's das jetzt? Können wir anfangen?«, fragte Rabenfels Düvel.

Der sagte laut und vernehmlich »Ja« in Richtung Cassandras Aufnahmegerät.

»Gut, fangen wir an. Muss ich Fragen stellen, oder erzählen Sie uns alles von alleine?«

»Was soll ich denn erzählen? Keine Ahnung. Das mit Ihrer Kollegin war ein Versehen. Wissen Sie, wir dachten, sie wollte uns wegen der geklauten Elektrokabel Ärger machen. Sie wissen ja, wie das hier ist. Eine Hand wäscht die andere. Nur wer was zum Tauschen hat, bekommt, was er braucht. Und wir hatten eben nur die Kabel zu bieten. Aber mal ehrlich. Ist es denn so schlimm, ein paar Kabel mitgehen zu lassen?«

Offenbar erwartete er keine Antwort, sondern fuhr einfach fort.

»Jupp, mein Kollege, ist nervös geworden und hat ihr eins

auf den Schädel gegeben, weil er dachte, sie wäre uns deswegen auf den Fersen. Und danach wussten wir nicht, was wir mit ihr machen sollen. Schließlich ist sie von der westdeutschen Polizei. Na ja, und dann wollte ich wegen so einem Mist auch nicht mein Flugzeug in die Türkei verpassen.«

Bedauernd und mit schmerzverzogenem blau, grün, rot verfärbtem Gesicht hatte Hunstein geantwortet. Fast hätte man meinen können, dass er tatsächlich Opfer und nicht Täter war.

»Das werden Sie nun auf jeden Fall, Herr Hunstein. Ich fürchte, Sie werden noch viel mehr versäumen. Sie haben nur eine Chance, dass diese Zeit nicht ganz so lang wird. Nämlich mit uns zu kooperieren.«

»Aber das tu ich doch, Herr Kommissar. Sind Sie doch, oder?«

»Nicht ganz. Aber das spielt hier keine Rolle.«

»Doch, für mich schon, Herr Nicht-ganz-Kommissar.«

»Warum, Herr Hunstein?«

»Ich lass mich doch nicht von jedem Dahergelaufenen vernehmen. Außerdem sind wir hier in der DDR. Einem Westler sag ich gar nichts.«

»Kein Problem, Herr Hunstein. Dann übernimmt Herr Düvel, wenn Ihnen das lieber ist. Der ist Kommissar, oder wie nennt sich das hier?«

Sie tauschten die Plätze, wie am Abend zuvor verabredet.

»Ich bin Oberleutnant der Kriminalpolizei und Leiter der MUK Magdeburg. Zufrieden, Herr Hunstein?«

Der winkte lässig ab.

»Gut, fangen wir an. Wie war das in der Nacht nach der Brockenbefreiung? Wann sind Sie zu der Wandergruppe gestoßen? Und warum?«, begann Düvel.

»Ich? Zu der Wandergruppe? Welcher?«

»Stellen Sie sich nicht dumm, Herr Hunstein. Sie wissen ganz genau, von welcher Wandergruppe die Rede ist.«

»Nein, weiß ich nicht, Herr Oberleutnant der Kriminalpolizei.«

»Dann muss ich Ihnen wohl auf die Sprünge helfen, Herr Hunstein. Die Wandergruppe, die am Tag nach der Brockenbefreiung verschwunden ist und später tot aufgefunden wurde. Acht junge Studenten und ihr Lehrbeauftragter, Herr Hunstein. Erfroren, erschlagen, mit entfernten Augen. Entfernter Zunge. Können Sie sich jetzt erinnern?«

»Dunkel, Herr Oberleutnant, ganz dunkel.«

»Erstaunlich, Herr Hunstein. So oft tötet man nicht neun Menschen auf einen Schlag. Oder haben Sie das schon öfter gemacht?«

»Natürlich nicht. Auch nicht nach der Brockenbefreiung, diesem Scheißtag. Ich weiß gar nicht, was Sie von mir wollen. Und überhaupt war ich in der Nacht gar nicht oben.«

»Ach, das ist Ihnen wieder eingefallen. Letztens konnten Sie sich nicht erinnern, ob oder ob nicht.«

»Jetzt weiß ich es wieder ganz genau, Herr Oberleutnant.«

»Komisch. Wo waren Sie denn dann?«

»Zu Hause, bei Muttern.«

»So, so. Nach meinen Informationen war es den Grenzern zu dem Zeitpunkt noch verboten, den Stützpunkt zu verlassen, wenn sie nicht gerade ihren vierzehntägigen Urlaub hatten.«

»Ich durfte schon, Herr Oberleutnant, ich schon. Das ist der Vorteil, wenn der Vater bei der SED was zu sagen hat.«

»Mag sein, Herr Hunstein. Aber wie lange noch? Und außerdem wird Ihnen das in diesem Fall nichts nützen. Wir haben etwas gefunden. Etwas, das beweist, dass Sie in der fraglichen Nacht zweimal bei der Wandergruppe gewesen sind. Beim ersten Mal, um dort ein ganz besonderes Gewehr gegen Geld einzutauschen, und ein zweites Mal, um die ganze Gruppe umzubringen.«

Wieder lachte Hunstein auf. »Ja klar. Ganz sicher haben Sie so was gefunden, dass das beweist. Klaro.«

Düvel zog Alexander Böhmes Tagebuch aus seiner Jackentasche.

»Sie waren nicht alleine da oben, Herr Hunstein. Ihr Komplize hat das mitgehen lassen. Und unter dem Holzboden in der Baracke versteckt. Da steht alles drin. Und auch, wer die Mörder waren.«

»Glaub ich nicht«, erwiderte Hunstein nicht mehr ganz so selbstsicher.

»Muss ich Ihnen vorlesen, wie er Sie beschrieben hat? Ein ganz Hübscher, steht hier drin. Erwähnt ist auch, dass es vorher bei der Brockenbefreiungsaktion ein kleines Gerangel mit Ihnen gab. Ein Zeuge hat uns berichtet, dass Sie sich mit Lars Andersen auf dem Brocken angelegt haben. Das beweist allemal genug. Wollen Sie uns nicht lieber helfen?«

Hunstein rutschte unruhig auf seinem Stuhl hin und her.

»Ich habe nichts mit den Morden zu tun. Waren das denn überhaupt Morde? Sind die nicht einfach erfroren?«

»Sind sie nicht, Herr Hunstein. Elendig erschlagen wurden sie, wenn sie nicht schnell genug erfroren sind. Die Erfrorenen hatten Glück, möchte man meinen. Den anderen erging es viel schlimmer. Die letzten vier wurden gefoltert. Und da fragen Sie mich, ob das Mord war?«

»Na ja, also das klingt mir sehr nach den Bolschewiken. Die sind so brutal. Und wenn ein Russe dabei war, dann wissen Sie doch schon alles. Ich hab damit jedenfalls nichts zu tun. Die Beschreibung passt auf Tausende, ach, was sag ich, Hunderttausende.«

»Ich habe nichts von einem Russen gesagt, Herr Hunstein. Wie kommen Sie darauf?«

»Klar haben Sie das gesagt. Woher soll ich sonst davon wissen?«

»Cassandra, kannst du bitte vorspielen, was ich gesagt habe?«

Cassandra spulte zurück und ließ die letzten drei Minuten abspielen.

»Na also, Herr Hunstein. Ich habe nichts von einem Russen gesagt. Wie kommen Sie also darauf?«

»Keine Ahnung. Aber außer uns Deutschen und den Russen war ja niemand auf dem Brocken.«

»Da sagen Sie was Wahres, Herr Hunstein. Außer Ihnen und den Russen war niemand da oben. Und wer kommt dann als Täter in Frage?«

Hunstein schwieg.

»Wir werden Ihre Eltern nach der Nacht befragen. Ob Sie tatsächlich zu Hause waren. Wir glauben das nicht.«

Er ließ die Worte wirken.

»Tatsache ist, dass Sie zumindest am Tag der Befreiungsaktion auf dem Brocken waren und von unzähligen Zeugen gesehen wurden. Und dass Ihre Beschreibung zu einem der Mörder im Heft des Opfers passt. Und dass Sie mit Ihren Kameraden Frau von Lucadou gekidnappt haben. Das alleine bringt Ihnen übrigens schon eine lange Haftstrafe ein, das ist mal sicher. Dann wird auch Ihr Herr Vater Sie fallen lassen wie eine heiße Kartoffel. Das ist erst der Anfang. Was glauben Sie, wie redselig Ihre Kameraden werden, wenn es denen ans Leder geht? Die werden singen wie die Nachtigall, und das am helllichten Tag.«

Er beugte sich näher zu Hunstein.

»Sie sind geliefert, Mann. Ist Ihnen das denn nicht klar? Keine Chance, da wieder rauszukommen. Gestehen Sie zuerst, man wird Ihnen das positiv anrechnen und Ihre Haftstrafe vielleicht verkürzen.«

Hunstein starrte einen nach dem anderen an.

»Bekomme ich von Ihnen eine Garantie, dass ich besser wegkomme, wenn ich alles erzähle?«

Jetzt lachte Rabenfels auf. »Herr Hunstein. Sie bekommen von uns garantiert keine Garantie. Liefern Sie erst mal, und wenn uns das, was Sie sagen, genügt, dann werden wir ein gutes Wort für Sie einlegen. Wir können auch, wenn die Wiedervereinigung schnell genug kommt, versuchen, Sie in einem schicken westdeutschen Gefängnis mit all seinen Vorzügen unterzubringen. Aber versprechen, Herr Hunstein, versprechen werden wir Ihnen gar nichts. Jetzt sind Sie erst mal dran.«

Schweigen senkte sich über den Raum. Düvel dachte, der Redestrom dieses Schwätzers sei ein für alle Mal versiegt. Der starrte an die Decke, auf den Boden, zur Tür. Und wieder zurück und das Ganze von vorn. Düvel sah zu Rabenfels, der ihm bedeutete zu schweigen. Also schwiegen sie weiter.

»Die Übergabe hat ganz einfach geklappt. Um acht sind wir los, um halb neun wie verabredet beim Zelt der Gruppe angekommen. Das Geld, je zur Hälfte in Westdeutscher Mark und Rubel, hat uns der Student gegeben, der mich bei der Brockenbefreiung angequatscht und das Losungswort gesagt hatte. Zwei andere haben ein Stück entfernt von dem Zelt unter den Bäumen gewartet. Alles ganz einfach. Die wussten ja, dass wir kommen.«

»Wer war der dritte Mann bei Ihnen, der ohne Uniform?«, unterbrach ihn Düvel.

»Keine Ahnung, von wem Sie reden. Wir waren zu zweit. Ich und der Russe.«

»Das wissen wir besser. Schon aus diesem Heft hier.« Er hielt das Schulheft von Böhme hoch. »Warum wollen Sie noch irgendjemanden schützen? Der Zivilist war auch dabei, als Cassandra geschnappt wurde. Als wir kamen, war er weg. Wer war das?«

»Spielt doch keine Rolle, wer noch dabei war.«

»Doch, Herr Hunstein. Das spielt eine große Rolle. Wenn Sie nicht alles sagen, werden wir Ihnen auch nicht helfen. Also raus damit, wer war der dritte Mann?«

Wieder dieses Zögern, zur Decke Schauen, die Tür Anstarren und zurück. Er holte tief Luft.

»Wilhelm Grönemann.«

»Grönemann also. Einer der Studenten aus Halle, nicht wahr? Was hatte der damit zu tun?«

Hunstein wand sich. »Woher wissen Sie von ihm? Aber ist auch egal. Soll ich nun weitererzählen?«

»Okay, stellen wir das Thema zurück. Wie ging es weiter?«

»Zurück hat auch noch gut geklappt. Wir waren um halb zehn wieder da. Aber dann kam die böse Überraschung. Um Mitternacht landete der Hubschrauber, der die Gewehre abholen sollte. Und was passiert? So ein Trottel lässt eine Kiste fallen. Die Kiste fällt. Sie springt auf, und was ist? Sie ist leer. Und natürlich sieht der SpezNas vom GRU, der mit im Hubschrauber gekommen war, das sofort.«

»SpezNas?«, warf Düvel fragend ein.

»Na, diese Spezialagenten vom GRU«, erklärte Hunstein. »So ein verdammtes Pech«, fuhr er fort. »Das ganze Lager der Sowjets haben sie auf den Kopf gestellt und wie die Verrückten gesucht. Aber natürlich nichts gefunden. Außer dem Batzen Rubel.«

»Tja, wer hatte als Einziger das sowjetische Lager in den letzten Tagen verlassen? Anatolij. Und in wessen Schrank war das ganze Geld? In Anatolijs. Der SpezNas hat ihn sofort ins Kreuzverhör genommen.«

»Anatolij und wie weiter?«

»Anatolij Popow. Eine Stunde hat er durchgehalten. Dann hat er alles gestanden. Das hat mir der SpezNas anschließend erzählt. Überzeugend erzählt. Aus dem Bett hat er mich und Wilhelm von den Kameraden holen lassen und auf das Sowjetgelände verschleppt. Die anderen hatten die Hose so voll, dass sie das nicht gemeldet und mir auch nicht geholfen haben. Der Bolschewiki hat uns vor die Wahl gestellt: Entweder wir holen das Gewehr zurück, oder man wird uns nie mehr wiederfinden.«

Hunstein zuckte mit den Schultern. »Was hätte ich machen sollen? Jeder weiß, was es bedeutet, nach Russland deportiert zu werden. Niemand hätte mir helfen können. Das war klar. Der Hubschrauber stand abflugbereit. Die hätten mich einfach mitnehmen können. Also hatten wir nur die eine Chance, das Gewehr zurückzuholen.« Zustimmung heischend sah er sich um.

»Auf jeden Fall sind wir zurück zu den Westlern. Ich und Wilhelm, der KGBler und noch so ein Russki. Nicht Anatolij. Die haben uns nicht eine Sekunde aus den Augen gelassen.«

Er schluckte schwer. Ein ungewohnter Anblick bei Hunstein, fand Düvel.

»Wir haben uns angeschlichen. War kurz vor Mitternacht. Von außen haben wir gegen die Zeltwand geschlagen und gebrüllt, sie sollen rauskommen. Dann haben wir ihnen unsere Pistolen gezeigt und gefragt, wo das Gewehr ist. Die wussten gar nicht, wovon wir reden. Nur die beiden Studenten von der Übergabe. Der Ältere war nicht im Zelt. Die anderen haben nur wie die Schafe geglotzt und gefragt, was wir meinen. ›Fragt die da‹, haben wir ihnen gesagt. Hat aber nichts geholfen.«

Noch immer verblüfft, schüttelte er den Kopf.

»Die haben nichts gewusst. Die beiden, die wussten, worum es geht, haben nur gewinselt, dass sie keine Ahnung hätten, wo der Ältere das Gewehr versteckt hat. Auch als wir dem Jüngeren, der mich bei der Brockenbefreiung angequatscht hat, eins über den Schädel gegeben haben, blieben sie dabei. Kann ich was zu trinken haben?«

Düvel nickte und wies den anwesenden Wachtmeister an, ein Glas Wasser zu holen.

»Der Russe hat gesagt, dass ihr Gedächtnis bestimmt besser wird, wenn sie nur ordentlich frieren. Und dass das vielleicht auch den Alten zurückbringen könnte. Außerdem mussten die Leute verschwinden, damit wir das Zelt durchsuchen konnten. Also hat der Russe gesagt, sie sollen sich ausziehen. Erst haben die gar nicht geglaubt, dass wir das ernst meinen. Aber der KGB-Mann war überzeugend. Sie haben brav angefangen.« Ein kleines Grinsen huschte über sein Gesicht.

»Plötzlich hat die eine Schlampe angefangen, rumzuzetern. Die Größere mit dem hellen Haar. Was das überhaupt soll. Wir sollen sie gefälligst in Ruhe lassen, und sie würde sich nicht ausziehen. Wir könnten ihr Geld haben, aber dann sollten wir gefälligst verschwinden. Ich hab ihr meine Knarre unter die Nase gehalten und gesagt, dass sie die Schnauze halten und sich weiter ausziehen soll.«

Der Wachtmeister kam zurück und stellte das Glas vor Hunstein. Mit gierigen Schlucken trank er es leer.

»Die dachten, wir wollen sie ausrauben. Das mit dem Gewehr

haben sie gar nicht kapiert. Das hat uns gut in den Kram gepasst. Der Russe hat gesagt, sie sollen bis zu dem großen Nadelbaum unterhalb des Zeltes gehen. Wenn wir alle Wertgegenstände gefunden hätten, könnten sie zurück. Erst sind die auch brav wie die Lämmer den Hügel runter. Aber dann ist die andere Tussi stehen geblieben und hat rumgejammert, sie könne nicht mehr, sie würde das nicht schaffen. Die beiden Russen und Wilhelm waren der Gruppe mit sicherem Abstand seitlich gefolgt. Der SpezNas ist mit einem Stock hin, um die Tussi anzutreiben. Aber sie hat nur blöde lamentiert. Also hat er ihr einen Schlag verpasst. In die Seite. Eigentlich ganz harmlos. Aber sie ist sofort zusammengesackt.«

Er schaute Düvel in die Augen. Die Arroganz wohnte noch immer in ihnen. Düvel hielt seinem Blick stand, ohne Zucken, ohne Zwinkern. Nach einem kurzen Moment schaute Hunstein wieder nach unten.

»Die anderen haben gar nicht gemerkt, dass sie stehen geblieben war. Aber dann hat so ein Großer irgendwie doch mitgekriegt, dass die Tussi nicht nachkam. Drehte um und wollte ihr helfen, als er sah, wie sie dalag und wie Wilhelm über sie gebeugt stand. Das hat den Großen richtig sauer gemacht. Ist auf den Wilhelm losgestürmt. Weit ist er nicht gekommen. Mit ein paar Sätzen war der Russe bei ihm. Und hat den Großen nach Strich und Faden zusammengeschlagen. Der hat zwar noch versucht, sich zu wehren, aber gegen den Russki hatte er keine Chance. Irgendwann hat er aufgehört, als der Große sich nicht mehr rührte. Und die anderen, die inzwischen weiter unten stehen geblieben waren, hat er angeschaut und gebrüllt: Weiter, weiter. Dann sind die einfach weitergegangen. Einer nach dem anderen. Wie die Rinder in den Schlachthof.«

Ein verzücktes Lächeln erschien auf Hunsteins Gesicht. Düvel musste sich beherrschen, ihm nicht in die Fresse zu schlagen. Galle stieg seinen Hals hoch. Doch er zwang sie wieder runter.

»Und was dann?«

»Haben wir das Zelt auseinandergenommen. Stück für Stück.

Aber das verdammte Gewehr war nicht da. Der KGBler hat dann gesagt, dass wir alle Klamotten in das Zelt zurückbefördern sollen. Als alles drin war, ist er rein und hat an der Seite bergabwärts kleine Schlitze in die Zeltwand geschnitten. Oben, unter dem First. Wir sollten uns reinsetzen und durch die Schlitze aufpassen, ob die versuchen, zurückzukommen. Ging auch ganz bequem im Sitzen. Dann hat er uns eine Stunde alleine gelassen. Und wir haben gewartet.«

»Sind Sie nicht auf die Idee gekommen, abzuhauen? Oder den jungen Leuten zu helfen? Der Russe war doch weg.«

»Sind Sie verrückt? Der andere Russki war doch noch da. Wenn wir trotzdem versucht hätten, abzuhauen, hätte der uns gejagt – und geschnappt. Außerdem waren die Studenten selbst schuld. Warum haben sie nicht einfach das Gewehr zurückgegeben?«

»Klar ist aber auch, dass die jungen Leute keine Chance hatten, zu überleben, wenn sie nicht zurück ins Zelt konnten.«

»Na und? Wir mussten das Gewehr finden. Sonst wären wir geliefert gewesen. Die Russen sind knallharte Hunde. Mit denen legt man sich nicht an.«

»Nun gut, lassen wir das erst mal. Wie ging es weiter?«, fragte Düvel nach. Ihm war klar, dass er einen Soziopathen vor sich haben musste, so wenig Empathie, wie Hunstein für die jungen Leute aufbrachte.

»Plötzlich war ein Feuerschein zu sehen. Wir wären gar nicht auf die Idee gekommen, dass die es schaffen könnten, ein Lagerfeuer anzuzünden. Aber wir haben erst mal auf den Russen gewartet. Als der KGBler das Feuer sah, ist er ausgerastet. Wilhelm und der Russki sollten im Zelt bleiben und aufpassen, dass keiner es schafft, zurückzukommen. Wir beide sind runtergestapft. Beim Lagerfeuer war aber außer dem jungen Studenten, der mich auf dem Brocken angequatscht hat, und einem anderen, den ich nicht kannte, niemand mehr. Die zwei lagen unter einer hohen Zeder, ganz verrenkt. Unter und über ihnen waren Zweige vom Baum verteilt. Ich glaube, die sind abgestürzt. Zerkratzt waren die und blutig. Der Russe hat sich unseren Kontaktmann vorgenommen, ihn geschüttelt und immer wieder nach dem Gewehr gefragt. Aber da kam nichts. Zum Schluss hat er sich auf seine Brust gesetzt. Der Student hat angefangen nach Luft zu schnappen, seine Augen sind ihm fast aus dem Kopf gefallen. Ich hab noch gesehen, wie Schaum aus seinem Mund kam. Plötzlich war es vorbei. Ist einfach zusammengesackt und hat nicht mehr gejapst. Der andere war schon tot. Wir haben sie einfach liegen lassen. Wollten so wenig Spuren hinterlassen wie möglich. Hat ja auch gut geklappt.« Hunstein lachte leise vor sich hin.

Düvel hätte kotzen können.

»Wir haben keine Spuren gefunden, wohin die anderen gegangen sind. War ja auch zu dunkel, um weiterzusuchen. Also haben wir beschlossen, das Morgengrauen abzuwarten. Im Zelt sollte erst ich Wache schieben, dann Wilhelm. Aber irgendwann bin ich eingenickt. Der Russe ist ausgerastet, als er das gemerkt hat, und hat das ganze Zelt in Streifen geschnitten, so wütend war der. Meinte, wir wären wohl zu verwöhnt und Schlappschwänze. Uns wäre wohl zu bequem in dem warmen Zelt. Wir haben uns dann bis zum Morgengrauen den Arsch abgefroren. Die Russen hatten sich in warme Tarnanzüge, so dicke, teddyartige mit Kapuze, gehüllt. Denen war schön warm.«

»Sie tun mir richtig leid, Herr Hunstein«, konnte sich Cassandra aus dem Hintergrund nicht verkneifen zu sagen.

Schnell schaltete sich Düvel ein. Der Faden der Erzählung sollte nicht abreißen.

»Wie ging es dann an dem Morgen weiter, Herr Hunstein?«

Der hatte einen wütenden Blick nach hinten geworfen.

»Na, jedenfalls sind wir mit dem GRU-Mann gegen vier Uhr morgens wieder runter.«

»KGB oder GRU?«, fragte Maus.

»Woher soll ich das wissen? Ist doch auch egal. War jedenfalls vom Geheimdienst.«

»Was ist dann passiert?«, nahm Düvel den Faden wieder auf.

»Diesmal haben wir auch den Russki mitgenommen, der kein Wort Deutsch sprach. Wir sind ein ganzes Stück neben der Strecke der anderen gegangen, um keine weiteren Fußspuren im Schnee zu hinterlassen. Dabei haben wir einen Weiteren aus der Gruppe tot unter einem Baum entdeckt. Die beiden Toten bei der Zeder lagen auf einmal hübsch nebeneinander, schön aufgebahrt. Nicht, wie wir sie zurückgelassen hatten. Fast ohne Kleidung. Hatten die anderen wohl geholt. Schöne Freunde, die so was machen.«

»Was machen?«

»Na, einem Toten die Kleider wegnehmen.«

»Herr Hunstein, haben Sie mal überlegt, dass es den anderen ums nackte Überleben ging? Dass sie die Kleidung brauchten?«, mischte sich Maus empört ein.

»Also ich finde, das ist Leichenfledderei. Und überhaupt, woher wissen Sie, dass die gewartet haben, bis die beiden ihren letzten Schnaufer getan hatten? Vielleicht waren die noch gar nicht richtig tot. Schöne Freunde sind das.«

Düvel musste mächtig an sich halten, um auf seinem Stuhl sitzen zu bleiben und nicht einen Satz über den Tisch auf dieses Monster zu machen, das sich als Richter aufschwang über seine eigenen Opfer. Er begnügte sich mit: »Sie haben uns eben selbst erzählt, dass die beiden tot waren. Schon vergessen?« Selbst das Kopfschütteln verkniff er sich.

Hunstein zuckte die Schultern.

»Nun gut«, presste Düvel mühsam heraus. »Wie ging es dann weiter?«

»Eigentlich war es noch zu dunkel, um eine Spur von den anderen zu finden. Aber der Hubschrauber von den Russen kam uns zu Hilfe. So ein ganz moderner. Eine richtige Lichtorgel hatte der. Zwei Riesenstrahler, mit denen er alles ausgeleuchtet hat. Sah aus wie ein UFO. Wahnsinn. Und leise war er. Ich hab ihn gar nicht kommen hören. Nur ein ganz feines Brummen.« Verzückt blickte Hunstein an die Decke.

»Als der seine Suchscheinwerfer auf den Boden richtete,

konnten wir eine Wischspur im Schnee erkennen. Ganz schön schlau von den Studenten, das mit dem Verwischen. Aber sie waren nicht ordentlich genug. Wir sind der Spur gefolgt. War nicht weit. Sind im Schutz der Bäume gegangen, um die Gruppe nicht vorzuwarnen. Der Russki hat als Erster die Bewegung von Zweigen einer großen Tanne entdeckt, obwohl es windstill war. Der Hubschrauber war zu hoch, um die Bewegung zu verursachen. Als das ein zweites Mal passierte, hat er zugeschnappt. Es war die Frau. Hat gekämpft wie eine Wildkatze und geschrien wie am Spieß. Der Idiot, der bei der Übergabe dabei gewesen war, kam angerannt mit einem großen Stock und wollte ihr helfen. Lächerlich! Mit einem Schlag gegen seinen Hals hat der Russki ihn flachgelegt. Die anderen haben sich nicht rausgetraut. Feiglinge! Einer Frau nicht zu helfen. Das wäre mir nie passiert.«

Die selbst gestrickten Rechtfertigungen dieses Arschlochs waren kaum zu ertragen. Ein Blick in die Gesichter der anderen zeigte Düvel, dass es ihnen nicht anders ging. Doch er musste mitspielen, wenn er alles hören wollte.

»Was haben Sie dann gemacht?«

»Ich gar nichts. Der Russe hat sich die Frau vorgenommen. Sind schon knallharte Typen, diese Bolschewiki, das kann ich Ihnen sagen.« Hunstein nickte anerkennend mit dem Kopf.

»Erst hat er ihr die Augen einzeln mit dem Messer aus dem Kopf rausgeholt. Das war ganz schön eklig. Ich hab fast gekotzt. Die hat geschrien wie am Spieß. Na ja, passte ja.« Er lachte als Einziger über seinen Witz.

»Und als das nichts genutzt hat und die Typen nicht rauskamen, hat er ihr die Zunge rausgeschnitten. Ganz hinten. Hat geblutet wie Sau. Danach hat sie nicht mehr geschrien. Danach war Ruhe. Totenstille. Ich hab nur noch ihr Gurgeln gehört.« Er schüttelte sich.

»War das widerlich. Tja, wir haben die letzten beiden dann unter der Tanne entdeckt. Da hatten sie sich verkrochen und nicht gerührt, als es ihren Freunden ans Leder ging. Die waren sogar richtig angezogen mit Schuhen und allem. Müssen in der Nacht entkommen sein, als wir es nicht bemerkten. Dem einen hat der Russki einen Schlag auf den Schädel verpasst.«

»Und weiter?«, fragte Düvel so gelassen wie möglich.

»Tja, blieb der Alte von der Übergabe. Der angeblich das Gewehr versteckt hat. Hatte er auch. Bis wir wussten, wo, hatten die Russen ihm alle Rippen gebrochen. Auf ihn gesprungen sind die, wie auf ein Trampolin. Und beide Augen mussten sie auch rausholen. Aber dann hat er es uns gesagt. Einfach in einer Tanne aufgehängt hatte er es. Beim Zelt. An die gleiche Tanne, unter der sie am Abend auf uns gewartet hatten. Es hat uns allerdings nochmals drei Stunden gekostet, bis wir es gefunden hatten.«

»Haben Sie die Leichen einfach liegen lassen, nachdem sie das Gewehr hatten?«, fragte Düvel, obwohl er sich den Rest denken konnte. Er wollte auch den Rest hören. Vor allem wollte er das Geständnis auf dem Tonbandgerät haben, erhalten für die Nachwelt.

»›Schafft sie weg‹, hat uns der GRUler aufgetragen, und dann sind sie verschwunden. Haben uns die ganze Sauerei zurückgelassen. Und wir standen da wie die Idioten mit all den Leichen. Am nächsten Abend sind wir zurück und haben kontrolliert, ob wirklich alle tot sind. Also die, die zuerst umgefallen waren. Waren schon steif gefroren. War ganz schön schwer, sie umzudrehen, um nachzuschauen. Die haben wir einfach liegen lassen. Es schneite inzwischen wieder stark. Wir haben gehofft, dass der Schnee sie eine Zeit lang bedeckt und sie nicht so schnell gefunden würden. Hat ja auch geklappt.« Diesmal erschien ein hämisches Grinsen in dem gar nicht mehr so hübschen Gesicht.

»Was war mit den letzten vier?«, fragte Rabenfels.

Düvel hätte kein Wort herausbekommen, ohne zu brüllen. Der Typ widerte ihn an.

»Kann ich noch ein Glas Wasser haben?«

Düvel nickte dem Wachtmeister zu, der das leere Glas schnappte und rausging.

»Die haben geblutet wie Sau. Zwei haben noch geröchelt.

Die haben wir gleich eingesammelt und in den Bach geschmissen. Das Wasser sollte unsere Spuren abwaschen. Ich war schon verblüfft, wie lange es gedauert hat, bis Sie auch die gefunden haben. Aber das Wetter war eben auf unserer Seite.« Wieder ein Grinsen, undefinierbar.

Das war zu viel für Düvel. Er sprang auf und schlug Hunstein in sein dämliches Grinsen. Mitten rein. Immer wieder. Griff nach dem Hals. Drückte zu, so fest er konnte. Bekam kaum mit, wie die anderen an seinen Händen zerrten, bis er losließ.

»Ist ja gut, Tomas. Beruhig dich«, redete Cassandra beruhigend auf ihn ein. Im Hintergrund hörte er Hunsteins Lachen.

»Hat er noch was gesagt?«, fragte ein sichtlich beschämter Düvel, der nach seinem Ausbruch fluchtartig den Verhörraum verlassen hatte.

»Nein, er hat nur gelacht und abgewinkt.«

»Tut mir leid, ich hätte mich beherrschen müssen. Aber dieses Arschloch war nicht mehr zu ertragen.«

»Ging uns nicht anders, Tomas«, erwiderte Cassandra. »Du warst nur schneller. Dass wir den überhaupt so lange ausgehalten haben, ist schon erstaunlich. Ich habe übrigens nach seinem letzten Satz das Tonbandgerät abgeschaltet, und der Wachtmeister war gerade draußen. Wir haben alle gesehen, wie Hunstein selbst mit seinem Kopf plötzlich auf die Tischplatte geschlagen hat. Wollte sich seinen Schädel wohl selbst einschlagen, nachdem er gemerkt hat, dass er nicht mehr rauskommt. Vielleicht hat er sich vor sich selbst geekelt. Wer weiß ...«

Dankbar nickte Düvel.

Rabenfels kam zu ihm und klopfte ihm väterlich auf die Schulter. »Da haben wir wohl den jungschen Schatten gesehen, der sich an Qualen, Schmerz und Erniedrigung ergötzt. Hunstein vertritt ihn in Reinkultur. Ich musste an mich halten, ihn zu ertragen.«

»Ui, wie theatralisch, lieber Kollege. Man könnte auch einfach sagen, dass wir einen Soziopathen in Reinkultur erlebt haben.

Gut gemacht, Tomas. Hast es mir erspart, mir an dem Schwein die Hände schmutzig zu machen. Und dabei hatte er so ein hübsches Gesicht …« Maus klopfte ihm auf die andere Schulter.

»Jetzt suchen wir Wilhelm Grönemann. Und dann geht's rauf auf den Brocken. Mal schauen, was die Russen dazu zu sagen haben«, beendete Cassandra die Szene.

Wilhelm Grönemann hatten sie nicht ausfindig machen können. Er war weder in der Uni noch im Wohnheim. Auch bei den Eltern war er nicht.

»Wir müssen ihn zur Fahndung ausschreiben«, verkündete Rabenfels.

»Für das Gespräch mit dem russischen Kommandanten ist es noch nicht zu spät. Fahren wir hoch.«

»Ich bin gespannt, ob wir reindürfen«, unkte Maus.

***

Der Kommandant hatte sie empfangen, allen Unkenrufen zum Trotz. Diesmal in seinem Dienstzimmer, das erstaunlich behaglich war. Der Raum wurde von einem riesigen Schreibtisch dominiert, der aus dem letzten Jahrhundert stammen musste. Ein noch größerer Kaminofen prasselte vor sich hin und heizte ordentlich auf.

Erstaunt sah Maus Düvel an. »Ganz schöner Kontrast zu den Mannschaftsräumen, was?«, flüsterte er. Düvel nickte. Mit dieser Pracht hatte auch er nicht gerechnet.

»Haben Sie Dank, dass Sie uns empfangen, Herr Kommandant«, eröffnete Rabenfels das Gespräch. »Sie wissen sicherlich, warum wir hier sind.«

»Nein, meine Dame und Herren, das weiß ich nicht. Machen Sie mich schlau«, erwiderte Golikow.

»Wir haben vorhin den Grenzsoldaten Hunstein, Peter Hunstein, verhört. Was er uns erzählte, dürfte Ihnen bekannt sein.«

»Nein, worum geht es denn? Und was geht das mich an?«

»Nun, dann will ich Ihnen berichten, was wir erfahren haben.« Rabenfels fasste das Geständnis von Hunstein zusammen.

»Tolle Geschichte. Haben Sie dafür auch Beweise?«

»Sie meinen außer dem Geständnis?«

»Ach, meine Herren, wen interessiert, was sich ein einsamer Brockensoldat in kalten Nächten hier oben zusammenphantasiert? Schon mancher hat sogar Hexen fliegen sehen. Das ist purer Unsinn. Mag ja sein, dass der junge Mann die Studenten ermordet hat, aber unsere Soldaten dürfen unser umzäuntes Areal nicht verlassen. Der Maschendrahtzaun ist nicht nur zum Aussperren gedacht, sondern auch zum Drinhalten. Keiner unserer Soldaten kann daran beteiligt gewesen sein.«

»Mag sein, dass sie das nicht dürfen, aber manchmal verlassen sie das Gelände eben doch.«

»Nicht, dass ich wüsste, meine Herren. Und Dame natürlich.«

»Nun gut, vielleicht können wir dann einfach mit Anatolij sprechen.«

»Anatolij, Anatolij. Der Name sagt mir im Moment gar nichts. Oder besser gesagt, zu viel. Wenn ich nicht irre, haben wir fünf Anatolij hier. Beliebter Jungenname bei uns zu Hause. Welchen meinen Sie denn?«

»Den, der in der Nacht vom 3. auf den 4. Dezember das Gelände verlassen hat und dabei ein ganz besonderes Gewehr mitgehen ließ. Anatolij Popow. Sie werden sich sicher an die Nacht nach der Brockenbefreiung erinnern. In jener Nacht kam der Hubschrauber und hat bei Ihnen diverse Kisten abgeholt.«

»Was für Kisten denn?«

»Kisten mit Gewehren, die mit Radioaktivität arbeiten, Herr Kommandant Golikow.«

Der lachte laut auf. »Was soll das denn sein? Wenn Sie so was haben, nehmen wir es gerne. Aber in Russland gibt es das noch nicht, bedauerlicherweise. Wäre sehr nützlich.«

»Können wir bitte mit Anatolij Popow sprechen?«

»Popow. So. Nein, das wird leider nicht gehen.«

»Warum?«

»Popow ist nicht mehr hier. Er wollte unbedingt zurück in die Heimat. War ihm zu aufregend geworden, als all die vielen Zivilisten auf dem Brocken aufgetaucht sind.«

»Mit dem Hubschrauber in jener Nacht?«

»Welcher Hubschrauber? Nein, nein. Mit dem Laster. Wie die anderen auch. Seine Dienstzeit hier oben war ohnehin fast um.«

»Da haben wir aber was anderes gehört. Dass es ihm nämlich gar nicht mehr so gut ging, nachdem ein Geheimdienstler, der mit dem Hubschrauber gekommen war, aus ihm herausgeholt hatte, wo das Gewehr gelandet ist.«

»Also nochmals in aller Deutlichkeit: Hier gab es weder einen Hubschrauber noch ein strahlendes Gewehr. Alles Hirngespinste eines Menschen, der offenbar seine Verantwortung für das, was er getan hat, nicht alleine tragen kann und nun wüste Verschwörungstheorien verbreitet. Hören Sie nicht auf solch einen Unsinn. Tja, tut mir leid, aber mehr gibt es dazu nicht zu sagen. Ich habe zu tun. Meine Dame, meine Herren.« Höflich, aber bestimmt begleitete er die Gruppe zur Tür und ließ sie von einem Soldaten zum Tor begleiten.

»Das hat nichts gebracht. Mist. War auch nicht anders zu erwarten«, stellte Cassandra fest.

»Nutzen wir die Zeit und fragen nach, ob Grönemann aufgetaucht ist. Vielleicht hat ihn jemand gesehen«, schlug Düvel vor.

Nur zwei Grenzer der alten Mannschaft waren noch im Dienst. Alle anderen waren nach der Entführung von Cassandra ausgetauscht worden.

»Es tut uns unheimlich leid, was mit Ihnen gemacht wurde«, wandte sich der eine gleich an Cassandra.

»Wir haben das wirklich nicht mitbekommen. Hunstein hatte hier oben alle unter Kontrolle. War nicht einfach, sich da rauszuhalten. Aber wenn wir das mit Ihnen mitbekommen hätten, wären wir eingeschritten, ganz sicher.«

Cassandra bezweifelte das zwar, nutzte aber die Gelegenheit.

»Nun, das können Sie wiedergutmachen. Sie haben doch mitbekommen, dass ein Zivilist hier oben war, als ich zum Fragen an die Tür kam. Als sie mich geschnappt haben. Wilhelm Grönemann.«

»An dem Tag haben wir wirklich nichts mitbekommen. Wir waren auf Patrouille. Aber Grönemann war öfter hier. Hat immer mit Hunstein zusammen geklüngelt. Ich glaube, die beiden kannten sich von der Schule. Sie stammen beide aus Harzgerode oder sind da zumindest in die Schule gegangen.«

»So, so, daher kannten die sich also. Hm. Haben Sie Grönemann kürzlich gesehen? Wir suchen ihn nämlich.«

Die beiden sahen sich an.

»Hören Sie. Ihre Entschuldigung nehme ich an. Aber wenn Sie wollen, dass ich Ihnen auch verzeihe, dann sollten Sie Ihr Gedächtnis durchforsten. Und zwar ganz schnell.«

Der eine nickte hastig. »Als Sie gestern weg waren, ist er aufgetaucht. Ich hab das mitbekommen, weil ich gerade draußen war. Ist schnurstracks zu den Russen marschiert. Die haben ihn sofort reingelassen. War sehr spät in der Nacht. Dann ging Licht beim Kommandanten an. Tja, und anschließend ist in der Nacht noch ein URAL losgefahren. Das ist noch nie passiert.«

Der zweite Grenzer nickte bestätigend.

»Was soll das heißen?«

»Keine Ahnung. Rausgekommen ist der Wilhelm jedenfalls nicht mehr. Uns kam das komisch vor. Deswegen haben wir die restliche Nacht und heute am Tag aufgepasst.«

»Wollen Sie damit sagen, dass er noch auf dem russischen Gelände ist?«

Die beiden zuckten nur mit den Schultern.

»Tja, dann müssen wir wohl zurück«, stellte Maus fest.

»Welch eine Ehre, Sie schon wieder. Gleich zweimal an einem Tag. Wie ich Ihnen eben bereits sagte, habe ich zu tun. Also fassen Sie sich bitte kurz.«

»Gerne, Kommandant Golikow. Sagen Sie uns einfach, wo Wilhelm Grönemann ist.«

»Grönemann. Wer soll das sein?«

»Der junge Mann, den Sie gestern Nacht empfangen haben. Und der seitdem Ihr Areal nicht mehr verlassen hat.«

»Keine Ahnung, wovon Sie reden.«

»Kommandant Golikow. Dies mag zwar noch immer sowjetische Besatzungszone sein. Das heißt aber nicht, dass Sie DDR-Bürger festhalten dürfen. Schon gar nicht mutmaßliche Massenmörder, denn als solche bezeichnen wir Menschen, die neun junge Leute umgebracht haben. Entweder Sie lassen uns jetzt sofort zu ihm, oder wir kommen mit der Kavallerie zurück«, konterte Düvel.

»Aber, aber, meine Herren. Und Dame natürlich. Warum die Aufregung? Herr Grönemann ist ja gar nicht mehr hier.«

»Ach, plötzlich erinnern Sie sich an seinen Namen. Wo soll er denn sonst sein?«

Einen Moment sah Golikow sie intensiv an.

»Haben Sie dieses kleine Ding dabei, mit dem man Gespräche aufzeichnen kann?«

»Woher wissen Sie …?«, entfuhr es Cassandra.

»Nun, das russische Reich ist noch immer mächtig, das sollten Sie wissen. Also haben Sie es dabei?«

Cassandra nickte.

»Bevor wir weiterreden, bitte ich Sie, dieses Teil meinem Adjutanten auszuhändigen. Sonst sage ich kein Wort mehr. Ich kann doch wohl davon ausgehen, meine Herren, dass Sie«, er wies auf die anderen, »kein solches Spielzeug dabeihaben?« Die schüttelten den Kopf, während Cassandra ihr Aufnahmegerät abgab. »Ich würde mich wohler fühlen, wenn mein Adjutant das überprüfen dürfte.«

Sie ließen es geschehen.

»Nun denn, kommen wir endlich zur Sache. Ich erwarte, dass dieses Gespräch unter uns bleibt. Kann ich mich darauf verlassen?«

Die Ermittler sahen sich ratlos an. »Haben wir eine Wahl?«, fragte schließlich Rabenfels.

»Wenn Sie mehr wissen wollen, nicht. Und glauben Sie mir, ohne das Schreiben, das Sie gestern aus Ihrer Tasche gezaubert haben, würde ich kein Wort weiterreden. Aber das verpflichtet mich nicht, die Dinge an den großen Nagel zu hängen, so sagt man doch bei Ihnen?«

Niemand sah sich bemüßigt, ihn zu korrigieren.

»Nun gut. Herr Grönemann ist ein Freund des russischen Volkes. Wir haben seinem Wunsch stattgegeben, in die Sowjetunion umzusiedeln. Heute Nacht ist er abgereist.«

»Mit dem Lkw?«, hakte Cassandra ein.

»Ah, Sie wissen schon. Dann muss ich das nicht weiter ausführen.«

»Das verstehe ich nicht, Herr Kommandant. Wieso ist Grönemann nach Russland abgehauen? Ich dachte, er hätte Sie zusammen mit Anatolij und Hunstein verraten und bestohlen? Und bei der Ermordung der Studenten geholfen?«, fragte Cassandra.

Golikow sah ihr scharf in die Augen. »Sie schauen nicht tief genug. Sie bleiben an der Oberfläche.«

Verblüfft starrte Rabenfels Düvel an.

»Soll das heißen, dass er für Sie arbeitete? Aber warum?«, entfuhr es ihm.

»Nun, ab hier müssen wir uns in die Welt der Märchen und Fabeln begeben. Dafür sind die Deutschen ja berühmt. Es war einmal ein Russe, der seinem Land nicht wirklich diente, sondern ihm schadete. Dieser Unwürdige verkaufte Geheimnisse an ein anderes Land. Das konnte er nicht alleine. Dafür brauchte er einen Freund. Einen, der an der Grenze patrouillierte. Bekanntermaßen war die Grenze auf der einen Brockenstraßenseite nicht so dicht wie sonst überall. Und nun nehmen wir an, der Russe, der unwürdige, übergab die Geheimnisse an seinen DDR-Freund, und der übergab sie auf seinem Kontrollgang einem Westdeutschen oder Amerikaner oder Franzosen oder wem auch immer, der auf der anderen Seite an einer schlecht bewachten Stelle der Grenze wartete. Nehmen wir weiter an, dass wir das wussten, aber nicht, wer die beiden Bösen waren, die das organisierten. Was macht man dann?« Wieder warf er einen fragenden Blick in die Runde.

»Richtig«, beantwortete er seine eigene Frage. »Man sucht sich jemanden, der das herausfinden kann. Einen Russlandfreund.«

»Grönemann war russischer Agent?«

»Wer? Ach Ihr DDR-Freund. Nein, natürlich nicht, ich erzähle Ihnen nur ein Märchen. Wollen Sie es weiterhören?«

»Natürlich«, antwortete Rabenfels.

»Nun ja, wer der böse DDRler war, wurde schnell herausgefunden. Dazu musste man nur an der Grenze aufpassen. Aber den Russen zu identifizieren, stellte sich als wesentlich schwieriger heraus. Und dann fand unser Russlandfreund heraus, dass der ganz große Coup geplant war. Der alle reich machen sollte. Dazu sollte ein nicht existentes strahlendes Gewehr verkauft werden. Weil es um viel Geld ging, sehr viel Geld, war der Russlandfreund auf einmal kein Freund mehr. Auch wenn die Russen das noch dachten. Denn er erzählte nichts von dem Plan. Tatsächlich verschwand solch ein Gewehr, das es eigentlich nicht gibt, in einer Nacht, in der alle nicht existenten Gewehre heim nach Russland geschafft werden sollten. Den Rest des Märchens kennen Sie.«

»Aber warum haben Sie dann Grönemann nach Russland gebracht?«

»Wen? Ich sagte doch, dass ich diesen Herrn nicht kenne. Würde ich ihn kennen, könnte es wohl sein, dass er hoffte, dass seine Rolle nicht von uns erkannt wurde. Zumindest nicht in vollem Ausmaß. Als es hier zu heiß für ihn wurde, als man ihn suchte, glaubte er, um Hilfe bitten zu können. Die ihm Mütterchen Russland gewährt hätte in unserer Geschichte. Er würde, wenn das alles wahr wäre, ein schönes neues Zuhause in einem Gulag finden. Das hätte er natürlich bei seiner Abreise nicht gewusst. Schließlich sollte das eine Überraschung werden. Und wie es sich für ein Märchen gehört, wäre auch hier Ende gut, alles gut. Und Sie müssten sich keine Sorgen machen, dass irgendjemand seiner gerechten Strafe entgeht.«

Er breitete die Arme aus. »War das nicht ein himmlisches Märchen? Und weil ich gerade so schön am Erzählen bin. Man sollte immer genau aufpassen, wen man seinen Freund nennt. Da kann man sich ganz furchtbar täuschen. Es soll sogar Freunde geben, die sich als Kripomann darstellen, in Wirklichkeit aber für die Stasi arbeiten. Also immer gut aufpassen, wem man vertraut. So, und nun habe ich wirklich keine Zeit mehr für Sie, bedaure.«

***

»Was hat er eben gemeint?«, fragte Cassandra Düvel, der blass geworden war und die Schultern zuckte.

»Raus damit, was hat er gemeint?«

Lange sah Düvel von einem Kollegen zum anderen. Das hatte er die ganze Zeit gefürchtet. Lügen? Die Wahrheit sagen? Würden sie ihm glauben? Ihm weiterhin vertrauen? Es half nichts.

»Was er meinte, ist, dass ich nicht bei der normalen Kripo war, sondern bei einer geheimen Spezialkommission der Stasi. Aber ich bin kein Stasimann. War ich nie. Das müsst ihr mir glauben.«

Er sah sie beschwörend an. Doch er sah es in ihren Augen. Der Bruch war da. Trotzdem sprach er weiter. Er wollte wenigstens seine Sicht der Dinge darstellen.

»Die Stasi hatte für besondere Fälle, die über normale Verbrechen hinausgingen, eine geheime Spezialkommission gebildet, eine Abteilung, die es nicht geben durfte. Eins der bestgehüteten Geheimnisse hier. Schließlich gab es nach der Doktrin unserer ehemaligen Führung in einem sozialistischen System keine schlimmen Verbrechen, die fanden nur im Kapitalismus statt. Wir wurden bei Verbrechen eingesetzt, die politisch brisant waren, aber nichts mit Politik zu tun hatten. So wie die getöteten Studenten. Also zumindest solange man glaubte, dass es sich um ein normales Verbrechen handelt und nicht um eine Agentengeschichte, wie sich jetzt gezeigt hat.«

Er unterbrach sich. Suchte nach Worten, die seinen Kollegen, Freunden klarmachen würden, dass er kein übler Mensch war.

»Wir wurden auch eingesetzt, wenn die regulären Morduntersuchungskommissionen nicht schnell genug die Fälle lösten. Oder bei besonders schweren Delikten wie Serienmorden, von denen die Bevölkerung nichts mitbekommen sollte. Solche Fälle eben. Man fürchtete die Kritik der Bürger am System.«

Er holte tief Luft. »Wir arbeiteten verdeckt mit Ausweisen der normalen Kripo. Wann wir eingeschaltet wurden, hing entscheidend von den SED-Leuten vor Ort ab. Letztendlich bestimmte aber das Ministerium für Staatssicherheit, wer welche Fälle bearbeitete. Bis es im Dezember aufgelöst wurde. Seitdem sind wir der regulären Kripo zugeordnet.«

Düvel legte eine Pause ein. Er wusste nicht weiter. Also erzählte er einfach, was ihm durch den Kopf ging.

»Ich bin da gelandet, weil ich gut war, bin. Eine Wahl hatte ich nicht. Das war hier eben so. Ihr könnt euch das nicht vorstellen.« Er schluckte. Merkte selbst, wie dünn die Erklärung klang.

»Ich hab mich immer nur auf die Fälle konzentriert und mich ansonsten bedeckt gehalten. Die Arbeit hat Spaß gemacht, die Fälle waren interessant. Wir hatten die beste Ausrüstung nach Weststandard, während die normalen Morduntersuchungskommissionen mies ausgestattet sind. Habt ihr ja selbst gesehen. Wenn bei denen der Sprit ausgeht, müssen sie Bus oder Fahrrad fahren. Wir hatten unbegrenzten Zugang. Außerdem besondere Kompetenzen. Und weitergehende Befugnisse und Mittel als die normale Kripo.«

»Klingt gut, wo ist der Haken?«, fasste Maus nach.

»Über unsere Fälle wurde nie berichtet. Und die Täter heimlich verurteilt und weggesteckt. Früher wurden sie sogar hingerichtet. Erst mit der Guillotine, dann mit Nackenschuss. Bis 1987 gab es die Todesstrafe. Ein Jahr nachdem ich angefangen hatte, wurde sie offiziell abgeschafft. Vollstreckt wurde seit 1981 nicht mehr.«

»Und was war mit den Opfern? Und ihren Familien, wenn das alles so geheim war?«, fragte Rabenfels.

»Die Opfer wurden heimlich bestattet und ihre Familien weder über den Täter noch über den Ausgang des Strafverfahrens informiert.«

»Ernsthaft?«, hakte Maus nach.

Düvel nickte nur.

NEUNZEHN

Sonntag, 4. März 1990

Am Abend waren alle nach einem schweigsamen Essen früh auf ihre Zimmer gegangen. Düvel hatte sich am Brocken von ihnen verabschiedet, weil er sich um seine Kinder kümmern müsse, wie er sagte.

Geglaubt hatte ihm niemand. Cassandra hatte ihn nicht aufgehalten.

Die Nacht war schrecklich gewesen. Cassandra war völlig aufgewühlt von den vielen Erlebnissen und Erkenntnissen des gestrigen Tages gewesen. Die Blutung hatte nicht aufgehört, und die Bauchschmerzen waren wie ein Gewitter in ihr Bewusstsein zurückgekehrt.

Zum Frühstück war Düvel nicht erschienen. Dafür war Goßmann, der Leiter der Morduntersuchungskommission, am Frühstückstisch aufgetaucht. Er hatte von der Lösung des Falles gehört und sehnte sich nach Details, wie er behauptete.

»Wo soll Düvel gearbeitet haben? Für die Stasi? Na ja, so was gedacht hab ich mir schon.«

»Kann mir mal einer erklären, was daran so schlimm sein soll, dass Tomas für die gearbeitet hat?«, polterte Cassandra. »Was ist das überhaupt für ein Verein?«

»Jeder, der sich gegen die Regierung in der DDR stellte, musste damit rechnen, von der Stasi verfolgt und überwacht zu werden«, begann Goßmann. »Die Stasi stand der SED-Führungsspitze zwar nahe, handelte aber weitgehend autark, wenn es darum ging, verdächtige Regimegegner auszuschalten. Dabei sind sie über Leichen gegangen. Sie überwachten die Systemkritiker, kontrollierten ihre Post, hörten Telefonate ab und verschafften sich unerlaubt Zutritt zu ihren Wohnungen. Sie wollten alles über das Leben des Betroffenen erfahren.«

Goßmann unterbrach sich, um einen Schluck Malzkaffee zu trinken, verzog das Gesicht und stellte die Tasse wieder ab.

»Wenn dann tatsächlich jemand dabei erwischt wurde, dass er sich systemkritisch äußerte oder gegen den Staat stellte, haben die Stasi-Mitarbeiter angefangen, Gerüchte zu verbreiten. Also dass der Betroffene alkoholabhängig, homosexuell oder pädophil wäre – oder dass er Kontakte zur Stasi pflegen würde. Alles nur, um die Beziehungen zu Freunden und Kollegen zu belasten.«

Er schaute Cassandra direkt an. »Halfen diese Einschüchterungsversuche nicht, gingen die Experten von der Staatssicherheit einen Schritt weiter. Sie wendeten Gewalt an, beschädigten Sachen oder attackierten die Betroffenen. Nahmen ihnen die Kinder weg oder inhaftierten sie unter irgendeinem fadenscheinigen Vorwand. Meistens machten sie sich nicht einmal die Mühe, einen Grund anzugeben. Das wussten hier alle. Und waren dem schutzlos ausgeliefert. Deswegen haben wir die Schnauze gehalten. Die Stasi, Frau von Lucadou, war kein netter Nachbarschaftsverein. Das waren Kriminelle. Gegen die sich die Bürger nicht wehren konnten.«

»Aber da habt ihr's doch schon. Tomas wurde beschuldigt, sich an seinen kleinen Töchtern vergangen zu haben. Das ist der klare Beweis, dass er nicht dazugehörte, sondern Opfer war«, triumphierte Cassandra.

»Tut mir leid, Frau von Lucadou. Aber woher wissen Sie, dass es nicht doch so war mit seinen Töchtern? Ich habe auch davon gehört. Auch wenn ich Herrn Düvel als Kollegen und bei der Arbeit sehr schätze, kann ich das nicht ausschließen. Denn das ist das Verflixte mit den Gerüchten: Man weiß nie, wie viel Wahrheit in ihnen steckt«, konterte Goßmann.

Cassandras Blut sackte ab. Maus und Rabenfels schauten betreten zu Boden, schafften es nicht, sich in die Augen zu sehen.

»Nun, ich geh dann mal. Viel Glück bei der weiteren Arbeit.« Goßmann verabschiedete sich.

»Wie gehen wir damit um, dass Düvel ein Stasimann war?«, durchbrach Maus die Stille am Tisch.

»Tomas ist nicht so. Da bin ich sicher. Ganz sicher. So einer ist er nicht. Der hat keine Leute schikaniert. Oder denunziert. So ein Quatsch. Ihr habt ihn doch erlebt. Und kennengelernt. Auch wenn er für die gearbeitet hat, dann doch nicht als Verräter oder Denunziant, sondern einfach in einer Sonderkommission als Ermittler. Das ist was völlig anderes«, fauchte Cassandra ihn an.

»Ist ja gut, ist ja gut. Beruhig dich. Ich mag ihn ja auch. Und dass er ein brillanter Ermittler ist, auf den man sich verlassen kann, haben wir selbst erlebt. Also ignorieren wir das, oder was?«

Beide sahen zu Rabenfels, der bisher geschwiegen hatte.

»Ich weiß nicht, ob man das so einfach kann. Die Stasi ist ...«

Die Rezeptionistin kam an den Tisch geeilt.

»Ein Anruf für Sie an der Rezeption«, verkündete sie Rabenfels.

Er erhob sich. »Das ist nicht so einfach, wie ihr meint. Leider.«

Cassandra und Maus schauten sich hilflos an, nachdem Rabenfels verschwunden war.

»Da kommt wieder der Politiker durch. Schade, ich hätte fast angefangen, ihn zu mögen«, grummelte Maus.

Cassandra nickte zustimmend. Ihr war ganz elend. Schlecht war ihr. Zutiefst bereute sie, Tomas am Tag zuvor nicht aufgehalten zu haben. Sie hatte ihn im Stich gelassen, während er für sie gekämpft hatte. Ihr wurde noch elender. Sie fühlte sich wie eine Verräterin. Trübsinnig starrte sie in ihre Tasse, bis sie Laufschritte hörte.

»Hunstein hat sich umgebracht, in der Zelle verbrannt«, verkündete Rabenfels, schon bevor er den Tisch erreicht hatte.

»Das gibt's doch nicht. Wie konnte das denn passieren? Wie soll er denn ein Feuer gelegt haben? Haben die nicht aufgepasst? So ein Mist. Aber wenigstens haben wir sein Geständnis auf Tonband. Hast du es dabei?«, fragte Maus Cassandra.

Die nickte. »Auf meinem Zimmer.«

»Gut, dann ist wenigstens der Fall in trockenen Tüchern.«

»Ob Düvel heute noch auftaucht?«, fragte Cassandra niemand Besonderen. Sie hoffte es von ganzem Herzen. Sie musste ihm unbedingt sagen, dass sie ihm glaubte, an ihn glaubte. Dass nichts ihre Beziehung ändern könnte. Dass er ihr wichtig sei und … Was, und? Das würde sich schon ergeben.

»Ich geh aufs Zimmer«, verkündete sie und verließ das Restaurant. Sie brauchte Ruhe, um nachzudenken. Um zu überlegen, was sie tun sollte. Wie sie Tomas erreichen könnte.

Schon als sie den Flur betrat, an den ihr Zimmer grenzte, merkte sie, dass etwas nicht stimmte. Das Licht im Flur war heller als sonst. Sie rannte los. Ihre Zimmertür war aufgebrochen. Alles war aus dem Schrank gerissen worden und lag verteilt auf dem Fußboden.

Ihre Handtasche war verschwunden. Mitsamt dem Diktiergerät, wie ihr siedend heiß einfiel. Hektisch wühlte sie in ihrer verstreuten Kleidung in der Hoffnung, es doch noch irgendwo versteckt zu entdecken. Aber da war nichts. Es war nicht da.

Verzweifelt setzte sie sich mitten auf den Haufen.

»Cassandra«, hörte sie leise von der Tür. Sie sah auf. Maus stand dort, verlegen, unruhig trippelnd, mit Tränen in den Augen. So hatte sie ihn noch nie erlebt.

Sie wagte nicht zu fragen.

»Wir haben eben noch einen Anruf erhalten. Düvel ist letzte Nacht verunglückt. Kurz vor Elend. Sie haben ihn erst heute Morgen gefunden.«

»Wie geht es ihm?«

»Wissen wir nicht.«

Epilog

Nach drei Wochen Krankenhausaufenthalt durfte Tomas Düvel nach Hause. Sein linker Arm war noch eingegipst, sein rechtes Bein geschient. Alles in allem hatte er wohl Glück gehabt.

Glück. Er hätte kotzen können. Ohne seinen schrottreifen Wagen hatte er den Bus nach Hause nehmen müssen. Nicht, dass er erwartet hätte, abgeholt zu werden. Von wem auch? Seine Frau hatte sich nicht blicken lassen. In der ganzen Zeit nicht.

Dafür hatten ihn noch im Krankenhaus seine Entlassungspapiere aus dem Kriminaldienst erreicht. Musste ja so kommen. Alles im Leben hatte seinen Preis. Auch wenn er keine Wahl bei seinem Arbeitgeber gehabt hatte.

Franziska hatte er nicht vermisst, seine Kinder sehr. Und Cassandra. Das Thema war nun wohl auch erledigt. Ob sie im Krankenhaus lag? Er hoffte es, hatte Sorge, dass ihre Ängste sie daran gehindert hätten. Vielleicht hatte Maus sie begleitet. Saß jetzt an seiner Stelle neben ihrem Bett. Egal, Hauptsache, dass sie sich behandeln ließ. Dass sie wieder gesund wurde. Der Rest war ihm völlig gleichgültig.

Düvel atmete tief ein und aus und humpelte von der Bushaltestelle die zwei Kilometer nach Hause.

Frau Schulze, seine Nachbarin, passte ihn an der Haustür ab. »Ihre Frau ist nicht mehr da.«

Nach einer Schrecksekunde hinkte er, so schnell es eben ging, die Treppe rauf. Die Wohnungstür war nicht abgeschlossen, die Räume leer. Nur das Wählscheibentelefon stand verlassen auf dem Fußboden des Wohnzimmers, und seine Kleidung lag wild verstreut auf dem Boden im Schlafzimmer.

Lautlos war Frau Schulze hinter ihn getreten. »Ich konnte nichts machen. Sie hat mir nicht verraten, was mit Ihnen ist. Hat einfach einen Möbelwagen bestellt und Ihre Kleinen eingepackt. Eine Adresse hat sie auch nicht hinterlassen. Es tut mir so furchtbar leid …«

Sie verließ den Raum so leise, wie sie gekommen war.

Düvel sackte in sich zusammen, er setzte sich auf den Fußboden. Alles, was ihn bisher zusammengehalten hatte, war weg. Mit einem Schlag. Seine Kinder, entführt von der eigenen Noch-Ehefrau. Cassandra, nachdem sie seinen wahren Arbeitgeber erfahren hatte. Sein Beruf. Es gab nichts mehr, für das es sich lohnte, weiterzumachen.

Das Telefon schrillte. Mühsam kroch er hin.

»Spreche ich mit Oberstleutnant Düvel? Klemm hier. Wir haben einen Mehrfachmord an Westdeutschen im Oberharz auf unserer Seite. Befehl von Innenminister Diestel persönlich. Sie sollen zusammen mit einigen Verbindungsbeamten des BKA aus Westdeutschland den Fall übernehmen. Wurden von denen in persona angefordert. Sie müssen da gute Kontakte haben. Sehr gute. Na ja. Sind Sie einsatzbereit?«